宋元诗社研究丛稿

【广东中华文化王季思学术基金·黄天骥学术基金丛书之一】

欧阳光 著

广东高等教育出版社

广州

图书在版编目（CIP）数据

宋元诗社研究丛稿/欧阳光著．—广州：广东高等教育出版社，2011.6

（广东中华文化王季思学术基金·黄天骥学术基金丛书）
ISBN 978-7-5361-4056-1

Ⅰ.①宋… Ⅱ.①欧… Ⅲ.①古典诗歌-诗歌研究-中国-辽宋金元时代 Ⅳ.①I207.22

中国版本图书馆CIP数据核字（2011）第078563号

广东高等教育出版社出版发行
地址：广州市天河区林和西横路
邮政编码：510500　电话：87551597
佛山市浩文彩色印刷有限公司印刷
850毫米×1168毫米　32开本　10.875印张　280千字
2011年6月第2版　　2011年6月第2次印刷
印数：1001～3 000册
定价：32.00元

前记一

黄天骥

中国古代戏曲和古代文学作品，是取之不尽用之不竭的宝藏。华夏子孙，有责任发掘开采，分析整理，让体现着东方文化的瑰宝，在世界民族之林中焕发光辉。自然，我们也不能一味陶醉在祖先遗泽之中，审视它，研究它，弃其糟粕，取其精华，使之有助于祖国精神文明建设，才是我们整理古代戏曲、古代文学的目的。

近几年，广东经济有了飞跃的发展，许多有识之士，认识到在这块热土中弘扬中华文化的重要性。因而采取多种方式，大力推动对中华文化的学术研究。因时际会，"广东中华文化王季思古代戏曲、古代文学研究基金"得以乘风御气，建立起来。有了这个条件，我们就有可能出版丛书，在研究我国传统文化的领域中，做一点力所能及的工作。

我们出版这套丛书，也是为了纪念王季思

老师。

王起,字季思(1906—1996),浙江温州人。早岁师从孙诒让、吴梅先生,以《西厢五剧注》名世。20世纪40年代后期,王季思老师到广东中山大学任教,历任中文系主任、古文献研究所所长等职。数十年来,他热爱祖国,热爱中华文化,把全部精力投入到教学和科研的工作中,在古代戏曲、古代文学领域作出了巨大的贡献。"文化大革命"后,拨乱反正,王季思老师被聘为国务院学位委员会第一届学科评议组成员、国家古籍整理出版规划小组顾问,被公认是中国古代戏曲古代文学研究的权威。

王季思老师一生热爱学生,教育青年。他常说:学术乃天下公器。学生和后辈学者向他求教,他从来都认真、热诚地给予帮助。直到七八十岁高龄,他还培养硕士生、博士生,矻矻穷年,不遗余力。他经常强调建设祖国教育和文化事业,要有人继承,渴望薪火相传,让中华文化之光一代又一代照遍大地。

弘扬中华文化,继承王季思老师匡扶后进的精神,是受过他老人家教诲的学生的共同心愿。1993年,广州市政协和中山大学联合主办"庆祝王季思教授从教七十周年大会"。其后,诸位校友像杨资元、赖春泉等学长,深感为促进学术的发展,应做一些更加切实的工作,朱孟依先生积极支持。经过各方面的努力,我们决心出版这一套丛书,希望能实现王季思老师多年的心愿，帮助热心于中国古代戏曲古代文学而又甘心坐冷板凳的学者迅速成长，让学术之花也在生长红棉的土地上盛开。

学术的殿堂是靠一砖一石垒成的，我们希望扎扎实实地奋工添瓦，不想欣赏海市蜃楼。目前，我们的能力有限，更兼文化建设不可能一蹴而就。因此，我们的想法是：环绕着中国古代戏曲、古代文学的论题，逐年出版有较高水平的学术著作。只要持之以恒，锲而不舍，日积月累，代代相传，我们一定能在祖国学术领域的南天，垒筑起一座丰碑。

王季思老师曾有诗云：

人生有限而无限，历史无情还有情；

薪火相传光不绝，长留双眼看春星。

丛书付梓之际，我们抄录这首诗，作为奠基之石，以明旨意，兼励来者。

1996年6月16日于中山大学

前记二

欧阳光　康保成

　　自 1996 年广东中华文化王季思学术基金丛书第一种出版以来,迄今已过去了整整十年。十年来,我们根据有限的财力,精心甄选入围选题,在广东高等教育出版社的大力支持下,以每年一到两种的节奏,已陆续出版了 13 种著作。

　　看着眼前这套积少成多渐成规模的丛书,不禁让人深深感慨。这套丛书的作者基本上都是中山大学中文系的中青年学者或博士学位获得者,选题以古代戏曲研究为多,同时也涵括了古代文学研究的其他领域。这些著作也许算不上什么鸿篇巨制,我们也没有像时尚所热衷的那样对它进行包装和宣传,在当今热闹非凡的学术著作出版大潮中,它甚至显得有些冷清和落寞,但这些著作都是对有关领域作了艰苦细致的研究之后的心得之作,或对有关研究领域有所开拓,或推动了有关研究向纵深发展,自有其难以掩盖的学术价值。丛书从总体上展现了中山大学中文系中青年学者的风采，也体现了中山大学中文系沉潜、严谨、包容、开放的良好学风。

最近，珠海市民营企业家李平秋先生捐资设立黄天骥学术基金，用于支持我系古代戏曲和古代文学等学科的发展。李平秋先生1983年毕业于中山大学中文系，之后投身于市场经济大潮，艰苦创业，努力打拼，取得了事业的成功；在事业有所成就的时候，却不忘回报社会。他有感于母系的培育之恩，倾心敬佩黄天骥先生的师德人品，因而出资设立以黄天骥先生命名的学术基金，其拳拳赤子之心，殷殷校友之情，令人感佩。

这样一来，我们除了王季思学术基金之外，又有了黄天骥学术基金。两个基金虽然命名不同，其宗旨则是一以贯之的，即为传承和弘扬我国优秀传统文化推进古代戏曲、古代文学的研究而添砖加瓦，略尽绵薄。根据这一宗旨，我们将把两个基金的增值部分合并在一起使用。其中继续资助出版中青年学者高质量的研究成果，帮助中青年学者在学术上更快地成长，仍然是两个基金的主要工作。

王季思先生是中山大学中文系古代戏曲、古代文学学科的开拓者、奠基人；黄天骥先生是继王季思先生之后中山大学中文系古代戏曲、古代文学学科的领军人物，在海内外学术界享有崇高的威望。两位先生的共同特点是不仅重视学术的创造，同时也注重学术的传承，他们都倾力培养后学，提携奖掖不遗余力，这也正是中山大学中文系古代戏曲、古代文学学科能够生生不息，始终充满活力，并不断有创造性成果涌现的原因。

学术的发展离不开传承，也离不开积累，我们所做的正是传承和积累的工作。这一工作也许一时半会儿看不出明显的效果，但正如黄天骥先生在本丛书的"前记一"中所说的："只要持之以恒，锲而不舍，日积月累，代代相传，我们一定能在祖国学术领域的南天，垒筑起一座丰碑。"

让我们以此互勉。

2006 年 11 月 16 日于中山大学

目 录

上编　宋元诗社研究

宋代诗社与诗歌流派 …………………………………… (3)
宋元科举与文人会社 …………………………………… (18)
宋代的怡老诗社 ………………………………………… (32)
元初的遗民诗社 ………………………………………… (46)
元代诗社与书会 ………………………………………… (58)
月泉吟社的结社与活动形式 …………………………… (72)
月泉吟社作者群略考 …………………………………… (81)
汐社简论 ………………………………………………… (115)
宋遗民诗人方凤生平与创作初探 ……………………… (124)
与元初遗民诗社有关的一次政治活动
　　——六陵冬青之役考述 …………………………… (136)

下编　宋元诗社丛考

弁言 ……………………………………………………… (155)
李昉汴京九老会 ………………………………………… (161)
释省常西湖白莲社 ……………………………………… (162)
马寻吴兴六老会 ………………………………………… (166)
徐祐苏州九老会 ………………………………………… (168)
杜衍睢阳五老会 ………………………………………… (169)
章岵苏州九老会 ………………………………………… (171)

文彦博洛阳耆英会 …………………………………… (174)
贺铸彭城诗社 ………………………………………… (181)
邹浩颍川诗社 ………………………………………… (185)
徐俯豫章诗社 ………………………………………… (189)
叶梦得许昌诗社 ……………………………………… (195)
李若水诗社 …………………………………………… (201)
欧阳彻诗社 …………………………………………… (202)
许景衡横塘诗社 ……………………………………… (206)
吴云公岁寒社 ………………………………………… (208)
僧云逸吟梅社 ………………………………………… (211)
邓深诗社 ……………………………………………… (212)
赵鼎真率会 …………………………………………… (214)
苏庠诗社 ……………………………………………… (215)
程俱衢州九老会 ……………………………………… (217)
朱翌真率会 …………………………………………… (218)
张扩吴县诗社 ………………………………………… (219)
周紫芝诗社 …………………………………………… (222)
史浩诗社 ……………………………………………… (224)
李光昌化真率会 ……………………………………… (225)
乐备昆山诗社 ………………………………………… (226)
张纲诗社 ……………………………………………… (231)
冯时行诗社 …………………………………………… (232)
王十朋楚东诗社 ……………………………………… (234)
史浩四明尊老会 ……………………………………… (239)
廖行之诗社 …………………………………………… (240)
汪大猷四明真率会 …………………………………… (241)
刘爚尊老会 …………………………………………… (242)
潘牥诗社 ……………………………………………… (243)

陈著鄞县诗社 …………………………………… (245)
与江湖诗派有关的诗社 ………………………… (247)
南宋中后期在临安西湖活动的诸诗社 ………… (255)
王阮诗社 ………………………………………… (274)
杨冠卿诗社 ……………………………………… (275)
陈文蔚诗社 ……………………………………… (276)
戴栩诗社 ………………………………………… (277)
汪莘诗社 ………………………………………… (278)
曹邍豫章诗社 …………………………………… (279)
苏泂诗社 ………………………………………… (280)
刘斃诗社 ………………………………………… (281)
叶汝舟华亭真率会 ……………………………… (282)
王镃遂昌诗社 …………………………………… (284)
赵必㻶诗社 ……………………………………… (286)
王英孙越中诗社、山阴诗社 …………………… (288)
黄庚武林社 ……………………………………… (291)
熊升龙泽山诗社 ………………………………… (292)
甘果龙泽山诗社 ………………………………… (294)
徐元得明远诗社、香林诗社 …………………… (296)
孙蕡南园诗社 …………………………………… (298)
高启北郭诗社 …………………………………… (301)
方时举壶山文会 ………………………………… (305)

宋元诗社活动年表 ……………………………… (307)
征引参考书目 …………………………………… (321)
后记 ……………………………………………… (330)

上编 宋元诗社研究

宋代诗社与诗歌流派

在宋代诗歌流派形成及壮大的过程中,往往伴随着诗社活动。如北宋大观、政和年间,徐俯所结之豫章诗社,其主要成员如徐俯、洪刍、洪炎等均列名于《江西诗社宗派图》中,另一成员吕本中则是此图之作者,这就显示了豫章诗社与江西诗派的密切联系。又如活跃于南宋后期的江湖诗派,在属于该派的一百三十八人中[①],据笔者初步统计,有作品涉及诗社活动的就有二十一人,占了该派诗人总数的七分之一强,可见在这一诗派内部,存在着大量的诗社活动。再如南宋末叶杨缵与张枢、周密等所结之西湖吟社,以审音辨律、精研词艺为主要活动内容,他们被视为宋词格律派的后劲,也绝非偶然。从以上所举事例不难看出,诗社活动与诗歌流派之间显然存在着某种必然的联系。考察这一现象,对我们更全面、深入地认识诗歌流派的形成及壮大不无裨益。

一

诗社活动与诗歌流派的关系首先表现在,诗歌流派的形成与文人交游唱和的风气有着密切的关系,而诗社活动从本质上说,

---

① 此数字据张宏生《江湖诗派研究》附录一《江湖诗派成员考》,中华书局,1995。

即是文人交游唱和的一种形式。只不过诗社活动较之一般的交游唱和更具组织性，更有规律性，其成员之间的联系也更为紧密。因此，当一个诗社将钻研诗艺切磋句法作为自己的活动主旨的时候，就极易达致美学主张的趋同，从而对诗歌流派的产生及壮大起到催化和促进作用。

就拿宋代影响最大的江西诗派来说。以往学术界大多认为，所谓江西诗派，"并非是一个有组织有纲领的文学群体，而是吕本中根据当时文坛上已经存在的情况和自己对这种情况的认识而代拟的名称"①。笔者认为，这一认识并不全面，因为它将江西诗派的形成，视为一种自发的现象，从而忽视了豫章诗社在其形成初期所起的结聚诗人队伍，统一创作思想等显著作用。

关于豫章诗社的情况，张元幹《苏养直诗帖跋尾》一文有详细的记载：

> 往在豫章，问句法于东湖先生徐师川。是时洪龟驹父、弟炎玉父、苏坚伯固、子庠养直、潘淳子真、吕本中居仁、汪藻彦章、向子諲伯恭，为同社诗酒之乐。予既冠矣，亦获攘臂其间。大观庚寅（1110）、辛卯（按应为政和元年，1111）岁也。②

除了上列数人外，参加过此诗社活动的，还有洪朋、谢逸、谢薖、李彭等人③，此数人亦被吕本中列入《江西诗社宗派图》中。

考察豫章诗社的活动，有两个特点颇为引人瞩目。其一是诗社成员与黄庭坚的密切关系。如徐俯、洪朋、洪刍、洪炎都是黄

---

① 程千帆、吴新雷：《两宋文学史》，221页，上海古籍出版社，1991。
② 《芦川归来集》卷九，景印文渊阁《四库全书》本。
③ 洪朋、谢逸、谢薖、李彭等人与豫章诗社同人生活于一地，活动于同时，他们的文集中保留了许多与诗社中人的唱和之作，显然参加了此诗社的活动。拙稿《宋元诗社丛考》（本书下编）对此有所考述。

庭坚的外甥，李彭则是黄庭坚的舅父李常的从孙。这种亲缘关系，使他们在诗歌创作上能够得到黄庭坚的直接指点。如徐俯，黄庭坚在《题所书诗卷后与徐师川》云："徐师川往时寄纸数轴求予书，公私多故，未能作报。前日洪龟父携师川上蓝庄诗来，词气甚壮，笔力绝不类年少书生。意其行己读书，皆当老成解事，熟读数过，为之喜而不寐。……老舅年衰才劣，不足学；师川有意日新之功，当于古人中求之耳。"① 期许鼓励之意，溢于言表。又如洪刍，黄庭坚在《答洪驹父书》中对其传授作诗法则云："古之能为文章者，真能陶冶万物，虽取古人之陈言入于翰墨，如灵丹一粒，点铁成金也。"② 谆谆教诲之情，如现眼前。这种亲密的关系，自然使他们较易接受黄庭坚的诗歌创作主张。诗社中还有一些人则受到过黄庭坚的赏识与品题。如黄庭坚读了谢逸的诗后，大表赞赏，谓："晁、张流也，恨未识之耳。"③ 说明他的诗歌创作与黄庭坚的主张也是接近的。

豫章诗社的另一特点是十分重视对诗艺句法的切磋研讨。像张元干即专门向徐俯请教句法。孙觌所作汪藻《墓志铭》云："公在江西，徐俯师川、洪炎、洪刍有能诗声，自负无所屈。一日，师川见公诗于僧壁，叹曰：'此吾辈人也。'率二洪诣舍上。"④ 徐俯在寺院的墙壁上见到汪藻的诗，立即引起共鸣，他所说的"此吾辈人也"，显然是指在创作上旨趣相近的意思。他立即率二洪去拜访汪藻，想必即是为了交流切磋这方面的心得。汪藻亦将徐俯等引为同调，并虚心求教：

> 汪彦章为豫章幕官。一日，会徐师川于南楼。问师

---

① 《豫章黄先生文集》卷二十六，四部丛刊本。
② 《豫章黄先生文集》卷十九，四部丛刊本。
③ 惠洪：《冷斋夜话》卷七"谢无逸佳句"条。
④ 《鸿庆居士集》卷三十四，景印文渊阁《四库全书》本。

> 川曰："作诗法门当如何入？"师川答曰："即此席间杯楼果蔬，使令以至目力所及，皆诗也。君但以意剪裁之，驰骤约束，触类而长，皆当如人意，切不可闭门合目作镌空忘实之想也。"彦章领之。逾月，复见师川，曰："自受教后，准此程度一字亦道不成。"师川喜谓之曰："君此后当能诗矣。"故彦章每谓人曰："某作诗句法得之师川。"①

这两条材料，将诗社同人之间探求诗艺、切磋句法的情形表现得十分生动。披阅今存该诗社同人的文集，不难发现，对诗艺句法的切磋研讨，乃是他们彼此间唱和的一个重要内容。试再举几例。洪朋《送师川》云：

> 去年徐郎诗句新，今来徐郎思不群。帝子楼前阅秋浪，秦人洞口入朝云。忽思赤壁过吾弟，更向舒州迎细君。及此瓦盆春酒满，烧灯夜雨重论文。②

李彭《题洪驹父、徐师川诗后》云：

> ……徐诗致平淡，反自穷艰极。周鼎无款识，赏音略岑寂。阴何不支梧，少陵颇前席。洪语自奇险，馀子伤剽贼。大似樊绍述，文字各识职。二子辨饤饾，鄙夫与下客。粱食荐铏羹，熊蹯杂象白。殿最付公议，吾言可以默。③

谢薖《读吕居仁诗》云：

> 吾宗宣城守，诗压颜鲍辈。其间警拔句，江练与霞绮。居仁相家子，敛退若寒士。学道期日损，哦诗亦能事。自言得活法，尚恐宣城未。……探囊得君诗，疾读

---

① 曾敏行：《独醒杂志》卷四，笔记小说大观本。
② 《洪龟父集》卷下，景印文渊阁《四库全书》本。
③ 《日涉园集》卷三，景印文渊阁《四库全书》本。

过三四。浅诗如蜜甜，中边本无二。好诗初无奇，把玩
久弥丽。有如庵摩勒，苦尽得甘味……①

上举的这些例证足以说明，重视对诗艺句法的切磋研讨，乃是豫章诗社最为突出的特色。

对诗艺句法的格外重视，本是黄庭坚诗歌创作主张的一个重要方面。我们知道，黄庭坚论诗十分强调超越前人，所谓"随人作计终后人，自成一家始逼真"②。这一思想贯彻到创作实践上就是求新求奇，它既表现在"点铁成金"、"换骨夺胎"等诗艺技巧上，也表现在声调的拗峭、句意的奇崛等句法上，这也即是江西诗派的重要风格特征。豫章诗社集结了一批志同道合的诗人，将对诗艺句法的切磋作为诗社活动的主要内容，往复探讨，孜孜以求，他们的努力对江西诗派这一风格特征的形成，显然起到了积极的促进作用。两者之间存在着某种必然联系是显而易见的。所以，我们在探讨江西诗派的形成过程时，仅仅将它视为自发的现象是远远不够的，这里面肯定包含了豫章诗社同人的自觉努力。

类似的情形，我们在宋代其他诗社活动中也可以见到。像南宋后期的江湖诗派，据前文所述，该派诗人间的结社唱和活动是十分频繁的。由于材料的疏略，我们对大多数江湖诗社的活动情形不甚清楚，薛师石所结诗社是保留材料较多的一个。

薛师石（1178—1228），字景石，号瓜庐，永嘉人。《江湖小集》卷七十三《瓜庐集》有《秋晚寄赵紫芝》诗云："数日秋风冷，丘园独自身。闲看篱下菊，忽忆社中人。苦咏肩常瘦，移家债又新。极知君淡泊，十载得相亲。"赵紫芝即永嘉四灵之一的赵师秀，可知他们曾结诗社唱和。王绰《薛瓜庐墓志铭》，

---

① 《谢幼槃文集》卷一，丛书集成本。
② 黄庭坚：《以右军书数种赠丘十四》，《山谷外集补》卷二。

记载了薛师石组织诗社活动的具体情形:

> 永嘉之作唐诗者,首四灵。继灵之后,则有刘咏道、戴文子、张直翁、潘幼明、赵几道、刘成道、卢次夔、赵叔鲁、赵端行、陈叔方者。作而鼓舞倡率,从容指论,则又有瓜庐隐君薛景石者焉。诸家嗜吟如啖炙,每有文会,景石必高下品评之,曰:某章贤于某若干,某句未圆,某字未安。诸家首肯而意慊,退复竞劝:"语不到惊人不止。"①

这里所说的文会,当即指诗社活动。以薛师石为中心的一批江湖诗人,讨论切磋诗艺句法,甚至具体到逐章、逐句、逐字的程度,并最终取得了共识,成为诗社同人共同努力的目标。我们说,诗社活动容易达致美学主张的趋同,这条材料可谓生动的说明。

这种流派内部的诗社活动,显然对流派的形成、壮大,以及诗风的转变都起到了不容忽视的重要作用。赵汝回的《瓜庐集序》对此作了精彩的论述:

> 晋宋诗称陶谢,唐称韦杜。当其时,人人皆工诗,诗非不甚也,而四人者独首称,岂非侯鲭爽口不若不至之羹,郑声悦耳不若遗音之瑟哉!唐风不竞,派沿江西,此道蚀灭尽矣。永嘉徐照、翁卷、徐玑、赵师秀乃始以开元、元和作者自期,冶择评铄,字字玉响,杂以姚贾中人,不能辨也。水心先生既啧啧敦赏之,于是四灵之名天下莫不闻。而瓜庐翁薛景石每与聚吟,独主古淡,融狭为广,夷镂为素,神悟意到,自然清空。如秋天迥洁,风过而成声,云出而成文,间谓四灵君为姚贾,吾于陶谢韦杜何如也。……景石名家子,多读书,

---

① 载《瓜庐集》附录,景印文渊阁《四库全书》本。

通八阵八门之变,乃心物外,至忘形骸。筑庐会昌湖西,灌瓜贴树,笞醇击鲜,日为文会,论切訚析,恐不人人陶谢韦杜也。……死后人士无远近争致其诗,其子弟手钞不能给,于是相与刻之……①

将诗歌创作学习的对象从晚唐的姚贾,进一步扩大到陶谢韦杜,在四灵、江湖诗派内部,诗风显然是有所变化的。从上面的记述可以看出,薛师石所组织的诗社活动,应是促成这一变化的重要因素之一。

另一个突出的例子是南宋末年杨瓒、张枢、周密等所结之西湖吟社。周密《采绿吟》(采绿鸳鸯浦)词序云:

甲子(1264)夏,霞翁会吟社诸友逃暑于西湖之环碧。琴尊笔砚,短葛练巾,放舟于荷深柳密间。舞影歌尘,远谢耳目。酒酣,采莲叶,探题赋词。余得《塞垣春》,翁为翻谱数字,短箫按之,音极谐婉,因易今名云。②

这里记述的即是该诗社的一次活动。文中的霞翁,即杨瓒,字继翁,号守斋,又号紫霞翁,为该诗社之盟主。参加者有张枢(字斗南,号寄闲)、周密(字公谨,号草窗)、施岳(字仲山,号梅川)、李彭老(字商隐,号筼房)、吴文英(字君特,号梦窗)、徐理(号南溪)、张炎(字叔夏,号玉田)、王沂孙(字圣与,号碧山)、毛敏仲、徐天民等。③

这是一个以词的创作为主,兼及吟诗的诗社。特别关注词的音乐功能,审音辨律,损益琴理,删繁润简,别制新声乃是该诗社活动最主要的内容。杨瓒本以精通音律著称。周密说他"洞

---

① 载《瓜庐集》附录,景印文渊阁《四库全书》本。
② 《苹洲渔笛谱》卷一,丛书集成本。
③ 参见肖鹏《西湖吟社考》,《词学》第七辑,华东师范大学出版社,1989。

晓律吕，尝自制琴曲二百操，……近世知音无出其右者"①。在他的影响下，该诗社的成员对词的音乐性的热衷可谓到了痴迷的程度。如张炎《词源》卷下谓："近代杨守斋精于琴，故深知音律。……与之游者，周草窗、施梅川、徐雪江、奚秋崖、李商隐。每一聚首，必分题赋曲。但守斋持律甚严，一字不苟作，遂有《作词五要》。"袁桷《琴述赠黄依然》云："往六十年，钱塘杨司农以雅琴名于时，有客三衢毛敏仲、严陵徐天民在门下，朝夕损益琴理。"②周密《木兰花慢》"西湖十景"词序，对诗社同人间切磋研讨词律的情形作了十分具体的描述：

> 西湖十景尚矣。张成子尝赋《应天长》十阕，夸余曰："是古今词家未能道者。"余时年少气锐，谓："此人间景，余与子皆人间人，子能道，余顾不能道耶？"冥搜六日而词成。成子惊赏敏妙，许放出一头地。异日霞翁见之，曰："语丽矣，如律未协何？"遂相与订正，阅数月而后定。是知词不难作，而难于改；语不难工，而难于协。③

像这种对词律音调的反复商榷切劘，显然是极有利于诗社同人间美学主张的一致和创作风格的统一的。今观该诗社成员的词作，在各自的创作上或表现出不同的个性和特色，但要之皆音调谐婉，守律谨严，后世治词者将他们归之于宋词创作的格律派，不是没有道理的。当我们考察这一共同风格的成因时，能够无视诗社活动所起的显著作用吗？

---

① 《浩然斋雅谈》卷下，景印文渊阁《四库全书》本。
② 《清容居士集》卷四十四，丛书集成本。
③ 《苹洲渔笛谱》卷一，丛书集成本。

二

关于诗社活动与诗歌流派的关系,我们还可以从诗社之结社形式及其活动方式等方面来加以考察。

首先,诗社活动必有其发起人即组织者,称作主盟,或谓之"社头"、"社首",一般多为在文学上或政治上有成就、影响的人。如许昌诗社的叶梦得、豫章诗社的徐俯、洛阳耆英会、真率会的文彦博、司马光等。

诗社的主盟大多具有自觉的盟主意识。像豫章诗社的徐俯,刘克庄谓:"豫章之甥,然自为一家,不似渭阳,高自标,藐视一世,人多推下之。"① 俨然以文坛盟主视之。徐俯本人这种盟主意识也是十分自觉的。周煇《清波杂志》卷五载有他的一件轶事:"公视山谷为外家,晚年欲自立名世。客有赞见,堪称渊源所自,公读之不乐,答以小启曰:'涪翁之妙天下,君其问诸水滨;斯道之大域中,我独知濠上。'及观序修水集造车合辙之语,则知持此论旧矣。"徐俯本是黄庭坚的外甥,受其指点,传其衣钵,本来是很自然的,但他却不喜欢别人这样说,可见其登坛树帜,别立门户的愿望十分强烈。

另一方面,对诗社的参加者来说,则具有比较自觉地对盟主的尊崇意识和服膺意识。即以徐俯为例,吕本中《徐师川挽词》云:"江西人物胜,初未减前贤。公独为举首,人谁敢比肩?"② 又云:"徐俯师川,少豪逸出众,江西诸人皆从服焉。"③ 李彭《题洪驹父、徐师川诗后》云:"籍甚洪崖县,高寒欲无敌。徐

---

① 《后村先生大全集》卷九十五,四部丛刊本。
② 《东莱诗集》卷十九,景印文渊阁《四库全书》本。
③ 《东莱吕紫微师友杂志》,丛书集成本。

郎聘君后,挺挺百夫特。堂堂无双公,户外满屦迹。虎豹雄牙须,侪流甘辟易。"① 韩驹《次韵师川见后》云:"使君直气奋凌空,帐下森森已八龙。……我无草舍容朱毂,君有诗声抵素封。"② 可见,豫章诗社的同人,甚至包括江西诗派中的人,都十分肯定徐俯的盟主地位,对其表现出由衷的尊崇和服膺。

登坛树帜,领袖群伦的盟主意识也好,对盟主的尊崇、服膺意识也好,其实都是群体意识的体现。由这种意识激发的集团心理,对任何一个文人集团、文学流派来说,都是其内部构成不可或缺的基本条件,是产生群体凝聚力的重要因素。诗社活动显然有利于这种意识的培养和强化,从而对流派的产生起到促进作用。

其次,唱和、品第、标榜这些常见的诗社活动形式,也有利于诗社扩大影响,蔚成风气,从而对流派的形成和壮大,发挥积极的作用。

唱和是诗社活动最基本的形式。诗社同人间通过相互唱和,交流诗艺,切磋句法,从而容易达致美学主张的一致,形成共同的风格,这一点我们在上文已经谈到。这里需要补充的是,唱和对扩大诗社影响的作用。

这里所说的唱和,分为两类。一类是诗社同人间的唱和。一群诗人,在同一地点,频繁地唱和,这一现象本身就极易造成声势,并通过他们唱和诗作的传播而使诗社的影响不断扩大。吴自牧《梦粱录》卷十九"社会"条云:"文士有西湖诗社,此乃行都缙绅之士及四方流寓儒人,寄兴适情,赋咏脍炙人口,流传四方,非其他社集之比。"显然,西湖诗社的唱和活动,通过其诗作的传播,"脍炙人口,流传四方",从而引起了普遍关注,产

---

① 《日涉园集》卷三,景印文渊阁《四库全书》本。
② 《陵阳先生诗集》卷三。

生了影响。赵文《熊刚申墓志铭》云："尧峰陈先生焕,明经士,公雅敬之。……丙戌（1286）,与尧峰倡诗会,岁时会龙泽徐孺子读书处,一会至二百人,衣冠甚盛,觞咏率数日乃罢。……邻郡闻之,争求其韵赓和,愿入社,其风流倾动一时如此。"① 这里所说的是元初熊刚申与陈焕等在江西丰城龙泽山所结之遗民诗社,其活动由于参加者的众多而形成巨大声势,并通过其唱和之作的传播,造成"风流倾动一时"的效果。有的诗社还把同人的唱和之作结集刊行,如叶梦得许昌诗社刊有《许昌唱和集》、邹浩颍川诗社刊有《颍川集》、王十朋楚东诗社刊有《楚东酬唱集》,这就更有利于诗社影响的扩大了。

另一类是诗社成员与非诗社成员之间的唱和。诗社并非是一个封闭的群体,诗社成员除了同人间的唱和之外,他们还有各自的交游圈子,而对本诗社活动的歌咏,往往也是他们和其他人唱和的内容之一。如张孝祥有《夜读五公楚东酬唱辄书其后呈龟龄》诗：

> 同是清都紫府仙,帝教弹压楚山川。星躔错落珠连纬,岳镇岩柱倚天。宫羽在县金奏和,骅骝参队宝花鲜。平生我亦诗成癖,却悔来迟不与编。②

此诗即是张孝祥读了《楚东酬唱集》后与王十朋的唱和之作。诗中对楚东诗社的活动表示了由衷的倾慕,并对自己未能加入其中而感到万分惋惜。王十朋随之作了《次韵安国读〈楚东酬唱集〉》等六首诗与之唱和。③ 这种唱和活动,对扩大楚东诗社的影响显然是十分有利的。尤其是张孝祥是一位名人,经过他的"宣传",楚东诗社必定更加广为人知。类似的例子在宋代诗社

---

① 《青山集》卷六,景印文渊阁《四库全书》本。
② 《于湖集》卷七。
③ 见《梅溪后集》卷二十六。

活动中还可以举出不少。如苏颂有《留守太尉潞国文公宠示耆年会诗，次韵继和》①、范纯仁有《和文太师真率会》诗②，均是和洛阳耆英会的组织者文彦博的唱和之作。又如北宋庆历末年，杜衍在睢阳举五老会，"是时欧阳文忠公留守睢阳，闻而叹慕，借其诗观之，因次韵以谢。卒章云：'闻道优游多唱和，新诗何惜借传看'"③。他们虽然没有加入诗社，但他们和诗社中人的唱和活动显然无形中有助于诗社影响的扩大。当然，并不是说每一个诗社的活动都必然导致流派的产生，然而，流派的产生和壮大则往往需要借助诗社活动为其聚集队伍，壮大声势。我们从上面所举的豫章诗社、江湖诗社、西湖吟社的活动中，即可看到他们由同人间的唱和不断扩大影响，并形成流派的一条清晰的线索。

品第、标榜也是诗社增强凝聚力并发挥影响的一个重要手段。品第是诗社主盟对社友的诗作评裁优劣，定其高下。像薛师石，"日为文会，论切阐析"，"每有文会，景石必高下品评之"。刘克庄《送谢倅序》云："余少嗜章句，格调卑下，故不能高。既老，遂废不为。然江湖社友犹以畴昔虚名相推让，虽屏居田里，载贽而来者，常堆案盈几，不能遍门（阅）。"④ 这里所反映的即是诗社主盟主持评裁，以及诗社成员热衷于得到主盟品第的现象。

标榜则主要指诗社同人互相间的称诩、夸耀。即以豫章诗社来说，如洪朋《送谢无逸还临川》诗云："东山谢安石，事业照星斗。佳人临川秀，自言乃其后。……早岁翰墨场，挥洒不停

---

① 《苏魏公文集》卷十一。
② 《范忠宣集》卷四，景印文渊阁《四库全书》本。
③ 王辟之：《渑水燕谈录》卷四，景印文渊阁《四库全书》本。
④ 《后村先生大全集》卷九十六，四部丛刊本。

手。河发昆仑丘,风怒土囊口。春来入诗垒,窥杜逮户牖。笔力挟雷霆,句法佩琼玖。……人才古所难,吾子定不朽。……"①李彭《观吕居仁诗》云:"西风鏖暑工夫深,老火由来欺稚金。……清如明月东涧水,壮如玄豹南山雾。抑扬顿挫百态随,鸷鸟欲举风迫之。莫言持此黄初诗,直恐竟亦不能奇……"② 吕本中评谢逸、谢薖诗云:"谢康乐诗规模宏远,为一时之冠,而玄晖诗清新独出,又自有过人者。……本中窃以为无逸诗似康乐,幼槃诗似玄晖……"③ 这些评论,今天看来,大都不无溢美之嫌,但如果我们知道这是当时诗社的风气,也就不足为奇了。林希逸《林君合四六跋》一文,也曾谈到江湖诗人中的此种习气:"江湖诸友人人有序有跋,若美矣。或以其浅谈,则曰玄酒太羹;或以其虚泛,则曰行云流水;疏率失律度,则以瑞芝昙华目之;放浪无绳束,则以翔龙跃凤誉之。讥侮变幻,而得者亦自喜。"④ 其实,吕本中所作《江西诗社宗派图》,又何尝不是一种标榜呢?

在品第、标榜这些具体手段之后,所体现的无疑是一种群体精神,它们在维系、调节群体内部关系,使群体保持和谐方面发挥着重要作用。品第既是盟主权威的具体体现,同时又是对盟主权威的进一步强化;标榜则能使诗社成员感到自身价值被认同,从而产生荣誉感、自豪感,进一步提高参加群体活动的兴趣,并吸引更多的人加入诗社活动。这些手法犹如润滑剂,使诗社活动这部"机器"处在一种良性互动的状态中。在此基础上,诗歌流派的脱胎而成,也就是很自然的了。孙觌《西山老人文集序》

---

① 《洪龟父集》卷上,景印文渊阁《四库全书》本。
② 《日涉园集》卷五,景印文渊阁《四库全书》本。
③ 《谢幼槃文集》卷首,丛书集成本。
④ 《竹溪鬳斋十一稿续集》卷十三,景印文渊阁《四库全书》本。

谈到江西诗派形成时说:"元祐中,豫章黄鲁直独以诗鸣。当是时,江右学诗者皆黄氏。至靖康、建炎间,鲁直之甥徐师川、二洪驹父、玉父皆以诗人进居从官大臣之列,一时学士大夫向慕作为江西宗派,如佛氏传心,推次甲乙,绘而为图。凡挂一名其中,有荣辉焉。"① 这里即肯定了徐俯等人豫章诗社的活动在江西诗派形成过程中所起的重要作用。

最后,诗社活动中所采用的竞赛评比的方法,也有利于活跃创作,统一诗风,扩大诗社影响。在这方面,最具代表性的是宋元之际的月泉吟社。月泉吟社是浦江月泉社之主盟吴渭向四方诗社征诗的一次大型诗社活动。征诗题目为《春日田园杂兴》。寄诗应征者共二千七百三十五卷。吴渭专门邀聘谢翱、方凤、吴思齐三人为考官,主持甄选评裁,从来稿中选出前二百八十名,即为此次征诗活动的优胜者。今存《月泉吟社诗》一卷收录了前六十名的诗作。

如何选出优胜者?显然不能仅凭考官个人的喜好,必须设定一个共同标准,作为评比的依据,这就是吴渭所说的:"此题要就春日田园上做出杂兴,却不是要将杂兴二字体贴。"②"作者固不可舍田园而泛言,亦不可泥田园而他及。舍之则非此诗之题,泥之则失此题之趣。……诸公长者,惠顾是盟而屑之教,形容模写,尽情极态,使人诵之,如游辋川,如遇桃园,如共柴桑墟里,抚荣木,观流泉,种东皋之苗,摘中园之蔬,与义熙人相尔汝也。"③ 而各地参加者既为此次征诗活动踊跃投稿,也即表示他们接受了此一标准。

类似月泉吟社的活动形式,在宋代诗社中保存的材料不多,

---

① 《鸿庆居士集》卷三十,景印文渊阁《四库全书》本。
② 《月泉吟社诗·春日田园题意》,丛书集成本。
③ 《月泉吟社诗·诗评》,丛书集成本。

但也并非无迹可寻。如葛胜仲《次韵德升再讲酬唱》云："莲社追攀每愧心，诗盟此假偶重寻。……龟洛赋成应夺锦，鸡林价重定酬金。"①"夺锦"、"酬金"云云，说明存在着竞赛评比的情况。徐大焯《烬余录》乙编云："帘影，词人某氏女。工词曲，为诸社冠。"② 既云"为诸社冠"，显然也存在着多个诗社之间举行创作竞赛并评比高下的情况。诗社内部的竞赛评比自然有助于同人间创作思想的统一，而各个诗社横向的竞赛评比，则促进了不同文人群体之间的交流，更有助于某种诗风的推广扩大，这对诗歌流派的形成自然是大有裨益的。

---

① 《丹阳集》卷十九，景印文渊阁《四库全书》本。
② 载《中国野史集成》第10册。

宋元科举与文人会社

结社风气的盛行，乃是宋元时期最为引人瞩目的社会现象之一。

吴自牧《梦粱录》卷一"元宵"条载："姑以舞队言之，如清音、遏云、掉刀、鲍老、胡女、刘衮、乔三教、乔迎酒、乔亲事、焦锤架儿、仕女、杵歌、诸国朝、竹马儿、村田乐、神鬼、十斋郎各社，不下数十。更有乔宅眷、旱龙船、踢灯、鲍老、驼象社。"这是说唱歌舞技艺按专业分工组成的各类会社。

《梦粱录》卷二"诸库迎煮"条云："……次八仙道人、诸行社队，如鱼儿活担、糖糕、面食、诸般市食、车架、异桧奇松、赌钱行、渔父、出猎、台阁等社。"这里有饮食行业由手艺不同而结成的各种会社，也有属于其他行业的会社。

耐得翁《都城纪胜》"社会"条，亦记录了当时京城临安的诸多会社组织。如文学方面有西湖诗社；说唱音乐方面有小女童像生叫声社、遏云社、清乐社；游艺玩耍方面有蹴鞠打球社、川弩射弓社、马社；饮食方面有奇巧饮食社；佛教方面有光明会、茶汤会、净业会、药师会、放生会；收藏鉴赏方面有七宝考古社以及锦体社、八仙社、渔父习闲社、神鬼社、花果社等。

以上材料，勾勒了一幅宋代社会各类会社繁花竞放、争奇斗妍的生动图景，这是宋以前的时代所不曾有过的现象。这一现象说明，随着封建经济的高度发达，社会分工更加细密，各种社会群体的分界日益明显。以往以个体为主的生产经营方式，已不能适应商业活动日趋活跃的社会现实。为了生存和发展，从事共同专业的人们，自觉地组织起来，结成会社，依靠群体的力量，以利更有效地发挥本专业的特长，同时亦可以更有力地表达和维护共同的利益和要求。

封建社会的社会分工，将文人的社会角色定位在从政上，而科举乃是实现这一社会分工的必由之阶。对青年士子来说，说他们是以科举为专业，可能并不为过。特别是在宋代，由于实行全面的文官政治的需要，大大扩充了科举名额。据记载，宋太宗在位二十二年，仅进士一科取人即近万人①，而唐朝二百九十年间取士总数不过六千多人。② 所以，在唐代，科举并非文士的唯一出路，边塞从幕、隐居买名、仗策漫游，文士自身价值的实现尚有着多种选择。而在宋代，全社会读书人几乎都被吸引到了这条并不算宽阔的道路上，这势必造成科场竞争的日趋激化。

其次，宋代针对唐代科举的弊端进行了一系列整顿、改革，如禁止"公荐"，实行锁院、弥封、誊录等制度，逐步建立了一整套严密的科举立法。这就基本排除了权贵对科举取士的操纵，行贿请托等营私舞弊现象大大减少，唐代盛行的"行卷"、"温卷"之习逐渐告绝，取士的标准主要看考生的成绩而不是其他，这就对考生本人的才学提出了更高的要求。

另外，宋代对科举考试的内容也进行了改革，废除了诗赋、帖经墨义考试，改试"经义"、论、策。其中所谓"经义"，专限于从儒家经典出题，且大都只是从经典中摘出的只言片语，要求考生加以敷衍阐发，这就需要考生平时必须熟读儒家经典。而且，这类文章在内容上专注一家之说，并不允许考生自由发挥，考生为了出人头地，只有从形式技巧方面寻找出路。因而，对文

---

① 《宋史·王禹偁传》，中华书局，1977年排印本。
② 金诤：《科举制度与中国文化》，上海人民出版社，1990年。

章形式技巧的钻研练习，就成为考生准备应试的最重要的功课之一。

从以上简要论述，我们不难看出宋代科举的两个显著特点，一是考生人数的扩大，使参加科举不再只是知识阶层中个别人或部分人的行为，而是整个知识阶层的共同行为。具体到某一地某一乡，都有许多人在同时准备参加科举；二是与唐代以诗赋取士更重视个人禀赋和临场发挥不同，宋代科举考试的内容更具普遍性、共同性，用通俗的话来讲，即大家都使用着共同的教材。这就给考生们组织起来，以得商讨切磋之效提供了可能。宋元时代与科举有关的会社就是在这种情况下应运而生的。下面拟对这些会社作一初步考察。

一、课会　课社、书会　文会

宋元时期与科举有关的会社名称并不统一，或称课会，如陈造有《赠课会诸公》诗，云："书社他年事，寻盟未厌烦。须吾执牛耳，助子跃龙门。凌厉先诸彦，从容即万言。隽功科举外，暇日要深论。"[①] 或称课社，如林希逸《资福岭庵前作》诗，原注云："岭内有神祠，旧时课社十日一集其间。"[②] 或称书会，如李光有《戊辰冬，与邻士纵步至吴由道书会，所课诸生作梅花诗，以先字为韵，戏成一绝句。后三年，由道来昌化，索前作，复次韵三首，并前诗赠之》一诗。[③] 这里所说的书会，与通常所指民间艺人所结、专门从事创作说唱、话本、戏曲等通俗文学作品的书会不同，乃是文士读书会讲的一种组织，与家塾、舍馆的性质相近。耐得翁《都城纪胜》"三教外地"条云："都城内外，

---

① 《江湖长翁集》卷十一，景印文渊阁《四库全书》本。
② 《竹溪鬳斋十一稿续集》卷一，景印文渊阁《四库全书》本。
③ 《庄简集》卷七，景印文渊阁《四库全书》本。

自有文武两学，宗学、京学、县学之外，其余乡校、家塾、舍馆、书会，每一里巷须一二所，弦诵之声，往往相闻。遇大比之岁，间有登第补中舍选者。"可见书会与科举考试有着十分密切的关系。或称文会，如元代杨维桢、濮乐闲等即创立过聚桂文会。杨维桢《聚桂文集序》记其始末云："……嘉禾濮君乐闲，为聚桂文会于家塾，东南之士以文卷赴其会者凡五百余人，所取三十人，自魁名吴毅而下，其文皆足以寿诸梓而传于世也。予与豫章李君一初实主评裁，而葛君藏之，鲍君仲孚，又相讨议于其后。故登诸选列者，物论公之，士誉荣之。"①

宋元时期与科举有关的会社的活动内容，大抵不出以下三个方面：首先，作为此类会社最重要的功能，主要在于举子之间相互激励，商讨切磋，以收到比个人埋首苦读、孤独无友更明显的功效。试看陈著《桂峰课会檄》一文：

> 窃以功名分内事，敢辞桑砚之磨；富贵学中来，当效祖鞭之着。镃基有素，机会又新。欲谐携手之欢，须断同心之利。身惭丁白，何时膺三接之荣；指数槐黄，此去仅一岁之隔。正宜勉力，莫待临期。况丽则之技术难穷，而妆点之功夫无尽。谁可人自为师、家自为学？要在得则相善，失则相规。俾尽所长，各言尔志。白雪阳春，人皆得句；高山流水，行遇知音。毋独擅其已能，冀相忘于下问。其来渐矣，声名盛同里之扬；以数考之，事业应吾侪之奋。自今以始，愿缔其盟。②

这是一篇举子相期结课会的宣言，文中"欲谐携手之欢，须断同心之利"、"谁可人自为师、家自为学？要在得则相善，失则相规"、"毋独擅其已能，冀相忘于下问"等语，将举子们参加

---

① 《东维子集》卷六，四部丛刊本。
② 《本堂集》卷五十三，景印文渊阁《四库全书》本。

此类会社的心态揭橥得颇为清楚,这正是此类会社大量出现的原因所在。可惜的是,有关此类会社具体活动情形的材料保存下来的不多,但从现存少量材料中亦不难略窥其一二。像李流谦《比观仲结诸公课会,皆勍敌也。行就举南宫,作此赠之》一诗,记述了一个课会的活动:

> ……诸君堂堂万骑将,折箠自足答狂虏。收拾波澜着盆盎,却恐蛟龙愁窘步。信手拈来即三昧,安用区区备先具。朝窗暮几不停缀,宝玉牵联斗奇富。论如《过秦》有古意,赋拟《两都》多杰句。朝来次第出示我,两耳卓槊惊咸濩。华歆便可置龙头,牧之岂肯居第五。我骇虚弦痛方定,未暇相从执旗鼓……①

此诗虽然也未对课会的具体活动作更多描绘,但我们从诗中却不难感受到一种互为师友、商讨切磋的气氛,一种融洽无间的群体精神,举子们对此心向往之是不难理解的,像此诗作者即对未能参加这一课会活动而深感惋惜。可见,通过参加课会活动,举子们深得友朋相得之乐,原本枯燥单调的应试准备,也变得兴味盎然了。

其次,除了在举业方面的商讨切磋之外,课会等会社的另一重要功能乃是通过友朋之间的规正砥砺,以加强举子的道德修养。在这方面表现最为突出的是徐鹿卿所创立之青云课社。其《青云课社序》述其始末甚详:

> 己卯之春,其月建寅,其日己亥,青云课会十有七人集于里之崇元观,以文会也。酒才数行,殽核具而已。卒饮相顾言曰:朋友之会尚矣。兰亭之集以修禊会,别墅之游以围棋会,竹林七贤以放达会,酒中八仙以沉醉会,朋友之会尚矣。而以文会者寡也。惟吾乡里

---

① 《澹斋集》卷三,景印文渊阁《四库全书》本。

之士，平时过从聚合，言论鲠鲠如药石。矧当天子诏兴贤能、郡诸侯劝驾之秋，蓄锐待敌，正其时矣，可不益图切磋之功乎！此课会之举，吾徒所以相长而求益也。凡与此会者，不以技，过者必知所裁，而未及者必知所勉也；不以齿，长者毋至于亢，而少者毋至于惮也；不以分，师生得以相正，亲戚得以相规，而兄弟子侄得以相指摘也。言而失，则约之中；行而失，则返之善。其所以辅仁者又有在于文会之外也，岂直曰缀缉之工而缔绘之巧邪！……①

从此序不难看出，青云课社虽然也为应试而进行作文技巧方面的切磋，然其立社宗旨似乎主要在道德修养方面，所谓"辅仁者又有在于文会之外"是也。我们知道，在中国传统文化中，对于知识的追求和才能的培养，总是和对于道德的修养和维护结合在一起，后者的重要性甚至远在前者之上。这一价值取向，乃是儒家以伦理为本位，重视主体道德修养的思想所决定的。特别是宋代以后，随着理学的确立和影响的扩大，对士人道德的要求也越来越强化。课会一类会社的参加者多为举子，对这些未来的从政者来说，道德修养自然是他们人格培养的一个举足轻重的方面。道德修养虽是属于个体的行为，但在传统文化中，朋友间的规正砥砺所起的作用从来都是得到大力提倡的。青云课社等会社在这方面所起的作用，则是进一步将原本个体之间的行为群体化、组织化了。

再次，课会等会社还举行模拟科举考试的活动。像前面提到的元季杨维桢等所立的聚桂文会，专门聘有考官主持评裁，从五百余人中选中三十人，列榜公布，"物论公之，士誉荣之"，实际上相当于一次科举考试的预演。举子们通过参加这类活动，可

---

① 《清正存稿》卷五，景印文渊阁《四库全书》本。

以检视自己所学,获得考试经验,增强应试信心,故极受广大举子欢迎,以至此种"乡评里校之会,岁不乏绝"①,而"士之与是会者,人固以欲之桂待之矣"②。

宋元时期与科举有关的会社,除了上述之外,还有一种属于经济方面的结社。由于科举规模的扩大,把许多下层士人也吸纳了进来,甚至那些原本不属于士的阶层,也"未有不舍其旧而为士者也"③。然而,参加科举并不仅仅靠才学,亦需要一定的经济保障,像赴举途中的舟车盘缠、在京期间的吃住开销,都是一笔不菲的开支。对于那些家境贫寒的士人来讲,仅靠自家或少数亲友之力,往往无力承担这笔开支,于是,像"过省会"一类专为考生提供经济资助的会社就应运而生了。真德秀《万桂社规约序》一文,就详细记载了这样一个会社的活动情况:

> 林君彬之以《万桂社规约》示余。余叹曰:尝知饥者可以语耒耜之利,尝知寒者可以论蚕织之功,否则以为漫然而已。忆余初贡于乡,家甚贫,辛苦经营,财得钱万,囊衣笈书,疾走不敢停。至都,则已惫矣。比再举,乡人乃有为所谓"过省会"者(原注云:人入钱十百八十,故云),偶与名其间,获钱凡数万,益以亲友之赆。始舍徒而车,得以全其力于三日之试,遂中选焉。故自转输江左以迄于今,每举辄助钱二十万,示不忘本也。吾乡去都十日事尔,其难若是,则温陵之士其尤难可知也。林君此约其为益又可知也。盖纾其行以养其力,一也;无怵迫以养其心,二也;无匄贷以养其节,三也。一举而三益俱焉,此余所以深有取也。然吾

---

① 《东维子集》卷六,四部丛刊本。
② 《东维子集》卷十七《聚桂轩记》,四部丛刊本。
③ 苏辙:《上皇帝书》,《栾城集》卷二十一。

乡与约者几千人，林君为此二十年矣，同盟仅三百有奇，濂溪杨公所以叹其不如莆之盛也。林君其思所以广之，使与者愈多，则获者愈厚，余所谓三益者，庶乎其可望也。若夫身为劝驾之官，而未能复续食之制，窃有愧焉。姑捐库缗五万佐之，且以为此邦故事。虽未能赎吾愧，亦以见吾志云。①

从文中的记述来看，这显然是一个类似于今天的互助会的民间会社，其活动方式是，通过众人的集资，聚沙成塔，集腋成裘，建立基金，然后提供给有需要的人。对如真德秀一样的家境贫穷的举子来说，此举切实地解决了他们的经济窘迫之忧。我们可以看一下宋代官僚队伍的构成，其中出身贫寒者可谓比比皆是，声名较著的如吕蒙正，中举前与妻子住在破窑中，饥寒交迫（传奇《破窑记》即演述其事）；寇准早年家贫，母亲去世时"欲绢一匹作衣衾不可得"②；范仲淹二岁丧父，母亲改嫁，生活贫艰，"冬月愈甚，以水沃面；食不给，至以糜粥继之"③；欧阳修四岁而孤，母亲"亲诲之学，家贫，至以荻画地学书"④。他们全都考上了科举，并位居高官。当然，并没有材料证明他们曾得到"过省会"一类互助会社经济上的资助，但宋代许多像他们一样的贫寒士子，由于得到此类会社的经济资助而步入仕途则是不争的事实。

二、同年会

赵升《朝野类要》卷五"同年乡会"条云："诸处士大夫同

---

① 《西山文集》卷二十七，景印文渊阁《四库全书》本。
② 邵伯温：《邵氏闻见录》卷七，中华书局，1983年排印本。
③ 《宋史·范仲淹传》，中华书局，1977年排印本。
④ 《宋史·欧阳修传》，中华书局，1977年排印本。

乡曲,并同路者,共在朝、及在三学,相聚作会,曰乡会。若同榜及第聚会,则曰同年会。"可见,同年会乃是科举考试时,同榜登第的考生所结之会社组织。

其实,同年会与科举的关系,主要在于科举为其出现提供了一个契机,参加者之间同科录取的经历和相似的政治地位,很容易产生一种亲和力,作为一条无形的纽带把他们联系在一起。

同年会一类会社的出现,从本质上讲,乃是封建官僚政治的产物。我们知道,在封建专制制度下,封建统治阶级内部始终充满了错综复杂的矛盾。一方面是君主与臣下的矛盾。君主为了防止皇权被削弱,甚至被篡夺,对臣下猜忌戒备有加,不可能给予充分的信任。他们喜怒无常,恩威并用,生杀任情,臣下或是飞黄腾达,衣紫腰金,或是贬官、罢职、流放、杀头,命运完全掌握在君主手中。另一方面是官僚之间的矛盾。他们由于政见之争,更多的是围绕权位之争,勾心斗角,尔虞我诈,诬陷诽谤,互相攻讦,无所不用其极。仕进之路荆棘丛生,陷阱密布,偶有不慎,就会招致灭顶之灾。在这种复杂的政治背景下,为官从政最怕的就是孤立无援。因此,官僚们由于各自利益的相关而结成不同的派别、集团,得以在政治角斗中互通声气,党援朋比,使自己立于不败之地。同年会即是政治结盟的形式之一。柳开《与朗州李巨源谏议书》云:"同年登第者,指呼为同年。其情爱相视如兄弟,以至子孙累代,莫不为瞎比,进相援为显荣,退相累为黜辱。君子者成众善,以利民与国;小人者成众恶,以害国与民。"① 这段话将同年会之本质揭示得可谓淋漓尽致。

现存宋代同年会活动的材料,不少都表现了政治结盟的意蕴。如黄公度《松峰庵即席示同年诗》:

才子连镳俯近坰,霜风散逐马蹄轻。芳樽屡约同年

---

① 《河东集》卷九,景印文渊阁《四库全书》本。

会，要路行看异日情。境僻却嫌丝管沸，坐阑转觉笑谈清。松峰自此宣高价，不使慈恩独擅名。①

诗中"要路行看异日情"一句，把希冀同年之间在仕途上联镳并辔，相互提携的心态表露无遗。又如王之道《边公式、周表卿侍郎同年会》诗，原序云："侍郎边公式、周表卿以绍兴十七年（1147）夏四月癸丑讲甲辰同升之好，与诸公把酒湖上，为泛舟之集。预会者余宅仲、李景圭、王端才、何才卿、蔡仲平、时昌臣、李宜仲、王彦光及之道共一十一人。坐中公式令之道赋诗为唱，得东字韵，修故事也。之道奉命，不敢以固陋辞，强勉奉呈。"诗云：

侍郎修好燕群公，雁塔题名二纪同。谈笑静移杨柳日，杯盘清泛芰荷风。鹏抟竞祝三旌贵，鲸吸相期百榼空。此会明年应更好，马周行亦起新丰。②

诗的末句用了马周起新丰的典故。唐代马周少孤贫，好学落拓，不为州里所敬。西游长安，宿于新丰逆旅。后"至京师，舍于中郎将常何之家。贞观三年（629），太宗令百僚上书言得失，何以武吏不涉经学，周乃为陈便宜二十余事，令奏之，事皆合旨。太宗怪其能，问何，何答曰：'此非臣所能，家客马周具草也。每与臣言，未尝不以忠孝为意。'太宗即日召之，未至间，遣使催促者数四。及谒见，与语甚悦，令直门下省。六年，授监察御史，奉使称旨。帝以常何举得其人，赐帛三百匹"③。我们知道，同年登第的人，在仕途上的遭遇可能并不一致。有的官运亨通，青云直上；有的则坎坷困踬，沉抑下僚。即以此同年会来说，边公式、周表卿等人已官至侍郎，而王之道所任最高官职不

---

① 《知稼翁集》卷上，景印文渊阁《四库全书》本。
② 《相山集》卷十二，景印文渊阁《四库全书》本。
③ 《旧唐书·马周传》，中华书局，1977年排印本。

过是河南转运判官。① 王之道在诗里用此典故，显然是以马周自比，含蓄地表达了希冀已身居高位的同年大力援引，使自己早日得到皇帝赏识之意。

同年会的活动形式大致可分为两类。一类是建会结盟的仪式，比较正规、严谨。范成大《吴下同年会诗碑序》云：

……既朝谢，揆日集贡院，奉赐第录黄于香案，列拜庭下。礼毕，更以齿班立：四十以上东序西向，未四十西序东向。推年最长若最少者各一人升堂，长者中立南向，少者北向。春官吏赞拜，少者拜，又赞，答拜。长者洎两序皆再拜，谓之拜黄门，序同年。②

元代同年会的情形与此大同小异。宋褧《同年小集诗序》云：

天历三年（1330）二月八日，同年诸生谒座主蔡公于崇基万寿宫寓所。既退，小集前太常博士艺林王守诚之秋水轩，坐席尚齿，酒肴简洁，谈咏孔洽，探策赋诗。右榜则前许州判官伊噜布哈、前沂州同知库春、前大司农照磨温都尔、奎章阁学士院参书雅勒呼。左榜则前翰林编修王瓒、前翰林修撰张益、前富州判官章谷、翰林应奉张彝、编修程谦。疾不赴者前陈州同知纳沁、深州同知王理、太常太祝成鼎，时鄂啰调官监濠之怀远县、库春监庆元之定海县、谷广东元帅府都事，皆将赴上。雅勒呼旧亦名为雅古云。执笔识岁月者，前翰林编修詹事院照磨宋褧也。③

另一类是日常的联谊，活动形式和气氛都比较轻松，与一般的诗社文会活动并无二致。陈造《集同年记》一文，记述的就

---

① 《四库全书总目·相山集提要》，中华书局，1965年景印本。
② 此文收入陆增祥《八琼室金石补正》卷一百一十六，文物出版社，1985。
③ 《燕石集》卷十二，景印文渊阁《四库全书》本。

是这样一次活动：

> 小宰费公士寅、西掖陈公宗召、左史汤公硕倡之。庆元庚申（1200）二月八日，合乙未岁同年进士饮于西湖环碧之园。其叙以拜，其坐以齿，其主席者三，某官其预招者十二某某。自举觞至扬觯三十刻。所饮既酣，合辞言曰：仕熙代，取科第良幸，而吾主客十六人者官于中外，合而离，越二十六年，离而复和。把杯相属，道国恩，论情素，劝加餐，祝亨嘉，聚首一笑，不其尤幸。况时仲春，风物媚妩，欲雨倏晴，云日葱昽，西湖山水，秀丽甲天下。而环碧之涵虚，又西湖胜处。宜春宜晴宜觞咏，俯仰徙倚，湖光澄泞，盎盎如酿，鸟鱼弄影，窥闯樽俎，风柔无力，落梅泛香，断续袭人。一时佳胜，为吾徒有，不止古所谓四并者。政恐后谪仙无此乐，非三钜公笃事契、忘名分，未易得此，此不容不识。客命某致辞，书者胡有开也。①

从此文的描述可见，该会的活动主要是流连山水，诗酒酬唱，并无任何涉及现实政治、人事等方面的内容，与大多数诗社活动相似。然而，正是通过频繁地举行这类活动，有意无意地促进了同人间的感情交流，密切了彼此之间的关系，归根结底，仍是为其在政治上结盟服务的。

唐代科举就有编辑刊行新科进士名录的做法，称作《登科记》。宋代沿袭了这一做法，改称《同年小录》。洪迈《容斋续笔》卷十三"金花帖子"条云："唐进士登科，有金花帖子，相传已久，而世不多见。予家藏咸平元年（998）孙仅榜盛京所得小录，犹用唐制以素绫为轴，贴以金花，先列主司四人衔……皆押字；次书四人甲子，年若干，某月某日生，祖讳某，父讳某，

---

① 《江湖长翁集》卷二十二，景印文渊阁《四库全书》本。

私忌某日,然后书状元孙仅,其所纪与今正同。别用高四寸绫,阔二寸,书盛京二字,四主司花书于下,粘于卷首,其规范如此。"这里所说的是《同年小录》的制作形式,在这一点上,唐代与宋代基本上一脉相沿,差别不大。

值得注意的是唐宋两代编辑此类文件时价值取向的不同侧重。唐代《登科记》似乎主要为了显示中举者名列其中为天下所知的荣誉,刘禹锡《赠致仕滕庶子先辈》诗云:"朝服归来尽锦荣,登科记上更无名。"① 可见世人也主要是从这一点着眼的。而宋代之《同年小录》则政治结盟的意蕴甚浓。曾丰《同班小录序》详细记述了这一现象:

> 淳熙十六年(1189)正月庚戌,皇帝御后殿,临轩选人,李耆庆以下凡三十有二员,踵吏部侍郎班于庑,次第见已,传旨改秩。退聚于天庆观,具衣冠再拜而三揖,叙同班也。阅六日丙辰,又聚于旌忠观。相与言曰:古人气投道合,适然行同途,宿同馆,犹定交去,况朝觐臣子大礼!吾三十二人者,东西南北士也,乃获为同班,非幸与!聚拜结契,其事虽出迩年,要有不可废者。虽然,非久相亲,难记而易忘,人情则然。兹初结契相许至子孙,于久要之义得矣。更旬月随牒散而之四方,岁复一岁,少者衰,衰者老,卒然遇于道,往往忘面目,甚则忘声音,又甚则并姓名忘之,岂待至子孙哉!于是类爵里状刊而次之,谓之小录,人授一帙,备忘也。备忘未有具责,三者之终不忘,难矣。既有具则嗣自兹面目声音藉或忘之,姓名则容不忘也。虽曰不忘矣,或面相承,或书相遗,言行有过而不告,与忘同;文学有疵而不指,与忘同;政术有悖而不责,与

---

① 《刘宾客集》卷二十五。

忘同。班中士类贤者恝然相忘，万万无有也。虽曰不忘而与忘同者，万犹有一，则班契不得为全矣。故于录之首致序，又于序之末致戒焉……①

这里所说的"同班"，是指官员秩满赴京朝觐，改调新职时的同班之人，虽与"同年"之义略异，要之都是以某一共同机遇为契机而结成的官僚群体，性质是完全一样的。从文中所述来看，其活动主旨主要在于借此一机遇而结盟，以求相互砥砺之效，并通过编刊姓名录的形式，强化同人之间的联系。

---

① 《缘督集》卷十七，景印文渊阁《四库全书》本。

宋代的怡老诗社

有宋一代，文士结社唱和活动十分活跃，各种类型的诗社文会蓬勃兴起，遍布域中。据笔者初步考察，有材料记载的各类诗社达六七十家，较为著名的如邹浩颍川诗社、徐俯豫章诗社、贺铸彭城诗社、叶梦得许昌诗社、欧阳彻红树诗社、王十朋楚东诗社、乐备昆山诗社以及西湖诗社等。在众多诗社中，有一类属于怡老性质的诗社，参加者多为退休官员，年龄多在七八十岁以上，诗社多冠以耆英会、九老会、真率会一类名称。由于此类诗社的主盟大多担任过朝廷高官，故在社会上产生了较大影响。今天看来，此类诗社主要为退休老人怡情适兴的一种群体活动形式，文学上的成就并不算高，但从他们的活动和吟咏中，我们不难看到宋代社会政治、文化状况的某些折光。以往古典文学界对这一现象似乎从未予以注意，故笔者不揣谫陋，试草此文，对宋代的怡老诗社作一初步考察。

一

首先，我们以时间先后为序，对宋代怡老诗社的情况略作考述。

李昉汴京九老会 其事见于王禹偁《小畜集》卷二十为吴僧赞宁所作《右街僧录通惠大师文集序》，略云："先是，故相文正公悬车之明年，年七十一，思继白少傅九老之会。得旧相吏部尚书宋琪年七十九、左谏议大夫杨徽之年七十五、郢州刺史判金吾街仗事魏丕年七十六、太常少卿致仕李运年八十、水部郎中直秘阁朱昂年七十一、庐州节度副使武允成年七十九、太子中允致仕张好问年八十五、大师时年七十八,凡九人焉。文正公将燕于家园,形于绘事,以声诗流咏播于无穷。会蜀寇作乱,朝廷出师不果而罢。"

这里所说的故相文正公即李昉。昉字明远,宋初历翰林侍读学士,拜中书侍郎平章事,卒谥文正。据《宋史》本传,昉致仕之年为淳化五年（994）,这里说"悬车之明年",即应为至道元年（995）。这是现知宋代怡老诗社中年代最早的。但此诗社之立仅止于意向,并未开展过活动。

徐祐苏州九老会 其事见于龚明之《中吴纪闻》卷二"徐都官九老会"条。云:"徐祐,字受天,擢进士第。为吏以清白著声。庆历中,屏居于吴,日涉园庐以自适。时叶公参亦退老于家,同为九老会。晏元献、杜正献皆寓诗以高其趣。晏之首题云:'买得梧宫数亩秋,便追黄绮作朋俦。'杜之卒章云:'如何九老人犹少,应许东归伴醉吟。'时与会者才五人,故杜诗及之。享年七十有五,终都官员外郎。"文中晏元献为晏殊,杜正献为杜衍。该九老会可考者仅此。

马寻吴兴六老会 庆历六年（1046）,马寻为湖州太守,曾于郡之南园举六老会。事见周密《齐东野语》卷二十"耆英诸会"条:"吴兴六老之会,则庆历六年（1046）集于南园。郎简（工部侍郎七十七）、范锐（司封员外八十六）、张维（卫尉寺丞九十,都管张先之父）、刘余庆（殿中丞九十二,述仲之父）、周守中（大理寺丞九十,颂之父）、吴琰（大理寺丞七十二,知几之父）。时太守马寻主之,胡安定教授湖学,为之序焉。"据此材料,该六老会之与会者实乃七人。

杜衍睢阳五老会 事见王辟之《渑水燕谈录》卷四,略云:

"庆历末，杜祁公告老，退居南京，与太子宾客致仕王涣、光禄卿致仕毕世长、兵部郎中分司朱贯、尚书郎致仕冯平，为五老会，吟醉相欢，士大夫高之。……五人年皆八十余，康宁爽健，相得甚欢。故祁公诗云：'五人四百有余岁，俱称分曹与挂冠。'……是时欧阳文忠公留守睢阳，闻而叹慕，借其诗观之，因次韵以谢。卒章云：'闻说优游多唱和，新诗何惜借传看。'"

杜衍，字世昌。仁宗朝，拜同中书门下平章事。以太子少师致仕，封祁国公。卒谥正献。五老会举行之地睢阳，宋时称南京，又称宋城，即今河南商丘市。

章岵苏州九老会 事见龚明之《中吴纪闻》卷四"徐朝议"条："徐师闵，字圣徒，仕至朝议大夫。退老于家，日治园亭，以文酒自娱乐。时太子少保元公绛、正议大夫程公师孟、朝议大夫闾丘公孝终，亦以安车归老，因相与继会昌洛中故事，作九老会。章岵为郡守，大置酒合乐，会诸老于广化寺。又有朝请大夫王琥、承议郎通判苏湜与焉。公赋诗为倡，诸公皆属而和之，以为吴门盛事。"章岵，字伯望。以朝散大夫尚书司封郎中知苏州。据《正德姑苏志》卷三《职官志》载，章岵以元丰元年（1078）到任，任三载。故知该九老会的活动当在此一时间内。

文彦博洛阳五老会 彦博字宽夫，累官同中书门下平章事，封潞国公。神宗熙宁、元丰间，以太师致仕，居洛阳。哲宗元祐初，命平章军国重事，居五年，复致仕。绍圣四年（1097）卒，年九十二。有《潞公文集》。此五老会见于《潞公文集》卷七《五老会》诗，原注云："元丰三年（1080）九月，范镇内翰、张宗益工部、张问谏议、史炤大卿。"诗云："四个老儿三百岁，当时此会已难伦。如今白发游河曳，半是清朝解绶人。喜向园林同燕集，更缘尊酒长精神。欢言预有伊川约，好作元丰第四春（原注：为来岁张本）。"从此诗末联可知，该五老会在元丰三年、四年均有过活动。

文彦博洛阳耆英会 历来有关此会的记载颇多，其中以邵伯温《邵氏闻见录》卷十所记最详，云："元丰五年（1082），文潞公以太尉留守西都，时富韩公（弼）以司徒致仕，潞公慕白乐天九老会，乃集洛中公卿大夫年德高者为耆英会。以洛中风俗尚齿不尚官，就资胜院建大厦曰耆英堂，命闽人郑奂绘像其中。时富韩公年七十九，文潞公与司封郎中席汝言皆七十七，朝议大夫王尚恭年七十六，太常少卿赵丙、秘书监刘几、卫州防御使冯行已皆年七十五，天章阁待制楚建中、朝议大夫王慎言皆七十二，太中大夫张问、龙图阁直学士张焘皆年七十。时宣徽使王拱辰留守北京，贻书潞公，原预其会，年七十一。独司马温公年未七十，潞公素重其人，用唐九老狄兼谟故事①，请入会。温公辞以晚进，不敢班富、文二公之后。潞公不从，令郑奂自幕后传温公像，又至北京传王公像，于是预其会者凡十三人。潞公以地主携妓乐就富公宅作第一会，送羊酒不出；余皆次为会。洛阳多名园古刹，有水竹林亭之胜，诸老须眉皓白，衣冠甚伟，每宴集，都人随观之。"

文彦博洛阳同甲会 此会参加者共四人：文彦博、程珦、司马旦、席汝言。事见文彦博《潞公文集》卷七《奉陪伯温中散程、伯康朝议司马、君从大夫席，于所居小园作同甲会》诗，云："四人三百一十二岁，况是同生丙午年。招得梁园同赋客，合成商岭采芝仙。清淡亹亹风生席，素发飘飘雪满肩。此会从来诚未有，洛中应作画图传。"元丰五年（1082）耆英会活动时，文彦博、席汝言均年七十七，而同甲会时年已七十八，故知这是元丰六年（1083）的事。

司马光洛阳真率会 邵伯温《邵氏闻见录》卷十紧接耆英会之后云："其后司马公与数公又为真率会，有约：酒不过五

---

① 参见洪迈《容斋四笔》卷八"狄监卢尹"条。

行,食不过五味,惟菜无限。楚正议违约增饮食之数,罚一会。皆洛阳太平盛事也。"此真率会似不止举行过一次,每次的参加者也略有不同,试举其著者。司马光《传家集》卷十一有《真率会》诗,题云:"二十六日作真率会。伯康与君从七十八岁,安之七十七岁,正叔七十四岁,不疑七十三岁,叔达七十岁,光六十五岁,合五百一十五岁。口号成诗,用安之前韵。"此七人中,除伯康(司马旦)、叔达(不详)两人外,均参加过耆英会,从所记各人年龄来看,该会的举行日期为元丰六年(1083)。又,《宋史·范纯仁传》云:"丐罢,提举西京留司御史台。时耆贤多在洛,纯仁及司马光,皆好客而家贫,相约为真率会,脱粟一饭,酒数行,洛中以为胜事。"此以范纯仁、司马光两人为首的真率会,在两人文集中均有记录。范纯仁《范忠宣集》卷二《和君实微雨书怀韵》云:"……邀朋拟白社,取友尽苍髯。馔具虽真率,宾仪去谨严。"君实,即司马光字。司马光《传家集》卷十一《邀子骏、尧夫赏西街诸花》诗云:"试问二三真率友,小车篮舁肯重过。"子骏为鲜于侁字,尧夫即范纯仁字。据《宋史·鲜侁传》,其于神宗元丰末年(1085)分司西京御使台。故知此真率会的活动时间当在元丰六七年间。参加过此真率会活动的,似还应有以下诸人:范镇,字景仁,曾任知制诰、翰林学士,神宗朝历端明殿学士。范纯仁《范忠宣集》卷四《蜀郡范公景仁挽词三首》其二云:"伊洛相逢日,忠贤盛集时。游从敦气义,唱和若埙篪。"味其诗意,景仁显然参加过纯仁真率会的活动。祖无择,字择之,曾任龙图阁学士,权知开封府,进学士。其所撰《龙学文集》卷四有《聚为九老自咏诗》,其序云:"龙学因分司西京御史台,与司马温公九人为真率会,谓之九老。"显然也参加过司马光组织的某一次真率会的活动。

程俱衢州九老会 程俱,字致道,衢州开化人。宣和二年(1120),赐上舍出身。高宗朝,擢中书舍人,兼侍讲,罢,提举江州太平观，除徽猷阁待制。其《北山集》卷十有《与叔问预约继九老会》诗，云："七老当年四美并，韩温千载接仪型。世间天爵兼人爵，云外台星聚德星。白发篸花看更好，碧山环座眼偏青。相期勉继耆英会，留与衢人作画屏。"诗题中之叔问为赵子昼，字叔问。高宗建炎间，曾官礼部、兵部侍郎等职。据程俱所撰叔问《墓志铭》，其卒于绍兴十二年（1142），此前"以旧职提举江州太平观，寓止衢州，凡七年。……得宽闲之地，城南之郊，为池亭林圃，间与交旧游息其间，浩浩然若将终身而不厌者"①。据此，该九老会之活动时间，当在以绍兴十二年为下限上溯七年（1136—1142）这一期间内。

朱翌韶州真率会 朱翌，字新仲，舒州人，号灊山居士。政和八年（1118）同上舍出身。南渡后，为秘书少监、中书舍人。绍兴十一年至二十五年（1141—1155）间，翌因忤秦桧，责授将作少监，韶州安置。桧死，北返，充秘阁修撰，授敷文阁学士。其所撰《灊山集》卷二有《同郭侯、僧仲晚至武溪亭议真率会》诗，末联云："尺书相与盟真率，岭海风流似洛京。"据此可知，该真率会的举行地点当在作者贬官之地韶州。

史浩四明尊老会 史浩，字直翁，明州鄞县人。绍兴十五年（1145）进士。孝宗朝曾两任宰相。卒赠会稽郡王，谥文惠。其《鄮峰真隐漫录》卷四十七录有《满庭芳》词五首，分别题为"四明尊老会劝乡大夫酒"、"劝乡老众宾酒"、"代乡大夫报劝"、"代乡老众宾报劝"、"代乡老众宾劝乡大夫"。同卷《最高楼》词小序云："乡老十人皆年八十，淳熙丁酉（1177）三月十九日，作庆劝酒。"可见，此尊老会显然是与耆英会、真率会相类似的怡老诗社活动。据《宋史》本传，史浩于隆兴元年（1163）拜尚书右仆射，之后不久，即因事罢职家居，共十三

---

① 《北山集》卷三十二，景印文渊阁《四库全书》本。

年,至淳熙五年(1178)方复召为右丞相。该尊老会的活动,当即在其罢职家居期间。此外,《鄮峰真隐漫录》卷三十九还录有《五老会致语》、《六老会致语》各一篇。此五老会、六老会显然与前述尊老会为同一时期举行的怡老诗社活动,只是由参加者的人数不同而名称各异。

汪大猷四明真率会 汪大猷,字仲嘉,号适斋,明州鄞县人。官至吏部侍郎,兼权尚书。其举真率会一事,见于楼钥《攻媿集》卷六《适斋约同社往来无事形迹次韵》诗,略云:"舅氏年益高,何止七十稀……义概同古人,闾里咸归依……为作真率集,率以月为期……凡我同盟人,共当惜此时。"又,同书卷十二《士颖弟作真率会次适斋韵》亦有句云:"舅甥巾屦频相接,兄弟樽罍喜更同。参坐幸容攻媿子,主盟全赖适斋翁。"楼钥,字大防,号攻媿子。宁宗朝,历翰林学士,同知枢密院事,进参知政事。钥为大猷甥,曾与大猷并居翰苑,人称"舅甥三学士"①。其所撰大猷《行状》②,谓大猷于绍熙二年(1191)致仕回乡,卒于庆元六年(1200)。云:"公既谢事,而钥得奉祠,六年之间,有行必从,有唱必合,徒步往来,殆无虚时,剧谈倾倒,其乐无涯。"以大猷之卒年上推六年,为庆元元年(1195),此一期间,当即为该真率会的活动时间。

刘爚建阳尊老会 刘爚,字晦伯,建阳人。幼受学朱熹、吕祖谦之门。乾道八年(1172)进士。宁宗朝,累官国子司业,工部尚书,兼太子右庶子。其《云庄集》卷一有《壬午春社之明日,讲尊老会于西山之精舍。庞眉皓首,弈弈相照,真吾邦希阔之盛事。辄成口号一首,并呈诸耆寿,且以坚异日恬退之约云》诗,云:"耆年自是国之珍,何间衣冠与隐沦。华发共成千

---

① 另一甥为陈居仁。见厉鹗《宋诗纪事》卷四十七。
② 《攻媿集》卷八十八。

一岁,清樽相对十三人。休谈洛社遗风旧,且颂仙游庆事新。三径未荒宜早退,要将寿栎伴庄椿。"从此诗可见,该尊老会乃模仿"洛社遗风"的耆英会一类怡老诗社。诗社活动时间为"壬午",即宁宗嘉定十五年(1222)。参加者共十三人,其中既有"衣冠",亦有"隐沦"。从"真吾邦希阔之盛事"一句来看,诗社活动之地当在作者家乡建阳。

以上即宋代怡老诗社的大致情况,当然并不是全部。此类诗社,有些由于记载过于简略,面貌不甚清楚,这里就存而不录了。

二

从上文简要介绍不难看出,怡老诗社的活动在宋代十分普遍,它几乎贯穿了有宋一代,已成为宋代的一个引人瞩目的社会现象。

考察宋代怡老诗社的活动,不能不追溯到它的源头——唐代白居易的洛阳九老会。会昌五年(845),白居易七十四岁,时闲居洛阳,与胡杲等八人举九老会唱和,因绘图书姓名、年龄,题为《九老图》。① 此会以其参加者均为高年耆宿而为世人所瞩目。然而,这一文坛盛事,在唐代似乎并未找到它的知音,倒是到了宋代,成了文人士大夫群起仿效的对象,个中原因,颇值得探讨。

首先,包括怡老诗社在内的各类诗社大量涌现,乃是宋代文人生存方式演变的产物,它与宋代文人的群体化、集团化倾向,以及群体意识的趋强这一大的人文环境有着密切的关系。

王水照先生在比较唐宋文人生存方式的不同时指出:"如果

---

① 见计有功《唐诗纪事》卷四十九。

说,盛唐作家主要通过科举求仕、边塞从幕、隐居买名、仗策漫游等方式完成个体社会化的历程,从而创造出恢宏壮阔、奋发豪健的盛唐之音,那么,宋代的更大规模的科举活动所造成的全国性人才大流动、经常性的游宦、频繁的贬谪以及以文酒诗会为中心的文人间交往过从,就成为宋代作家们的主要生存方式了。"① 这是非常敏锐和深刻的观察。文人间频繁的宴集交游,客观上势必增进思想感情的交流,加强他们的联系,促使他们在政治观点、文学观念上的趋同,从而形成不同的文人圈子,随之又通过渊源授受、迭相师友而逐渐形成不同的群体、集团和派别。像北宋的从钱惟演西京幕府到"欧门"到"苏门"这三个文人集团的递相演进,南宋的从辛弃疾到"传其衣钵"的韩元吉、陈亮、刘过等辛派词人,从中都显示了一条以宴集交游为联结纽带的文人群体形成的清晰线索。

  宋代文人的群体化、集团化现象,反映了文人群体意识的趋强。所谓群体意识,通俗一点讲,即将个人融于群体、集团、派别之中,从群体的、集团的、派别的角度来观察和思考问题。宋代文人的这种群体意识是相当自觉的。张元干在《亦乐居士集序》中说:"……国初儒宗杨、刘数公,沿袭五代衰陋,号西昆体,未能超诣。庐陵欧阳文忠公初得退之诗文于东汉敝箧故书中,爱其言辨意深。已而官于洛,而与尹师鲁讲习,文风丕变,寖近古矣。未几,文安先生苏明允起于西蜀,父子兄弟俱文忠公门下士。东坡之门又得山谷隐括诗律,于是少陵诗法大振。如张文潜、晁无咎、秦少游、陈无已之流,相望辈出,世不乏才,岂无渊源而然焉?"② 这种一谈文学发展就细数其渊源师承,判别

---

① 王水照:《北宋洛阳文人集团与地域环境的关系》,载《文学遗产》1994年第3期。
② 《芦川归来集》卷九,景印文渊阁《四库全书》本。

其门庭的做法,在宋人著作中可谓俯拾皆是,不胜枚举,它所体现的就是一种鲜明的、自觉的群体意识。宋代思想上的学派(如洛学、蜀学)、文学上的流派(如江西、江湖)、政治上的党派(如北宋中后期的新党、旧党)层出叠见,此起彼伏,都与文人士大夫群体意识的趋强有着直接的关系。

　　诗社活动从本质上说,即属于宴集交游的一种形式。但是诗社与一般的宴集交游又有所不同。因为既称其为"社",就带有一定的组织性。例如诗社都有主盟,即该诗社的组织者,多由在文学上或政治上有成就、有影响的人担任,如许昌诗社的叶梦得、豫章诗社的徐俯、洛阳耆英会的文彦博、司马光等。大多数诗社都有着相对固定的成员并定期聚会,这就比之一般的交游唱和更有规律。有的诗社还订有社规盟约,作为诗社同人共同遵循的宗旨。如洛阳耆英会就订有"序齿不序官"等七条《会约》。① 显而易见,诗社比之一般的宴集交游更具凝聚力,也更易强化文人的群体意识。事实上,许多文学上的流派、政治上的集团的形成,诗社就起到了明显的中介作用。像豫章诗社的主要成员,如徐俯、洪朋、洪刍、洪炎、谢逸、谢薖、李彭等均被列名于吕本中所撰的《江西诗社宗派图》中,就明显可以看出豫章诗社的活动与江西诗派的形成之间存在着某种必然的联系。又如洛阳耆英会、真率会,其主要成员如文彦博、富弼、司马光、范纯仁等都属于政治上的旧党,虽然在他们的诗社唱和之作中并未发现明显的涉及现实政治的内容,但也很难排除他们由于政治观点的一致,而有意无意地加强了个人间的交往,具有某种政治上结盟的意味。总之,诗社一方面是宋代文人由于生存方式的演变而导致的群体化、集团化趋势的产物,另一方面,它又在群体化、集团化的进程中起到了明显的催化作用。

---

①　见陶宗仪《说郛》弓七十五。

另外，对参加诗社活动的个人来说，他们从中不仅能得到友朋相得之乐，而且身预于某一有影响的群体（例如列名于宗派图中，"九老"的称谓等），还能使他们感觉到自身价值的被承认，产生强烈的荣誉感。孙觌在《西山老人文集序》中将这种文人心态描绘得十分生动："元祐中，豫章黄鲁直独以诗鸣。当是时，江右学诗者皆自黄氏。至靖康、建炎间，鲁直之甥徐师川、二洪驹父、玉父皆以诗人进居从官大臣之列，一时学士大夫向慕作为江西宗派，如佛氏传心，推次甲乙，绘而为图。凡挂一名其中，有荣辉焉。"① 这种时尚风习，必然对文人参加诗社活动产生巨大的吸引力。像洛阳耆英会举行时，王拱辰远在北京，"闻之，以书请于潞公曰：'……愿寓名其间，幸无我遗'"②。在元丰三年至七年（1080—1084）的短短四五年时间里，仅在洛阳一地，就有五老会、耆英会、同甲会、真率会等多个诗社频繁交叉地举行活动，可见文人士大夫对参加诗社活动倾注了何等的热情！这正是诗社大量出现的强大动力。

三

作为诗社的一个特殊类型，怡老诗社的大量出现，除了具有与其他诗社相类似的普遍原因外，还有属于自身的特殊原因，不能不予以注意。

怡老诗社的大量出现显然与宋王朝实行偃武修文的政策有关。宋王朝建立之后，为了防止前代藩镇割据、尾大不掉的政治局面的重演，采取了一系列限制、解除武将兵权的措施，并实行全面的文官治国。宋朝之优待士大夫，在整个中国历史上可以说

---

① 《鸿庆居士集》卷三十四，景印文渊阁《四库全书》本。
② 见司马光《传家集》卷六十八《洛阳耆英会序》。

是最为突出的。文官不仅有较优厚的俸给，在离职时还可以领宫观使的名义支取半俸。甚至专门设置一些"虚衔"来供他们颐养天年。如洛阳西京留司御史台，"为前执政重臣休老养疾之地，故例不视事"①。在这种政策下，文官们退老之后，一般来说，能得到较好的生活保障。因而，优游湖山，结社唱和就成了他们消磨晚年岁月，丰富精神生活的最佳形式之一。在本文第一部分考述中，曾引了部分怡老诗社的诗作，可以看出，其内容大体不出安于宴乐，遣心诗酒的范畴，表现出一种悠闲富贵的气象。这一创作倾向，实乃是他们生活状况的反映。

宋代的怡老诗社活动，大多都遵循着"序齿不序官"的活动规则。这一规则本来是唐代白居易洛阳九老会首先提出来的，但在唐代似乎并未见到有多少继踵者，到了宋代，却被怡老诗社活动所普遍遵循。这一现象，颇值得深究。

所谓序齿不序官，即诗社排名时，不是以传统的官阶大小、地位高下为序，而是以年齿长幼为序。显然，在这一规则中体现了一种朴素的平等精神，带有一定的悖离官本位的平民意识，从而确立了一种有别于官场以等级严明为特征的人际关系的新型交游规则。例如洛阳耆英会，与会者十二人，完全依照年齿大小排列名次。官职高者，并不因此而强居人前，如文彦博，曾官丞相，德高望重，亦是该诗社的组织者，却因年龄小于富弼，排在第二位，其所作诗仍作谦词云："当筵尚齿尤多幸，十二人中第二人。"② 官职低者，也全无自卑之感。如席汝言，原官职仅为尚书司封郎中，却因年长排名第三，其所作诗云："共接雅欢恩意洽，不矜崇贵礼容优。"③ 对这种交游规则表示了由衷的赞同。

---

① 见叶梦得《石林燕语》卷四，笔记小说大观本。
② 《潞公文集》卷七《耆年会诗》，景印文渊阁《四库全书》本。
③ 转引自厉鹗《宋诗纪事》卷十二，上海古籍出版社，1983年排印本。

可见，"序齿不序官"的交游规则极易创造出一种平等的、祥和的人际关系的氛围，使与会者的身心感到极大的愉悦，他们对参加诗社活动乐此不疲，趋之若鹜，也就不难理解了。

"序齿不序官"交游规则的确立，与宋代科举制度的完善有着直接的关系。我们知道，科举制度虽在唐代已经成形，但是由于权贵豪门操纵的"通榜"、"公荐"等办法的存在，前期封建社会世族与庶族分离的状况并未完全打破。宋王朝建立之后，对科举制度进行了一系列改革，如取消"公荐"，实行弥封、誊录、锁院、别头等措施，基本上取消了权贵豪门在科举上的特权，排除了他们对科举的干扰。只要文章合格，不分门第、乡里，都可录取，使社会各阶层的举子在"机会均等"的前提下公平进取。用今天通行的话来讲，即"在考试面前人人平等"。这就使得地主阶级内部世族与庶族的界限逐渐消失，"地主阶级知识分子第一次作为一个完全平等的阶层，在比较宽松的政治气氛中登上了历史舞台"[①]。这种平等的精神必然渗透到社会生活的其他方面，"序齿不序官"的规则被普遍接受，正是科举考试所体现的平等精神的反映。

怡老诗社的活动，还显示出摒除繁文缛节，不注重排场和形式，追求俭素质朴，率性所行的价值取向。怡老诗社的这一特点，集中反映在它们的社盟会约里。以最具代表性也最具影响的洛阳耆英会为例，其所订《会约》共七条，即：

> 序齿不序官；
> 为具务简素；
> 朝夕食不过五味；
> 菜果脯醢之类各不过三十器；
> 酒巡无算，深浅自斟。主人不劝，客亦不辞。逐巡

---

① 金诤：《科举制度与中国文化》，上海人民出版社，1990。

无下酒时作菜羹不禁；

　　召客共用一简，客注可否于字下，不别作简。或因
事分简者，听会日早赴，不待促；

　　违约者每事罚一巨觥。

不难看出，怡老诗社的参加者刻意追求的乃是一种与官场生活明显不同的民间生活情趣，一种不拘形式，率性所行，朴素自然的氛围。怡老诗社多称之为"真率会"，正是对这一价值取向的形象概括。

"真率"者，真诚直率之谓也。《宋书·陶潜传》云："贵贱造之者，有酒辄设，潜若先醉，便语客：'我醉欲眠，卿可去。'其真率如此。"可见，所谓真率，通俗一点讲，即摒除任何矫饰、造作，以真面目示人。显然，这里面有某种个性的东西的闪光。怡老诗社的参加者，大多是经历了几十年宦海生涯的老人，官场森严分明的等级、奢华豪侈的生活、刻板繁琐的形式，以及人际关系中的尔虞我诈、虚情假意，早已使他们感到厌倦，使他们隐约觉得失去了做人的真趣，活得一点儿也不轻松。因此，他们退老之后，希望摆脱官场生活加诸身心的种种束缚，找回久已埋没、消磨、扭曲、失落的真情、真性。范纯仁《和文太师真率会》诗云："贤者规模众所遵，摒除外饰贵全真。盎簪既屡宜从简，为具虽疏不愧贫。免事献酬修末节，都将诚实奉嘉宾。"① 赵鼎《真率会诸公有诗，辄次其韵》诗云："云何造请门，日满户外屦。却想耆英游，风流甚寒素。淡然文字欢，一笑腥膻慕。"② 两诗将此种心态可谓描摹无遗。宋代怡老诗社的大量出现，和此种文人心态显然有着密切的关系。

---

① 《范忠宣集》卷四，景印文渊阁《四库全书》本。
② 《忠正德文集》卷五，景印文渊阁《四库全书》本。

元初的遗民诗社

《文学遗产》1992年第六期载王德明先生《论宋代的诗社》一文，对前人和时贤均较少涉及的宋代诗社活动，作了较为全面的论述，读后令人耳目一新，获益良多。但王先生文中所说的宋代诗社，也把元初的遗民诗社包括在内，对此笔者却不能苟同。笔者以为，元初的遗民诗社虽然是直接承继宋代诗社而来，但其产生的时代背景、诗社活动的内容以及诗社的组织形式等方面，都与宋代诗社有很大不同，具有自身鲜明的特色，不能不加区别地将二者混为一谈。本文拟就此谈点粗浅看法，以就教于王先生和方家学者。

一

王先生文中提到的宋代诗社，如月泉吟社、汐社、越中诗社、山阴诗社等，从时间界定来说，均产生在元蒙政权建立之后。

月泉吟社以前至元二十三年（1286）十月十五日以《春日田园杂兴》为题征诗四方，于次年（1287）正月十五日收卷，三月三日揭榜。此时距宋恭宗德祐二年（1276）元兵入临安已过去了十一年，就是距厓山之役陆秀夫负末帝赵昺蹈海殉国的祥兴二年（1279）也已过去八年了。

汐社成立的时间虽无确切记载，但从其盟主谢翱的活动线索中,仍不难考知其成立的大致时间。谢翱《登西台恸哭记》云:"始故人唐宰相鲁公开府南服,予以布衣从戎。明年别公漳水湄。后明年,公以事过张睢阳及颜杲卿所常往来处,悲歌慷慨,卒不负其言而从之游。今其诗具在,可考也。……又后三年,过姑苏。姑苏,公初开府旧治也。望夫差之台而始哭公焉。又后四年而哭之于越台……"这里对其宋亡之后的行踪记述得十分清晰:宋景炎元年(1276)七月,文天祥开府南剑州,谢翱"杖策诣公,署谘事参军"①。景炎二年(1277)正月,文天祥移军漳州,翱于此时与天祥别,故有"明年别公漳水湄"之语。"后明年"云云,指宋末帝赵昺祥兴元年(1278)十二月,文天祥兵败被俘,祥兴二年(1279),天祥被执北上,曾题诗张巡庙一事。"又后三年"云云,指至元十九年(1282),谢翱过姑苏,登夫差之台哭祭文天祥。"又后四年而哭之于越台",则指至元二十三年(1286),谢翱来到会稽,登越王台哭祭文天祥。元张孟兼注《登西台恸哭记》,于此句下注云:"此丙戌(1286)年也。按行述谓公是年过勾越,行禹空间,北向而泣焉。"据此可知,谢翱到达会稽的确切时间是至元二十三年丙戌(1286),换言之,汐社成立的时间不可能早于此年。

越中诗社、山阴诗社成立的确切时间虽也难以确考,但我们从今存黄庚《月屋漫稿》中得知,越中诗社的诗题是《枕易》、山阴诗社的诗题是《秋色》,黄庚参加了这两个诗社,并获越中诗社第一名。黄庚,字星甫,天台人,生卒年不详。《四库全书提要》说他"生于宋末,入元不仕。后来选诗者以其为宋遗民,并载入宋诗中。然观其集首自序,乃泰定丁卯(1327)所作,时元统一海内已五十七年,不得仍系之宋人。今故仍题作元人,从《浙江通志·文苑传》例也"。据此,黄庚在宋末年纪尚幼,

---

① 方凤:《谢君皋羽行状》,《存雅堂遗稿》卷三。

参加诗社比赛必定是在入元之后。

以上所说这些诗社,既不是跨越两个朝代的,也不属无法确知其活动时间的,它们分明产生于宋朝政权已经彻底覆灭、元蒙政权业已建立之后。因此,从时间界定上说,理应将它们称之为元初的遗民诗社。

二

然而,时间界定并不是我们区分宋元诗社的唯一标准。在中国文学史上,当两个朝代交替之际,把进入新朝的作家归之于旧朝,或将曾在旧朝生活过的作家归之于新朝的情况并不少见。这是一个比较复杂的问题,应区别不同情况作具体分析,不可能有一个统一的标准。笔者之所以反对将元初遗民诗社与宋代诗社混为一谈,乃是由于与宋代诗社相比,元初的遗民诗社呈现出种种不同的特点,而这又是由元初特定的政治、文化背景决定的。

元初的遗民诗社,从总体上说,已不再是文人墨客吟风嘲月、以诗会友的一般雅集聚会,而是具有浓厚政治色彩的文学团体。

今存宋代诗社中的作品,正如王德明先生文中正确指出的,大多数为应社之作,并无充实的内容。周密的《采绿吟》记叙了一次词社活动,其序云:"甲子(按宋理宗景定五年)夏,霞翁会吟社诸友逃暑于西湖之环碧,琴尊笔砚,短葛绕巾,放舟于荷深柳密间,舞影歌尘,远谢耳目,酒酣采莲叶,探题赋词余,得塞垣春,翁为翻谱数字,短箫按之,音极谐婉,因易今名云。"① 诗社的活动大致上也是如此,离不开文人儒士诗酒唱和、吟风嘲月的狭小范围。吴自牧《梦粱录》卷十九"社会"条云:

---

① 《苹洲渔笛谱》卷一,丛书集成本。

"文士有西湖诗社,此乃行都搢绅之士及四方流寓儒人,寄兴适情赋咏,脍炙人口,流传四方,非其他社集之比。""寄兴适情赋咏",可说是对南宋这一类诗社活动的总体概括,它从一个侧面反映了文人士大夫脱离现实、醉生梦死的精神状态。

然而,元蒙贵族的铁骑,惊醒了昏睡中的知识分子,改朝换代的巨变,家国沦丧的惨痛,以及民族压迫的残酷,给他们的心灵以强烈的震撼,使他们不得不面对现实。因此,抒发亡国之痛,表现遗民故老眷怀宗邦的强烈感情,讴歌田园隐逸生活以寄寓消极反抗的爱国思想,就成为这一时期诗社活动的中心内容。

例如月泉吟社,虽然以《春日田园杂兴》为题,似乎像范成大的《四时田园杂兴》一样,只是描写田园的风光景色。然而组织者唯恐人们误解了题意,专门指出:"《春日田园杂兴》,此盖借题于石湖,作者固不可舍田园而泛言,亦不可泥田园而他及。舍之则非此诗之题,泥之则失此题之趣。……使人诵之,如游辋川,如遇桃源,如共柴桑墟里,抚荣木,观流泉,种东皋之苗,摘中园之蔬,与义熙人相尔汝也。"① (吴渭《月泉吟社诗·诗评》)这里点出"义熙人",即以晋义熙间自居不肯屈事刘宋的陶渊明,可谓点睛之笔。而参加者也是心有灵犀,在中选的诗中,像"种秫已非彭泽县,采薇何必首阳山"(第五十九名九山人)、"往梦更谁怜麦秀?闲愁空自托杜鹃"(第十一名方赏)、"吴下风流今莫续,杜鹃啼处草离离"(第七名栗里)、"弃官杜甫罹天宝,辞令陶潜叹义熙"(第三十五名避世翁)一类句子比比皆是。清代学者全祖望说:"月泉吟社诸公,以东篱北窗之风,抗节季宋,一时相与抚荣木而观流泉者,大率皆义熙人相尔汝,可谓壮矣!"② 可谓切中肯綮之论。

---

① 吴渭:《月泉吟社诗·诗评》,丛书集成本。
② 《跋腺吟社后》,《鲒埼亭集外编》卷三十四。

元初的遗民诗社不仅是广大入元知识分子抒发亡国悲痛、表现爱国思想的场所，同时它还起到了联系、团结广大遗民，互为激励，以保持民族气节的作用。

　　上文对月泉吟社的介绍已可看出这一点，而这方面最为突出的，是谢翱等人组织的汐社。关于汐社的宗旨，何梦桂在《汐社诗集序》中说："海朝为潮，夕为汐，两名也。汐社以偏名何？志感也。社期于信，而又适居时之穷，与人之衰暮偶，而犹蕲以自立者，视汐虽逮暮夜而不爽其期，若有信然者类，此谢君皋羽所以盟社之微意也。……潮以朝盈，汐不以夕亏，君有取诸此，固将以信夫盟，抑以为夫人之衰颓穷塞，卒至陆沉而不能自拔以死者之深悲也。"① 从此序中不难看出，汐社之取名，一方面有按时定期聚会之意，另一方面也包含有坚持晚节，不以衰颓穷塞而改志的意思。《汐社诗集》今已不传，难以确知他们吟咏的内容，但汐社的成员基本都保持民族气节至终。谢翱的情况自不待言。像方凤，晚年隐居浦阳仙华山中，虽贫病艰窭，仍不屈志节，"但语及宋事，则仰首霄汉，凄然泪下"②。临殁，"犹属其子樗，题其铭旌曰容州（按方凤宋末曾授官容州文学），示不忘宋也"③。又如吴思齐，"宋亡，麻衣绳屦，退隐浦阳，家益艰虞，至无儋石之储。有劝之仕者，辄谢曰：'譬犹处子，业已嫁矣，虽冻饿不能更二夫。'所善惟方凤、谢翱，相与放游山水间，探幽发奇，以泄其羁孤感愤之意。遇心所不怿，或望天末流涕。晚自号全归子"④。这些固然和个人的思想、性格、意志有关，但诗社成员之间互相激励、精神上互相支持也是一个重要因素。这说明，元初的遗民诗社，文学的功能已趋淡化，政治功能

---

① 《潜斋集》卷六，景印文渊阁《四库全书》本。
②④ 应廷育：《金华先民传》卷二，续金华丛书本。
③ 宋濂：《浦阳人物记》，知不足斋丛书本。

则明显加强,已不仅仅是单纯的文学团体了,而是具有浓厚政治色彩的文学团体。这一特点,正是宋代诗社所不具备的。

三

考察元初的遗民诗社,还必须注意它与元初取消了科举考试这一特定历史背景之间的联系。

我们知道,元蒙政权建立初期取消了科举,一直到元中叶的延祐年间方正式恢复。科举的停止,一方面把知识分子从科举考试的枷锁下解脱了出来,使他们更专心于诗歌创作。戴表元《胡天放诗序》云:"当是时(按指宋代),诸公之文章方期于用世,无有肯刻心涠形沉埋穷伏而为诗者。山川虽佳,其烟云鱼鸟,朝夕真趣,不过散弃为渔人樵客之娱而已。兵戈以来,游宦事息,乃始稍稍与之相接。而前时诸公讦谟典策之具,亦且倚阁无用,呻吟憔悴,无聊而诗生焉。"①陆文圭《跋陈元复诗稿》云:"科场废三十年,程文阁不用,后生秀才气无所发泄,溢而为诗。"② 说的都是这种情况。

另一方面,一直以来把参加科举作为人生首要目标孜孜以求的知识分子,突然间士失其业,同时也失去了生活的目标。面对这种历史的断裂,他们感到惶惑,感到茫然,感到无所适从,他们急需找到新的精神寄托,找到实现人生价值的新的途径。在没有其他选择的情况下,参加诗社正好可以满足他们的这一精神需要。

因此,在宋代,参加诗社不过是文人雅士消闲生活的点缀,而在元初,参加诗社则成了知识分子重要的生活内容。像获月泉

---

① 《郯源集》卷八,丛书集成本。
② 《墙东类稿》卷九,景印文渊阁《四库全书》本。

吟社第一名的连文凤,据《月泉吟社诗》,他本人又是杭清吟社的成员。而在他的《百正集》中,有一首题为《枕易》的诗,而我们知道,《枕易》是越中诗社的诗题,说明连文凤也参加了这一诗社的活动。又如越中诗社第一名黄庚,其《月屋漫稿》中还有两首分别名为《秋色》和《梅魂》的诗,前者注曰"山阴诗社中选",后者注曰"武林试中"。考《月泉吟社诗》,其第十九名周倓、二十七名东必曾都注曰"武林社",由此可知,"武林试中"即武林社中选之意。上举的连文凤和黄庚,每人均参加过三个以上诗社的活动,由此可见,诗人们参加诗社活动是何等频繁!

诗人们对诗社的浓厚兴趣,反过来又进一步促使了诗社的繁荣。用雨后春笋来形容当时遍地出现的诗社是再恰当不过了。据《月泉吟社诗》注,仅杭州一地,有名可考的诗社就有杭清吟社、白云社、孤山社、武林社、武林九友会等。而耐得翁《都城纪胜》、吴自牧《梦粱录》所记南宋临安诗社均只有西湖诗社一家。周密《武林旧事》"社会"条,记南宋后期临安各行各业的"社会"达十五个之多,却没有一个是诗社。这些记录当然会有阙漏,但总体上仍反映了当时的客观现实。这说明,元初的遗民诗社在数量上远远超过了宋代诗社。

元初的遗民诗社不仅数量众多,而且规模也比宋代诗社扩大了。宋陆梦发《兰皋集序》说冯深居旧客海宁,"举吟社,起自竹洲(吴儆)之客汪柳塘以下二十余人,一时雅集,不减山阴"①。在宋代,这种二十余人以内的诗社最为常见。而元初的诗社规模则要大得多。赵文《熊刚申墓志铭》云:"公讳升,字刚申,熊氏,富州广丰乡瓘上里人。……丙戌(1286),与尧峰(陈焕)倡诗会,岁时会龙泽徐孺子读书处,一会至二百人,衣

---

① 吴锡畴:《兰皋集》卷首,景印文渊阁《四库全书》本。

冠甚盛,觞咏率数日乃罢。……邻郡闻之,争求其韵赓和,愿入社,其风流倾动一时如此。"① 这是在元初几乎与月泉吟社同时在江西举行的一次诗社活动,参加者有二百人之多,可见规模之大。但与月泉吟社相比,简直又算不了什么。月泉吟社于至元二十三年(1286)十月十五日征诗,于次年正月十五日收卷,短短三个月时间,就征得诗稿二千七百三十五卷。这其中有一部分属一人两卷,像今存《月泉吟社诗》所录前六十名中,第三名、第十三名均为梁相,第六名、第五十三名均为魏新之,似此情况的共有七人。但即使排除了重卷,参加者至少也应在两千人以上。如此巨大规模的诗社活动,在此之前是从未有过的。

诗社规模的扩大,还表现在诗社的活动不再局限于一地,参加诗社的人也不再局限于某几个趣味相投的人的小圈子,而是更加开放。例如汐社,清乾隆五十七年(1792)重修《绍兴府志》"寓贤"目引《万历志》云:"谢翱……间行抵勾越。勾越多故家,而王监簿(英孙)诸人方延致游士,日以赋咏相娱乐。……遂结社会稽,名其会所曰汐社,期晚而信也。"方凤《谢君皋羽行状》则云:"会友之所名汐社,期晚而信,盖取诸潮汐。……乙未(1295)复来婺、睦,寻汐社旧盟。"这说明汐社起码在会稽和金华、桐庐三处地方都有过活动。月泉吟社参加者的地域,仅今存《月泉吟社诗》所录前六十名作者,就分属浙江、江苏、福建、江西等数省。知识分子对诗社活动抱有如此巨大的热情,除了通过诗社活动可以使他们抒发怀念故国的思想感情,彼此激励互勉之外,不是也和停止科举之后,他们需要找到新的精神寄托、找到实现人生价值的新的途径这一心态有关吗?

---

① 《青山集》卷六,景印文渊阁《四库全书》本。

四

关于诗社的活动形式,根据现有的材料,宋代诗社大都离不开分韵赋诗、次韵唱和的路子,具有相当大的随机性。而在这方面,元初诗社却要正规得多。

首先,元初的诗社活动要定出一个诗题,如越中诗社诗题为《枕易》、山阴诗社诗题为《秋色》、武林社诗题为《梅魂》、月泉吟社诗题为《春日田园杂兴》等。其次,要聘请名士硕儒充任考官,担任评裁诗卷的工作。如越中诗社的考官是前侍郎李应祈,月泉吟社的考官则是谢翱、方凤、吴思齐三人。再次,诗稿完成后,考官将从中选出优胜者,确定名次,并写出评语。如越中诗社第一名黄庚,《月屋漫稿》所录《枕易》诗后,就附有考官李应祈的评语。月泉吟社则选出了二百八十名优秀者(今仅存前六十名),以连文凤为第一。每名优秀者的诗后,均附有谢翱等人的评语。第四,有些诗社还要依据名次对优秀者给予物质奖赏。例如月泉吟社,第一名连文凤所获的奖赏为"公服罗一縑七丈,笔五贴、墨五笏"。四至十名所得奖赏则为"春衫罗一縑,笔二贴、墨二笏"。

对这种诗社活动形式,王德明先生称之为"大型的诗歌比赛",这也未尝不可。但若联系元初的社会背景,笔者却以为,这乃是在模拟科举考试的形式。从今存《月泉吟社诗》中可以窥到一些线索。

《月泉吟社诗》有一个引人注意的现象,即其所载的前六十名作者的署名均用寓名,而别注本名、字号、籍贯于其下。例第一名,署名为罗公福,别注则云:"杭清吟社。三山连文凤伯正,号应山。"不难推测,诗卷在考官手里的时候,乃是用的寓名,只是在评选结果出来以后,才注上本名的。对这一做法,明黄养正认为："其名姓之诡托，无非赵宋之遗民者。"① 清全祖望也猜测说："岂当日隐语庾辞，务畏人知，不惮谬乱重复以疑之耶？"② 这种意见当然有一定道理，但笔者认为，这并不是主要的原因。

我们知道，元蒙贵族入主中原之后，对汉族人民的压迫主要表现在政治方面和民族歧视方面，至于文化方面的统治，较之后来的明清时期，相对来说是较为松弛的。元孔齐《至正直记》卷二"梁栋题峰"条记载了这样一件事情："宋末士人梁栋隆吉先生有诗名。……一日，登大茅峰题壁赋长句有云：'大君上天宝剑化，小龙入海明珠沉。''安得长松撑日月，华阳世界收层阴。'……一黄冠者与隆吉有隙，诉此诗于句容县，以为谤讪朝廷，有思宋之心。县上于郡。郡达于行省。行省闻之都省，直毁屋壁，函致京师，捄梁公系于狱。不伏，但云：'吾自赋诗耳，非谤讪也。'久而不释。及礼部官拟云：'诗人吟咏情性，不可诬以谤仙。倘使是谤仙，亦非堂堂天朝所不能容者。'于是免罪放还江南。"这条材料生动地反映了元初文化统治的一个侧面。事实上，只要不是直接鼓吹反抗元蒙统治，抒发一下怀念故国的感情，并不是什么犯大忌的事情。这一类诗歌在元初文人的诗集中比比皆是，甚至歌颂民族志士文天祥、陆秀夫等人的诗歌也不少见，元代杂剧中也有不少这一类题材，而作者都没有避讳署本名。月泉吟社不过借吟咏田园风光曲折地寄寓一点民族情绪，也大可不必为此而采用寓名的形式。

所以，笔者认为，采用寓名的形式，主要是借用科举考试的"糊名"而以示公正。关于这一点，前人已有所论及。钱谦益

---

① 《月泉吟社重刊诗集序》，《月泉吟社诗》附。
② 《跋月泉吟社后》，《鲒埼亭集外编》卷三十四。

云:"月泉吟社仿锁院试士之法。"① 《四库全书总目》云:"岂(方)凤等校阅之时,欲示公论,以此代糊名耶?"在元初取消了科举考试的情况下,借用科举考试的一些形式来开展诗社活动,无疑迎合了广大士子的心理。他们虽然不能参加科举考试,但通过参加模拟科举考试的诗社活动,可以重温一下旧梦,并从中得到些许精神补偿。因而,广大知识分子对参加诗社趋之若鹜,也就不足为奇了。

五

比之宋代的诗社,元初遗民诗社对后世的影响也更加巨大和深远。组织形式的日趋完善和正规化,使得自唐代产生的诗社最终发育成熟并基本定型了。由于月泉吟社保存的这方面的资料最为详尽,也最具代表性,我们或可将这一组织形式称之为月泉吟社模式。这一模式多为后来的诗社所遵循。明李东阳《怀麓堂诗话》云:"元季国初,东南人士重诗社,每一有力者主之,聘诗人为考官,隔岁封题于诸郡之能诗者,期以明春集卷,私试开榜次名,仍刻其优者,略如科举之法。"清罗元焕《粤台征雅录》云:"粤中好为校诗之会,亦称'开社',……至预布题,并订盟收卷,列第揭榜,悉仿浦江吴清翁月泉吟社故事。"从这些记载中,我们可以看到这一模式对后世的影响何其深远!

而且,这一模式还为其他文学活动所借鉴。元钟嗣成《录鬼簿》记叙了在扬州举行的一次散曲创作活动:"维扬诸公,俱作《高祖还乡》套数,惟公(睢景臣)《哨遍》制作新奇,皆出其下。"这段记叙虽然简略,难以确知这次活动的详细情况。但也不难看出,这次活动有一个共同题目,有不少人参加,既然

---

① 转引自万斯同《宋季忠义录》卷十四,四明丛书本。

说睢景臣之作最好，想必也是经过评选才得出的结论。杨维桢《聚桂文集序》则记叙了一次文社活动："……嘉禾濮君乐闲，为聚桂文会于家塾。东南之士，以文卷赴其会者凡五百余人。所取三十人，自魁名吴毅而下，其文皆足以寿诸梓而传于世也。予与豫章李君一初实主评裁，而葛君藏之、鲍君仲乎，又相讨议于其后。故登诸选列者，物论公之，士誉荣之。"① 从这里的描述来看，其组织形式与月泉吟社、越中诗社是一脉相承的。

当然，对后世影响更大的，还是在其身上所体现出来的爱国主义精神。明毛晋跋《月泉吟社》云："虽虬尾一握，然其与义熙人相尔汝，奇怀已足千秋矣！"并把它与元杜本所辑的宋遗民诗集《谷音》同刻。清赵信《南宋杂事诗》咏及月泉吟社等宋遗民事迹时云："桑海英风不可攀，南朝寂历旧江山。惟余几辈才人在，诗卷长留天地间。"都是着眼于它的爱国主义精神。在明清时期，每当社会动荡，阶级矛盾、民族矛盾尖锐激化的时期，具有浓厚政治色彩的诗社、文社就会大量涌现，并以追随元初遗民诗社相标榜。像全祖望《湖上社老晓山董先生墓版文》所云："有明革命之后，甬上蚩蚩之士甲于天下，皆以憔悴枯槁之音，追踪月泉诸老。而唱酬最著者有四社焉：西湖八子为一社……南湖九子为一社。……已而，西湖七子又为一社。……最后南湖五子又为一社。"② 明末清初，是中国诗社发展最繁盛的时期，出现了复社、几社等一大批高举爱国主义的旗帜，具有浓厚政治色彩的诗社、文社，从它们身上，我们也不难窥见元初遗民诗社的影子。

---

① 《东维子集》卷六，四部丛刊本。
② 《鲒埼亭集外编》卷六。

元代诗社与书会

　　诗社与书会,是元代引人瞩目的两类知识分子群体。
　　关于书会,前人及时贤多有论及;至于诗社,近年来也开始受到学术界的关注。然而将两者加以比较研究,则尚是一个有待开拓的新领域。笔者以为,考察在相同的社会政治文化背景下出现的这两类知识分子群体的同异,比之考察单个人更有助于我们认识在时代巨变中知识分子阶层的分化、群体价值意识的变迁,以及这一切给文学创作带来的影响。这显然是一个很有意义的课题。

一

　　诗社与书会的出现均非自元代始。
　　早在魏晋时期,文士间的雅集交游活动就很活跃,如阮籍等人的"竹林七贤"、王羲之等人的兰亭修禊,这一类活动已可视为后世诗社的滥觞。特别值得注意的是,这时还出现了一个释慧远与士人刘遗民、雷次宗等在庐山所结的白莲社,参加者达一百二十三人之众。① 这可能是最早以"社"来命名同志间的聚会。虽然该社宗旨主要是同修净土之法,与文学无涉,但其名称及结社形式显然对后世诗社有较大影响。唐代文人间的雅集交游活动

---

① 见梁释慧皎《高僧传》卷六,汤用彤校注,中华书局,1992年排印本。

更加频繁，有些活动更是定期举行，并有相对固定的成员，如白居易等人在洛阳组织的"九老会"，已初具后世诗社的雏形。然而，诗社的大量出现，则是始于宋代。

丁谓于宋真宗景德三年（1006）所作的《西湖结社诗序》①，记载了北宋初年的一次诗社活动。该诗社的组织者为昭庆寺僧省常，应其邀，自宰相向敏中而下，愿入者十之八九，均"寄诗以为结社之盟文"。这是迄今所知宋代最早的诗社活动。整个宋代，诗社活动相当活跃，声名较著的有徽宗大观四年（1110）徐俯等人的豫章诗社、重和元年（1118）前后叶梦得等人的许昌诗社、绍兴十八年（1148）乐备、范成大等人的昆山诗社，以及耐得翁《都城纪胜》、吴自牧《梦粱录》中都记载了的西湖诗社。可见结社吟诗在宋代已经成为一种风气，显示了宋代诗人群体意识的增强。

综观宋代诗社，其活动内容大多不出寄兴适情，诗酒唱和，送往迎来，切磋诗艺的范围，与一般文人墨客的雅集交游并无二致。参加者通常局限于或是师友传承、或是趣味相投的少数人的圈子里，其活动不过是文士们读书或宦涯生活的点缀，在他们的全部生活中并不占有重要的地位。

书会也是滥觞于宋代。它是与城市里的大众文化娱乐场所——瓦市同步出现的。参加者被称为书会先生，或书会才人，这一称谓表明他们是一些具有一定文学修养的人。据前人考证，他们大致由两类人组成。一为民间艺人，一即科场失意的文士。

由于书会主要是为瓦市演出的杂剧、讲史、诸宫调等通俗文艺编写文学脚本，因而书会才人的写作目的十分明确，既非为了不着边际的"经国之大业"、"不朽之盛事"，也非不关痛痒的赋志抒怀、吟风嘲月，而是具有鲜明的功利性——即谋生的考虑。

---

① 见《续藏经·圆宗文类》卷二十二。

因为他们只有使自己的作品满足市民大众的审美趣味,才能使演出广受欢迎,换言之,他们才能因此获得经济收益。这一特点,客观上为中国文学的发展开辟了一个新的方向——商业化、大众化、通俗化的方向。可见,书会一出现,就与诗社分道扬镳,走上了不同的道路。

然而,宋代加入书会的知识分子毕竟有限,有名可考的仅见于周密《武林旧事》中记载的李霜涯、周竹窗等寥寥六人。当然,由于这些人社会地位低下,可能还有为数不少的人早已湮没无闻,但这毕竟也表明宋代知识分子加入书会尚未能成为普遍现象,书会显然还是一个以民间艺人为主体的行会组织。

进入元代,书会、诗社的情况有了极大改观。比之宋代诗社,元代诗社具有以下四个显著特点。

其一,在极短的时间里,诗社集中大量地出现。宋代杭州一地,有文字记载的诗社仅有西湖诗社,而元代杭州有名可考的诗社就有杭清吟社、白云社、孤山社、武林社、武林九友会等五家。其他地区较著名的还有浙东的越中诗社、山阴诗社、汐社、浙西浦江的月泉吟社,江西的明远诗社、香林诗社及熊刚申、陈尧峰等在龙泽山创办的诗社。这些诗社成立的时间全部集中在元初的最初一二十年里①,真可谓遍地开花,一时蔚为大观。

其二,规模明显扩大。像江西熊刚申、陈尧峰在龙泽山创办的诗社,"一会至二百人"②,月泉吟社的参加者则在两千人以

---

① 江西熊刚申、陈尧峰在龙泽山创办诗社的时间是至元丙戌(1286),月泉吟社是在至元丙戌至丁亥(1287)间,明远诗社、香林诗社是在至元癸巳(1293)前后,越中诗社、汐社、武林社、山阴诗社等诗社的成立时间也大致与月泉吟社相前后。

② 见赵文《青山集》卷六《熊刚申墓志铭》,景印文渊阁《四库全书》本。

上①，其规模远非宋代一二十人的诗社可比。

规模扩大的另一标志是诗社活动的地域不再局限于一隅。宋代诗社多以地命名，像豫章诗社、许昌诗社、昆山诗社等，参加诗社的人也多局限于一地，形成一个类似现今文学沙龙的小圈子。元代诗社则突破了这一局限，呈现出更开放的格局。像月泉吟社，参加者分布于浙江、江苏、江西、福建等数省，汐社则起码在会稽、金华和桐庐等三处地方都有过活动。

其三，组织形式更为正规严密。宋代诗社组织上较为松散，与一般分韵赋诗的文人雅集并无明显区别。元代诗社则要正规得多。以月泉吟社为例，元代诗社活动大致有这样几道程序：发出征诗启事，定出诗题和写作要求，以及交卷时间；聘请有名望的鸿儒硕士担任考官，主持评裁；选出优胜，确定名次，写出评语，给予奖赏。这就俨然似一个组织有序的正规的文学社团了。

其四，诗社活动不再是文士们消闲生活的点缀，而成了他们重要的生活内容。从文士们频繁地参加诗社活动可以看出这一点。像获月泉吟社第一名的连文凤，同时又参加过杭清吟社、越中诗社的活动；获越中诗社第一名的黄庚，同时也参加过山阴诗社与武林社的活动。② 可见其时知识分子对参加诗社活动是何其热衷！

从以上特点不难看出，元代诗社已从宋代诗社那种文人雅集似的聚会发展成为更具组织性、自觉性、代表性的知识分子群体了。

元代书会的情况又如何呢？

---

① 月泉吟社共征得诗稿二千七百三十五卷，其中有部分为一人两卷，但此种情况不算多，故总数当在两千人以上。

② 参看拙文《郁邑失落的群体——论元初遗民诗社兼与王德明先生商榷》（《文学遗产》1993年第4期）。

由于文献资料的缺乏，书会有名可考的并不算多，较著名的有玉京书会、元贞书会、武林书会等。值得我们注意的是，元代知识分子大量加入书会。元钟嗣成所编《录鬼簿》，共收杂剧、散曲作家一百五十二人，分为七类。前二类为"前辈已死名公"、"方今名公"，共四十一人。其中除董解元等个别人外，大多为官宦，当与书会无涉。余五类共一百一十一人作者均将其冠以"才人"之名："前辈已死名公才人"、"方今已亡名公才人"、"已死才人不相知者"、"方今才人相知者"、"方今才人，闻名而不相知者"。《录鬼簿续编》则记录了杂剧、散曲作家七十一人。孙楷第先生认为两书中所录"泰半为书会中人"①，这一推测应是不错的。可见元代书会的人员构成中，知识分子的比例已经大大提高。这就将宋代以民间艺人为主体的书会转变为以知识分子为主体，书会自然也就演变为一个知识分子的群体了。

元代的诗社与书会出现的这些变化，显示了知识分子群体化加速的趋势，这显然与当时的社会政治形势有关，尤其是与元蒙统治者采取废止科举的政策有着直接的因果联系。

我们知道，自唐宋以来，随着科举制度的日趋完善，知识分子可以说百无一遗地都被吸引到了这条道路上来。这既是他们实现"拯物济世"的社会政治理想的必由之路，也是改变他们社会地位和物质生活条件的必由之路，参加科举早已成为他们最为重要的人生目标。因此，科举的废止，对他们来说，意味着"士失其业"②，犹如人生道路的一场大塌方、大断裂，带给他们的冲击和震撼是怎么估计也不过分的。面对这突如其来的历史巨变，他们感到惶惑，感到迷惘，感到恐惧，孤独无助，无所适从成为一种普遍的心态。因此，他们希望到群体中去获得精神慰

---

① 《也是园古今杂剧考》附录《书会》。
② 见郝经《青楼集序》。

藉，希望在同声相应、同气相求中获得面对生活的勇气和相濡以沫的力量。知识分子的这一精神需求，正是群体化的内在动因。

另一方面，杂剧等通俗文艺的勃兴，对剧本的需求日殷，这正为知识分子发挥自己的一技之长提供了用武之地。因而部分知识分子在仕途阻断之后，或出于谋生的考虑，或为这一方新天地所吸引，自觉或不自觉地加入了书会才人的行列。

可见，恰如一根藤上结出的两颗瓜，诗社与书会这两类知识分子群体的形成，正是元代特定的社会政治文化土壤培育的产物。

二

然而，犹如由同一母体孕育出生的婴儿，也会呈现性格、情趣、爱好的个体差异一样，同为知识分子群体的诗社与书会，在价值取向上也表现出了明显的分野。

诗社可以说是知识分子传统价值观的体现者。综观元代的诗社，不难看出，尽管名称各异，所吟诗题也不尽相同，但诗社活动的内容始终不离两大主题，即眷怀故宋的遗民情结与归隐田园的隐士情怀。

披阅今存元代诗社的诗作，扑面而来的是强烈的亡国之痛和故国之思。映入读者眼帘最多的字眼是"梦"：

梦觉罗浮迹已陈，至今想象事如新。（武林社黄庚）

轩裳一梦断尘寰，桑柘阴阴静掩关。（月泉吟社九山人）

往梦更谁怜麦秀，闲愁空自托杜鹃。（月泉吟社方赏）

午桥萧散名千古，金谷繁华梦一场。（月泉吟社临清）

出现频率最高的典故则是耻食周粟的伯夷、叔齐和不事刘宋的陶渊明：

行歌隐隐前村暖,忽省深山有蕨薇。(月泉吟社子进)
　　种秫已非彭泽县,采薇何必首阳山。(月泉吟社九山人)
　　自笑偷生劳种植,西山输与采薇翁。(月泉吟社陈纬孙)
　　弃官杜甫罹天宝,辞令陶潜叹义熙。(月泉吟社洪贵叔)

南宋王朝的覆亡,对汉族知识分子来说,不只是一般意义上的朝代兴替,停止科举的失落感、民族歧视的屈辱感、社会地位沦丧带来的人格和自尊心的贬损,构成巨大的心灵创伤和强烈的感情激荡,这是他们必须面对而又不愿面对的严峻现实。因而,眷怀故国,追寻旧梦,标榜气节就成了他们寄托思想感情,抒发胸中郁懑的最佳题材。

　　高唱隐逸之歌是元代诗社的另一主旋律。月泉吟社的诗题《春日田园杂兴》集中反映了这一点。此乃借题于范成大的田园组诗《四时田园杂兴》,参加者两千余人齐声高唱这一田园之歌,可见归隐田园已成为诗社知识分子们的普遍价值选择。然而,细读月泉吟社的诗作,我们感受最深的并不是像范成大般的对田园生活的由衷的热爱与向往,在旖旎秀丽的田园风光之后透露出来的却是悲愤与无奈的意绪:
　　忙事关心在何处?流莺不听听啼鹃。(冯澄)
　　吴下风流今莫续,杜鹃啼处草离离。(杨本然)
　　此境东风元自好,当年金谷事如何?(周暕)
　　只恐春工忙里度,又吟风雨满城秋。(翁合老)
　　东风岁岁添新绿,独我霜鬓多几茎。(朱孟翁)

从这些诗句中,我们不难感受到,归隐田园与其说是知识分子主动的追求,毋宁说是无奈的抉择。事实上,在科举之路被杜绝之后,早已习惯了在做官与归隐、入世与出世之间作单项选择的知识分子,除了归隐一途,又能有什么更好的出路呢?

眷怀故国也好,归隐田园也好,作为一种价值选择,归根到底都没有超出忠君不贰、"达则兼济天下,穷则独善其身"、"用之则行,舍之则藏"等传统价值观的范畴,尽管也有特定的时代内容贯注其中,但其基本精神是一脉相承并无二致的。

可见,面对纷繁复杂的外部世界,诗社知识分子从总体上讲,所持的是一种消极退避的心态。悲怆、惶惑、失落、幻灭已成为这一群体的普遍症候。"大事已去矣,力既不能挽回……亦厌见衣冠制度之改,有不容自己者耳。"① 于是只能向传统价值体系中退避,从传统价值体系中去寻觅精神支柱。从这个意义上说,诗社正是这样一个体现传统价值观的精神避难所,一个对抗外部世界的相对宁静的精神绿洲。只有在这个由同类人组成的相对封闭的圈子里,他们才会感到自身价值被认同,绷紧的神经才能得到片刻松弛,失衡的心理才能得到暂时平衡。元初诗社集中大量地出现,显然正是知识分子这一精神需求的产物。

书会作为另一类型的知识分子群体,当然也不可能摆脱传统价值观念的制约,甚至可以说,传统价值观仍主宰着他们的精神世界。我们从元代杂剧和散曲中不难看到,诗社知识分子吟咏的眷怀故国、归隐田园的主题,同样也是书会知识分子剪不断、理还乱的情结。然而,比之诗社知识分子贫乏单一的精神世界,书会知识分子的价值选择则呈现出多元化的特点,展现出绚丽多姿五彩缤纷的精神风貌。

就拿"经纶济世"、"以道自任"这一被知识分子奉为圭臬的人生信条来说吧,披阅元代散曲,像"老了栋梁材"、"恨无上天梯"、"困煞中原一布衣"(马致远〔金字经〕)的悲愤愁怨;"整乾坤,会经纶,奈何不遂风雷信"(曾瑞〔山坡羊〕

---

① 见孔齐《至正直记》卷一,粤雅堂丛书本。

《讥时》)的郁懑叹息;"昨日在十年窗下,今日在三公位排,读书人真实高哉"(张可久〔水仙子〕)的追寻旧梦;以及"有一日起一阵风雷,虎一扑十硕力,凤凰展翅飞,那其间别辨高低"(无名氏《水仙子》)的梦想企盼,可以说触目皆是。杂剧如《冻苏秦》、《荐福碑》、《破窑记》、《王粲登楼》、《范张鸡黍》、《玉镜台》、《陈母教子》等作品,也无不流露出强烈的功名观念。这说明,经纶济世、以道自任的理想和信念仍然是他们躯体上最敏感的一根神经,始终萦绕心头,须臾未曾去怀。

但是另一方面,书会知识分子在不能忘情于政治使命的同时,也表现出了另一种思想倾向,即轻视功名,甚至是否定功名:"不占龙头选,不入名贤传"(乔吉〔六幺遍〕)、"三千贯、二千石。一品官、二品职。只落的故纸上两行史记"(马致远《陈抟高卧》〔滚绣球〕)、"糟腌两个功名字,醅淹千古兴亡事,曲埋万丈虹霓志。不达时皆笑屈原非,但知音尽说陶潜是"(范康〔寄生草〕)、"那里也能言陆贾?那里也良谋子牙?那里也豪气张华?千古是非心,一夕渔樵话"(白朴〔庆东原〕)。对这些话我们当然不能完全当真,在很大程度上它只是知识分子在理想破灭的情况下,为排遣苦闷聊以自慰的故作旷达之词,一种以表面潇洒来表现内心愤激的手法。但这一认识的普遍出现毕竟说明,在书会知识分子的思想里,功名观念已经大大淡化,他们已经不再将它视为唯一的价值选择。因此,我们在书会知识分子身上,很少能够看到对政治理想与信念的那种百折不回九死不悔的执著追求,更有甚者,对历史上那些为政治理想与信念而捐躯的往哲先贤,他们往往抱着一种嘲笑揶揄的态度。陶渊明可以说是诗社与书会知识分子共同向往追随的偶像,但稍作比较就不难发现,诗社知识分子注重的是他不屈事刘宋的气节,所谓"与义熙人相尔汝，奇怀已足千秋矣"①，而书会知识分子注重的却是他淡泊功名的生活态度。在中国历史上，淡泊功名的知识分子代不乏人，但像书会知识分子那样，整个群体都表现出淡泊功名的思想倾向，却是元代的一个突出的社会现象。

　　正因为书会知识分子在一定程度上摆脱了传统的因袭重负，这就使他们能用一种新的眼光来审视生活，审视自我。他们不再把自己封闭在以为官从政为核心的狭小的生存空间里，而是迈步更广阔的生活。原本仅仅用来为官从政的知识和才华找到了新的用武之地——在蓬勃兴起的杂剧和散曲创作园地上尽情地施展发挥。失之东隅，收之桑榆。科举和仕途上的弃儿却成了"曲状元"、"风月主"，他们的人生价值在另一领域得到了体认。

　　另一方面，既然无须将自我价值的实现仅仅定位在经纶济世、以道自任上，自然也就无须时时处处用传统道德信条来规范自己的行为。因而，滑稽善谑、佻达放浪成为书会知识分子的群体性格，放纵自我、率性而行成为他们普遍的生活态度。乔吉道"不占龙头选，不入名贤传。时时酒圣，处处诗禅。烟霞状元，江湖醉仙，笑谈便是编修院。留连，批风抹月四十年"（〔六幺遍〕《自述》）；王实甫道"醉时节盘陀石上眠，饱时节婆娑松下走，困时节布衲里睡鼾鼾"、"保天和自养修，放形骸任自为"（〔商调·集贤宾〕《退隐》）；关汉卿道"适意行，安心坐。渴时饮饥时餐醉时歌，困来时就向莎茵卧。日月长，天地阔，闲快活"（〔四块玉〕《闲适》）。

　　对书会知识分子的这种生活态度，以往的论者多从消极被动的一面着眼，认为是悲哀辛酸之情，以豪放旷达出之。这固然不错。然而这仅是问题的一面。我们是否也应看到其中也有积极主动的一面呢？试看关汉卿的著名套曲《不伏老》吧："……你便

---

① 见毛晋《跋月泉吟社》。

是落了我牙,歪了我口,瘸了我腿,折了我手,天赐与我这几般儿歹症候,尚兀自不肯休。则除是阎王亲自唤,神鬼自来勾,三魂归地府,七魄丧冥幽,天哪,那其间才不向烟花路儿上走!"从这曲词中我们何曾看到丝毫的被迫与无奈,而是对自己选择的理想和生活道路无比挚爱的情怀和执著追求的精神,显示出与传统价值观念相悖的另一类型知识分子的精神风貌。

可见,在知识分子的传统人生道路被阻隔之后,与诗社知识分子不同,书会知识分子从总体上来说,所持的是一种达观的、现实的、开放的心态。他们虽然也曾哀怨,也曾颓丧,也曾沉沦,然而作为整个群体,他们并没有深陷其中而不能自拔,并没有不知所措而无所作为。他们对现实不是一味的退避,而是直面人生,投身生活,从而及时调整了自己的人生坐标,重新找到了实现自我价值的途径。

三

上面我们简要概述了元代的诗社与书会这两大知识分子群体在价值取向上的分野。那么,为什么会产生这种分野呢?

在考察这一问题时,我们注意到一个有趣的现象。我们发现,早期的书会知识分子主要出现于北方。《录鬼簿》"前辈已死名公才人,有所编传奇行于世者"类里,共列名关汉卿以下五十六人,其中除赵子祥未标明籍贯外①,余皆为由金入元的北方人,籍贯分属大都、东平、彰德、真定、济南、太原、平阳、保定、涿州、洛阳、汴梁、亳州等地。虽然由于文献资料缺乏,我们对早期书会的具体数目难以确考,但上述书会知识分子的籍

---

① 按孙楷第《元曲家考略》,据元杨翮《送赵子祥序》谓其为宣城人,今属安徽省。

贯分布清楚地说明,元代早期以知识分子为主体的书会当也应是主要集中出现在北方。而诗社,据现有材料,则主要集中出现在原南宋统治地区的浙江、江西等地。书会——北方,诗社——南方,这看似一个简单的地域问题,其实它和这两大知识分子群体价值取向的分野有着直接的紧密的联系。

我们知道,宋金对峙时期,北方知识分子生活在金朝的统治之下。既而蒙古王朝灭金(1234),统一了北方,这时距南宋王朝的灭亡(1279)尚有四十余年的时间。也就是说,同为知识分子,其时生活在北方抑或南方,他们身处其间的具体社会政治文化环境是有所不同的。

女真、蒙古作为少数民族入主中原,开创了一个民族大融合的时代。而民族融合的核心是各民族文化的交流融汇。这种交流融汇是双向的。一方面,女真、蒙古进入中原地区之后,在接受中原的生产方式,进而完成从奴隶制向封建制转化的同时,也必然受到中原高度发展的封建文明的强烈影响。像女真、蒙古统治者都不约而同地推崇儒家学说,女真人从饮食、起居、节序、婚丧等风俗礼仪各方面,无不"强效华风"①,以至"尽失女真故态"②;蒙古统治者在占据中原之后,也逐渐改变了早期游牧民族一味攻伐杀戮的做法,倚用儒臣,实行"汉法"。正如马克思、恩格斯所指出的:"奴隶成了主人,征服者很快学会了被征服民族的语言,接受了他们的教育和风格。"③

另一方面,女真、蒙古的入侵,也使古老的中原文明受到强烈冲击,原来相对稳固的社会结构,特别是思想道德伦理观念产生松动,中原文明面对外来文明的冲击,也需要重新调适和整

---

① 见范成大《揽辔录》。
② 见《大金国志·熙宗孝成皇帝》,景印文渊阁《四库全书》本。
③ 见《德意志意识形态》。

合。当然,中原文明最终以其海纳百川的博大胸怀,吸收了女真、蒙古民族文化中优秀的东西,使自己变得更加丰富。

  北方书会知识分子就生活在这样一个多民族文化碰撞、融合的交汇点上。时代风习的浸淫濡染,在一定程度上,把他们从僵死封闭的传统价值体系所构建的狭小精神空间里解放了出来,使他们能够以一种前所未有的阔大眼光和开放胸怀来看待生活。他们的价值取向从单一到多元的转化,正是这一民族融合时代的产物。

  13世纪初叶到中叶,也即是金末至元初,正是杂剧这一戏剧样式在北方出现,并逐渐成熟勃兴的时期。以杂剧为代表的反映市民阶层理想、情趣、价值观念的通俗文学,与表现封建士大夫理想、情趣、价值观念的正统文学显然是大相径庭,大异其趣的。然而,两者之间的关系并非是泾渭分明冰炭不容。它们之间也必然会相互渗透影响,进行双向交流。而北方的书会知识分子恰好处在两者之间的中介的位置上。

  由于停止科举,"士失其业",知识分子被迫进入书会,以创作杂剧等通俗文学来糊口谋生。当他们创作时,头脑中根深蒂固的传统价值观念、封建士大夫的趣味情调,都会自觉或不自觉地灌输到作品中,这是很自然的,毫无足怪。然而另一方面,也是更重要的一面,由于他们被抛离了原来的生活轨道,沉沦于社会底层,这就迫使他们跳出狭小封闭的知识分子的圈子,与下层人民发生交往,甚至与倡优为伍,因此必然会受到下层人民思想感情、情趣爱好、价值观众的濡染影响。同时,由于杂剧等通俗文学的基本观众是广大市民群众,为了使自己的作品广受欢迎,并获得经济效益,创作者就必须受到接受者——市民群众思想感情、价值观念、审美趣味的制约,并在潜移默化中改变了自己的立场和观念。从某种意义上说,元杂剧的辉煌,不正是书会知识分子们改变观念,重新调整价值取向的结果吗?

相比之下，北方书会知识分子所具备的时代条件，南方诗社知识分子却并不具备。

　　首先，他们生活的原南宋统治地区，当北方社会处在变革、整合、重构之时，这里的封建统治仍是铁板一块；当儒家的伦理道德学说在北方受到质疑、冲击之时，南方却因程朱理学的出现而得到强化。知识分子的身心都被紧紧禁锢在封建主义的既定轨道和精神罗网中，没有任何松动的可能。

　　其次，如上文所述，元代南方的诗社，大都集中出现在元代最初的一二十年里。这时，无论是元蒙人主对社会的震撼，抑或是取消科举对知识分子的冲击，他们都还没来得及作出反应，他们尚处于最初的震惊、恐惧和无奈的精神状态之中。

　　因此，这些被传统价值观念的绳索紧紧捆缚住手脚的知识分子，在时代巨变突临之际，可以变通回旋的余地非常狭小，他们唯一的应变选择就是龟缩到由传统价值观念体系所建构的堡垒之中，以此来对抗剧烈动荡的外部世界。虽然他们高吟的眷怀故国、归隐田园的主题，在弘扬民族正气，激励民族气节，改变宋季四灵、江湖末流纤碎浅弱、气局荒靡的诗风，恢复和发扬我国诗歌的现实主义优良传统等方面也起到了一定的积极作用；但是，由于他们对现实采取的是一种消极和退避的态度，他们的脚步始终未能迈出知识分子的狭小圈子，他们的精神始终未能超越传统价值观念的樊篱，这就决定了他们的创作从总体上说，不过是一群被时代所冷落、遗弃的知识分子的顾影自怜，自怨自艾，不可能取得大的成就。

月泉吟社的结社与活动形式

在元初众多遗民诗社中,规模之大,人数之众,莫过于月泉吟社,故其在文学史上久负盛名。该诗社的活动留下了一卷《月泉吟社诗》,在宋元时期大多数诗社活动如云泥鸿爪,材料支离破碎的情况下,它更显得弥足珍贵。

一

月泉为浙江浦江县的一处名胜。元黄溍《重修月泉书院记》云:"浦江县北有泉出仙华山之阳,而发于县西二里,视月之盈虚以为消长,号曰月泉。宋政和癸巳(1113),知县孙侯潮始疏为曲池,筑亭其上。咸淳丙寅(1266),知县王侯霖龙因构精舍于亭之西北,祠先圣先贤其中,以为诸生讲学之所。逮入国朝,乃畀书院额。"① 此月泉书院当即月泉吟社结社之所。

月泉吟社的发起人为浦江人吴渭。吴渭,字清翁,号潜斋,宋末曾官义乌令,具体生平不详。大约在月泉吟社建立之前,吴渭已在当地组织了一个规模较小的诗社——月泉社,从《月泉吟社诗》里可以看出一些端倪来。吴渭所撰《誓诗坛文》云:"月泉旧社,久寨诗锦之华。"其致月泉吟社征诗第一名罗公福启亦云:"月泉旧社,久盟湖海之交。"另外,吴渭在征诗的启

---

① 《金华黄先生文集》卷十四,四部丛刊本。

示中说:"本社预于小春月望命题,至正月望日收卷,月终结局。请诸处吟社用好纸楷书,以便誊副,而免于差舛。"可见,月泉吟社是由吴渭所在的月泉社主盟,向各地诗社征诗的一次大型诗社活动。

为了搞好此次征诗活动,吴渭还聘请了谢翱、方凤、吴思齐三人担任考官,主持甄选评裁工作。谢翱(1249—1295),字皋羽,一字皋父,号晞发子,福州长溪(今福建霞浦县南)人,咸淳中,试进士不第。景炎元年(1276)七月,文天祥开府延平,翱倾家财募乡兵投效,任谘议参军。文天祥被执后,翱避地浙江,晚年多在会稽、浦江、杭州一带活动,曾在严子陵钓台之西台哭祭文天祥,撰有《登西台恸哭记》。方凤(1240—1321),字韶卿,一字景山,浦江人。宋末曾试太学,举礼部不第,特恩授容州文学。宋亡隐居不仕。吴思齐,字子善,处州丽水(今属浙江)人,后徙永康(今属浙江)。宋末曾任嘉兴丞,宋亡不仕。宋濂《吴思齐传》云:"思齐与方凤、谢翱无月不游,游辄连日夜。或酒酣气郁时,每扶携向天末恸哭,至失声而后返。"①可见他们三人都是极具民族气节的人物。

吴渭为此次征诗活动所出的诗题是《春日田园杂兴》,这个诗题显然是从宋范成大的《四时田园杂兴》借用来的,征诗限定为"律五七言四韵,余体不取"。如果仅从诗题来看,这次诗社活动的宗旨乃是歌咏田园风光。然而,主办者的本意似乎并不在此,据吴渭所作《春日田园题意》,其中说:

此题要就春日田园上做出杂兴,却不是要将杂兴二字体贴。只为时文气习未除,故多不体认得此题之趣。识者当自知之。

在《诗评》里,他对"此题之趣"进一步揭示道:

---

① 转引自程敏政:《宋遗民录》卷九,知不足斋丛书本。

>《春日田园杂兴》，此盖借题于石湖，作者固不可舍田园而泛言，亦不可泥田园而他及，舍之则非此诗之题，泥之则失此题之趣。……诸公长者，惠顾是盟而屑之教，形容模写，尽情极态，使人诵之，如游辋川，如遇桃园，如共柴桑墟里，抚荣木，观流泉，种东皋之苗，摘中园之蔬，与义熙人相尔汝也。……

这里点出"义熙人"，即陶渊明，可谓把题趣说得再清楚不过了。晋陶渊明在晋时所作诗，皆题年号，入刘宋后所作者，但题甲子而已。其意思很明白，即仍以晋义熙年间人自居，表示耻事二姓之志。苏轼《读渊明传》诗云："风流岂落正始后，甲子不数义熙前。"说的正是这个意思。我们再来看月泉吟社的《送诗赏小札》："月泉社吴清翁盟诗。预示丙戌（1286）小春望日以《春日田园杂兴》为题，至丁亥（1287）正月望日收卷，月终结局，……三月三日揭榜。"丙戌，为元世祖至元二十三年，此时宋已亡了整整七年，但仍不题元代年号，唯书甲子，可谓与陶渊明亦步亦趋。可见，借歌咏田园风光抒发眷怀故宋的遗民情结，以归隐田园来表达不与现政权合作的民族情绪，才是月泉吟社此次征诗的宗旨所在。

征诗启示发出后，得到各地吟社及士人的热烈响应。在三个月的征诗期结束时，共收到应征诗作二千七百三十五卷。吴渭及谢翱、方凤、吴思齐等从中甄选出二百八十卷，即为此次征诗活动的优胜者。今存《月泉吟社诗》一卷只收录了前六十名的诗作，其中有七人为一人两卷，实际作者为五十三人。此外，该书还附有摘句图，不收全诗，只收好的联句。其中起句四联，联句二十五联，结句四联，合计三十三联。两者相加，共有作者八十六人，约占此次应征者全部人数的三十分之一。

前六十名作者（实际是五十三人）名下，大多注有其籍贯或所寓之地。其中以浦江及其附近地区的义乌、东阳、建德、桐江、分水等地的作者最多，达三十四人；其次为杭州，十二人；另外福建三山三人、江苏昆山、泰州各一人。少数作者名下未注明籍贯。

前六十名的部分作者名下，还注有其所属之诗社，计有杭清吟社、白云社、孤山社、武林九友会、武林社等。

从入选的诗作来看，吴渭所揭橥的"题趣"，对大多数作者来讲，可谓心有灵犀。如：

种秫已非彭泽县，采薇何必首阳山。（第五十九名九山人）

往梦更谁怜麦秀，闲愁空自托杜鹃。（第十一名方赏）

吴下风流今莫续，杜鹃啼处草离离。（第七名栗里）

弃官杜甫雁天宝，辞令陶潜叹义熙。（第三十五名避世翁）

午桥萧散名千古，金谷繁华梦一场。（第四十七名临清）

可见，在旖旎秀丽的田园风光之后，透露出来的却是亡国丧家的惨痛与归隐山林拒绝与现政权合作的心志。我们从中不难领略到元初遗民们悲怆、幻灭、失落、无助的精神状态，以及坚持民族气节的意志。清代著名学者全祖望说："月泉吟社诸公，以东篱北窗之风，抗节季宋，一时相与抚荣木而观流泉者，大率皆义熙人相尔汝，可谓壮矣！"① 洵为切中肯綮之论。

《月泉吟社诗》所录前六十名作者署名皆用寓名，而别注本名、字号、籍贯于其下。如第一名为罗公福，别注云："杭清吟社。三山连文凤伯正，号应山。"此别注看来非原刻本所有，而系后人所加，故有的只有寓名而无别注，有的则别注过简，无从

---

① 《跋月泉吟社后》，《鲒埼亭集外编》卷三十四。

得知其真名。如第四名仙村人，别注仅云"古杭白云社"。似此情况共有七人。加上上文所述有七人为一人两卷，故今天可考知姓名的仅有四十六人。笔者曾据有关史籍，撰《月泉吟社作者考略》、《月泉吟社作者续考》两文①，对部分作者的生平有所考述，此不赘。

二

宋代之诗社活动大体较为随意，其形式不外乎次韵、分韵、联句等，与一般文人唱酬并无明显区别，元代诗社活动则较有组织，有一套较完整的章法，从《月泉吟社诗》里可以清晰看出这一点。首先，诗社活动的发起人称作"盟诗"，又叫"主盟"，由其定下诗题，聘请考官司甄选评裁之职。其次，由主盟发出征诗启示，宣明诗社活动之时间、地点及有关要求。其启事如下：

> 本社预于小春月望命题，至正月望日收卷，月终结局，请诸处吟社用好纸楷书，以便誊副，而免于差舛。明书州里姓号，以便供赏，而不致浮湛。切望如期差人来问浦江县西地名前吴知县渭对面交卷，守回标照应，俟评校毕，三月三日揭晓，赏随诗册分送。此固非足浼我同志，亦姑以讲前好求新益云。

除了启事之外，主盟还分别撰有《题意》、《诗评》及《誓诗坛文》各一篇。《题意》主要阐述诗题之旨趣，《诗评》则是交代评诗之标准。在此两文里，主盟吴渭反复强调诗题中"田园"与"杂兴"之关系，防止片面理解诗题。

宋代诗社即有把同社称作同盟的，如邹浩有《月下怀同盟》

---

① 见《文献》1993年第1期，1994年第3期。

诗①,此"同盟"即指其所结颖川诗社之同人。又如葛胜仲《次韵德升再讲酬唱》诗云:"莲社追攀每愧心,诗盟此假偶重寻。"② 此"诗盟"也是指结社吟诗之意。由此看来,宋元时人将结社视为结盟。既为结盟,自然应有一定形式,《月泉吟社诗》所载《誓诗坛文》,使我们得以窥见结盟之具体情形:

> 月泉旧社,久襄诗锦之华;季子后人,独仿礼罗之意。遂从昨岁,遍致新题。春日田园,颇多杂兴。东风桃李,又是一番。乡邦之胜友云如,湖海之英游雷动,古囊交集,钜轴横陈;谁揭青铜,尚询黄发。无舍女学,何至教琢玉哉;不用道谋,是在主为室者。俾得臣而寓目,与舅犯以同心。眷唯骚吟,良出工苦。所贵相观而善,亦多自负所长。能雄万夫,定差与绛灌等伍;如降一等,乃待以季孟之间。欲辛甘燥湿之俱齐固甚难,以曲直轻重而见欺亦不可,念伟事或偶成于戏剧,彼逸言特借誉而揄扬。我诗如邻曹,何幸纵观于诸老;此声得梁楚,誓将不负于齐盟。一点无它,三辰在上。

征诗阶段结束后,即转入下一步收卷及评选阶段。在此一阶段,主要由诗社所聘考官从来卷中选出优胜,标列名次及写出评语。月泉吟社从二千七百三十五卷中共选二百八十名优胜者(今存前六十名),每名优胜者均附有考官评语。如第一名罗公福评语为:"众杰作中求其粹然无疵极整齐而不见边幅者,此为冠。"第二名司马澄翁的评语为:"起善,包括两联说田园的,而杂兴寓其中,末语亦不泛。"

值得注意的是,今所见六十名作者的署名均采用寓名,这也是宋代诗社活动所未曾有过的。这种做法似乎与征诗启示中所说

---

① 见《道乡集》卷七,景印文渊阁《四库全书》本。
② 《丹阳集》卷十九,景印文渊阁《四库全书》本。

的"明书州里姓号,以便供赏,而不致浮湛"之言不合。看来主办者起初是打算署真名的,但后来改变了主意。想必主办者为此又发过一个通知,但未收入本书中。为什么要作这种改变?明黄养正认为:"其名姓之诡托,无非赵宋之遗民者。"① 清全祖望也猜测说:"岂当日隐语庾辞,务畏人知,不惮谬乱重复以疑之耶?"② 这些意见有一定道理。但笔者认为,采用寓名主要还是借用科举考试的"糊名"之法以示公正,防止舞弊。③

最后一道程序揭榜,除了公布名次外,还要对优胜者给予奖赏,称作诗赏,其数额依名次有差:

> 第一名,公服罗一缣七丈,笔五贴,墨五笏;第二名,公服罗一缣六丈,笔四贴,墨四笏;第三名,公服罗一缣五丈,笔三贴,墨三笏;第四名至第十名,各春衫罗一缣,笔二贴,墨二笏;第十一名至二十名,各深衣布一缣,笔一贴,墨一笏;第二十一名至三十名,各深衣布一缣,笔一贴;第三十一名至五十名,各笔一贴,墨一笏,吟笺二沓。

在颁发诗赏时,还附有考官致获奖者的《送诗赏小札》一篇,如谢翱等致第一名罗公福的《小札》云:

> 伏以月泉旧社,久盟湖海之交;春日新题,剩写田园之兴。得《周南》而正始,可冀北之空群。执事振响武林,舒翘文苑。种秧浇药,已朝市之无心;放犊听莺,更池塘之入梦。杼机自别,冠冕为宜。某心所甚欣,手之不释。诗成夺锦,诵珠玉者龛然;礼以为罗,

---

① 《月泉吟社重刊诗集序》。
② 《跋月泉吟社后》,《鲒埼亭集外编》卷三十四。
③ 对此问题,拙文《郁湮失落的群体——论元初遗民诗社兼与王德明先生商榷》(《文学遗产》1993年第4期)有较详细的论述。

愧琼瑶则多矣。余如玄颖,并致筐筥。

获奖者收到奖赏和《送诗赏小札》后,则要撰《回送诗赏小札》致谢。如罗公福致吴渭等的回札云:

> 读渊明诗,久识田园之趣;从夫子学,愿为农圃之民。未敢望其下风,胡遽延之上座。执事雅怀月霁,清思泉寒。抚景兴思,慨唐科之不复;以诗为试,觊同雅之可追。窃知扶植之盛心,正欲主维乎公是。某羡珠玉之在侧,忝糠粃之播前。旧拟秋声,曾占桐江之风景;新题春日,又分婺女之星辉。岂好为朱公之变姓异名,深恐蹈柳子之召闹取怒。惭非重宝,俾获与锦囊之荣;赐侈香罗,复唤起青衫之梦。受丝毫而皆感,与笔墨以忘言。谨述谢私、伏祈鉴在。

考官致优胜者的《送诗赏小札》与优胜者致考官的《回送诗赏小札》,也与科举考试时中举者致考官的谢启和考官的回启如出一辙。第二名司马澄翁在《回送诗赏小札》中径称自己为"榜眼",称吴渭等为"座主",更是明白无误地说明了这一点。由于借用了科举考试的形式,就使得元初的诗社活动更加组织有序,相对于宋代较为松散随意的诗社活动来说,更加正规化。清吴翌凤云:"社集始于宋末之月泉吟社。"① 将月泉吟社视为诗社活动之始,显然是不确切的;但是,比较有组织的、正规化的诗社活动始自月泉吟社,则与历史实际大致不差,故月泉吟社在诗社活动史上无疑有划时代的意义。明李东阳《怀麓堂诗话》云:"元季国初,东南人士重诗社,每一有力者主之,聘诗人为考官,隔岁封题于诸郡之能诗者,期以明春集卷,私试开榜次名,仍刻其优者,略如科举之法。"清罗元焕《粤台征雅录》云:"粤中好为校诗之会,亦称'开社',……至预布题,并订盟收

---

① 《逊志堂杂钞》甲集,中华书局,1994年排印本。

卷,列第揭榜,悉仿浦江吴清翁月泉吟社故事。"① 从这些记载中,我们可以看到月泉吟社的活动形式对后世诗社的影响何其深远。

借用科举考试的形式来进行诗社活动,并非月泉吟社主办者的一时灵感迸发,实在是有着深刻的社会政治原因。元蒙统治者入主中原后,曾在相当长一段时间里取消了科举考试,这对于早已把参加科举作为重要的人生目标的汉族知识分子来说,犹如人生道路的大塌方,造成他们群体性的巨大幻灭感和失落感。在这种情况下,借用科举考试的形式来进行诗社活动,实际上就有了模拟科举考试的性质,知识分子可以通过参加这一活动,"复唤起青衫之梦",得到些许精神补偿。这也正是月泉吟社的征诗活动得到知识分子热烈响应的重要原因之一。

---

① 转引自《月泉吟社诗》附伍崇曜跋。

月泉吟社作者群略考

元世祖至元二十三年（1286），原宋义乌令浦江吴渭，入元不仕，退居吴溪，延致原宋容州文学浦江方凤、原宋嘉兴丞永康吴思齐，及尝为文天祥咨事参军的闽长溪人谢翱于其家，共同创办了月泉吟社。

该年十月十五日，月泉吟社以《春日田园杂兴》为题，征诗四方，于次年正月十五日收卷。在短短三个月时间里，就收到来稿二千七百三十五卷，作者籍贯分布浙、苏、闽、赣等省。方凤等从中选出二百八十名，依次给予奖赏。并把所选诗作编集付梓。

月泉吟社虽以《春日田园杂兴》为题，表面上模山范水，吟风嘲月，实际上诗作中隐含着沉痛的故国之思、亡国之痛。如："种秫已非彭泽县，采薇何必首阳山"（第五十五名九山人）；"往梦更谁怜麦秀？闲愁空自托杜鹃"（第十一名方赏）；"吴下风流今莫续，杜鹃啼处草离离"（第七名栗里）一类句子触目皆是。清人全谢山说："月泉吟社诸公，以东篱北窗之风抗节季宋，一时相与抚荣木而观流泉者，大率皆义熙人相尔汝，可谓壮矣！"① 明代毛晋将月泉吟社诗与宋遗民诗集《谷音》同刻，都是颇有见地的。这次诗社活动距宋亡（1279）不过七年时间，它在团结、激励广大汉族知识分子保持民族气节方面起了

---

① 《跋月泉吟社后》，《鲒埼亭集外编》卷三十四。

显著作用,并对后世产生了深远影响。明末广东番禺黎美周所创之粤中诗社,即"悉仿浦江吴清翁月泉吟社故事"①。

月泉吟社的诗集,原刻本已佚。现存《月泉吟社诗》一卷,仅载前六十名,收诗七十四首。这六十位作者的情况比较复杂。其一,署名皆用寓名,而别注本名、字号、籍贯于其下。如第一名为罗公福,别注云:"杭清吟社。三山连文凤伯正,号应山。"其二,一人而两见。如第十四名喻似之,别注云:"分水何教,名鸣凤,字逢原。"第四十五名陈纬孙,别注:"分水何教,名鸣凤。"类似这种情况的共有七人。其三,只有寓名而无别注,或别注过简,无从得知真名。如第四名仙村人,别注仅云"古杭白云社"。似此情况亦有七人。因此,六十位作者中,今天可考知姓名的仅四十六人。这四十六人中亦只有极少数人如第八名白珽、第四十四名仇远身世稍显,大多数早已湮没无闻,致全谢山当时已有"当时主盟如方、谢、吴三先生至今学士皆能道其姓氏,而社中同榜之人自仇近村而外多已淹没不传"之叹。② 这是十分令人惋惜的。现据元代有关史籍,试对部分作者的生平略作考述。

1. **连文凤** 吟社第一名。吟社署名罗公福。别注云:"杭清吟社。三山连文凤伯正,号应山。"

《四库全书》收有连文凤撰《百正集》,集中《庚子立春》诗有句云:"又逢庚子岁,老景对韶华。"按庚子为元成宗大德四年(1300),据此诗文凤生年应为宋理宗嘉熙四年(1240)。其卒年不详。《百正集》中《送友人归越》诗序云:"己亥避地于越。后十载,越之故人来杭,与之相慰藉者累日,语末温复别去,为之黯然。"己亥为元成宗大德三年(1299),后十载即元

---

① 罗元焕:《粤台征雅录》,丛书集成本。
② 《跋月泉吟社后》,《鲒埼亭集外编》卷三十四。

武宗至大二年己酉（1309），可知此时文凤仍健在，年已七十矣。又，《百正集》中还有《挽周明府公谨》诗一首，周密，字公谨，号草窗，为宋末元初著名词人。其卒年为元武宗至大元年戊申（1308），文凤之挽诗自当作于此后不久，亦可与《送友人归越》诗序互证。

　　文凤宋咸淳间尝为太学生。事见其所撰《学鲁斋记》："钱塘丁君强父，文章士也，乡之人咸誉之。初，余游杭泮，君居前庑，与之识，且尝与之争功名于场屋间。后十载，奎文敛耀，芹藻无香。君于是闭门读书，不复以荣进乱心，名读书之斋曰学鲁。"①"奎文敛耀，芹藻无香"云云，当指宋恭宗德祐二年丙子（1276）元兵入临安、南宋王朝覆亡之时，上推十年，为宋度宗咸淳二年（1266），此时文凤已入太学，其年二十七岁。另《百正集》中《暮秋杂兴》诗有句云"仕籍姓名除"，可知其德祐前亦尝授官，但授予何官已无可考。

　　入元后，文凤始终坚持民族气节，不食元粟。此一方面除《百正集》中大量诗文可证外，亦有二事可记。其一，为宋末殉节的忠烈之士徐应镳举葬。事见方回《桐江续集》卷十二《故太学徐君应镳哀辞并序》："丙子二月二十八日，迫太学生上道北行。有日经德斋徐君应镳，字巨翁，三衢人。为文祭告土神，携三子登楼，纵火自焚。不克。乃自沉公厨之井。长男琦，二十一；次男崧，十一；女元娘，九岁，同溺死。后十年丙戌（1286），三山刘汝钧君鼎、连文凤伯正率同舍举四丧，焚而葬于南山栖云兰若之原，私谥曰正节先生。"在元初民族压迫深重的形势下，文凤此举是需要极大的勇气和胆量的。其二为歌咏参与六陵冬青之役的志士仁人。宋南渡后，自高宗以下六代皇帝均

---

① 《百正集》卷下，知不足斋丛书本。

攒葬于会稽之宝山。至元二十二年（1285）①，元江南释教总统西僧杨琏真加利其金玉，将六陵尽行发掘，"至断残支体，攫珠襦玉柙，焚其胔，弃骨草莽间"②，被祸之烈，使人惨不忍睹。当时有山阴人唐珏、温州人林景熙等，独怀痛忿，不忍见陵骨暴旷荒野，乃秘密收拾诸陵遗骨，瘗葬于兰亭山南，并从宋常朝殿移冬青树栽植其上，以为标志。这就是历史上著名的六陵冬青之役。

连文凤虽然没有身预其役，但他听闻此事后，曾写诗歌倾参与此役的志士仁人。《百正集》中有《寄常州簿郑宗仁》诗，其序云："稽山禹穴，莽为狐兔，神龙遗蜕，散乱榛芜。孝子仁人，一夕悉取而归之。有人心者，能无愧乎？闻此悲泣，寄以诗。"诗云："玉立蓬莱问浅深，仙裾不受海尘侵。千年爱护神龙骨，万里凄凉老鹤心。夜月照愁低草色，秋风吹泪哭松阴。钱塘流水情何限，谁采苹花学越吟。"

按郑朴翁，字宗仁，温州平阳人。宋咸淳末上舍释褐，授迪功郎、福州教授，寻除国子正，转从政郎。宋亡隐居不仕。林景熙《霁山集》有《梦中作》诗，章祖程注云："……时号杨总统，尽发越上宋诸帝山陵，取其骨渡浙江，筑塔于宋内朝旧址，其余骸骨弃草莽中，人莫敢收。适先生与同舍生郑朴翁等数人在越上，痛愤乃不能已，遂相率为采药者至陵上，以草囊拾而收之。……葬于越山，且种冬青树识之。"可见郑朴翁亦为冬青义士之一。从连文凤对此事的咏叹中，足以见出他强烈的民族情绪。

《百正集》中还有一首题为《枕易》的诗："身世相忘象外

---

① 关于杨琏真加发陵的时间，历来有至元十五年、二十一年、二十二年等不同说法。拙文《六陵冬青之役考述》对此有所考辨，可参看。
② 陶宗仪：《南村辍耕录》卷四，丛书集成本。

天,青风一枕几千年。有时默默焚香坐,闲看白云心自玄。"按元黄庚《月屋漫稿》亦有《枕易》诗,诗题原注"越中诗社试题都魁",诗后附有考官李应祈批语①。由此可知《枕易》乃是元初另一诗社越中诗社征诗的诗题。该诗社的情况虽不甚清楚,但从上引材料来看,其情形与月泉吟社极为相似,应是元初另一较具规模的遗民诗社。连文凤显然也参加过这一诗社,其诗是否中选则不得而知了。

清代王士祯尝谓"月泉吟社诗清新尖刻,别自一家,而谢翱等品题未允"②,因重为移置,改文凤为第二十一名。《四库全书总目》不同意此说,辨之曰:"元初东南诗社作者如林,推文凤为第一,物无异词,当必有说,似未可以一字一句遽易前人之甲乙。今观所作,大抵清切流丽,自抒性灵,无宋末江湖诸人纤琐粗犷之习,虽上不及尤杨范陆,下不及范揭虞杨,而位置于诸人之间,亦未遽为白茅之藉,则当时首屈一指亦有由矣。"今观其《百正集》中诸作,这一评价大体是公允的。

2. **梁相** 吟社选其诗两首,即第三名,署名高宇,别注云"杭州西塾梁相,字必大。"第十三名,署名魏子大,别注云"武林九友会,梁必大。"

元俞希鲁等撰《至顺镇江志》卷十七《司属志》"元教授"目有梁相名,注云:"字必大,杭州人。大德二年十二月至。"梁相下为顾岩寿。注云:"大德五年十二月至。"据此可知梁相于大德二年(1298)十二月至大德五年(1301)十二月间曾出任镇江路教授,共三年。

---

① 此诗及批语亦载元张观光《屏岩小稿》。《四库全书总目》案云:"黄庚《月屋漫稿》亦称以《枕易》为李侍郎取第一。试有两第一,必有一伪。然无可考证,谨附识于此。"

② 见《池北偶谈》,笔记小说大观本。

又，元吴澄《吴文正集》卷九十三有《送梁必大知事之婺州》诗，云："一见何仓卒，相闻已岁年。东州文献后，南国俊髦先。士诧苏湖教，郡须岑范贤。赞谋倘余暇，为访牧羊仙。"按据《元史·百官志》，知事为路、府、州行政长官之属官，地位在教授之上，故梁相任职婺州知事之时间，应在镇江教授任后。

3. 刘应龟 吟社第五名。吟社署名"山南隐逸"。别注云："义乌刘应龟，字元益，号山南。"

元黄溍《黄文献集》卷三《山南先生行述》一文记刘应龟生平履历甚详，兹录于下：

先生姓刘氏，讳应龟，字元益，世为婺之义乌人。自曾大父祖向、大父梦龙、父景辰，无仕者。先生少恢疏，常落落多大志。宋咸淳间游太学，马丞相高其材，将女焉；先生不可，乃已。由是名称籍甚，非直用文墨出小异也。于时同舍生掇其绪论，或取高第，而先生故为博士弟子员。

亡何，当以优升解褐。值德祐失国，乃返耕。筑室南山之南，卖药以自晦。人劝以仕辄不答，然亦不为激诡崭绝事眩俗矜众也。居久之，会使者行部，知先生贤，强起以主教乡邑。先生始幡然出山即席，于是至元二十有八年矣。终更调长月泉。有司以累考合格，上名尚书。亲友白当诣谒，先生笑弗顾。铨曹谬以年末及出其名。复俾正杭学，先生竟不自言。明年，遂以疾卒于家，寿六十四，大德十一年八月二十日也。

先生伟貌美髯，谈辨绝人。然任气好臧否。闾里少年，以为厉己，而与谋中伤之，然卒亦无以害也。先生学本经济，而以简易为宗。读书务识其义趣，未尝牵引破碎以给浮说。至其为文，雄肆俊拔，飙驶水飞，一出于己,无少贬以追世好,世亦未有能好之者。凡所著为《梦稿》六卷、《痴稿》六卷、《听雨留稿》八卷,藏于家。先生盖有禄食于世矣,而未显也。故识与不识,皆称之曰山南先生,如隐者焉。

初娶吴氏卒,再娶许氏。男一人曰鼎,孙男女合三人。既卜宅于永宁乡白茅之原,将以某年月日窆,而未有以昭不朽也。溍惟我曾祖左曹府君,以文章家知名当世,先生以外孙实得其学。顾溍之蒙鄙劣弱,犹幸弗失身负贩技巧之列以陨先业者,先生教也。先生之庇庥我厚矣!而溍安足以永先生之存。庸疏其世系出处卒葬之岁月,以志夫志同而言立者,尚幸为之铭若诔,以揭诸幽云。

黄溍,字晋卿,婺义乌人。元仁宗延祐二年(1315)进士。历任台州宁海丞、诸暨州判官,累擢侍讲学士、知制诰同修国史、同知经筵事。溍之曾祖讳梦炎,宋淳祐十年(1250)进士,仕至朝散大夫、行太常丞、兼枢密院编修官、兼权左曹郎官,以朝请大夫致仕。即文中左曹府君是也。其次子讳塂,仕承节郎,是为溍之祖。塂有一女,适刘景辰,即应龟之父。见《黄文献集》卷七《记高祖墓表后》。由此可知溍与应龟实为中表子侄行。

据黄溍《行述》,刘应龟于宋咸淳间尝游太学。《记高祖墓表后》则明说他为"太学内舍生"。按宋取士有所谓三舍法。"其法,仪曹于春试进士毕,取去岁秋举之见遗而不忍弃者,单试之经义、诗赋,中即升之成均,曰外舍生。以经义诗赋论策月各一赋,而学官自考之,曰私试。岁终,较其优,升内舍,曰外优。优成,又取内舍生月考之。岁终,较其优,曰内优。优成,仪曹再岁取内舍生通试之,为优、平二等,曰上舍。试内优成,而再入优,为上等上舍。授官比进士第二人。其次一优一平,为中等上舍。其次二平,为下等上舍,与教授。而通名之曰释褐。"① 应龟未及释褐而宋亡矣。《行述》中所说马丞相者,当谓马廷鸾,字翔仲,咸淳中拜右丞相。

据黄溍《行述》,入元后,刘应龟于至元二十八年(1291)出山,"主教乡邑"。清张荩重修《金华府志》卷十二《官师志》"义乌县元教谕"目下列应龟名,注云:"邑人,前太学内舍",与溍文合。关于其后改调浦江月泉书院山长及再改杭州学正的时间,不见记载。惟明徐象梅《两浙名贤录》卷二有"杭州学正刘应龟"条,曰:"元至正初,起为月泉书院山长,改杭州学正。"按至正元年为1341年,据黄溍《行述》刘应龟于大德十一年(1307)已卒,故此记载显然有误。

刘应龟死后,黄溍将其遗著《梦稿》《痴稿》《听雨留稿》合编为《山南先生集》,凡二十卷。黄溍在《山南先生集后记》中说:"先生自少时为举子业,已能知非之。逮其年迈而气益定,支离之习,刊落尽矣。故其为文,逸出横厉,譬如风雨之所润动,杂葩异卉,不择地而辄发。人见其徜徉恣肆,惟意所之而止耳。"②

黄溍《绣川二妙集序》一文也论到刘应龟的诗文创作。原文较长,现节录于下:

> 吾里中前辈以诗名家者,推山南先生为巨擘。先生曩游太学,未及释褐,而学废事散。束书东归,遁迹林壑间。览物兴怀,一寓于诗,悲壮激烈,有以发其迈往不群之气,自视与石曼卿、苏子美不知何如。近代江湖间,咕咕然动其喙者,姑勿论也。(予)自丱岁侍先生杖屦,而知爱先生之诗。顾以材器劣弱,局量褊小,不

---

① 戴表元:《剡源集》卷十《李氏族谱后序》,丛书集成本。
② 《黄文献集》卷七。

敢窥其涯涘，徒有望洋而叹。①

其推重应龟如此。又柳贯《跋晋卿所得牟、方、仇三公诗卷》云："……方韶父、刘元益吾乡前辈，而某之执友也。韶父国子进士，元益太学内舍生，尝与仇仁近在京庠同业最久，且故兵后皆以诗鸣。"② 亦可证黄溍对应龟的赞誉并非过誉。惜《山南先生集》今已不传。刘应龟诗今仅存二首。一即月泉吟社之《春日田园杂兴》，另即清朱琰辑《金华诗录》卷十七所录《夏日杂咏》。诗云："一片闲云堕野塘，晚风吹浪湿菰蒋。白鸥不受人间暑，长向荷花共雨凉"。从诗的意趣来看，应是刘应龟宋亡后至出山任教谕之前，隐居乡间时所作。

另，谢翱《晞发集》中也有五律一首涉刘应龟。诗题为《韶卿往乌伤寄刘元益》。诗云："他日忆逢君，林中访惠勤。鹿麇行处见，流水别时闻。草没秦人冢，山通越国云。音书年岁失，莫讶白鸥群。"诗题中的韶卿，即月泉吟社的创办者之一方凤，韶卿为其字，亦即上引柳贯文中的韶父。乌伤为义乌古县名，秦置。传说其地有名颜乌者以孝著闻，父亡，有群乌助其衔土块为坟，乌口皆伤，因以名县。③ 诗中"草没秦人冢"云云，当即指此。"山通越国云"句，表面上是说义乌的地理位置，其实是隐用春秋时越王勾践忍辱复仇的故事。谢诗借用这两个典故，表达对南宋覆亡的哀痛、寄寓抗元复宋的思想，与刘应龟共勉。从此诗可以见出，刘应龟是和谢翱、方凤等人声气相通的具有一定民族气节的人物。

4. 魏新之 吟社选其诗两首，即第六名，署名子进，别注云"分水魏石川先生，名新之，字德夫"；第五十三名，署名子

---

① 《黄文献集》卷六。
② 《柳待制集》卷九，四部丛刊本。
③ 参见郦道元《水经注》卷四十《浙江水》引南朝宋刘敬叔《异苑》。

直,别注云"分水魏石川"。

宋濂《宋文宪公全集》卷五《故宋迪功郎庆元府学教授魏府君墓志铭》,即为魏新之作,叙其生平颇详。现节录如下:

府君讳新之,字德夫,姓魏氏。世居睦之桐庐。曾大父子才、大父演、父国贤皆隐约田里,以善人称。至府君始以力学自奋,与兄升龙、从子云潭受《书》、《易》于乡先生王公某。已而三人皆荐于乡,而府君继擢宋咸淳辛未进士第。初授庆元府学教授,阶迪功郎。……及至官,以濂洛关闽正学为己任。……浙东提举黄公震一见府君器之,遂以文学孝廉荐于朝。会国事日非,不果召。

德祐丙子,元兵入临安,游军至鄞。鄞学时设两学教授,号东西厅。西厅教授王榉惧甚,奔告府君曰:"吾侪死生决于今日矣!"府君从容答曰:"非止今日,有生之初已定,不若听之。"颜色不少变。及事平,间关归故乡。家素单乏,斋盐或不继。府君负薪而炊,扣角而歌,欢如也。所居有垂云洞,因倡嗜义之士,建垂云书院,开迪新学,孜孜如不及。讲经之暇,与蛟峰方公逢辰、潜斋何公梦桂、盘峰孙公潼发为泉石之游,间赋诗以见其志。学者尊之,号为石川先生。元至元间,诏王御史某求贤大江之南,县大夫杨得藻举府君应命,力辞而不就。其风节凛然,人至今仰之。年五十有二,殁于元贞癸巳某月日。

……府君笃学自信,清修苦节以终其身,而尤注意于《易》。闽人有朱英湖者,精于诸家之说,与府君遇诸途。府君知其名,邀之抵家。朱历叩《易》中难明之义,府君应之如响。既而府君亦叩以所疑,朱舌强不能下,稽首谢曰:"魏君年虽少,实吾师也!"叹息而去。所著有《易学蠡测》若干卷……

据《墓志》，魏新之卒于元贞癸巳。考元成宗元贞年号，共三年，依次为乙未、丙申、丁酉，并无癸巳，癸巳应为元世祖至元三十年（1293），宋濂所记不免有误，据此上推，魏新之的生年应为宋理宗淳祐二年（1242）。《墓志》说魏新之为桐庐人，桐庐与分水唐前尝为一县，后取桐庐江水中分为两县。这里当是以桐庐代指分水。

《墓志》提到魏新之的交游，方逢辰，初名梦魁，字君锡，淳安（元时与分水同属睦州）人。登宋理宗淳祐十年（1250）进士第一，理宗改赐今名。官至吏部侍郎。德祐初，征拜礼部尚书，未赴。宋亡，晦迹不仕。元世祖诏御史中丞崔彧起之于家，坚辞不出。何梦桂，字岩叟，别号潜斋，淳安人。宋度宗咸淳元年进士，官至大理寺卿。元至元中，屡召不起，终于家。孙潼发，字帝锡，一字君文，号盘峰，桐庐人。登咸淳四年（1268）进士第，授衢州军事判官，辟御前军器所干办公事。未几宋亡，避地万山中，久之乃归。至元中，侍御史程钜夫南来求遗逸，以潼发应诏，固辞不受。三人身世与魏新之大致相同，都是具有民族气节的前宋遗老。今存何梦桂《潜斋文集》卷二有《和韵问魏石川疾》诗三首，其诗云：

谩道无丹蜕骨凡，绣襦不换嫁时衫。老天倘未忘周孔，巫鬼何须问抵咸。身健加餐亲鼎饪，眼明减药认囊缄。山中吠犬千年杞，采采犹堪餍吻馋。

不是尘中骨相凡，蓉裳蕙带芰荷衫。勿疑有疾淫成蛊，须信无心感是咸。裹药曾经丹灶火，裁书只欠土奁缄。病余努力加蔬饭，莫笑籝笃太守馋。

灵山何许问巫凡，狭地知难旋舞衫。枕上病虽忧白傅，床前教肯愧陈咸。君宜借力宽诗课，我亦埋头事药缄。种术养朮随分足，岂因富贵堕涎馋？

诗中"绣襦不换嫁时衫"、"种术养凫随分足,岂因富贵堕涎馋"云云,正是遗民故老以志节操行互勉。

魏新之所著《易学蠡测》今已不传。

5. **杨本然　杨舜举**　杨本然,吟社第七名。吟社署名栗里。别注云:"金华杨龙溪,名本然舜举。"

杨舜举,吟社第三十六名。吟社署名观我。别注云:"金华杨舜举。"

按:据《月泉吟社》别注,杨本然与杨舜举应为一人而两见,本然为名,舜举为字。厉鹗《宋诗纪事》、赵信《南宋杂事诗》、陈衍《元诗纪事》等均沿用此说。而清冯金伯辑《词苑萃编》引姚云文《江村剩语》"杨观我词"条却提供了另一种说法:

> 杨舜举观我,金华人,栗里翁本然之子,隐居不仕,父子一门,自为师友。栗里善说经,观我精考史,均出王深宁尚书之门。他文辞亦工。观我于填词尤妙,其《钱塘有感》"浣溪沙"云:"残照西风一片愁,疏杨画出六桥秋。游人不上十三楼。　有泪金仙还泣汉,无心玉马已朝周。平湖寂寂水空流。"玉马朝周,盖讥赵氏宗室入仕本朝者。

据此材料,杨本然与杨舜举应为父子两人,本然为父,号栗里,一号龙溪,舜举为子,号观我。

那么,究竟以何说为是呢?考月泉吟社共征诗二千七百三十五卷,经考官谢翱、方凤、吴思齐等评定,选中二百八十名,编成一集付梓。然而这个本子早已失传了。今存《月泉吟社》的最早刻本,据田汝耔序,为明正统十年于克文、钱世渊所刻,仅载前六十名,"盖后人节录之本,非完书也"[①]。这就存在着后人

---

① 《四库全书总目提要》卷一百八十七。

误刻的可能性。其次,今存《月泉吟社》六十位作者的具名均用寓名,而"别注本名于其下"。但检阅别注的情况,则可发现阙漏十分严重。如第二十九名朱孟翁,寓名下未注本名,仅注地名"东阳",似此情况的竟有十四人之多!而摘句第十八联竟连寓名亦阙。这一情况只能说明,所谓"别注本名于其下"并非原刻本所有,而是后人补注上去的。后人补注时,由于年代已远,资料湮没不全,有些作者的真名已不可考,故而才阙疑的。① 因此,将杨本然与杨舜举父子混为一人,显系出于后人补注时的误记,而厉鹗、陈衍等人失于考证,也就以讹传讹了。而上引《词苑萃编》所引姚云文《江村剩语》"杨观我词"条,作者身世虽不可考,《江村剩语》一书亦已亡佚,难以确知成书年代,但该条最后云:"玉马朝周,盖讥赵氏宗室入仕本朝者。""本朝"云云,说明作者应系元人无疑。本朝人所记本朝事,显然比后人所记可信。

据该条所记,杨本然、杨舜举父子均未从仕,父子一门,自为师友,以研经考史自娱。两人均工文辞,杨舜举尤精于填词,惜其作除该条所记这首《浣溪沙》外,余皆失传了。从这首词所流露的思想感情,尤其是词末对赵氏宗室入仕元蒙的讥讽来看,作者显然是个具有一定民族气节的人。

另外,许谦《白云集》卷一《游山》诗序中涉及杨舜举:"九月十八日,访疏寮于盘溪,偕赵肃夫及其子桩、何仲英先行,遁山策蹇马追及,拜北山遗像。夜宴,座中杨舜举,善滑稽,与遁山应酬不倦,夜半罗兰似醉归。"按许谦,字益之,号白云山人,世称白云先生,为元代著名理学家。金华人。遁山为何凤,字天仪,宋末理学家何基(即序中提到的北山)从子,

---

① 可参看徐儒宗《元初的遗民诗社——月泉吟社》(《文学遗产》1986 年第 6 期)。

亦金华人。据此可知，此序中提到的杨舜举，当与月泉吟社之杨舜举为一人无疑。序中所说杨舜举"善滑稽"，诗中也说他与何凤"剧谈屡绝倒，隐语若响应"，反映出杨舜举性格的另一侧面。

6. **全璧**　吟社第九名。吟社署名全泉翁。别注云："孤山社。名璧，字君玉，号遁初子。"

全璧为宋度宗全皇后戚属，其系次详见其后人清全祖望《答厉樊榭宋诗人问目，问孤山社全泉翁足下先世，其系本家传尚有存否？乞详示》一文：

> 先侍御公以宋太平兴国中，由钱塘迁甬上，而侍御公弟迁山阴。已而无子，侍御以次子后之。七传为太保唐公安民，生太傅越王份。份长子为太保申王大中，次子为太师徐公大节。徐公即《宋史》所谓"保长"者也。大中无子，以从兄思正子为后，是为太师和王昭孙，女为度宗后。泉翁与和王为再从兄弟，宋时尝官侍从。国变后徙居孤山，剡源先生至杭，尝与相赠答云。①

同书《冬青义士祠祭议三与绍守杜君》亦云："先泉翁讳璧，字君复，太尉永坚之从父也。宋时曾官秘阁，晚年迁居于杭之城东，所称孤山社遁初子者也。世亦称为城东处士。其诗见皋羽月泉吟社中。尤与剡源善。"

全文谓全璧字君复，与《月泉吟社》略异，或为其别字。从文中可知，全璧宋末尝官侍从。按宋代称翰林学士、给事、六尚书、侍郎为侍从。② 全文又谓其曾官秘阁，秘阁即尚书省的代称，可知全璧曾在尚书省为官。至于做何官，已无可考。文中所

---

① 《鲒埼亭集外编》卷四十七。
② 赵升：《朝野类要》卷二，笔记小说大观本。

云剡源先生，即戴表元，字帅初，奉化人。宋咸淳七年进士，授建康府学教授。入元初不仕，往来奉化、杭州间，吟咏山水，交接遗民故老。后被荐为信州教授。著有《剡源集》。全文谓其尝与全璧相赠答，其诗不见于今存《剡源集》中。《鲒埼亭集外编》卷三十三《跋戴剡源与先泉翁倡和诗》云："剡源答泉翁诗云：'酾歌待约东邻伴，泼面晴风涨酒阑。'又云：'更有邻墙全处士，醉吟能泛百杯宽。'是泉翁寓杭后所酬唱也。今泉翁之诗，自吟社而外无存者，惜夫！"

又，方回《桐江续集》卷二十五有《岁除次韵全君玉有怀二首》诗，其二云："全老忽贻寒夜句，岁阑吾党久离群。一场恶梦三千字，百载颓龄七八分。孰与轹与前轩此士，端能殿后栋斯文。乡傩礼失求诸野，小鬼应犹畏灶君。"按：《桐江续集》为编年诗，同卷《庚子元日》诗有句云："白尽此头浪多事，可怜七十四年人。"可知此诗作于大德四年（1300）元日，而上引诗即当作于大德三年（1299）除夕。诗中称全璧为"全老"，估计两人年龄相仿，全璧此时应为七十岁左右。

另外，全璧可能参加了唐珏、林景熙等人的六陵冬青之役。此说亦见于全祖望《鲒埼亭集外编》卷二十四《宋兰亭石柱铭》一文，略云：

　　……开庆以后，吾家三世连戚畹，而先太师徐公之薨，赐葬于斯，故邀恩命，以天章寺旁地尽赐先少师，盖尝苞亭而有之。宋之初亡也，戊寅六陵之难，遗民鬼战，呜咽流泉，护双经于竺国，在斯寺也。其时先泉翁尚未迁杭，其与唐、林诸公固吟伴也，冬青之地主即在吾家，而今总莫之征。

按据西吴悔堂老人《越中杂识》上卷《寺观》"天章寺"条，唐、林等人瘗骨的确切地点即在兰亭山南之天章寺侧。据全氏此说，天章寺旁地既属其家，则全璧当应参加是役，至少瘗骨于此应征得他的同意。但此说独出于全氏,不见于元明两代其他著述,今存谢翱、林景熙诸人集中也未见有与其唱和之作,故全氏此说尚难以定论。

7. **刘汝钧** 吟社第十二名。吟社署名邓草径。别注云:"三山刘汝钧君鼎,号蒙山,寓杭。"

谢翱《晞发集》有《小元祐歌寄刘君鼎》诗。诗云:

> 前甲子,小元祐,句章禝黑权臣死。端平天子初改纪,龚芳泰陵之种兰芷。当秋淮甸枯草黄,弯弧北向射天狼。狐南星光天狗堕,入蔡生擒完颜王。是年南海无波浪,月湿珠胎君以降。只今六十空白头,独骑麒麟补春秋,天回星周美恶复,人世更传《蔡州录》。

北宋元丰八年(1085)神宗死,哲宗即位,高太后听政,明年改元元祐。哲宗即位后,起用司马光为宰相,对神宗时王安石所推行的新法全盘加以否定,恢复旧制,排斥王安石等人,史称"元祐更化"。南宋理宗绍定六年(1233),宰相史弥远卒。弥远即谢诗中所说之"权臣"。弥远为相凡二十六年,用事专且久。"宰执、侍从、台谏、藩阃皆所引荐,莫敢谁何,权势熏灼。"① 弥远死后,理宗始亲政,明年改元端平。罢斥党附弥远的李知孝、梁成大等人。文华殿待制魏了翁上章论十弊,请复旧典以彰新化。宰相郑清之"亦以更化为己任,收召贤才,擢用之"②。这一情形与北宋时的元祐更化相似,故谢诗称之为"小元祐"。

又,绍定六年(1233)六月,金哀宗逃至蔡州。九月,蒙古都元帅塔察儿率兵至蔡州城下。十月,宋将孟珙等率兵赴蔡州与蒙古兵会师。端平元年(1234)正月,宋蒙联军合攻蔡州。

---

① 陈邦瞻:《宋史纪事本末》卷八十八《史弥远废立》,中华书局,1977年排印本。

② 毕沅:《续资治通鉴》卷一百六十七,上海古籍出版社,1987年景印本。

城破，金哀宗自杀，末帝死于敌军中。至此，与宋南北对峙了一百余年的金国终于灭亡。谢诗中"当秋淮甸枯草黄……入蔡生擒完颜王"句当即指此。

据谢诗，刘汝钧的生年正是在宋理宗端平元年（1234）。刘汝钧祖籍三山，即福州，故诗中有"是年南海无波浪"之句。谢诗作于端平元年之后一甲子，即元世祖至元三十一年（1294），此时刘汝钧应为六十一岁。至于其卒年，已无可考。

刘汝钧宋咸淳间尝为太学生。至元二十三年（1286），他在杭州与连文凤率同舍生为宋末殉节的徐应镳举葬，事见前连文凤文中引方回《故太学徐君应镳哀辞并序》文。由此可知他元初时尝在杭州一带活动，可与别注所云"寓杭"互证。另据谢诗可约略推知，刘汝钧入元后至元三十一年之前并未出来做官，故谢诗有"只今六十空白头"之句，他大概潜心于撰述历史，所谓"独骑麒麟补春秋"是也。另外，笔者认为，刘汝钧之"补春秋"主要是关注于宋末史料的记述，谢诗中所谓"《蔡州录》"当即是其所撰的一本记录宋兵攻破蔡州、消灭金国的著作。另外，元吴莱《桑海遗录序》所引刘汝钧与吴思齐书亦可证明这一点。该书并非原文，为吴氏所转述：

> 顷予尝从乡先生学，见福唐刘汝钧贻书括苍吴思齐子善，论文丞相宋瑞事。云："自江西初起时，崎岖山谷，购募义徒。耕畎洞丁，造辕门请甲杖不啻数万。而尹玉实为骁将大衣冠指麾，众皆诣阙感泣求效死。已而，当国二揆交沮，用兵帅无宣谕，卒无犒赏。盘桓月余，仅令守姑苏一路。张彦提重兵居毗陵，且有叛志。尹玉竟以绝太湖吊桥，首尾不救而溺死。未几，独松告急。朝廷四诏、政府六书趣弃，聊摄援根本。一日一夜，仓皇就道。及至行都，而独松随以破陷。复令驻兵余杭守独松，朝议不一，众心离散。会有尹京之命，余

庆遽夺其印不予，汉辅遁，德刚遁。北军入城，与权又绝江遁。乃即日拜枢使，又拜右揆。诣与权处，且令往军前讲解，毅然请行。及被囚以北，中道奔逸，收集亡散，无兵无粮，天下大势去矣！

帝霸交驰，正伪更作，是不一姓。当世之为大臣元老者，视易姓如阅传邮。况当沧海横流之际，而彼乃以异姓未深得朝廷事权，欲只手障之，至死不屈。微、箕二子，且有愧色于宗国矣。"其书大略如此。①

吴莱，字立夫，浦阳人。死后门人私谥渊颖先生。福唐为福清县旧称。三山则福州之别称。二地唐时同属长乐郡。故此"福唐刘汝钧"与月泉吟社之"三山刘汝钧"即为一人无疑。吴思齐，字子善，号全归子，婺永康人。他是南宋著名抗战派人物陈亮的外孙，也是月泉吟社的创办人之一。他的祖先为处州丽水，丽水县境内有括苍山，隋时因以名县，唐更名丽水。这里是以其祖籍称其贯。从此书可以看出，刘汝钧对宋末文天祥抗元的事迹相当熟悉。至于这些材料是其所亲历、抑或得之于传闻，则不得而知了。

8. **林子明** 吟社第十六名。吟社署名玉华吟客。别注云："分水林东冈，名子明。"

元方回《桐江集》卷八有《林东冈用晦墓志铭》兹引于下：

某因三山林君德载敬舆，识其族叔父子明用晦东冈先生。时则客于分水何氏之塾，无锡萧氏以礼迎之，训其子弟。大德六年壬寅（1302）夏卒于无锡。其生也前壬寅（1242）夏六月，享年六十有一。曾祖寅，隐君子，以德裕后。祖□，从事郎史馆校勘。父若水，承奉郎浙西安抚司干办公事。

---

① 《渊颖吴先生集》卷十二，四部丛刊本。

君明经治易,善骈俪。旧朝咸淳九年癸酉,两浙漕解第三人。明年甲戌,江堑失险,至丙子科举废。岂造物者预知三翻将迁,不必春官奏凯,姑以秋闱显其能文之声欤?尝代李秀岩心传作《缴孝庙要录启》,名震一时。贾余庆为帅,檄摄浙西安抚司干官。至元中摄桐庐簿,寻为分水教谕。二邑士人,至今见思。初,朝旨命翰林询访人才,冯提学梦龟举君堪知制诰。诗文尚古,字画逼真魏晋。所至争师效之。和易谦厚,善与人交,不崖异,不苟随。素有足疾。辛丑秋,感风眩呕泻,服铁蛋圆而愈。明年春,疾再作。医者为谓药力浅,不如灼艾,顶及踵十五、六穴,灸三百余壮,旬日不起……

据此可知,林子明为福建三山(今福州)人。生于宋理宗淳祐二年(1242),卒于元成宗大德六年(1302),年六十一。宋季曾中乡试,并尝任浙西安抚司干官。入元后出任桐庐主簿,后为分水县教谕。大概任满后即客于分水,往来无锡间,以教授子弟为生。铭文中所谓"尝代李秀岩心传作《缴孝庙要录启》"云云,考李心传,字微之,号秀岩。宋代著名史学家。著有《建炎以来系年要录》等著。心传卒于宋理宗淳祐三年(1243),此时林子明方二岁,两人绝不相接,这里当是指其模拟之作,惜今已不传。

9. **白珽** 吟社第十八名。吟社署名唐楚友。别注云:"孤山社白湛渊,名珽,字廷玉。"

宋濂《宋学士文集》卷三十五有《湛渊先生白公墓铭》,兹节录于下:

……先生本四明名儒舒少度遗腹子,通武(按白珽之父白嵘,仕为通武郎)育以为嗣。五岁能属对,八岁能赋诗。十三受经太学,习为科举业,轰然有声场屋间,一时贵人争欲出其门下。甫及壮,元丞相巴延平江南，闻先生贤，檄为安丰丞，辞不赴。乃客授藏书之家，昼缗夜诵，灯坠花穴帽不知也。如是者一十七年。……中岁尝出游梁、郑、齐、鲁，历览河山之胜，登临吊古，讯人物风土，慨然有尚友千载之意。及至燕，王公贵人见辄宾礼，或欲举为东宫官者。先生复引义固辞。……自是学益充，文益富，而家益贫。……李文简公……力挽起之，授太平路儒学正，先生不得已应命。未几，摄行教授事。……寻转常州路儒学教授，……俄再迁教授庆元，未上，……升江浙等处儒学提举司副提举，阶将仕佐郎。……秩满，……即谢事养疴海陵，远近学徒担簦相从者，殆无虚月。先生已六十又七。及再迁从仕郎婺州路兰溪州判官，则不复有宦情矣。日与韵朋胜友曳杖游衍，衔杯赋诗，唯恐日之易夕。所居西湖有泉自天竺来，及门而汇，榜之曰湛渊，因以自号。晚归老栖霞，又号栖霞山人。以天历元年（1328）九月十五日卒，年八十一。……自幼至老，无一日废问学，故能长于诗文。紫阳方回称其"冠绝古今，有英雄大丈夫气"。剡源戴公表元谓其"注波五经之渊，披条百氏之畹"。庐陵刘公辰翁又言其"不为雕刻苛碎，苍然者不惟极尘外之趣，兼有云山韶濩之音"，皆确论也。翰墨虽其余事，亦有晋魏风。……先生所著书，曰《诗》、曰《文》、曰《经子类训》、曰《集翠裘》、曰《静语》，皆二十卷，尝锓诸梓，四方多传诵。呜呼！先生已矣！濂也晚出，虽不能识先生，幸从乡先生黄文献公游，听谈杭都旧事，有如淮阴龚公开、严陵何公梦桂、眉山家公之巽、莆田刘公濩、西秦张公楧、虎林仇公远、齐东周公密，凡十余人相与倡明雅道，而先生齿为最少，乃与群公相颉颃。南北两山间,其遗迹班班故在。仅逾五十春秋,而先辈风流遗韵弗可复见,不亦悲夫!"

《墓铭》谓白珽卒于天历元年(1328),年八十一。据此上推,其生年应为宋理宗淳祐八年(1248)。端宗景炎元年(1276),元兵入临安,白珽时年二十九岁。

自宋亡至至元二十八年(1291)白珽出任太平路儒学正,此一期间白珽的活动,除《墓铭》所云"客授藏书之家"外,尚有一事可记,即多次参加遗民诗社的活动。月泉吟社外,尚有《月泉吟社诗》别注所云之孤山社,此当为元初在杭州活动的遗民诗社之一。其活动之具体情形已难以考知。卫宗武《秋声集》卷五《为吟友序饯行诗》一文云:"钱塘吟社光价远扬,几使江浙倾动。其间笔力雄迈可相颉颃者指不屡屈,湛渊其一也。"卫宗武,字淇父,华亭(今江苏松江)人。宋末尝官尚书郎,出知常州。宋亡不仕。至元二十六年(1289)卒。这里所说的钱塘吟社或即指孤山社。从卫氏记述中可以看出此诗社影响之大,以及白珽在该诗社中所据之地位。

白珽出任太平路儒学正的时间为至元二十八年(1291),说据方回《送白珽玉如当涂诗序》,云:"余友白珽玉为当涂学官,常所往来者咸以诗祖其行……至元辛卯(1291)九月十一日。"① 其任常州路儒学教授的时间应为大德庚子(1300)前后,说见全祖望《跋月泉吟社白湛渊诗》:"大德庚子任毗陵教授。"② 毗陵即常州之旧称。又,方回《桐江续集》卷二十五有《送白廷玉常州教》诗。《桐江续集》为编年诗集,同卷有《庚子元日》诗。此亦为白珽出任常州教授在大德庚子之一证。郭畀《客杭日记》云:"至大戊申(1308)九月十七日午前,抵吕城霸下,

---

① 《桐江集》卷一,委宛别藏本。
② 《鲒埼亭集外编》卷三十三。

倒换小舟至奔牛，复换小舟。晴时，至常州入城，元丰桥见白湛渊提举。"白珽《湛渊集》有《大易集说序》一文，篇末署"皇庆元年（1312）春，将仕郎江浙等处儒学副提举白珽序"。据此可知，其任江浙等处儒学副提举的时间为至大元年（1308）至皇庆元年（1312）间。

《墓铭》谓白珽中岁尝出游梁、郑、齐、鲁，北达燕京。张之翰《西岩集》卷三《送白湛渊》诗涉其事，略云：

> ……今年复何年，邂逅松江边。梅花欲开雪欲落，问君胡为北趋燕？君言南北久分裂，混一光岳气始全。平生眼界苦未宽，要看中原万里之山川。恨余无文宠赠盖邦式，喜君有志愿学司马迁。渡江逾淮入泗汶，指日可系都门船。昭王一去年几千，黄金台上荒秋烟。视吾胸中耿耿然。浮薄宦，奚足怜，行囊不妨无一钱。从今满贮观光篇，凤城远向鸡林传……

张之翰，字周卿，邯郸人。《西岩集》卷十五《爱菊堂记》云："至元壬辰（1292），余由翰林知松江。"卷十六《贡举堂记》云："元贞元年（1295）……松江知府……张某记并书。"可知其任松江知府的时间即在至元二十九年（1292）至元贞元年（1295）间。诗云"邂逅松江边"，可知白珽北游即应在此一期间。据上文考述，其时应为白珽出任太平路教授之后、常州路教授之前。《墓铭》将北游置于出仕之前，显然失考。从张之翰诗"浮薄宦，奚足怜，行囊不妨无一钱"等句意体会，白珽此时已任过低微官职之意甚明。

白珽入元初期，与前宋遗民故老戴表元、周密等来往颇密，日相唱和。戴表元《杨氏池堂燕集诗序》一文尝记其事：

> 丙戌（1286）之春，山阴徐天祐斯万、王沂孙圣与、鄞戴表元帅初、台陈方申夫番、洪师中中行，皆客于杭。先是，雪周密公谨与杭杨承之大受有连依之居。

杭大受和武恭王诸孙，其居之苑御多引外湖之泉以为池，泉流环回斗折，涓涓然萦穿径间，松篁覆之，禽鱼之游，虽在城市，而具山溪之观。而流觞曲水者，诸泉之最著也。公谨乐而安之。久之大受昆第捐其余地之西偏，使自营别第以居，公谨遂亦为杭人。杭人之有文者仇远仁近、白珽廷玉、屠约存博、张模仲实、孙晋康侯、曹良史之才、朱楘文芳，日从之游。①

白珽《湛渊集》中，亦保留有与龚开、梁栋等遗民故老的往来唱和之作。宋亡时，白珽年方二十九岁，入元前期思想显然受遗民故老的影响较大，参加月泉吟社的活动即其表现之一。

白珽在宋末即小有诗名，与仇远并称，谓之"仇白"②。宋濂《墓铭》已引述了各家的评论，现略作补充如下：

周暕《湛渊静语序》云："湛渊名满天下，尝自谓平生受用全得谢上蔡去一矜字力。文章翰墨，所至传诵，藏去如遇奇物。"③

戴表元《湛渊集序》云："廷玉诗甚似渡江陈去非，而尝讳言去非。又特好记览，每一篇必欲令注波于六经之渊，披条于百氏之畹。诚放此不止，余何云以得廷玉哉。"④

陈著《题白珽诗》云："钱塘白珽家西湖西，多佳趣。一日以吟稿示余，读之，其音清以和，是有意入四灵之门，而登晚唐之堂者乎。然诗已于晚唐而已乎？珽其勉之。"⑤

白珽著作今存仅《湛渊集》一卷、《湛渊静语》二卷。

白珽生二子：长曰贲，字无咎；次曰采，字无华。无咎为元

---

① 《郏源集》卷十，丛书集成本。
② 光绪《杭州府志》卷一百四十四《文苑》，清刊本。
③④ 《湛渊集》卷首，景印文渊阁《四库全书》本。
⑤ 《本堂集》卷四十四，景印文渊阁《四库全书》本。

代著名曲家,《录鬼簿》载入"前辈已死名公,有乐府行于世者"目中;《太和正音谱》谓:"白无咎之词,如太华孤峰。孑然独立,峭然挺出,若孤峰之插晴昊,使人莫不仰视也。宜乎高荐。"

10. 周暕 吟社第十九名。吟社署名识字耕夫。别注云:"武林社。泰州周暕,字伯阳,号方山。"

元张伯淳《养蒙文集》卷二有《送周方山序》,略云:

> 居今之世,有若海陵周君以诗文游诸公间,识不识闻周方山至,倒屣唯恐后,而日汲汲道途,岂得已而不已者哉?其客秀凡数年,来为钱塘客复许久,今又将去而游吴门。不知方山此去辙迹所过可几所?欢然倾盖者几人?其可以长裾见而不贻俗子嗤者又几?王门青刍白饭能所至如归否?川浮陆走东西惟吾所欲不至濡滞否?无落寞否?于其行也,合钱塘交游之能诗者各赋以赠。于是嘉兴张伯淳壮方山之游兴不衰,又喜吴门有郡博士冯君抱瓮、前提学胡君沧溪,皆东道主也。方山见必有遇,当不至如区区所从者。作送周方山暕序。

张伯淳,字师道,嘉兴崇德人。宋末举童子科。至元二十三年(1286)以荐除杭州路教授。大德中,官至翰林侍讲学士。此序当作于其杭州路教授任内。序中所云海陵,即泰州州治所在。别注中所说武林社,则是宋季元初杭州出现的众多诗社之一,仅《月泉吟社》别注中提到的,就有杭清吟社、白云社、孤山社、武林九友会等。月泉吟社第廿七名东必曾,亦是武林社中人。又,与周暕同时代的黄庚《月屋漫稿》有《梅魂》诗,原注云"武林试中",当即武林诗社中选之意。

从此序中可知,周暕入元之后初未曾入仕,川浮陆走,寄迹四方。方回《桐江续集》卷十三有《送周君暕之余姚讲授》诗,诗云:"绛帐飘然适海涯,月明任意拣南枝。腹中书不烦行李,床上琴堪当侍儿。马队定无元亮句，草堂宁有稚圭移。他年会作安刘事，且向深山茹紫芝。"如上文所述，《桐江续集》诗为编年诗，此诗前有《苦雨行》诗，其序云"丁亥五月初三日夏至"；卷十四有《丁亥初八日南至二首》诗，据此可断定此诗作于丁亥，即元世祖至元二十四年（1287）。从诗题中的"讲授"及诗的内容来看，周睫此时大概出任了余姚县学教谕之类的学官，但考之清乾隆四十四年（1779）所修《余姚志》、乾隆五十七年（1792）重修《绍兴府志》、光绪重修《余姚县志》，三志《职官志》均未列周睫名。但三志《职官志》均有阙漏，如《绍兴府志》所记元代余姚教谕仅陈子安等六人，按三年一任计，当远不止此数，周睫或即在阙漏之列？

又，白珽《湛渊静语》有周睫所作序，这是周睫除月泉吟社诗外，存世的唯一文字，兹引于下：

> 湛渊先生，有德有言人也。往予客江左，得相师友。始取惟文墨议论，历年多且游其里，久乃知文行之美出乎天性。五岁能属对，八岁能赋小诗，十岁能刺股肉起母之疾。既冠，盖孤贫，依多书之家者二十年，昼缮夜读，无大故不出户庭，文声猎猎起。既仕，喜推挽后来，成就寒隐，济人利物事，人能诵言之。所交南北知名士，如文本心、何潜斋、刘须溪、牟献、方万里、夹谷士常、闫子静、姚牧庵、卢处道诸公，莫不礼遇，相与为忘年之游，期于远大，而先生泊然以退为乐。将为河为海，欲为川渎而止，可乎？
>
> 二亩之宅，竹树半之。尝鼓一箧自随，客至即屏去。一日，卧内见之，乃所著有余师《经子类训》、《集翠裘》等书也，引证严密，言论醇正，虽况说调笑，具有微意，非若今所谓杂说无益于学，徒玩物丧志。惜汗涂窜益，不加比缉。余哀其勤，虑其久致散

轶，勉为次第，并诗文合百卷，《静语》其一也。

湛渊名满天下，尝自谓平生受用全得谢上蔡去一矜字力。文章翰墨，所至传诵，藏去如遇奇物。余老矣，尚惧美行为文所掩，故因其索，叙言之，庶知余取友之道不苟也。先生姓白氏，名珽，字廷玉，钱塘人，今年六十又三，湛渊其山居故扁云。至大庚戌夏四月二日，友生海陵周㻞伯阳甫叙。

白珽，字廷玉，号湛渊，钱塘人。宋末尝入太学。宋亡，初以授馆为业，后出任太平路儒学正、常州路儒学教授和江浙等处儒学副提举，以兰溪州判官致仕。他亦曾参加月泉吟社，为第十八名。此序作于至大庚戌（1310），可知此时周㻞尚健在。序中说"余老矣"云云，味其语气，当与白珽年纪相差不大，此时应为六十岁左右。

11. **黄景昌** 吟社第廿五名。吟社署名槐窗居士。别注云："浦阳长塘黄景昌。"

宋濂《浦阳人物记》卷下有《黄景昌传》，述其生平甚详，兹录于下：

黄景昌，字清远，一字明远，县之灵泉人。其先与太史公庭坚同所自出。四岁入小学，十二岁能属文。长从方凤、吴思齐、谢翱游，益通五经诸子诗赋百家之言，尤笃意《书》、《春秋》，学之四十年不倦。三传异说，学者不知所从，景昌据经为断，各采其长。有不合者，痛辞辟之，不少恕，作《春秋举传论》。巴川阳恪，著《夏时考正》，言三代悉用夏时，不改月数。景昌以左氏纵不与孔子同时，亦当近在孔子后，其言当不诬，作《周正如传考》。建安蔡沈，集众说为书传，世无敢议其非。景昌独疏其倍师说者数十百条，作《蔡氏传正误》。古今诗体，制虽相袭，而音节则殊，近代以此名家者，亦罕知其说。景昌以古人论诗主于声，今人论诗主于辞；声则动合律吕，可以被之金石管弦，辞则文而已矣。乃集汉魏以来诸诗，各论其时代而甄别之，作《古诗考》。景昌善持论，出入经史，衮衮不穷，如议法之吏，反复推鞫其人，不服不止。故其所言，皆绰有理致。他著述尚多，不能备陈。

景昌年既耄，犹执笔删述不已。或劝其休，景昌曰："吾岂不知老之宜佚哉！恐一旦即死，无以藉手见古人耳。"晚自号田居子，述田间古调辞九章。客至，辄揭瓮取酒共饮。酒酣，取辞歌之，以筴击几为节，音韵激烈，闻者自失，不知世上有贵富也。景昌事亲孝，亲没，哀泣至终丧。遇孤姊，甚恋恋。怀乡人有恩。重纪至元二年（1265）卒，年七十六。

据宋濂此传，景昌的生年应为宋理宗景定二年（1261）。景昌所撰《春秋举传论》、《周正如传考》、《蔡氏传正误》、《古诗考》等书，惜均不传。唯吴莱《渊颖集》卷十一有《春秋举传论序》、卷七有《周正如传考序》、卷十二有《古诗考录后序》，可概略得知其内容。因原文冗长，兹不录。又《渊颖集》卷八《田居子黄隐君哀颂辞》，所记景昌生平与宋传略同，其记景昌所撰《田间古调辞》篇名，可补宋传之阙："一章曰耕田、二章曰抱瓮、三章曰濯涧、四章曰暴日、五章曰候樵、六章曰倚窗、七章曰联蓑、八章曰酿酒、九章曰开径。"

吴莱《渊颖集》卷二还有《夜观古乐府词，忆故友黄明远。明远曾作〈乐府考〉，录汉魏晋宋以来乐歌古词》一诗，对黄景昌辑录刊行乐府古诗的旨意多有发明。诗云：

忆昔黄君美如玉，老屋青灯两间宿。起翻案上奇佹词，前后千年乐家曲。子方弱冠学讴歌，去问诗骚法若何。伟兹欲继三百五，佗尽虾蟹此蛟鼍。就中齐代及秦楚,巾拂鞞铎争传谱。清商雅部灿然文,骑吹箫铙雄者武。心力涵泳到,手力抄撮来,口力有白醵,目力无纤埃。时时弄笔便著句,花木禽鱼古今趣。北岸垂纶杨柳枝,东邻著屐樱桃树。自此相逢二十春,一朝门巷阒生尘。浅殡蓬藁冻蚁喋,荒庐寂寞妖狐嗾。人世本无金石寿,简编零落安能久?艺文著录数百家,一二仅存谁不朽?一二不朽终峥嵘,岁远寖恐山渊平。嗟君尚爱古乐府,夜半松风知此声。

宋季诗弊滋极,四灵、江湖末流诗人的创作气局荒靡,纤碎浅弱,寄情偏僻,尘俗可厌。宋元易代,天崩地坼,残酷严峻的社会现实唤醒了昏睡中的诗人,他们再也不能对此视而不见、充耳不闻了,他们强烈呼唤现实主义诗风的回归。因而,复古——即恢复汉魏晋唐诗歌的优良传统——成了席卷诗坛的一股潮流。像宋末严羽提出"以汉魏晋唐为师,不作开元、天宝以下人物"的主张;元初戴表元提倡"宗唐得古";仇远则说得更明确:"近代吾主唐,古体吾主选。""选"即指《文选》中的魏晋古诗。显然,黄景昌也是这一复古主张的鼓吹者。

12.**陈希声 陈尧道 陈舜道** 陈希声,吟社选其诗两首,即第五十名,署名元长卿;第五十一名,署名闻人仲伯。别注均作"义乌陈希声"。陈尧道,吟社第八名,吟社署名倪梓。别注云"义乌陈尧道,字景传,号山堂"。陈舜道,吟社第三十一名,吟社署名陈希邵。别注云"义乌陈舜道"。

按:陈希声、陈尧道、陈舜道三人为父子。说见黄溍《跋景传遗文》一文,兹引于下:

呜呼,此景传绝笔也,予尚忍言之哉!景传长予十五岁,与予为忘年交,而其子克让,予婿也。景传始属疾,阴阳家争来言所穿新井不利。景传曰:"死生有命,井非所获罪也。"皆谢遣之。时克让方从予鄞江上,于是有"待汝不归,我行有程"之语。克让既归,则又有"忍死待儿而儿归"之语。呜呼,予尚忍言之哉!

景传之先,有为邵州新化县主簿者,仕稍不显。主簿君之父,笃厚长者,宗忠简公父事之。其殁也,公实铭其墓。逮景传之尊府君希声先生,遂以文学为后进师。而景传负其不羁之才,浮游物表,人见其寓笑于文字间,类若依隐玩世;至于死生之际,处之裕如,合乎圣贤之学,而出乎性命之正者,人固未或能知之也。

其季景宗,朝出耕,夜归读古人书,簿己而厚物,近乎昔之独行君子者,予尤畏慕焉。景传谓克让:"汝非季父不立,汝非外舅不成。"呜呼!景传视克让,盖犹子也,而景传望予之厚如此,予亦安能有以慰景传于地下,而尚忍言之哉!

景传之死,予既无只字以为之铭,又无片辞以为之诔,故辑其遗言,录而藏诸,以示无忘。或者克让因是尚有警也。①

黄溍此文对陈希声、陈舜道二人记述较略,然而这也是今存元人其他文集和史料中关于两人生平的仅见文字。从中可知,两人均未从仕,以教授乡里和躬耕陇亩终其一生。黄溍与陈尧道是儿女亲家,故对陈尧道的生平为人记载略详。除此之外,《黄文献公集》中还有《跋景传新店湾诗》、《绣川二妙集序》两文涉及陈尧道,现略加综合,考述如下。

黄溍《跋景传遗文》中说"景传长予十五岁",按黄溍生于元世祖至元十四年(1277),据此可推知陈尧道应生于宋理宗景定四年(1263)。《跋景传新店湾诗》云:"新店湾在诸暨东北三

---

① 《黄文献集》卷四。

十里，景传十八年间，凡三题诗。顷予忝佐是州，以故事谒郡府，道过其处，览最后所题岁月，盖余以督运吏居鄞时，景传携其子克让来为予婿，尝寓宿于此也。追计之已六年，而景传与予永诀者亦四年。因次其韵，以志存殁之感。"按宋濂《金华黄先生行状》云："大德五年，举教官；七年，举宪吏。……延祐元年，贡举法行，县大夫又强起先生充贡乡闱，……特置前列。二年上春官，复在选中……授将仕郎台州路宁海县丞。仅逾再期。会有诏改盐法，江浙行中书承制，迁两浙都转运盐铁使司石堰西场监运。……阅四载，以功超一姿，升从事郎绍兴路诸暨州判官。"据此文可知，黄溍于延祐二年（1315）授将仕郎台州路宁海县丞，共做了两任，即六年。于延祐七年（1320）调任两浙都转运盐铁司石堰西场监运，即《跋景传新店湾诗》文中所说的"督运吏"，在此任上四年，即到至治三年（1323）止。又黄溍《送曹顺甫序》云："曹君顺甫，与予居同郡，且同举教官。予讫不调，而顺甫用累考序迁为温学正。其行也，会予以督运吏书满，归自海壖。顺甫谓予幸以一言识其别。于是距予与顺甫同举时二十又三年矣。"① 这里说督运吏任满的时间，距举教官之大德五年（1301）已二十三年，据此推知督运吏任满的时间是至治三年，恰好和我们上文的推断吻合。黄溍《跋景传新店湾诗》中说，陈尧道最后一首新店湾诗作于其督运吏任上，即应在1320—1323年之间。作此诗后四年，陈尧道即去世了，故其卒年最迟不应晚于泰定三年（1326），活了大约六十三岁。

黄溍《跋景传遗文》中说"景传负不羁之才，浮游物表，人见其寓笑于文字间，类若依隐玩世"，可略见其性格为人之一斑。陈尧道在当时颇有诗名，黄溍曾将他与同里傅野两人的诗合编为《绣川二妙集》，惜今已不传。黄溍在为此集所作序中说：

---

① 《黄文献集》卷五。

"景传之诗,涵肆彬蔚,如奇葩珍木,洪纤高下,杂植于名园,终日玩之而不厌也。"① 评价颇高。遗憾的是,陈尧道的诗今存世的仅《月泉吟社》一首,殊为可惜。

13. **许元发** 吟社第三十四名。吟社署名云东老吟。别注云:"义乌许元发。"

谢翱《晞发集》卷六有《寄东白许元发》,诗云:"昔我来南方,采药与君遇。仙核堕寒芜,山花明远渚。云空参语外,露下离立处。别来荒烟中,五阅寒与暑。寒暑岂易初,肌发不如故。闻处人道变,未得世病愈。驱车望东白,此情那可朔?倘及乘青蜺,为君拂尘羽。"按:东白为东白山,在浙江东阳县东北,距义乌不远。元初许元发当隐于此山。据徐沁野《谢皋羽年谱》,谢翱首次来婺的时间是至元二十四年(1287),受浦阳吴渭之邀,主持月泉吟社评裁事。大约此时与许元发相识。诗中云"别来荒烟中,五阅寒与暑",知此诗作于至元二十八年(1291)。从诗的内容看,许元发亦是与谢翱声气应求的同志。

14. **陈君用** 吟社选其诗两首,即第四十名,署名柳圃;第四十六名,署名陈鹤皋。别注均云:"月泉竹膑陈君用。"

陈衍《元诗纪事》卷六"陈君用"条注云:"君用字竹膑。"清厉鹗《宋诗纪事》卷八十一"陈公凯"条注云:"公凯字君用,号竹膑。"两说有异。方凤《存雅堂遗稿》卷四《金华洞天行纪》云:"己丑(1289)岁正月,谢翱皋羽、方凤韶卿约游洞天。十一日辛卯,韶卿携子樗肖翁入邑,与皋羽及陈公凯君用、弟公举帝臣会。韶卿夜赋诗示同游者。"据此,当以厉鹗之说为是。

明郑柏《金华贤达传》卷十《陈公举传》云:"陈公举,字正(帝)臣,浦江人,善属文。与兄公凯日与方凤、吴思齐为

---

① 《黄文献集》卷六。

文字交。至元末任本县儒学教谕,累迁江浙儒学副提举,与赵孟頫为同僚。用荐者应奉翰林文字,甫二月卒。公凯,月泉书院山长。公举子昌翁亦能文,本县儒学教谕。"《金华府志》卷三十《艺文志》录有陈公凯所作《浦江县漏刻铭》一文,作于至大己酉(1309),自署"前婺州路月泉书院山长陈公凯",故知公凯为月泉书院山长的时间应在此之前的大德年间。

又,陈公举亦参加了月泉吟社,但未能入选前六十名。今存《月泉吟社》附录"摘句图",录有其"清晓蛙声引啼鸠,夕阳牛背立归鸦"一联,署名陈帝臣。

15. **陈养直** 吟社第六十名。吟社署名"青山白云人"。别注云"居杭"。

全祖望《鲒埼亭集外编》卷四十七《月泉吟社诗人二》云:"青山白云人者陈养直也。亦奉化人。见《郯源集》。吟社谓其居杭,大抵侨寓也。"《郯源集》为戴表元文集,卷十二有《陈养直字序》一文,从中可略悉养直之生平:"学者陈生名规,靳于人之意其圆也,其族昆字以养直。曰规,弓材也,弓材直。养直疑之,以问于余。……养直美资识,严检操,是能顾其名矣,是能直矣。……大德丁酉(1297)岁后十二月朔日戴表元序。"

陈养直尝与黄溍相往来,黄溍《黄文献公集》有两诗涉养直。卷一《送陈养直归四明》云:

迢迢浙河水,同渡不同归。执袂方成别,惊帆已若飞。野桥行处酒,风雨去时衣。瞻望嗟何及,天长鸿雁微。

卷二《青山白云图》云:

十年失脚走红尘,忘却山中有白云。忽见图画疑是梦,冷花凉叶思纷纷。

陈养直生平可考者仅此。

16. **吴思齐** 吴思齐与谢翱、方凤同为月泉吟社主盟吴渭所聘之考官，主持评裁事。宋濂《吴思齐传》述其生平甚详，略云：

> 吴思齐，字子善，处之丽水人。祖深有奇才，永康陈亮以子妻之，遂来家永康。父邃，武学博士，官至朝散郎，知广德军。思齐少颖悟，仿邃为古文，即可诵。季父国子监丞天泽器之，悉授以所学，遂用辞章家知名。寻由任子入官，监临安府新城税，锁厅试漕司中举，上礼部不利，后从常调为嘉兴县丞。……寻监户部犒赏酒库。……未几，迁饶州节制同准备差遣。……俄不愿仕，请监南岳庙，流寓桐庐。……后值宋改物，家益艰虞，至无儋石之储，有劝之仕者，辄谢曰："譬犹处子，业已嫁矣，虽冻饿者不能更二夫也。"中遇寒疾，耳失听，交游苦其聋，语未毕驰去。独婺方凤、粤谢翱、睦方焘，剧谈每至夜，指画手书，傍观咄咄，而略无倦意。先墓在丽水，不能数归省，岁时必遥望陨涕，因自号全归，誓不失身，以病父母也。思齐天性真悫，虽行人所难，坦然不见崖异，心知有定非，不知有毁誉福祸，学者尊其行，争师之。方凤评思齐之为人如徐积、陈师道，君子不以为过。大德辛丑（1301）年六十四，手编《圣贤顺正考》，终于事曰《俟命录》，录成，赋诗别诸友遂卒。……所著书有《左氏传阙疑》、《拟周公谨平荆州碑》、《魏司马孚赞》、《汐社诗集》、陈亮、叶适两家文选，又仿真德秀《文章正宗》，辑宋一代诗文，卷帙多未就。①

吴思齐是元初浙西遗民中较突出的人物，他与方凤、谢翱为莫逆之交，尤以气节高峻为时人所重。宋濂《浦阳人物记》云：

---

① 转引自程敏政《宋遗民录》卷九，知不足斋丛书本。

"濂游浦阳仙华山,问思齐旧游处,见石壁题名尚隐隐可辨。故老云:'思齐与方、谢无日不游,游辄连日夜,或酒酣气郁时,每扶携望天末恸哭,至失声而后返。'"黄溍《书吴善父哀辞后》云:"中岁颇慕管幼安、陶渊明之为人,因自放山水间,时与畸人静者,探幽发奇,以泄其羁孤感郁之思。遇意所不释,或望天末流涕。"① 这些记载,均可补宋濂传文之略。

吴思齐的诗文流传下来的不多,现存的少数篇章亦可见其遗民故老危苦感愤之心态、冰霜峻洁之气节。黄溍有《和吴赞府斋居十咏》诗②,十咏分别为焦桐、蠹简、破砚、残画、旧剑、尘镜、废檠、败裘、断碑、卧钟。思齐之原作今已不存,但从所咏之物所显示的意象,不难想见其内心之绝望、悲观的情绪是何等深重。其所作《拟古》诗云:

> 平原一遗老,九重未知名。临危观劲节,相视胆为惊。析殳犹举手,吁天闵无成。九陨期报国,万古犹光晶。亦有布衣人,烈烈死弥贞。回风惜往日,辉映岂独清。滔滔肉食辈,泚额徒吞声。我闻同志士,野祭激高情。配享遗斯人,忱心每如醒。③

此诗深情歌颂了遗民志士的高尚节操,亦可视为吴思齐本人的自白。

---

① 《黄文献集》卷四。
② 《黄文献集》卷一。
③ 《金华诗录》卷九。

汐社简论

汐社与月泉吟社可以说是元初最具影响的遗民诗社。月泉吟社由于有《月泉吟社诗》一卷存世，我们得以清晰了解它的整体概貌。而汐社则几乎没有任何完整材料保存下来。关于它的情况，主要见于当时人及后人的只言片语中，犹如云中神龙，不见首尾，唯见忽隐忽现的一鳞片甲而已。本文拟将这些零散材料连缀补绽，试图描绘出此诗社的大致面貌。

一、关于汐社的组织者与结社宗旨

汐社的组织者一般认为是谢翱。谢翱（1249—1295），字皋羽，一字皋父，号晞发子，福建长溪（今霞浦县南）人。咸淳中，试进士不第。景炎元年（1276）七月，文天祥开府延平，翱倾家财募乡兵投效，任谘议参军。文天祥被执殉国后，翱避地浙东，先后寓会稽王英孙、浦江吴渭家。至元二十七年（1290），他与友人在富春江畔严子陵钓台之西台设文天祥神主以祭，并作楚歌以招之。所撰《登西台恸哭记》曾详记其事。翱卒后，即葬于西台之侧。

关于谢翱为汐社之组织者一事，见之于方凤所撰《谢君皋羽行状》，略云："……大率不务为一世人所好，而独求故老与同志以证其所得。会友之所名汐社，期晚而信，盖取诸潮汐。"①
何梦桂《汐社诗集序》一文则进一步阐发了汐社以"汐"为名
的含义：

> 海朝谓潮，夕谓汐，两名也。汐社以偏名何？志感
也。社期于信，而又适居时之穷，与人之衰暮偶，而犹
蕲以自立者，视汐虽逮暮夜而不爽其期，若有信然者
类，此谢君皋羽所以盟诗社之微意也。……潮以朝盈，
汐不以夕亏，君有取诸此，固将以信夫盟，拟以为夫人
之衰颓穷塞，卒至陆沉而不能自拔以死者之深悲
也。……②

从此序中不难看出，汐社之命名，大致有两方面的含义，一是有
按时定期聚会之意，然更重要的则是，在国破家亡之际，诗社同
人之间互相激励，不以衰颓穷塞而屈志改节。此正是汐社结社之
宗旨所在。

除了谢翱之外，王英孙在汐社中亦担当了十分重要的角色，
也可视为汐社的另一组织者。王英孙，字才翁，号修竹，会稽
（今浙江绍兴）人。少保端明殿学士克谦之子，宋末官将做监
簿。入元隐居不仕。英孙本会稽故家大族，家饶于赀，为人豪爽
尚义，故鼎革后"为衣冠避乱者所宗"③。许多材料都谈到他与
汐社的关系。如元胡翰《谢翱传》云："天祥转战闽广，至潮阳
被执。翱匿民间，流离久之。间行抵勾越。勾越多阀阅故大族，
而王监簿诸人方延致游士，日以赋咏相娱乐。翱时出所长，诸公
见者，皆自以为不及。"④ 明人季本云："予尝考王英孙，号修

---

① 《存雅堂遗稿》卷三，续金华丛书本。
② 《潜斋集》卷六，景印文渊阁《四库全书》本。
③ 曾廉：《元书》卷九十一《隐逸传》上。
④ 转引自程敏政《宋遗民录》卷二，知不足斋丛书本。

竹,为宋勋戚之裔,好义乐施,延致四方名士,林(景熙)、郑(朴翁)、谢(翱)、唐(珏),皆其客也,结社稽山之麓,与寻岁晏之盟,慷慨激昂形诸吟咏。"①《万历绍兴府志》云:"谢翱……间行抵勾越。……王监簿诸人方延致游士……遂结社会稽,名其会所曰汐社,其晚而信也。"可见,汐社乃谢翱被王英孙延致于其家时所立,那么,王英孙在其中所起之作用也就不言自明了。

二、关于汐社活动之年代与活动之地域

汐社之活动年代虽无明确文字记载,但我们从其主盟谢翱的活动线索中仍可约略考得之。谢翱《登西台恸哭记》云:

> 始故人唐宰相鲁公开府南服,予以布衣从戎。明年别公漳水湄。后明年,公以事过张睢阳及颜杲卿所常往来处,悲歌慷慨,卒不负其言而从之游。……又后三年,过姑苏。姑苏,公初开府旧治也。望夫差之台而始哭公焉。又后四年而哭之于越台……②

这段文字对其宋亡之后的行踪记述得十分清晰:宋景炎元年(1276)七月,文天祥开府南剑州,谢翱"杖策诣公,署谘事参军"③。景炎二年(1277)正月,文天祥移军漳州,翱于此时与天祥别,故有"明年别公漳水湄"之语。"后明年"云云,指宋末帝赵昺祥兴元年(1278)十二月,文天祥兵败被执,祥兴二年(1279),天祥被押北上途中曾题诗张巡庙一事。"又后三年"云云,指至元十九年(1282),谢翱过姑苏,登夫差之台哭祭文

---

① 转引自西吴悔堂老人《越中杂识》卷下,浙江人民出版社,1983。
② 转引自程敏政《宋遗民录》卷二,知不足斋丛书本。
③ 《存雅堂遗稿》卷三,续金华丛书本。

天祥。"又后四年而哭之于越台",则指至元二十三年(1286),谢翱来到会稽,登越王台哭祭文天祥。元张孟兼注《登西台恸哭记》,于此句下注云:"此丙戌年(1286)也。按行述谓公是年过勾越,行禹窆间,北向而泣焉。"据此可知,谢翱到达会稽的确切时间是至元二十三年丙戌(1286),此即应为汐社活动年代的上限。谢翱卒于元贞元年(1295),汐社的活动也应在此年结束。

宋元之时的诗社活动大多局限于一地,故诗社多以其地命名,如贺铸之彭城诗社、邹浩之颍川诗社、叶梦得之许昌诗社、王十朋之楚东诗社以及元代之月泉吟社、越中吟社等。汐社则是一个例外。除了最初在会稽结社之外,据现今所掌握的材料,它还至少在浙西的浦江、桐庐等地有过活动。方凤《谢君皋羽行状》云:"(翱)游倦,辄憩婺、睦之江源、月泉、仙华岩、小炉峰三瀑布,复爱子陵台下白云原唐元英处士旧隐,有终焉之志。且欲为文冢,瘗所为稿台南。甲午(1294)寓杭,遗人刘氏女以女,至是买屋西湖,日与能文词者往还。乙未(1295)复来婺、睦,寻汐社旧盟。夏由睦之杭,肺疾作,以秋八月壬子终。"这里说的"复来婺、睦,寻汐社旧盟",细味其意,谢翱旧曾于婺、睦之地结汐社之意甚明。婺,这里指浦江县,古属婺州;睦,这里指桐庐县,古属睦州。至元二十三年(1286)冬,浦江吴渭举月泉吟社,聘谢翱、方凤、吴思齐为考官;至元二十七年(1290),谢翱登严子陵钓台西台哭祭文天祥。谢翱后期多在此一带活动,于是遂将原来在会稽所结之汐社进一步发展到了婺、睦两地。曾廉《元书》卷九十一《谢翱传》云:"翱复之浦江,馆于吴渭。……延邑人方凤、永康吴思齐及翱开月泉吟社,遂合汐社为一。"何梦桂《吴愚隐诗序》云:"古括吴君愚隐(按即吴思齐)……来婿白云,与闽人谢翱皋羽、婺人方景山

（按景山为方凤字）为友，结诗社于双台下，盖高子陵之风久矣。"① 此均为汐社曾在婺、睦两地活动之明证。

综上所述，汐社的活动大致可分为前后两个阶段。前一阶段主要活动之地在浙东的会稽，后一阶段则转移到了浙西的婺、睦两地，而联系两个阶段的关键人物则是谢翱。由此可见，谢翱在元初遗民中的确是个颇值得重视的人物，他不仅自己好义不屈，节操峻洁，并通过结诗社这一形式联络了一大批遗民故老，形成群体，互为激励，从而使得汐社早已超越了狭义的文学团体的范畴而具有某种政治团体的性质。

三、关于汐社的成员

如上所述，汐社的活动分为前后两个阶段，故对其成员的考察也应分别进行之。

在第一阶段会稽时期，除了谢翱和王英孙二人外，可确切考知的该社成员还有林景熙、唐珏、郑朴翁等。

林景熙，字德旸，号霁山，温州平阳（今属浙江）人。宋咸淳七年（1271）太学释褐，历泉州教授、礼部架阁，转从政郎。宋亡不仕。有《霁山集》。

唐珏，字玉潜，号菊山，会稽山阴人。

郑朴翁，字宗仁，温州平阳人。宋咸淳末上舍释褐，授迪功郎、福州教授，寻除国子正，转从政郎。宋亡不仕。

以上三人有两个共同之处。一是他们和谢翱一样，均被王英孙延致于其家，为王之门客；二是至元二十一年（1284），元江南释教总统西僧杨琏真加，将会稽宝山南宋六代皇帝之攒陵尽行

---

① 《潜斋集》卷七，景印文渊阁《四库全书》本。

发掘,"至断残支体,攫珠襦玉柙,焚其骴,弃骨草莽间"①。当其时也,林、唐、郑三人在王英孙的组织下,秘密收拾诸陵遗骨,瘗葬于兰亭山南,并植冬青树于其上,史称六陵冬青之役。关于发陵事件之详情及王、林、唐、郑各人在此役中所起之作用,拙文《六陵冬青之役考述》②有详细论述,此不赘。

在第二阶段婺、睦时期,该社之主要成员则有方凤、吴思齐等。方凤,字韶卿,一字景山,浦江人。宋末曾试太学,举礼部不第,特恩授容州文学。宋亡后,归隐浦江仙华山。吴思齐,字子善,处州丽水(今属浙江)人,后徙永康(今属浙江)。由任子入官,监新城税,调嘉兴丞。宋亡不仕。谢翱晚年与方、吴二人交往十分紧密,宋濂《谢翱传》云:"……游倦,辄憩浦阳江源,及睦之白云村,寻隐者方凤、吴思齐,昼夜吟诗不自休。"③宋濂《吴思齐传》云:"思齐与方凤、谢翱无月不游,游辄连日夜。或酒酣气郁时,每扶携向天末恸哭,至失声而后返。"④从这些描述中,我们不难看到汐社同志眷怀宗邦、危苦悲愤的精神风貌。至元二十三年(1286)冬,浦江吴渭举月泉吟社,他们三人还一齐受聘为该社的考官。

除了谢、方、吴三人之外,这一阶段的汐社成员,被有关材料提到的,还有方炱、方幼学、翁登、翁衡、冯桂芳、吴贵、严侣等数人。

《福建通志》卷一百九十《宋忠节》云:"(翱)邀同志结汐社,自凤、思齐外,婺方幼学、方炱,睦冯桂芳、翁登、登弟衡皆与焉。"考谢翱《登西台恸哭记》,云其"与友甲乙若丙约,

---

① 陶宗仪:《南村辍耕录》卷四,丛书集成本。
② 见《文史》34辑,中华书局,1992。
③ 转引自程敏政《宋遗民录》卷二,知不足斋丛书本。
④ 转引自程敏政《宋遗民录》卷九,知不足斋丛书本。

越宿而集。……登西台设主于荒亭隅,再拜跪伏,祝毕,号而恸者三,复再拜起"。据张孟兼注,"甲乙若丙者,意为吴思齐、冯桂芳、翁衡也。今虽不知其然,三人同登时诗可考见也"①。又考方凤所撰《谢君皋羽行状》,谓谢翱"垂殁时,语妻刘:'吾去乡远,交游唯婺、睦间方某、翁某数人最亲,死必以赴,慎收吾文及遗骨,候其至以授之。辛酉讣闻,婺方凤、方幼学、吴思齐;睦冯桂芳、翁登及弟衡,会小炉峰相向哭。明日,凤与幼学、方燕先往台南度可葬地。甲子具舟之杭,哭诸刘氏,……越明年正月二十八日丁酉窆,以文稿殉。……同生年吴谦志圹,其从孙贵以门人虞而归婺,祠之月泉"。从上引材料可以看出谢翱与方幼学、方燕、冯桂芳、翁登、翁衡、吴贵等人的亲密关系,此数人为其所结之汐社成员应是情理中事。惜此数人之生平多已湮灭无考。

至于严侣亦为汐社成员一事,见之于杨维桢所撰《高节先生墓铭》,略云:"先生讳侣,字君友,姓严氏,子陵三十五世孙也。……居家教授,生徒有裹粮自瓯越来者。宋相文山氏客谢翱,奇士也。雪夜与之登西台绝顶,祭酒恸哭……翱暮年建汐社为会,取晚而有信。翱卒无子,与社中友买地台南葬之,筑许剑亭。"② 可见严侣为谢翱在婺、睦时所交之友人,这里说的"社中友",无疑即指方凤等汐社同人。

四、关于汐社的活动

汐社究竟开展过哪些活动,由于缺乏材料已难以确考,现仅据掌握的零星材料,略作排比如下。

---

① 转引自程敏政《宋遗民录》卷三,知不足斋丛书本。
② 《东维子集》卷二十六,四部丛刊本。

1. **吟咏六陵冬青之役** 据上文所述,参加六陵冬青之役的王英孙、林景熙、唐珏、郑朴翁等均为会稽时期的汐社之成员,但此役之时间在至元二十一至二十二年(1284—1285)间,而笔者根据谢翱行踪所考知的汐社成立时间为至元二十三年(1286),故知此役发生在汐社成立之前。但汐社成立后,此役仍为汐社同人反复吟咏唱和的题材。

如林景熙有《冬青花》诗咏此役:

> 冬青花,花时一日肠九折。隔江风雨晴影空,五月深山护微雪。石根之气龙所藏,寻常蝼蚁不敢穴。移来此种非人间,曾识万年觞底月。蜀魂飞绕百鸟臣,夜半一声山竹裂。①

唐珏则有《冬青行》二首与之唱和:

> 马箠问髐行,南面欲起语。野麕尚屯束,何物敢盗取。余花拾飘荡,白日哀后土。六合忽怪事,蜕龙挂茅宇。老天鉴区区,千载护风雨。

> 冬青花,不可折,南风吹凉积香雪。遥遥翠盖万年枝,上有凤巢下龙穴。君不见,犬之年,羊之月,霹雳一声天地裂。②

谢翱则有《冬青树引别玉潜》诗:

> 冬青树,山南陲,九日灵禽居上枝。知君种年星在尾,根到九泉护龙髓。恒星昼陨夜不见,七度山南与鬼战。愿君此心无所移,此树终有开花时。山南金粟见离离,白衣人拜树下起,灵禽啄粟枝上飞。③

除此之外,林景熙还有《梦中行》四首、《酬谢皋父见寄》等诗

---

① 厉鹗:《宋诗纪事》卷七十五,上海古籍出版社,1983年排印本。
② 厉鹗:《宋诗纪事》卷七十九,上海古籍出版社,1983年排印本。
③ 厉鹗:《宋诗纪事》卷七十八,上海古籍出版社,1983年排印本。

歌咏此役，可见此役确为汐社同人反复追思及歌咏，而从谢翱"知君种年星在尾"句的语气来体味，可知其为事后追溯之作。

2. **登严子陵钓台西台哭祭文天祥**　据上文所述，参加此次祭祀活动的除谢翱外，还有吴思齐、冯桂芳、翁衡、严侣等人。他们均是汐社的成员，故此次活动亦可视为汐社的一次有组织的活动。

3. **编辑《许剑录》**　方凤《谢君皋羽行状》云："尝为《许剑录》，慨时降交靡，耆旧凋落，尽吴越殆无挂剑者，思集同好姓氏年爵居里，择地昔贤所尝游，作亭立石，他日示宿草不忘意。"许剑也者，此用春秋时季札赠剑徐君的典故。《史记·吴太伯世家》载："季札之初使，北遇徐君。徐君好季札剑，口弗敢言。季札心知之。为使上国，未献。还至徐，徐君已死，于是乃解其宝剑，系之徐君冢树而去。"后用许剑、挂剑比喻心许亡友、生死不渝之意。由此可以看出，谢翱所编之《许剑录》，应是记录宋亡后所交识的志节忠义之士的名录，自然也应包括汐社成员在内。谢翱生前，此录已编就，但"勒诸石未就"。翱死后，方凤等"复为建许剑亭于墓右，从翱志也"①。

4. **刊刻《汐社诗集》**　宋濂《吴思齐传》谓吴编有《汐社诗集》②，何梦桂则撰有《汐社诗集序》。此书当为汐社同人唱和的结集，惜今已不传。

---

① 转引自程敏政《宋遗民录》卷二，知不足斋丛书本。
② 转引自程敏政《宋遗民录》卷九，知不足斋丛书本。

宋遗民诗人方凤生平和创作初探

元初至元至大德的二三十年间，在东南沿海一带，活跃着一批宋遗民诗人。他们的创作，抒故国宗社之忧愤，歌黍离麦秀之悲音，慷慨沉郁，忧深思远，不仅表现了坚贞的民族气节，而且有力地改变了宋季四灵、江湖诗人气局荒靡、纤碎浅弱的诗风，对有元一代诗歌创作影响甚巨。在这批遗民诗人中，方凤是一位十分突出的人物。宋濂评其诗云："世言杜甫一饭不忘君，今考其诗信然。凤虽至老，但语及胜国事，必仰视霄汉，凄然泣下。故其诗亦危苦悲伤，其殆有得于甫者非耶？"① 从宋濂的评论中，不难看到方凤诗歌创作成就之一斑。然而，由于方凤终生未仕，名不见史传，生平行事多湮没无闻，所作诗歌亦大半散佚，致宋濂当时已有"世之知者或寡"之叹②，这是十分令人惋惜的。现据方凤仅存的《存雅堂遗稿》，以及从元明文献中爬梳钩沉的一些材料，对其生平及诗歌创作作一初步探讨。

---

① 《浦阳人物记》卷下《方凤传》，知不足斋丛书本。
② 《跋胡、方、柳、黄四公遗墨后》，《宋文宪公集》卷二十九。

一

方凤,字韶卿,或曰韶父,一字景山①,号岩南,斋名存雅堂,故人多称存雅先生。婺之浦江人。柳贯《方先生墓碣铭》云:"年八十有二……卒以至治元年(1321)正月。"② 以此上推,其生年应为宋理宗嘉熙四年(1240)。

方凤出身于一个没落的封建官吏家庭。其八世祖资,字逢原,中宋嘉熙八年进士第,历官知真州,未上,卒赠紫金光禄大夫。七世祖扬远,字遐举,中元祐三年进士第,以吏部侍郎出为河北转运使,殁赠太中大夫。③ 六世祖滋,亦曾在户部做官。④ 五世祖以下,则无显者。

从方凤出生至三十七岁时宋亡,他的整个青少年时代都是在内忧外患交集,国势岌岌可危的形势下度过的。关于他在此时期的生平行事,宋濂《浦阳人物记》中说:"凤有异材。尝出游杭都,尽交海内知名士。将作监丞方洪奇其文,以族子任试国子监,举上礼部,不中第。主阁门舍人王斌家,教其二子大、小登。斌与丞相陈宜中为亲昆弟,凤因得见宜中,三以策告。宜中虽不能听,将奏补为初品官。既而宜中走海南,事遂寝。后以特恩授容州文学。未几宋亡。"今存《存雅堂遗稿》中收有《上陈丞相书》一文,应即是宋文所谓"三以策告"之一。在这篇文章中,方凤以布衣之身,为丞相指画抗元方略,提出了固守长江、暂分藩阃、爱惜人才等一系列建议。虽然因其人微言轻,建

---

① 宋濂《浦阳人物记》作"一名景山"。按凤自作《栖碧楼记》题"景山方凤",则景山当为别字。
②④ 《方先生墓碣铭》,《柳待制集》卷十,四部丛刊本。
③ 《浦阳人物记》卷下《方凤传》,知不足斋丛书本。

议未被采纳,但在元蒙气焰炽甚,南宋王朝人心惶惶,笼罩着一派末日来临气氛的情况下,却显示出他过人的见地和胆识,同时也表现了他以国家民族兴亡为己任的耿耿忠心和高度责任感。

宋亡之后,方凤"自是无仕志",回到了浦江。浦江当时是宋遗民的聚居之地,像写过《登西台恸哭记》的谢翱,像自号"全归子"以示誓不失身的吴思齐,都在这里麻衣绳屦,归隐啸傲。方凤回到浦江,与谢、吴结为莫逆之交,以风节行谊相高。三人尝结伴出游,"游辄连日夜,或酒酣气郁时,每扶携望天末恸哭,至失声而后返"①。大约在这一时期,以他们三人为骨干,成立了一个遗民诗社——汐社。② 关于汐社之名,方凤所撰《谢君皋羽行状》一文中说:"独求故老与同志以证其所得。会友之所曰汐社,期晚而信,盖取诸潮汐。"从这段话中不难看出,汐社绝不是一般的诗酒唱和、文人雅集,而是一个联络同志、团结故老,等待时机,企望恢复故宋的具有强烈政治色彩的遗民组织。

至元二十三年(1286),原宋义乌令浦江人吴渭创办月泉吟社,方凤与谢翱、吴思齐一起被吴渭延致其家,担任诗社的"考官"。这次诗社活动得到东南一带遗民的热烈反响,短短三个月时间,就收到诗稿二千七百三十五卷(篇),作者籍贯遍布浙、苏、闽、赣等省。方凤等从中选出二百八十名,依次给予奖赏,并把所选诗作编成一集付梓。③ 月泉吟社的征诗虽以《春日田园杂兴》为题,来稿表面上模山范水,吟风嘲月,骨子里却隐含着沉痛的故国之思。像"种秫已非彭泽县,采薇何必首阳

---

① 《浦阳人物记》卷下《方凤传》,知不足斋丛书本。
② 《福建通志》卷一九〇《宋忠节》:"(翱)邀同志结汐社,自凤、思齐外,婺方幼学、方泰,睦冯桂芳、翁登、登弟衡皆与焉。"
③ 今存《月泉吟社诗》一卷,仅载前六十名。

山"、"往梦更谁怜麦秀？闲愁空自托杜鹃"、"吴下风流今莫续，杜鹃啼处草离离"一类句子比比皆是。正如清人全谢山所说："月泉吟社诸公，以东篱北窗之风，抗节季宋，一时相与抚荣木而观流泉者，大率皆义熙人相尔汝，可谓壮矣！"[①] 这次诗社活动，上距宋亡（1279）不过七年时间，它在团结、激励广大入元知识分子保持民族气节方面产生了重大影响。方凤作为这次活动的组织者之一，起了显著的作用，同时也在广大遗民中树立了声望。

大约在此后不久，方凤曾出游东南一带。他"游京口至建业，东出永嘉，行寻雁宕大龙湫，抉摘景物，以资赋咏。每遇雄关复奥，长江巨浸，破军蹶将之处，悼天堑不守，辄俯仰徘徊，悲不自禁"[②]。在出游中，他还结识了不少遗民故老，像牟献之、龚圣予、戴帅初、胡穆仲、仇仁近等人，"于残山剩水间，往往握手歔欷，低回而不忍去"[③]。元贞元年（1295）秋八月，谢翱在杭州病故。方凤闻讣后立至，将谢翱遗骨归葬于桐庐严子陵钓台南，即翱生前哭祭文天祥之处，并遵其遗嘱，建许剑亭于墓侧，以示对这位民族志士的纪念。

晚年，方凤隐居于浦江仙华山中，虽贫病艰窭，仍不屈志节，"但语及宋事，则仰首霄汉，凄然泪下"[④]。临殁，"犹属其子樗，题其旌曰容州，示不忘（宋）也"[⑤]。

---

① 《跋月泉吟社后》，《鲒埼亭集外编》卷三十四。
② 王崇炳：《金华征献略》卷三，率祖堂丛书本。
③ 《黄文献公集》卷五。
④ 应廷育：《金华先民传》卷二，续金华丛书本。
⑤ 《浦阳人物记》卷下《方凤传》，知不足斋丛书本。

二

方凤的诗歌创作,据宋濂《浦阳人物记》有三千余篇。方凤去世后,他的学生柳贯"探其家藏,摘五七言古律诗三百八十篇,厘为九卷"①,名《存雅堂稿》。其后寖以散逸,并故本亦亡。清顺治年间,浦江张燧博搜诸书,掇拾残剩,辑为《存雅堂遗稿》。今存《存雅堂遗稿》有两种版本。一为《四库全书》本,收诗七十三篇、文十三篇;一为胡宗懋《续金华丛书》本,此本乃据四库本重刊,但新增诗九篇、文一篇,总计诗八十二篇、文十四篇,这大概是今天所能见到的方凤的全部诗文。除此之外,方凤还撰有《物异考》、《野服考》、《夷俗考》各一卷,属笔记杂乘类作品。

现存方凤的诗歌绝大部分作于宋亡以后。元代郭霆说:"先生宋时未及仕而宋亡,遂抱其遗经隐仙华山……缘情托物,发为歌诗,以寓麦秀之遗意。"②这可以说是方凤全部诗文一以贯之的主题。具体来说,主要有以下几方面内容。

怀念故国故君,抒发亡国惨痛。宋亡之后的方凤,始终不愿接受亡国的现实,他"酌飞泉于中屿之东,送夕阳于冶城之西;洒铜仙之清泪,晞钓濑之风漪"③,或登高咨嗟,或泽畔行吟,所接无非遗民故老,触目尽是剩水残山,无不加重他的故国故君之思。登高,他则吟"遥遥烟霭里,犹作故宫看"(《同胡汲仲兄弟登香远楼》);临江,则吟"谁向龙山夸海国,一声铁笛女墙边"(《冒雨渡浦阳江》);观瀑布,则吟"何当刺飞流,一洗

---

① 《黄文献公集》卷五。
② 《金华游录跋》,转引自程敏政《宋遗民录》卷五。
③ 柳贯:《修祠植碑后祭方先生文》,《柳待制集》卷二十。

磊块胸"(《游仙华山》);甚至听到山中的空谷之音,他也觉得是与自己悲怨的心情相回应,"共爱孤蝉远林咽,又疑帝子笙歌彻"(《与臬羽、子善游宝掌山》),这种眷念宗邦的感情已浓烈到化不开的程度。《存雅堂遗稿》中有一首《故宫怨》,应是宋亡后作者再次游杭州时所作:

> 白日欲落何王宫,腥云颓树生烈风。猕猱几年争聚族,饥蟒狞狰攫人肉,熊豨肆毒夜横行,刺蛆刲血多飞雎,荧屁吐焰大如鹜,照见女鬼迎新故,寒更鸱吻空哀哀,谁能化鹤还归来?山都冶夷总难记,妖狐吹火月坠地。

在这首诗里,作者用饱蘸血泪的笔墨,描绘了昔日繁华的故都,被元蒙铁骑践踏之后残败破落、阴森恐怖的景象。虽然作者并没有直接抒情,但在冷峻孤峭的画面中,充盈着巨大的沧桑之感。诗歌节奏急促,两句一转韵,我们从中似乎可以感受到作者胸中感情的波涛如钱塘之潮,汹涌起伏,反映出作者对元蒙统治者的强烈怨恨,和对故国山川文物的深切怀念。

歌颂民族志士,与遗民同志以志节相砥砺。像《哭陆丞相秀夫》:

> 祚微方拥幼,势极尚扶颠。鳌背舟中国,龙髯水底天。巩存周已晚,蜀尽汉无年。独有丹心皎,长依海日悬。

陆秀夫是宋末著名抗元志士。祥兴二年(1297),元军与宋军在南海崖山大战,宋军兵败,秀夫负末帝赵昺投海殉国。在诗里,方凤以极其沉痛和崇敬的心情,对这位在南宋王朝灯枯油尽大厦将倾之际,全力辅佐幼主,支撑危局,最后以身殉国的民族英雄,给予热烈的赞美。虽然抗元兴宋的事业失败了,方凤不禁为之扼腕浩叹,但陆秀夫忠君报国的耿耿丹心,却如日月经天,辉耀千古。

在方凤现存诗歌中，与遗民故老的唱和赠答之作占了相当大比例。在这些诗歌里，方凤与他们以坚守民族志节相勉励。例如《呈皋羽》一诗：

> 依依莲社客，斗酒共相酬。臭味语中得，荣名杯上浮，世情余百变，吾道合千秋。肯信张平子，穷居但四愁。

谢翱是方凤在宋亡之后最相契的朋友，两人"为异性兄弟，不忍离，离辄复合。每卧起食饮相与语，意不能平，未尝不抚膺流涕也"①。从这首诗里不难看出，正是这种不为穷愁艰窭所泯灭，不因世道变化而改变，一以贯之，至死不改的操守气节，使得他们心心相印，情同手足。

又如《怀龚山人圣予》诗：

> 西北有杰阁，岧峣切云天。绮窗通四望，绰约流苏悬。中有绝代人，端居方盛年。被服既殊众，容采亦鲜妍。瑶床置宝瑟，玉轸朱丝弦。有时扬妙指，泠泠宫商传。曲终恣仰俯，托契轩农先。靡曼谐里耳，大雅谁能怜？我欲往从者，淮海生寒烟。

龚开，字圣予。宋季曾从陆秀夫参加抗元斗争。宋亡后隐居山中，曾撰文天祥、陆秀夫二传，记叙其抗元死义的事迹，在遗民中广为流传。在这首诗里，方凤深情地赞颂了龚开不同流俗的高洁品格，表达了他对这位节义之士无比钦敬的心情。通观《存雅堂遗稿》全卷，这一类与遗民故老以民族气节相尚的诗句触目皆是。像"啧啧不得意，兴怀偏为君。犹为乞米帖，不作送穷文"（《寄吴善父》）、"旧事横看东涧水，新餐谁供北山薇"（《寄梁隆吉》）、"毋徒涉城市，出处任风尘"（《书示同志》），无不表现了方凤忠于赵宋的坚定信念。诚然，今天看来，方凤所

---

① 方凤：《谢君皋羽行状》，《存雅堂遗稿》卷三，续金华丛书本。

坚持的民族气节与狭隘的忠君观念是掺糅在一起的，有其时代和阶级的局限，然而，处在当时的特殊历史背景下，他的忠君思想和民族气节，乃是崇高的爱国主义思想的体现。

归隐田园，寄情山水，是方凤诗歌的又一主要内容。元蒙政权建立后，实行残酷的种族歧视、民族压迫政策，它们把统治下的各民族按族别和地区划分为四等：蒙古人、色目人、汉人、南人。原南宋统治地区的人民就属于最下等的南人。"九州之士，未始以南北限。……今则曰，扬以南为蛮夷"①。由此可见汉族知识分子所受的歧视和压迫是何等深重！

另一方面，元蒙统治集团对汉族知识分子也采取笼络、分化的政策。"世祖皇帝初得江南，故宋衣冠之裔，多录用之。"② 这一政策收到了一定的成效。"凡异时有仕籍者，往往持故所受告身诣京师乞换授"③，"士之志于禄仕者，率投牒求察举补儒学官"④。在这种情况下，归隐田园，寄情山水，就成了一部分坚持民族气节、反抗民族压迫的汉族知识分子的消极斗争手段。另外，这部分知识分子，既不愿屈身仕元，他们又未能像当时北方一些知识分子那样，抛弃陈腐的尊卑等级观念，与下层人民结合，组织书会，编写通俗文艺作品，从而开拓出一条崭新的道路。因此，归隐田园，寄情山水，就成了他们唯一的选择，这实在是一种无奈和绝望的表现。以上两个方面交织在一起，构成了元初这一类遗民山水田园诗的主要内涵。方凤的这部分诗歌当然也不例外。像《九日同皋羽、子善游白石龙湫，用杜老九日蓝田韵》：

---

① 袁桷：《送陈道士归龙虎山序》，《清容居士集》卷二十四，丛书集成本。
② 苏天爵：《袁文清公墓志铭》，转录自《清容居士集》，丛书集成本。
③ 黄溍：《故民应公碑》，《黄文献公集》卷二十。
④ 黄溍：《张弘道墓志铭》，《黄文献公集》卷八。

尘埃隔处天地宽，选胜携觞且笑欢。不惜逍遥投杖
屦，何妨磅礴解衣冠。晴余岚重雨犹落，秋老天高酒易
寒。世事悠悠双眼外，与君飞瀑醉中看。

秀丽的山河景色，使作者得到了片刻解脱，醉酒使作者暂时忘却
了悠悠世事，然而酒醒之后又该如何呢？可见表面上的故作旷
达，并不能掩饰内心的痛苦煎熬。方凤的不少诗歌都表现了这种
希望摆脱现实又不能忘情现实的内心矛盾："还倚仙翁九节杖，
翠云深处望安期。楚调歌残还击节，檐外纷纷落苍雪。"（《翠微
楼对竹会饮》）他仰慕仙人安期生，希望脱离现实，到传说中的
蓬莱仙岛去追随他。然而这只是虚无缥缈的幻想，眼前耳畔缭绕
着屈原去国怀乡的哀怨歌声，窗外是漫天飘洒的飞雪。现实是这
样冷酷，看不到一点希望，作者最后只有到佛道中去寻求解脱
了，"醉乡已失路，摩空将逃禅。服食益人寿，何当煮汞铅"
（《仙华山采花诗》）；"灯灼萧闲期郑老，盆歌疏达慕庄生"
（《止所吴公挽歌辞》）；"手把南华读一过，诗思陡涌如春波"
（《答柳道传饷笋》）。这些诗歌，既表现了方凤坚持民族气节、
不逐世浮沉的高贵品质，同时也反映了汉族知识分子在时代巨变
的时候，由于脱离人民而走投无路、无所作为的悲哀。

三

宋季诗歌，至永嘉四灵、江湖诗派已成强弩之末，逃避现
实、雕琢词藻的衰靡诗风笼罩诗坛，正如宋濂所说："近代自宝
庆之后，文弊滋极，唯陈腐之言是袭。前人未发者，则不能启一
喙。精魄沦亡，气局荒靡，澌焉如弱卉之泛绪风，文果何在
乎？"① 宋元之交的社会大变动，把被"江西"、"四灵"、"江

---

① 宋濂：《金华黄文献公文集序》，转引自《黄文献公集》。

湖"末流诗人竭力掩盖着的残酷社会现实暴露在诗人眼前,对赤裸裸、血淋淋的现实,诗人们再也不能视而不见、充耳不闻了,他们强烈呼唤现实主义诗风的回归。因而,复古——即恢复汉魏晋唐诗歌的优良传统——成了席卷诗坛的一股潮流。像宋末严羽就提出了"以汉魏晋唐为师,不作开元、天宝以下人物"的主张。元初戴表元提倡"宗唐得古",仇远则说得更透彻:"近体吾主唐,古体吾主选。"所谓"选"即指《文选》中的魏晋古诗。

方凤也是元初较早提倡复古的人。"宋季文弊,凤颇厌之。"① 他在《仇仁父诗序》中说:"余谓作诗,当知所主,久则自成一家。唐人之诗,以诗为文,故寄兴深,裁语婉;宋朝之诗,以文为诗,故气浑雄,事精实。四灵而后,以诗为诗,故月露之清浮,烟云之鲜丽。今君留情雅道,涤笔冰瓯,其孰之从?仇君曰:'近体吾主于唐,古体吾主于选'。"从这段话里可以看出,方凤对仇远的复古主张是大力肯定的,并对其复古的创作实践,给予很高的评价。

方凤并不只是笼统地提出复古,在如何复古的问题上他也有过具体阐述。首先,他强调"文章必真实中正方可传,他则腐烂漫漶,当与东华尘土俱尽"②。所谓"真实中正"就是要求诗歌创作要符合儒家温柔敦厚的诗教,要以典雅雍容、委婉含蓄为旨归。柳贯评方凤的诗歌,"束其兴观群怨之旨,而一发于咏歌。体裁纯密,声节娴婉,不缘琢镂,而神融气浩,成一家言"③,从一个侧面说明了这一点。方凤的这一诗歌创作主张,一方面固然反映了理学对他的影响,另一方面乃是为了纠正四灵、江湖末流崇尚尖新、险怪的衰靡诗风而发的,因而有其一定

---

① ② 《浦阳人物记》卷下《方凤传》,知不足斋丛书本。
③ 《方先生墓碣铭》,《柳待制集》卷十,四部丛刊本。

的积极意义。

其次，方凤认为，凡诗之作，"由人心生也。使遭变而不悲黍离，居夔而不念仪髦，望白云而不思亲，过州西门而不伤逝，闻山阳笛而不怀故，是无人心矣，而尚复有诗哉"①。在逃避现实、无病呻吟，专以雕琢词藻、模拟学舌为能事的形式主义诗风弥漫诗坛之时，方凤的这些议论大声镗鞳，很能切中时弊，具有振聋发聩的作用。

方凤的诗歌创作主张，贯彻在他的创作之中。

第一，他的诗作社会意识强烈。他善于用抒情的方式表达自己对现实政治的关心，把个人的命运与国家民族的命运紧紧联系在一起。位卑未敢忘忧国，撼忠泣血为社稷。即使是表现隐居生活的诗篇，也很少吟诵逍遥遁世的闲情逸致，同样充满了怀念故国故君、坚守民族气节的赤子情怀。关于这一点，可以从上一节对方凤诗歌内容的介绍中得到印证，故不赘述。

第二，方凤的诗作富有真情实感。方凤的诗歌大多作于宋亡之后，国仇家恨交织于作者胸中，发而为诗，或悲歌慷慨，或宛转低回，无不是真情滂沛、血泪交迸之作。作者最喜欢用"悲"、"啸"、"狂"一类词句，像"大啸崖石裂"（《游仙华山》）、"裂古发悲啸"（《游宝掌山寺》）、"登高一啸洗秋悲"（《吴仲恭翠微楼九日落成和谢皋羽》）、"松风云壑冷，扫石待狂歌"（《答仇仁近》）等，因为不如此不足以抒发充塞胸中的悲愤郁怨的情感。黄溍评其诗"语多危苦激切"②，《四库全书总目》评其诗"幽忧悲思"、"肮脏磊落"，非常中肯地揭示出方凤诗歌的特点。正因为这些诗都是作者饱蘸血泪写出来的，蕴蓄着诗人真挚的感情，因而觉得自然、动人，从中可以真切地感受到作者

---

① 方凤：《仇仁父诗序》，《存雅堂遗稿》卷三，续金华丛书本。
② 《黄文献公集》卷五。

心灵的跳动和血肉的温热。

第三,质朴平淡,不尚华藻。方凤的诗作大多运用白描手法,平铺直叙,不缘雕镂,表面看来十分平淡,但由于情辞恳切,仍然富有感染力。特别是他的五古和七言歌行,叙事抒情,平易畅达,深于古今之感,绰有唐人风致。胡古愚称其诗"古意回风雅,清言越晋唐"①,概括了方诗的风格特征。当然,我们也要看到,方诗虽以质朴平易见长,但也存在着语言缺乏锤炼,诗味寡淡的不足,这在他的近代诗中表现得更明显一些。

对方凤的诗歌创作,时人尝"以杜甫拟之"②。当然,从诗歌创作成就来看,方凤自不能望杜甫之项背。然而,若从诗歌应表现诗人忧国伤时的情怀,诗人应把个人的命运与国家民族的命运紧密联系在一起这一点来看,方诗与杜诗在精神上是一脉相承的。宋濂说,方凤的诗歌创作,使"浦阳之诗为之一变"③,《金华诗录》说:"浦阳文学,皆韶卿一人开之矣",就是指他恢复了以杜甫为代表的现实主义传统而言的。元代的金华地区,出现了一批诗文作家,如柳贯、黄溍、吴莱、宋濂、王祎等,他们或多或少都受到方凤的影响。④ 他们在元代文坛上叱咤风云,成就彪炳,流风所被,一直影响到明代文坛。关于这一点,《四库全书总目》有明确论述:"(吴)莱与黄溍、柳贯并受业于宋方凤,再传为宋濂,遂开明代文章之派。"方凤的诗歌创作成就也许不如他的学生,但他改变一代诗风的功绩应该得到充分肯定。

---

① 胡助:《挽方存雅先生》,《纯白斋类稿》卷七,丛书集成本。
② 应廷育:《金华先民传》卷二,续金华丛书本。
③ 《浦阳人物记》卷下《方凤传》,知不足斋丛书本。
④ 柳贯、黄溍是方凤的学生。吴莱是方凤的孙女婿。宋濂师事吴莱,王祎则是黄溍的学生。

与元初遗民诗社有关的一次政治活动

——六陵冬青之役考述

南宋绍兴元年（1131），哲宗昭慈孟皇后崩，"遗命择地攒葬，俟军事宁，归葬园陵"①。后卜葬于会稽宝山之泰宁寺，称为攒宫。之后，南宋自高宗以下六代皇帝均攒葬于此山。高宗陵名永思、孝宗陵名永阜、光宗陵名永崇、宁宗陵名永茂、理宗陵名永穆、度宗陵名永绍，是为六陵。绍兴十二年（1142），徽宗梓宫自金还，亦攒葬于此山，陵名永祐。此外，南宋诸后妃亦多葬于此山。元兵下江南，蒙古贵族的铁骑不仅粉碎了南宋六陵归葬中原的美梦，更使其遭受了一场酷烈无比的浩劫。元江南释教总统西僧杨琏真加利其金玉，将六陵尽行发掘，"至断残支体，攫珠襦玉柙，焚其骴，弃骨草莽间"②。更有甚者，番僧"截理宗顶以为饮器"③，盖"西番僧回回，其俗以得帝王髑髅，可以厌胜致富，故盗去耳"④。被祸之烈，使人惨不忍睹。此其时也，有山阴人唐珏、温州人林景熙等，独怀痛忿，不忍见陵骨暴旷荒野，乃秘密收拾诸陵遗骨，瘗葬于兰亭山南，并从宋常朝殿移冬青树栽植其上，作为标志。这就是历史上著名的六陵冬青之役。

---

① 《宋史》卷二百四十三《哲宗昭慈圣献孟皇后传》，中华书局，1977年排印本。

② 陶宗仪：《南村辍耕录》卷四，丛书集成本。

③ 《续资治通鉴》卷一百八十三、一百八十四，上海古籍出版社，1987年景印本。

④ 周密：《癸辛杂识》别集上，景印文渊阁《四库全书》本。

关于这一事件的始末，《元史》所记十分简略。而当时以及后来人的各种著述对此事的记载又不尽相同，甚或相互抵牾，使人难所适从。本文拟对此加以考述。

一、关于发陵年代

在有关此事的记载中，年代的分歧最为明显，历来有三种不同意见。一说为元世祖至元十五年戊寅（1278）。元代罗有开《唐义士传》首此说，其后陶宗仪《辍耕录》、张孟兼《唐珏传》及明代程敏政《宋遗民录》、清代毕沅《续资治通鉴》、万斯同《南宋六陵遗事》及《书唐林二义士传后》、全祖望《答史雪汀问六陵遗事书》、王仲光《南宋诸陵复土记》、周广业《会稽六陵考》以及近人夏承焘《乐府补题考》均同此说。一说为至元二十一年甲申（1284）。《元史》、柯绍忞《新元史》、屠寄《蒙兀儿史记》以及程敏政《宋遗民录》所载明初阙名作者的《穆陵行并序》等主此说。一说为至元二十二年乙酉（1285）。周密《癸辛杂识》主此说，宋濂《书穆陵遗骼》、徐乾学《资治通鉴后编》亦同。

三说中以至元十五年说影响最大，自《续资治通鉴》及夏承焘先生力主此说，迄今似乎已成定谳。然细考史实，似仍不无疑问。此说之主要根据有二。

其一，谢翱《冬青树引别玉潜》诗有"知君种年星在尾"句①，"星在尾者，岁在寅也"②，此明言瘗骨之年为戊寅，即至元十五年。谢翱是福建长溪人，宋末曾入文天祥幕，后亡走吴越

---

① 谢翱：《晞发集》，景印文渊阁《四库全书》本。
② 张孟兼：《〈冬青树引〉注》。转引自程敏政《宋遗民录》卷六，知不足斋丛书本。

间，与唐珏、林景熙等交往颇深，故其所记应无大谬。然当时记述冬青之役的诗作，除谢诗外尚有唐珏的《冬青花》诗，中有"君不见犬之年羊之月，霹雳一声天地裂"之句①，据此，则发陵年代应为丙戌六月，即至元二十三年（1286）；而元代郑元祐又记《冬青花》诗为林景熙所作，诗句别作："君不见羊之年马之月，霹雳一声山石裂"②，则发陵之年又作癸未五月，即至元二十年（1283）。唐、林均身预冬青之役，而所记年代与谢诗及诸说均不同。可见，仅凭谢翱这句诗，并不能作为定发陵之年为至元十五年的确证。

其二，陶宗仪《辍耕录》谓："至元丙子，天兵下江南，至乙酉，将十载，版图必已定，法制必已明，安得有此事？然戊寅距丙子不三年，窃恐此时庶事草创，而妖髡得以肆其恶欤。"后来持发陵为至元十五年之说者，常引陶氏此说以为根据。按陶氏此说全为推论之词，意指杨琏真加之所以敢冒天下之大不韪，发掘宋朝帝王陵寝，乃是乘元兵初下江南，版图未定，法制未明，庶事草创的混乱之机所为。然而，历史记载与此并不相符。《元史·世祖本纪》载："二十二年春正月戊寅……桑哥言：'杨辇（琏）真加云，会稽有泰宁寺，宋毁之以建宁宗等攒宫；钱唐有龙华寺，宋毁之以为南郊。皆胜地也，宜复为寺，以为皇上、东宫祈寿。'时宁宗等攒宫已毁建寺，敕毁郊天台，亦建寺焉。"《元史·董文用传》又载："（至元）二十二年……有以帝命建佛塔于宋故宫者，有司奉行甚急，天大雨雪，入山伐木，死者数百人，犹欲并建大寺。"这里说的"建佛塔于宋故宫"，盖指杨琏真加"哀诸陵骨，杂置牛马枯骼中，建白塔于故宫……塔成，

---

① 陈衍：《元诗记事》卷三十一。
② 郑元祐：《遂昌杂录》，笔记小说大观本。

名曰镇南，以厌胜之"① 一事。从上引史料中起码明确了两个问题：一是杨琏真加毁宋诸陵建寺建塔，并非擅作主张，而是得到了元世祖忽必烈的允准，甚或就是执行忽必烈的命令。二是说明在陶宗仪所谓"版图必已定，法制必已明"的至元二十二年乙酉，用毁宋诸陵后所得金银来建佛寺、建佛塔镇压诸陵遗骨的工程正在加紧进行，并没有因版图已定、法制已明而有所收敛，从而也说明了所谓版图已定、法制已明，与发陵事件并没有直接的联系。发陵有可能发生在至元十五年，也有可能发生在至元二十二年以前的任何一年，归根结底，它是由蒙古贵族对汉族人民反抗的惧怕心理及其野蛮凶残的本性决定的。由此可见，陶宗仪将发陵之年定于至元十五年的推论是难以让人信服的。

除了以上两条根据难以成立之外，不少史料还清楚地显示出发陵之年不在至元十五年。

其一，至元十六年（1279），周密与张炎、王沂孙等14位亡宋遗民在杭州分咏龙涎香、白莲、莼、蝉、蟹诸题，共作词37首，后编为《乐府补题》②。唐珏即是这14人之一。可见周、唐两人原即是朋友。当然，《补题》五咏非同一时间和地点之作，五咏没有一次14人全到，也没有1人五次始终都参加。但周密、唐珏同时参加的起码有两次：一为浮翠山房赋白莲，一为余闲书院赋蝉③。可见两人的交往是比较密切的。发陵之年若在至元十五年的话，其事犹新，周密当应从唐珏处得知此事。同为有着强烈民族意识之亡宋遗民，对如此严重的事件岂有相瞒之理？退一步讲，即使唐珏因畏祸而不提自己参与瘗骨之役，但对

---

① 《续资治通鉴》卷一百八十三、一百八十四，上海古籍出版社，1987年景印本。

② 夏承焘：《周草窗年谱》，《唐宋词人年谱》315页，上海古籍出版社，1979年版。

③ 《乐府补题》，知不足斋丛书本。

发陵事件却无须隐瞒。事实上杨琏真加发陵是公开进行的,并非秘密。然而周密《癸辛杂识》所记发陵之年却为至元二十二年,所述消息来源是得之参加发陵的僧徒互告状纸,而护陵收骨之人为"中官陵史罗铣",与唐珏丝毫无涉,岂非咄咄怪事?清代周济曾臆测《乐府补题》诸词所咏即隐指去岁发陵之事。① 若真是这样,周密自当清楚知道发陵在至元十五年,而《癸辛杂识》所记却在七年之后,又该作何解释呢?而且参加《补题》吟咏之 14 人中,今有文集存世者如张炎、王沂孙、李彭老、仇远等,并无只字道及《补题》与发陵事件之关系;元明以来,记载杨琏真加发陵及唐、林诸人瘗骨义举者甚多,亦无一人论及《补题》与发陵之关系,而此说独出于好以比附说词的清代常州诸老,不能不使人产生怀疑。② 因而我们只能认为,至少在至元十六年,周密与唐珏等在杭州唱和之际,发陵事件尚未发生,换句话说,发陵之年不会早于至元十六年。

其二,发陵事件的主角是元江南释教总摄杨琏真加,那么,杨琏真加何时当上江南释教总摄一职对发陵年代的确定就有着直接的关系。关于这个问题,《续资治通鉴》的记载是:"世祖至元十四年,二月,以西僧嘉木杨喇勒智(原按旧作杨琏真加)为江南总摄,掌释教,除僧租赋,禁扰寺宇者。"③ 若按此说,杨琏真加至元十四年(1277)就任江南释教总摄,至元十五年(1278)发陵则是合乎逻辑的事。然而,早于《续资治通鉴》的《元史》的记载却与此有别。《元史·世祖本纪》载:"(至元)十四年二月,诏以僧亢吉祥、怜真加加瓦并为江南总摄,掌释

---

① 说引自夏承焘《乐府补题考》,《唐宋词人年谱》376 页。
② 夏承焘《周草窗年谱》亦持此说。萧鹏《周草窗年谱补辨》一文对此辨之甚详。见《词学》第 5 辑。华东师范大学出版社,1986。
③ 《续资治通鉴》卷一百八十三、一百八十四,上海古籍出版社,1987 年景印本。

教，除僧租赋，禁扰寺宇者。"这里所述的时间是相同的，但从"并"字来看，任职江南总摄的显然是两人，而非《续资治通鉴》的一人，其中之"怜真加加瓦"与杨琏真加是否即为一人呢？考《元史》所记杨琏真加之名，重复出现达十数次，用字基本上是统一的，唯此一次作"怜真加加瓦"则殊不可解。或以两者读音相近即视为一人，则当时读音相近者尚有国师"亦怜真"、"亦摄思连真嗣"及"珈璘真"等①，我们是否也认为他们都是一人呢？当然，《元史》由于成书仓促，舛误不少。但明清以来，不少人对其加以订正，如汪辉祖《元史本证》、赵翼《二十二史札记》等，后者甚至列有"元史人名不画一"专节胪列《元史》人名歧互者，但都没有指出怜真加加瓦与杨琏真加实为一人。因此，在没有充分根据之前，我们只能认为《元史》所记应为两个人。怜真加加瓦于至元十四年任职江南释教总摄，那么杨琏真加任职的时间就只能在这之后了。事实上，杨琏真加的名字在《元史》中主要出现在至元二十一年至至元二十九年（1284—1292）这段时间，说明这段时间才是他的主要活动期。联系这一史实，发陵之年能否定在至元十五年就很值得考虑了。

其三，杨琏真加发陵后，遵照元世祖的命令，用发陵所得金银修天衣寺等佛寺，并建佛塔镇压宋陵遗骨。按照常理，发陵之年代与建寺建塔之年代不应相隔太久，否则遗骨的存放、保管都会成问题。元代罗有开《唐义士传》云："……越七日，总浮屠下令衰陵骨杂置牛马枯骼中，筑一塔压之，名曰镇南。杭民悲戚，不忍仰视。"②从叙述的语气来看，发陵与建塔的时间是衔接得相当紧密的。因此，从建寺建塔的时间可以反过来帮助我们推定发陵的时间。以下是《元史》中有关建寺建塔的记载：

---

① 《元史》卷二百零二《释老传》。
② 转引自程敏政《宋遗民录》卷六，知不足斋丛书本。

"（至元）二十一年，九月，以江南总摄杨琏真加发宋陵冢所收金银宝器修天衣寺。"（《世祖本纪》）"（至元）二十二年春正月……时宁宗等攒宫已毁建寺，敕毁郊天台，亦建寺焉。"（《世祖本纪》）"至元二十二年……有以帝命建佛塔于宋故宫者，有司奉行甚急，天大雨雪，入山伐木，死者数百人，犹欲并建大寺。"（《董文用传》）"（至元）二十三年春正月，以江南废寺土田为人占据者，悉付总统杨琏真加修寺。"（《世祖本纪》）"（至元）二十五年，二月，江淮总摄杨琏真加言以宋宫室为塔一、为寺五，已成，诏以水陆地百五十顷养之。"（《世祖本纪》）以上史料清楚地显示了建寺建塔的起讫时间为至元二十一年九月至至元二十五年二月之间。照此推理，发陵的时间也应距此前不远。发陵之后，随即建塔建寺，经过四年左右时间的紧张施工而于至元二十五年建成，比较符合常理。若定发陵之年在至元十五年的话，从至元十五年到至元二十一年就成了一个空白，这段时间里遗骨放置何处就成了问题。而且至元十五年发陵，至元二十五年始建成寺、塔，耗时长达十年之久，也未免太长了一些。

综上所述，把发陵之年定在至元十五年的说法是难以让人信服的，而至元二十一年或二十二年的说法则与上述史实比较契合。但这一说法，细分起来亦有不同，实际上涉及了三个时间：明初阙名作者的《穆陵行并序》作"至元二十一年"，不署月①；宋濂《书穆陵遗骸》云："初至元二十一年甲申，僧嗣古、妙高，上言欲毁宋会稽诸陵。江南总摄杨辇（琏）真加，与丞相桑哥，相表里为奸。明年乙酉正月，奏请如二僧言，发诸陵宝器，以诸帝遗骨建浮图塔于杭之故宫。"② 据此则发陵之议在至元二十一年，而发陵则在至元二十二年正月；周密《癸辛

---

① 转引自程敏政《宋遗民录》卷六，知不足斋丛书本。
② 《宋学士文集》卷十。

杂识》则明言为"至元二十二年八月"。三说之中，若以《元史》所记至元二十一年九月即已用"发宋陵冢所收金银宝器修天衣寺"相核证，当以明初阙名作者所记为是。但笔者认为，对发陵的具体时间，原不必这般胶柱鼓瑟。杨琏真加所发南宋六陵，加上徽宗永祐陵，实为七陵，再加诸后妃之陵，总数几近20所，若再加诸大臣墓，合计达101所①，数目相当巨大。这些帝王后妃的陵冢，虽称之为"攒宫"，但毕竟是帝王派头，应是比较大型和坚固的，那些大臣的墓冢也不会太简陋。发掘这些陵墓，不仅需要大量的人力，且需要一定的时间，非短期所能完成。因而发陵就不是某一个月所为，而是一个持续的过程。如周密《癸辛杂识》所记就有二次；一次为"至元二十二年八月"；一次为当年"十一月十一日"，首尾相接几达四个月。若再联系其他史料，则大致可以推断，发陵的过程当从至元二十一年即已开始，断断续续，一直到至元二十二年方才结束。周密、宋濂等人每人只记录了这一过程中的某一次或两次发陵行动，因而才会产生所记年大致相同而月不同的现象。

二、关于参加冬青之役之人

究竟有哪些人参与了收埋六陵遗骨的冬青之役？关于这个问题，《元史》未作任何记载，其人其事多散见于当时或之后的各种著述中。这些著述众说纷纭，有的持之有据，有的则出自传闻甚或臆测，且十分零散。这里试图对这些材料加以综合、整理，并略作辨析。

其一为唐珏。珏字玉潜，号菊山，会稽山阴人。其事迹见罗有开《唐义士传》："岁戊寅，有总江南浮屠者杨琏真加，怙恩

---

① 《元史》卷二百零二《释老传》。

横肆,势焰烁人。穷骄极淫,不可具状。十二月十有二日,师徒役顿萧山,发赵氏诸陵寝。至断残支体,攫珠襦玉柙,焚其胔,弃草莽间。唐时年三十二岁,闻之痛愤。乃货家具得白金百星许,执券行贷,得白金又百星许。乃具酒醴,市羊豕邀里中少年若干辈,狎坐轰饮。酒且酣,少年起请曰:'君儒者。若是,将何为?'唐惨然具以告,愿收遗骸共瘗之。众谢曰诺。中有一少年曰:'发丘中郎将,耽耽饿虎,事露奈何?'唐曰:'余固筹矣。今四郊多暴骨,取窜以易,谁复知之?'乃斫文木为匮,复黄绢为囊,各署其表曰某陵某陵,分委而散遣之,绝地以藏,为文而告。诘旦,事讫来集,出白金羡余酬,戒勿泄。"① 除此传外,唐珏本人有《冬青行》二首咏此事。诗云:"马箠问髐行,南面欲起语。野麐尚屯束,何物敢盗取。余花拾飘荡,白日哀后土。六合忽怪事,蜕龙挂茅宇。老天鉴区区,千载护风雨。""冬青花,不可折,南风吹凉积香雪。遥遥翠盖万年枝,上有凤巢下龙穴。君不见,犬之年,羊之月,霹雳一声天地裂。"② 谢翱有《冬青树引别玉潜》诗,云:"冬青树,山南陲,九日灵禽居上枝。知君种年星在尾,根到九泉护龙髓。恒星昼陨夜不见,七度山南与鬼战。愿君此心无所移,此树终有开花时。山南金粟见离离,白衣人拜树下起,灵禽啄粟枝上飞。"此皆为唐珏身预冬青之役之确证。

其二为林景熙。景熙字德旸,号霁山,温州平阳人。宋咸淳七年(1271)太学释褐,历泉州教授、礼部架阁,转从政郎。宋亡不仕。其事见郑元祐《遂昌杂录》,略云:"当杨总统发掘诸陵寝时,林故为杭丐者,背竹箩,手持竹夹,遇物即以夹投箩中。林铸银作两许小牌百十,系腰间,取贿西番僧曰:'余不敢

---

① 转引自程敏政《宋遗民录》卷六,知不足斋丛书本。
② 陈衍:《元诗记事》卷三十一。

望收其骨,得高宗孝宗骨斯足矣.'番僧左右之。果得高、孝两庙骨,为两函贮之。归葬于东嘉。"另外,景熙亦有《冬青花》诗专咏此事。诗云:"冬青花,花时一日肠九折。隔江风雨晴影空,五月深山护微雪。石根云气龙所藏,寻常蝼蚁不敢穴。移来此种非人间,曾识万年觩底月。蜀魂飞绕百鸟臣,夜半一声山竹裂。"① 此诗与上引唐珏《冬青行》第二首所咏之事与用韵均相同,可知为同时唱和之作。林景熙《霁山集》中别有《答唐玉潜》、《立春郊行次唐玉潜》等诗,则知二人本属旧友,由此可推知瘗骨之举并不是互不相干的孤立行动,当为两人所共谋。除此之外,景熙还有《梦中作》四首隐咏此事:

  珠亡忽震蛟龙睡,轩敝宁忘犬马情。亲拾寒琼出幽草,四山风雨鬼神惊。

  一抔自筑珠丘土,双匣犹传竺国经。独有春风知此意,年年杜宇泣冬青。

  昭陵玉匣走天涯,金粟堆前几暮鸦。水到兰亭转呜咽,不知真帖落谁家。

  珠凫玉雁又成埃,斑竹临江首重回。犹忆年时寒食祭,天家一骑捧香来。

此四诗或云为唐珏所作。然唐珏今未有文集传世,而为景熙《白石樵唱》所收入。据《白石樵唱》方逢辰序,此集为景熙生前所自编,"且此四诗词格实与景熙他诗相类"②,故应属之景熙无疑。

  其三为郑朴翁。朴翁字宗仁,温州平阳人。宋咸淳末上舍释褐,授迪功郎、福州教授,寻除国子正,转从政郎。宋亡不仕。其事最早见章祖程注林景熙《梦中作》诗,云:"……时号杨总

---

① 《霁山集》卷三,知不足斋丛书本。
② 《四库全书提要·林霁山集》。

统,尽发越上宋诸帝山陵,取其骨渡浙江,筑塔于宋内朝旧址,其余骸骨弃草莽中,人莫敢收。适先生与同舍生郑朴翁等数人在越上,痛愤乃不能已,遂相率为采药者至陵上,以草囊拾而收之。又闻理宗颅骨为北军投湖水中,因以钱购渔者求之,幸一网而得。乃盛二函,言佛经,葬于越山,且种冬青树识之。"① 接章注作于元元统甲戌(1334),此距瘗骨之年不远,当有所据。又考林景熙所撰郑朴翁墓志铭云:"余与国子正郑公生同里,学同师,由长至老同出处"②,可见两人交谊之深。且两人在宋亡之后,均流寓会稽王英孙家,故郑参与其事的可能性甚大。景熙所撰墓志铭虽未明言收骨之事,但其铭曰:"公之文兮烂其河汉,公之行兮丰厥根干;历艰危兮忠孝不迁,人孰知兮知之者天。"细斟其词意,似亦有难言之隐,或即指此事欤?

又按连文凤《百正集》卷中有《寄郑宗仁》诗,其序云:"稽山禹穴,莽为狐兔,神龙遗蜕,散乱榛芜。孝子仁人,一夕,悉取而归之,有人心者能无愧乎!闻此怨泣,寄以诗。"诗曰:"玉玄蓬莱问浅深,仙裾不受海尘侵。千年爱护神龙骨,万里凄凉老鹤心。夜月照愁低草色,秋风吹泪哭松林。钱塘流水情何恨,谁采苹花学越吟。"连文凤,字伯正,福建三山人。他与林景熙、郑朴翁等在宋末同为太学生。至元二十三年(1286),浦江吴渭举月泉吟社,以《春日田园杂兴》为题,征诗四方,得两千七百余卷,以罗公福为第一名。公福即文凤的化名。③ 同一年,连文凤还参加了在杭州改葬宋末殉节的徐应镳的活动。④ 由此可知,发陵瘗骨之年前后,连文凤即在浙江一带活动,故其

---

① 《霁山集》卷三,知不足斋丛书本。
② 《霁山集》卷五《故国子学正郑公墓志铭》。
③ 吴渭:《月泉吟社诗》,粤雅堂丛书。
④ 《净慈寺志》卷二十三,武林掌故丛编本。

所记应为实录，此亦可成为郑朴翁身预其役的有力佐证。

其四为王英孙。英孙字才翁，号修竹，会稽人，少保端明殿学士克谦之子，历官将作监簿。其说肇自元代张孟兼跋谢翱《冬青树引别玉潜》诗，云："文献黄先生之门人傅藻氏以书来，谓闻之文献者，曰，杨总统初欲利攒宫之金玉，故为妖言以惑主听而发之。越中王修竹，一日，出金帛与诸恶少，众皆惊骇而请曰：'平日且不敢见，今乃有赐，不审欲何为，虽死不敢避。'因徐谓曰：'尔辈皆宋人也。吾不忍陵寝之暴露，已造石函六刻纪年一字为号，自思陵以下欲随号收殡尔。'众皆诺。遂夜往，收贮遗骸骨而葬，上种冬青树为识。"① 据此，则此说应源自黄溍。按此说所述英孙事迹与罗有开《唐义士传》所述唐珏事迹相类，史料记述上的这一混乱情况实乃事出有因。元末明初人孔希普跋谢翱《冬青树引别玉潜》诗云："郡先生霁山林君，当宋亡时，忠义耿耿……尝与唐珏收宋遗骸于山阴，种冬青树其上。……盖先生乃王修竹门客，先生与珏所为，王盖知之矣。"② 原来他们本是一伙志同道合的朋友。林景熙《霁山集》中有与唐珏及王修竹的唱和之作数篇；明万历《绍兴府志》郑朴翁传云："宋亡……会稽王英孙延致宾馆，教授子弟，二十余年。"而且他们均为元初一著名遗民诗社汐社的成员③，故唐、林、郑诸人的瘗骨之役，理所应当有王英孙参与。

不仅如此，王英孙在是役中还扮演着举足轻重的角色。因为首先此役需要大量的金钱——准备盛放遗骨的器具、酬劳召集来的里中少年、贿赂发陵的番僧……罗有开《唐义士传》所述唐珏的经费来源是，"亟货家具得白金百星许，执券行贷，得白金又百星许"；然而该传又云，唐"家贫，聚徒授经营濡以养其

---

①② 转引自程敏政《宋遗民录》卷六，知不足斋丛书本。
③ 参见拙文《汐社简论》。

母"。据其所述,仅货家具怎能得白金这许多? 仓促行贷,又怎能得白金这许多? 郑元祐《林义士事迹》云:"林铸银两许小牌百十,系腰间,取贿西番僧。"然林乃客居异乡之人,仓促中怎能拿得出这许多银子? 而英孙乃会稽阀阅大族,家饶于赀。故出资一事非其莫属。另外,瘞骨是一项十分艰巨的工作,不仅工作量大,而且需要既迅速又秘密地进行,因而它不可能由单个人孤力完成,而应是有组织、有计划的集体行动。既然如此,就需要有人策划、组织、协调,而从地位、声望、钱财以至他们之间的关系(主人与门客)来看,这个人亦非英孙莫属。以上虽出自推论,当离基本事实不远。至于为什么世人但知唐、林,而英孙之事却不显的原因,明代沈季友认为:"盖王本国戚,又世家也,若挺身而前,虑败泄罹祸;时唐玉潜珏、林景熙德旸、谢翱皋羽诸人皆其馆客;王特捐赀募里少年,挟二士经纪其间;王固自讳,人亦但知唐与林也。"① 其说是有道理的。

其五为谢翱。翱字皋羽,一字皋父,号晞发子,福建长溪人。曾为文天祥客。其说源自元杨维桢《吊谢翱文并序》:"异日,杨琏发陵事,翱又有阴移冥转之功。"② 其说虽过于玄虚,然元胡翰《谢翱传》云:"……天祥转战闽广,至潮阳被执。翱匿民间,流离久之。间行抵勾越,勾越多阀阅故大族,而王监簿诸人方延致游士,日以赋咏相娱乐。翱时出所长,诸公见者,皆以为不及,不知其为天祥客也。"③ 辄知翱与英孙等固所相识。考翱所著《晞发集》中,有《冬青树引别玉潜》诗;林景熙《霁山集》有《酬谢皋父见寄》诗,其结句云:"夜梦绕勾越,落日冬青枝。"此均可证谢翱参与了其事。故长期以来,这似乎

---

① 转引自夏承焘《乐府补题考》,《唐宋词人年谱》376页。
②③ 转引自程敏政《宋遗民录》卷二,知不足斋丛书本。

已成定论。①

然而，笔者认为，谢翱并没有参加冬青瘗骨之役。根据有二。

首先，对谢翱生平最权威的著述，当属方凤所撰《谢君皋羽行状》一文。因为方凤不仅与谢翱为同时之人，同时他还是谢翱中年以后最相契的朋友。宋濂《吴思齐传》云："思齐与方凤、谢翱无月不游，游辄连日夜。或酒酣气郁时，每扶携向天末恸哭，至失声而后返。"② 任士林《谢翱传》云："迨疾革，语其妻刘，我死必以骨归方凤，葬我许剑之地。方凤果闻讣至，与吴思齐等奉骨如志。"③ 其交情由此可见一斑。故谢翱若参加了瘗骨之役，方凤是应该知道的。然方凤传叙谢翱生平极详，而于瘗骨事不涉一词，甚至连一点暗示都没有，不能不启人疑窦。

其次，谢翱《登西台恸哭记》云："始故人唐宰相鲁公开府南服，予以布衣从戎。明年别公漳水湄。后明年，公以事过张睢阳及颜杲卿所常往来处，悲歌慷慨，卒不负其言而从之游。今其诗具在，可考也。……又后三年，过姑苏。姑苏，公初开府旧治也。望夫差之台而始哭公焉。又后四年而哭之于越台……"④ 这里对其宋亡之后的行踪记述得十分清晰：宋景炎元年（1276）七月，文天祥开府南剑州，谢翱"杖策诣公，署咨事参军"⑤。景炎二年（1277）正月，文天祥移军漳州，翱于此时与天祥别，故有"明年别公漳水湄"之语。"后明年"云云，指宋帝昺祥兴元年（1278）十二月，文天祥被元兵所俘，祥兴二年（1279），

---

① 张白山《关于谢翱的诗歌》："谢翱当时也参加收拾遗骸的工作。"《宋诗散论》101页，上海古籍出版社，1984年。
② 转引自程敏政《宋遗民录》卷九，知不足斋丛书本。
③ 转引自程敏政《宋遗民录》卷二，知不足斋丛书本。
④ 谢翱：《晞发集》，景印文渊阁《四库全书》本。
⑤ 方凤：《谢君皋羽行状》，《存雅堂遗稿》卷三，续金华丛书本。

天祥被执北上，曾题诗张睢阳庙事。"又后三年"云云，指至元十九年（1282），谢翱过姑苏，登夫差之台哭祭文天祥事。"又后四年而哭之于越台"，则指至元二十三年（1286），谢翱来到会稽，登越王台哭祭文天祥。元张孟兼注《登西台恸哭记》，于此句下注曰："此丙戌（1286）也。按行述谓公是年过勾越，行禹窆间，北向而泣焉，时有《冬青树引别玉潜》云"①。据此可知，谢翱到会稽的确切时间是至元二十三年丙戌（1286）。据本文第一部分考证，杨琏真加发宋诸陵的时间是至元二十一年至二十二年之间，故谢翱显然不可能参加瘗骨之役。

那么，又怎样解释谢翱与冬青之役有关的诗作呢？笔者认为，这些诗是谢翱至元二十三年到会稽后，结识了唐、林、王、郑等人，从他们那里闻知此事后所感赋的，故其诗所用多为追溯语气，如"知君种年星在尾"句，则明言冬青树为唐玉潜所种而己为局外之人也。

其六为全璧。璧字君复，一字君玉，号泉翁，又号遁初子。宋时曾官秘阁，入元不仕。其说出于其后人清代学者全祖望《宋兰亭石柱铭》一文，略云："……开庆以后，吾家三世连戚畹，而先太师徐公之薨，赐葬于斯，故邀恩命，以天章寺旁地尽赐先少师。……六陵之难，遗民鬼战，呜咽流泉，护双经于竺国，在斯寺也。其时先泉翁尚未迁杭，其与唐、林诸公固吟伴也，冬青之地主即在吾家，而今总莫之征。"② 按唐、林等人瘗骨的确切地点在兰亭山南之天章寺侧③，据全氏此说，天章寺旁地既属其家，则全璧当应参加是役，至少瘗骨于此应征得他的同

---

① 转引自程敏政《宋遗民录》卷三，知不足斋丛书本。
② 全祖望：《鲒埼亭集外编》卷二十四。
③ 西吴悔堂老人《越中杂识》上卷，浙江人民出版社，1983；全祖望《答史雪汀问六陵遗事书》，《鲒埼亭集外编》卷四十三。

意。但此说独出于全氏，不见于元明两代其他著述。而全璧除月泉吟社存其《春日田园杂兴》诗一首外，今无其他文字传世；林景熙、谢翱诸人集中也未见与其唱和之作，其事迹既无可征，故全氏此说尚难以定论。

  除以上六人之外，诸家著述中提到的，还有周密《癸辛杂识》之罗铣和章祖程引《厓山志》之余则亮。罗铣为"中官陵史"，护陵瘗骨为其职司所在，其事也与唐、林诸人无涉。关于余则亮事，清全祖望《冬青义士祠祭议与绍守杜君》一文辨之甚详，略云："若章祖程引《厓山志》以为尚有余则亮，乃无稽之言。余则亮者政和人余应也。明洪武中，曾官留守司知事，即赋皇宋第十六飞龙，以志庚申君遗事者也。其人在政和盖称宿儒，图经中有传可考，而相去八十余年，隔绝三朝，其时不与唐、林接，则于六陵事定无豫。且祖程引《厓山志》以为据，是书予家有之，然并无上语，故益见其诬也。"① 据此，则不应阑入冬青义士之列。

---

① 全祖望：《鲒埼亭集外编》卷三十三。

下编　宋元诗社丛考

弁 言

在中国文学史上，诗社的出现非自宋代始。早在魏晋时期，文士间的雅集交游活动就很活跃。曹丕的《与吴质书》曾生动地描述过邺下文人集团间的交游唱和："昔日游处，行则连舆，止则接席，何曾须臾相失。每至觞酌流行，丝竹并奏，酒酣耳热，仰而赋诗，当此之时，忽然不自知乐也。"① 晋永和九年（353），王羲之和谢安、孙绰等四十一人在会稽兰亭修禊，"群贤毕至，少长咸集。此地有崇山峻岭，茂林修竹，又有清流激湍，映带左右，引以为流觞曲水，列坐其次，虽无丝竹管弦之盛，一觞一咏，亦足以畅叙幽情"②。从这里的描述来看，实无异于一次大型的文人诗酒聚会，这一类活动已可视为后世诗社的滥觞。

东晋时，释慧远与士人刘遗民、雷次宗、宗炳等在庐山创立白莲社，建斋立誓，共期西方，参加者达一百二十三人之众。③ 这可能是最早以"社"来命名同人间的组织。虽然慧远立社之目的乃是为了同修净土之法，并非文学性社团，但其名称及立盟结社之组织形式显然对后世诗社有着启发和影响，将其视为后世诗社的源头之一似乎并不为过。

---

① 转引自郭绍虞《中国历代文论选》第一册，上海古籍出版社，1979。
② 转引自冯其庸等选注《历代文选》上册，中国青年出版社，1962。
③ 见梁释慧皎《高僧传》卷六，汤用彤校注，中华书局，1992年排印本。

据笔者所见到的材料，诗社一名的最早出现是在唐代。见于文献的，如：

不与方袍同结社，下归尘世竟何如。

——司空曙《题凌云寺》

洛阳旧社各东西，楚国游人不相识。

——司空曙《岁暮怀崔峒、耿湋》①

好与高阳结吟社，况无名迹达珠旒。

——高骈《途次内黄马病寄僧舍呈诸友人》

吟社客归秦渡晚，醉乡渔去浃陂晴。

——高骈《寄鄠社李遂良处士诗》②

暂对山松如结社，偶因麋鹿自成群。

——温庭筠《重游东峰密宗禅师精庐》③

另外，清王文诰辑注《苏轼诗集》卷十《江覃秀才久留山中以诗见寄次其韵》一诗笺注，引张栻言曰："《九华山录》云：'龙池庵僧清宿与张扶为诗社，趋者如归'"。按《九华山录》为唐末五代时诗僧应物所撰。书中所记与僧清宿结诗社的张扶，为前蜀广都人，字子持，博学善文辞。武成初，凡幕府书奏笺檄，皆属扶具草，官至工部郎中。④ 以上材料所说的结社、旧社、吟社、诗社的具体情形虽已难以确考，但唐代已出现了以"社"相称的文人社团则是基本可以确定的。

在唐代的文人社团中，白居易所创之洛阳九老会值得注意。会昌五年（845）三月，白居易七十四岁，时闲居洛阳，与胡杲、吉皎、郑据、刘真、卢真、张浑、狄兼谟、卢贞等人结社唱

---

① 见《全唐诗》卷二百九十三，中华书局，1960年排印本。
② 见《全唐诗》卷五百九十八，中华书局，1960年排印本。
③ 《温飞卿集笺注》卷九，曾益笺注，景印文渊阁《四库全书》本。
④ 《中国人名大辞典》第936页。

和,白居易有《胡、吉、郑、刘、卢、张等六贤,皆多年寿,予亦次焉。偶于弊居,合成尚齿之会。七老相顾,既醉甚欢。静而思之,此会稀有;因成七言六韵以纪之,传好事者》一诗记其事:

> 七人五百七十岁,拖紫纡朱垂白须。手里无金莫嗟叹,樽中有酒且欢娱。诗吟两句神还王,酒饮三杯气尚粗。鬼峨狂歌教婢拍,婆婆醉舞遣孙扶。天年高过二疏傅,人数多于四皓图。除却三山五天竺,人间此会更应无(原注云:时秘书监狄兼谟、河南尹卢贞,以年未七十,虽与会而不及列)。①

该年五月,此会又举行过一次,白居易亦作有《九老图诗》记之。从以上简要介绍不难看出,九老会的活动,有组织者,有相对固定的成员和活动地点,并定期举行聚会唱和——后世诗社的几个要素都已具备了。我们说,我国诗社的正式出现是在唐代,这一推断大体说来应是不错的。

然而,唐代的诗社活动材料毕竟十分有限,它反映了唐代诗社尚是一种刚刚出现的事物,如凤毛麟角,还很不普遍。诗社的大量出现,则是在宋代以后。

披阅宋元时期的文献,诗社这一字眼频繁地映入眼帘。声名较著的,宋代如邹浩之颍川诗社,贺铸之彭城诗社,叶梦得之许昌诗社,徐俯之豫章诗社,王十朋之楚东诗社,乐备、范成大等的昆山诗社,文彦博、司马光等的洛阳耆英会、真率会,以及南宋在西湖活动的一系列诗社;元代则有谢翱之汐社、吴渭之月泉吟社,以及越中诗社、山阴诗社、武林诗社等。用遍地开花、蔚为大观来形容宋元时期的诗社活动,是再恰当不过了。

显然,诗社活动已经大步进入了文人的日常生活,成为宋元

---

① 《白居易集》卷三十七,中华书局,1979。

时期文人交游所普遍采用的方式之一。这一现象,清晰地显示出随着时代的发展、社会的转型,知识分子群体意识的增强。诗社活动,在政治上,往往能够集中体现知识分子的社会理想和对现实政治的诉求;在文学上,结社唱和则容易达致美学主张的趋同,对诗歌创作流派的形成有着不容忽视的重要影响。像在宋代诗坛上影响巨大的江西诗派、江湖诗派等诗歌创作流派的形成,都和结社唱和有着密切的关系。总之,对这一现象加以研究,是一个很有意义的课题。

对于宋元诗社的研究,近年来逐渐引起学术界的关注,不时有一些单篇论文发表。然而,对宋元诗社作全面研究,至今尚是空白。要作此一课题的研究,首先遇到的就是材料准备问题,应该尽可能地披阅今存宋元时期的文献,从中摘录出有关诗社活动的材料,并加以考订辨析,才能为下一步的研究提供基础。本文即是在此方面所作的初步尝试。

如何界定诗社?这是笔者在从事这一工作时首先碰到的问题。我们知道,诗社活动离不开雅集唱和,但是雅集唱和又不完全等同于诗社活动,两者既有密切联系,又有一定区别,如何区分,有时是颇费思量的。试看下面两道诗题:

《乙巳二月初八日,集独乐园,夜饮梅花下。会者宋退翁、胡明仲、马世甫、张与之、王子与、林秀才及余七人,以"炯如流水涵青苹"为韵赋诗,分得"流"字》

——赵鼎《忠正德文集》卷五

《甲子八月,与彭城诗社诸君会南台佛祠,望田亩秋成,农有喜色,诵王摩诘田园乐,因分韵拟之。予得"村"字》

——贺铸《庆湖遗老诗集》卷二

在上举两例中,后一例若不是出现了"**彭城诗社**"的字眼,可以说和前一例几近完全一致，都有时间、地点和具体人数，活动的形式都是分韵赋诗。然而我们能否将前一例也视为诗社活动呢？当然，若作这样的认定也无不可，有些学者在他们的论文中也正是将此类分韵唱和视作诗社活动的。但这样一来，诗社的范围将大大地扩大了。因为像前一例这样的诗题，在宋元人的文集中可谓俯拾皆是，不知凡几！因此，为了把我们的考察限定在一个相对明确的范围之内，必须设立若干标准，将诗社活动与一般雅集唱和活动区别开来。笔者初步想到的，有以下几条：

一是凡有正式的诗社名称，或订有社规会约，有相对固定的成员和活动地点，并定期举行活动的，自然应属于诗社的范畴。

二是在雅集唱和活动或文人酬答中，出现了"同社"、"结社"、"入社"等字眼的，也应属于诗社的范畴。

三是在雅集唱和活动或文人酬答中，虽未出现"社"字，但若使用了"同盟"、"诗盟"等字眼的，也应视为诗社活动。例如，邹浩有《月下怀同盟》诗①，据其诗注，所怀之裴仲孺、胥述之、崔德符、苏世美等四人，即为其所结颍川诗社之社友。可见，同盟即同社之意。又如葛胜仲《次韵德升再讲酬唱》诗云："莲社追攀每愧心，诗盟此假偶重寻。"② 此"诗盟"显然指同社吟诗之意。

四是在雅集唱和活动或文人酬答中，出现了"文会"字眼，也可视为诗社活动。如邹浩与颍川诗社社友苏世美的唱和之作《次韵世美冬夜见怀》诗云："芜城岁月已波逝，朅来文会消吾忧。"③ 张纲与李公显等所结诗社，张纲《次韵李公显》诗云：

---

① 《道乡集》卷七，景印文渊阁《四库全书》本。
② 《丹阳集》卷十九，景印文渊阁《四库全书》本。
③ 《道乡集》卷二，景印文渊阁《四库全书》本。

"老夫晚结交,文会欣有绎。"① 这里所说的文会显然都是指诗社。

在下文对宋元诗社的考述中,笔者主要即是根据这几条标准来区分雅集唱和与诗社活动的。当然,这样做不可避免会将一些不符合此一标准,但很可能也是诗社活动的材料排除在外(最显著的例子是元代顾瑛之玉山雅集),但为了研究范围的相对明确,也只好这样了。

其次,宋元文献中有一些诗社活动的材料过于简略,仅仅靠这些材料,我们尚无法对其活动作出较为清晰的描述。如李之仪《浣溪沙》"和人喜雨"词有句云:"闻道醉乡新占断,更开诗社互排峨。此时空恨隔云泥。"② 这里所说的诗社之人、之时、之地都不甚清楚。类似这种情况,在现有材料中占了相当大的比例。对这部分材料,笔者暂未将其列入下文,留待日后详考。

最后需要特别说明的是,这是一件相当费时费力的工作。留存到今天的宋元文献汗牛充栋,浩如烟海,笔者为了收集这方面的材料,几年来埋首于图书馆,几乎耗去了除教学以外的所有时间,但仍远未能穷尽这方面的材料。有些文献保存在外地图书馆,由于经费、时间等原因,也未能前往查阅。所以这篇小文只能算是初稿,阙漏疏失在所难免,留待增补改正之处尚多。今后,笔者有志于对此课题作进一步的研究,希冀使拙文能够不断得到完善。

---

① 《华阳集》卷三十六,景印文渊阁《四库全书》本。
② 见《全宋词》第一册第350页。

李昉汴京九老会

王禹偁《小畜集》卷二十为吴僧赞宁所作《右街僧录通惠大师文集序》，记有赞宁欲同李昉等结九老会唱和事，略云：

> 先是，故相文正公悬车之明年，年七十一，思继白少傅九老之会。得旧相吏部尚书宋琪年七十九、左谏议大夫杨徽之年七十五、鄜州刺史判金吾街仗事魏丕年七十六、太常少卿致仕李运年八十、水部郎中直秘阁朱昂年七十一、庐州节度副使武允成年七十九、太子中允致仕张好问年八十五、大师时年七十八，凡九人焉。文正将燕于家园，形于绘事，以声诗流咏播于无穷。会蜀寇作乱，朝廷出师不果而罢。今九老之中，李、宋、杨、魏、张已先逝矣，大师年八十二，视听不衰。

这里所说的故相文正公即李昉。昉字明远，深州饶阳（今河北县名）人。后汉乾祐中举进士，后周显德中仕至翰林学士。入宋，历翰林侍读学士，拜中书侍郎平章事，以特进司空致仕。卒谥文正。据《宋史》本传，昉致仕之年为淳化五年（994），这里说"悬车之明年"，即应为至道元年（995）。《宋史》本传谓昉致仕后，"朝会宴飨，令缀宰相班，岁时赐予，益加厚焉"可知其闲居之地为京师汴京。此九老会较元丰五年（1082）文彦博等洛阳耆英会早八十七年，为宋初较早的诗社之一。惜此诗社之立止于意向，并未开展过活动。

释省常西湖白莲社

释省常（959—1020），莲宗第七祖，住南昭庆寺。景德三年（1006），与士大夫结西湖白莲社，其事见于丁谓《西湖结社诗序》，略云：

　　……钱塘山水，三吴、百越之极品，而西湖之胜又为最。环水背山二百寺，据上游而控胜概者，今常师所栖之寺曰昭庆者也。开阖物表，出入空际，清光百会，野声四来，云木之状奇，鱼鸟之心乐，居处有遥观，游者踌躇，岂非万类之净界，达人之道场乎！师励志学佛，而余力于好事，尝谓："庐山东林由远公莲社而著称，我今居是山，学是道，不力慕于前贤，是无勇也。"由是贻诗京师，以招卿大夫。自是，贵有位者，闻师之请，愿入者十八九。故三公四辅，宥密禁林，西垣之辞人，东观之史官，泊台省素有称望之士，咸寄诗以为结社之盟文。自相国向公而降，凡得若干篇，悉置意空寂，投迹无何，虽轩冕其身，而林泉其心。噫！作诗者其有意乎？观其辞，皆若绩画乎绝致，飞动乎高情，往心东南，如将傲富贵，趣遗逸。朝夕思慕，飘飘然不知何许之为东林也？孰氏之为远公也？宗、雷之辈，果何人也？远公之道，常师知之，宗、雷之迹，群公悦之，西湖之胜，天下尚之，则是结社之名，亦千载之美谈也……景德三年春三月十日序。①

白莲社,又称莲社,滥觞于晋释慧远在庐山东林寺创立的白莲社。慧远立社之目的本为同修净土之法,但因该社有士人刘遗民、雷次宗、宗炳、周续之等参加,可谓开了儒释交往的先河。后来随着儒释道三教合一社会思潮的发展,士大夫与释子的交往参禅渐成风尚,像唐代的韩愈、李翱、张说、李华、王维、白居易、柳宗元、刘禹锡、裴休等都与禅宗有密切的关系,周必大曾谓:"自唐以来,禅学日盛,才智之士,往往出乎其间。"这种说法并不过分。

宋代的士大夫参禅之风更为盛行,士大夫与释僧的交往也更加密切,"莲社"一词几成儒释交往的同义语,试举几例:

苏辙《回寄圣寿聪老》:"五年依止白莲社,百度追寻丈室游。"②

黄庭坚《题伯时画松下渊明》:"远公香火社,遗民文字禅。虽非老翁事,幽尚亦可观。"③

陈师道《湖上晚归寄诗友四首》其一:"髭发难藏老,湖山稳隐身。却寻方外士,招作社中人。"④

秦观《送佛印》:"云散虎溪莲社友,独依香火思何堪。"⑤

张耒《休日同宋遐叔诣法云,遇李公择、黄鲁直。公择烹赐茗,出高丽盘龙墨;鲁直出近作数诗,皆奇绝。坐中怀无咎有作,呈鲁直、遐叔》:"鸟语演宝相,

---

① 《续藏经》第二编第八套第五册《圆宗文类》卷二十二。
② 《栾城集》卷十三,景印文渊阁《四库全书》本。
③ 《山谷内集诗注》卷九。
④ 《后山集》卷五,景印文渊阁《四库全书》本。
⑤ 《淮海后集》卷一。

饭香悟真空。尚书三二客,净社继雷宗。"①

黄裳《送骆君归隐庐阜》:"究竟此生安可逃,净土社中风最高……世人发愿多自欺,十八逸民今友谁?"②

曹勋《和钱大参题松隐明秀堂韵》:"莲社粗能追慧远,虎头宁复愧班超。"③

邓肃《别珠公》:"倘能容此无归客,便当结社追白莲。"④

可见,士大夫与佛释之交往,在宋代已成为相当普遍的社会现象。

省常所立之西湖白莲社,虽明言为追随慧远白莲社,但略加比较,即可看出其明显的不同。慧远之白莲社,主旨为学佛:"远乃于精舍无量寿像前,建斋立誓,共期西方。"⑤ 省常之白莲社,学佛之意味并不显著,其主旨似在与士大夫交往。参加慧远白莲社之士人如刘遗民、雷次宗等,皆为在野隐士,而省常之白莲社则皆为在朝公卿,从中似可看出佛释对士大夫的影响日趋扩大的倾向。

省常白莲社的唱和之作未能保存下来,但从丁谓序里可以看出其吟咏的主题大致不出"置意空寂,投迹无何,虽轩冕其身,而林泉其心"的范畴。孙何《白莲社记》亦云:"若乃混韦布乎公衮,等林泉于市朝,身在庙堂,心在江海,以王、谢之名位,慕宗、雷之风猷"⑥,从这些描述中不难看出士大夫热衷参加白

---

① 《柯山集》卷六,丛书集成本。
② 《演山集》卷三,景印文渊阁《四库全书》本。
③ 《松隐集》卷十三,景印文渊阁《四库全书》本。
④ 《栟榈集》卷八,景印文渊阁《四库全书》本。
⑤ 释慧皎:《高僧传》卷六,汤用彤校注,中华书局,1992年排印本。
⑥ 《咸淳临安志》卷七十九,景印文渊阁《四库全书》本。

莲社活动之心态。

关于参加该社之人，丁谓序中语焉不详，据孙何《白莲社记》，除了丞相向敏中及丁谓外，尚有贰卿长城钱公、参政太原王公、夕拜东平吕公、密谏颍川陈公、度支安定梁公、尚书琅琊王公、夕拜清河张公、侍读学士东平吕公、工部侍郎致仕沛国朱公、大谏始平冯公、紫微郎赵郡李公、安定梁公、弘农梁公、故邓帅陇西李公、故副枢密广平宋公、故阁老太原王公等。

马寻吴兴六老会

庆历六年（1046），马寻为湖州太守，曾于郡之南园举六老会，事见周密《齐东野语》卷二十"耆英诸会"条：

> 吴兴六老之会，则庆历六年（1046）集于南园。郎简（工部侍郎七十七）、范锐（司封员外八十六）、张维（卫尉寺丞九十，都管张先之父）、刘余庆（殿中丞九十二，述仲之父）、周守中（大理寺丞九十，颂之父）、吴琰（大理寺丞七十二，知几之父），时太守马寻主之，胡安定教授湖学，为之序焉。①

又，《齐东野语》卷十五"张氏十咏图"条云："先世旧藏吴兴张氏十咏图一卷，乃张子野图其父维平生诗，有十首也。其一《马大卿会六老于南园》云：'贤侯美化行南国，华发欣欣奉宴娱。政绩已闻同水薤，恩辉遂喜及桑榆。休言身外荣名好，但恐人间此会无。他日定知传好事，丹青宁羡洛中图。'"此诗即该六老会的唱和之作。

据上引材料，该六老会的实际参加者应为七人，主盟者为太守马寻。寻字子正，郓州（今山东郓城）人。大中祥符初进士。郎简，字叔谦，临安（今浙江杭州）人。中进士第，知福清县，

---

① 《齐东野语》卷五"张氏十咏图"条述此六人生平与此处有异，郎简年龄作"七十九"、范锐作"范说"、张维年龄作"九十一"、刘余庆作"刘维庆"、周守中年龄作"九十五"。同一人所作同一书，而所记如此不同，不知以孰说为是。

擢著作佐郎，以尚书工部侍郎致仕。嘉祐元年（1056）卒，年八十九。张维，乌程（今属浙江）人，张先之父。以子封卫尉寺丞，赠刑部侍郎。余范锐、刘余庆、周守中、吴琰等生卒不详。另外，作序之胡安定为胡瑗，字翼之，泰州如皋（今属江苏）人。用范仲淹荐，由布衣拜校书郎，为湖州学官。历太常博士致仕。

徐祐苏州九老会

龚明之《中吴纪闻》卷二"徐都官九老会"条云：

> 徐祐，字受天，擢进士第。为吏以清白著声。庆历中，屏居于吴，日涉园庐以自适。时叶公参亦退老于家，同为九老会。晏元献、杜正献皆寓诗以高其趣。晏之首题云："买得梧宫数亩秋，便追黄绮作朋俦。"杜之卒章云："如何九老人犹少，应许东归伴醉吟。"时与会者才五人，故杜诗及之。享年七十有五，终都官员外郎。

关于该九老会之情况，可考者仅此。叶参，字少列，咸平中进士。兵、刑二部郎中，知苏、越、湖三州，终光禄卿。晏元献为晏殊，字同叔，临川（今属江西）人。景德初，以神童召试，赐进士出身。累擢知制诰、翰林学士，庆历中，拜集贤殿学士，同中书门下平章事，兼枢密院使。卒赠司空，谥元献。杜正献为杜衍，生平见下文《杜衍睢阳五老会》。

杜衍睢阳五老会

王辟之《渑水燕谈录》卷四载：

　　庆历末，杜祁公告老，退居南京。与太子宾客致仕王涣、光禄卿致仕毕世长、兵部郎中分司朱贯、尚书郎致仕冯平，为五老会，吟醉相欢，士大夫高之。祁公以故相耆德，尤为天下倾慕。兵部诗云："九老且无元老贵，莫将西洛一般看。"五人年皆八十余，康宁爽健，相得甚欢。故祁公诗云："五人四百有余岁，俱称分曹与挂冠。"而毕年最高，时已九十余，故其诗云："非才忝预最高年。"是时欧阳文忠公留守睢阳，闻而叹慕，借其诗观之，因次韵以谢。卒章云："闻说优游多唱和，新诗何惜借传看。"

以上即为杜衍睢阳五老会的基本情况。

　　杜衍（978—1057），字世昌，越州山阴（今浙江绍兴）人。大中祥符元年（1008）进士。仁宗朝，拜同中书门下平章事，罢知兖州。以太子少师致仕，封祁国公。卒谥正献。五老会举行之地睢阳，宋时称南京，又称宋城，即今河南商丘市。关于此会举行之时间，现存材料所记似有抵牾之处。上引《渑水燕谈录》谓"庆历末，杜祁公告老，退居南京。与太子宾客致仕王涣……为五老会。……五人年皆八十余"。《宋史》卷三百一十《杜衍传》云："庆历七年，衍甫七十，上表请还印绶，乃以太子少师致仕……寓南都凡十年……卒，年八十"。据此，该五老会的举行之日就存在着两种可能性：一为庆历七年（1047），杜衍刚刚致仕时；一为嘉祐二年（1057），即杜衍去世的那一年。考厉鹗《宋诗纪事》卷八引《事文类聚前集》载钱明逸《睢阳五老图序》，原注云："时祁公年八十"，序末署"至和丙申（1056）"。① 据此可知，该会举行日期应以后一说较为接近。此年杜衍实为七十九岁。谓其八十，乃是虚数。《宋诗纪事》引《事文类聚前集》还载有五人所作《睢阳五老会诗》，据其原注，其他四人之年龄分别为：毕世长九十四、冯平八十七、王涣九十、朱贯八十八。兹录五人所作诗如下。

  五人四百有余岁，俱称分曹与挂冠。天地至仁难补报，林泉幽致许盘桓。花朝月夕随时乐，雪鬓霜髯满座寒。若也睢阳为故事，何妨列向画图看。（杜衍）

  非才忝预最高年，分务由来近挂冠。敢造钜贤论轨躅，幸依都府得盘桓。篇章捧和惭风雅，眷待优隆荷岁寒。倘许衰容参盛列，欲凭绘事永传看。（毕世长）

  沼恩分务许优闲，肯借留都獬豸冠。名宦倘来空扰攘，丘园归去且盘桓。醉游春圃烟霞暖，吟听秋潭水石寒。退傅况兼为隐伴，红尘那复举头看。（冯平）

  分曹归政养耆年，李下何由更整冠。贤相赋诗同笑傲，圣君优诏许盘桓。庞眉老叟俱称寿，凌雪乔松岂畏寒。屈指五人齐五福，乡人须作二疏看。（王涣）

  各还朝政遇尧年，鹤发俱宜预道冠。乍到林泉能放旷，全抛簪绂尚盘桓。君恩至重如天覆，相座时亲畏地寒。九老且无元老贵，莫将西洛一般看。（朱贯）

---

① 宋仁宗至和年号只有甲午、乙未两年，丙申改元为嘉祐元年。

章岵苏州九老会

元丰间，章岵任苏州太守期间，曾与郡长老结九老会唱和。据笔者掌握的材料，该会曾有过两次活动，每一次的参加者则略有不同。其一见于龚明之《中吴纪闻》卷四"徐朝议"条：

> 徐师闵，字圣徒，仕至朝议大夫。退老于家，日治园亭，以文酒自娱乐。时太子少保元公绛、正议大夫程公师孟、朝议大夫闾丘公孝终，亦以安车归老，因相与继会昌洛中故事，作九老会。章岵为郡守，大置酒合乐，会诸老于广化寺。又有朝请大夫王琬、承议郎通判苏混与焉。公赋诗为倡，诸公皆属而和之，以为吴门盛事。元公少保和篇云："五日佳辰郡政闲，延宾谈笑豁幽关。阊门歌舞尊罍上，林屋烟霞指顾间。德应华星临颖尾，年拘皓发下霜颜。名花美酒疏钟永，坐见斜晖隐半山。"方子通亦有和篇云："使君潇洒上宾闲，金地无人昼闭关。风静箫声来世外，日长仙境在人间。诗成郢客争挥翰，曲罢吴姬一破颜。此节东南无此会，高名千古映湖山。"章牧以五日开宴，故二诗皆及之。

据《正德姑苏志》卷三《职官志》载，章岵以元丰元年（1078）到任，任三载。该九老会的活动当即在此一时间。上引材料所载共八人，现略述其生平如下：

章岵（1013—？），字伯望。元丰元年（1078），以朝散大夫尚书司封郎中知苏州。

徐师闵，字圣徒。其先建安人。父奭，历官苏浙，子孙遂为苏人。师闵治平初虞部员外郎知江阴军，熙宁十年（1077），以司农少卿知袁州，官至正议大夫，东海郡侯。告老，以中散大夫普宁郡侯致仕。

元绛，字厚之，钱塘（今浙江杭州）人。天圣八年（1030）进士。神宗朝，累官翰林学士，拜参知政事，出知亳州，改颍州，致仕卒。赠太子太师，谥章简。

程师孟，字公辟，吴（今苏州）人。景祐元年（1034）进士。累官知广州，召为给事中，充集贤殿修撰，判都水监，出知越州、青州，授光禄大夫致仕。

闾丘孝终，字公显，吴人。苏轼谪黄州时，孝终为太守，与之往来甚密。未几，挂冠而归，悠游乡里而终。东坡尝云"苏州有二丘，不到虎丘，即到闾丘"①，可见两人关系之密切。

王琪、苏湜及方子通三人生平不详。

其一见于米芾《九隽老会序草》一文。原注云："十老会后更名曰耆英，又名真率。元丰间，章岵守郡，与郡之长老游从，各饮酒赋诗。时余以杭州从事罢官，经由为作序。"序云：

> 中散大夫河间公，清德杰气，为时老成，高谊劲节，缙绅所仰。静镇吴国，四周星纪，威孚惠洽，讼庭晨虚。乃辟郡斋，会九隽老。惟内阁清河公，神宇轩拔，德章昭融，名威西夏，勋书册府；正议大夫广平公，秀质孤映，清标迈远，郁建功利，焕于汗青；太中大夫濮阳公，冲襟爽澈，淑质端清，积厚施衍，父子显荣；朝议大夫清丰公、朝议大夫彭城公、朝议大夫徐公、朝议大夫郑公，并道韵虚旷，内德淳袄。或中台耆彦，或四方肤使，出处有裕，始终一德，恺悌爱利，布

---

① 见龚明之《中吴纪闻》卷五"闾丘大夫"条，笔记小说大观本。

在世间。承议郎崇君、奉议郎黄君，素行洁修，乡闾标准，早解簪绂，仕路式瞻。或顾顾硕德，天赐难老，貌若辽鹤，言为龟鉴。于是羽觞屡酬，雅章迭作，叙怀感遇，乐时休明，顾盼之间，穆如清徵，薰如太和……①

据周密《齐东野语》卷二十"耆英诸会"条载，米氏此序所列之十人，依次为章岵（年七十三）、张诜（年七十）、程师孟（年七十七）、卢革（年八十二）、徐师闵（年七十三）、闾丘孝终（年七十三）、徐九思（年七十三）、郑方平（年七十二）、崇大年（年七十一）、黄挺（年八十二）。

张诜，字枢言，寓家苏州。第进士，历越州通判、知襄邑县、陕西转运副使，迁天章阁待制知熙州。累官正议大夫、清河郡侯卒。

卢革，字仲辛，德清（今浙江胡州）人。年十六，登进士第。庆历中，知龚州，继知婺、泉二州，提点广东刑狱、福建、湖南转运使。累进太子宾客，以光禄卿致仕。用子秉恩转通议大夫。

崇大年，字静之。庆历进士。历知青田县，徙知浦城。以疾匄分司归吴。

徐九思、郑方平、黄挺等三人生平不详。

---

① 《宝晋英光集》卷六，景印文渊阁《四库全书》本。

文彦博洛阳耆英会

宋神宗元丰五年（1082），文彦博留守西京，仿唐白居易九老会故事，与聚居洛阳高年者合十二人，于富弼宅第置酒赋诗相乐。既而由闽人郑奂图形于妙觉僧舍，时人谓之洛阳耆英会。关于此会始末，司马光《洛阳耆英会序》一文述之甚详，兹移录于下：

> 昔白乐天在洛，与高年者八人游，时人慕之，为九老图传于世。宋兴，洛中诸公继而为之者凡再矣，皆图形普明僧舍。普明，乐天之故第也。元丰中，潞国文公留守西都，韩国富公纳政在里第，自余士大夫以老自逸于洛者，于时为多。潞公谓韩公曰："凡所为慕于乐天者，以其志趣高逸也，奚必数与地之袭焉。"一旦，悉集士大夫老而贤者于韩公之第，置酒相乐，宾主凡十有二人。既而图形妙觉僧舍，时人谓之洛阳耆英会。……又洛中旧俗，燕私相聚，尚齿不尚官，自乐天之会已然。是日复行之。斯乃风化之本，可颂也。宣徽王公方留守北都，闻之，以书请于潞公曰："某亦家洛，位于年不居数客之后，顾以官守，不得执卮酒在坐席，良以为恨，愿寓名其间，幸无我遗。"其为诸公嘉羡如此。光未及七十，用狄监卢尹故事，亦预于会。潞公命光序其事，不敢辞。时元丰五年正月壬辰，端明殿学士兼翰

林侍读学士太中大夫提举崇福宫司马光序。①

司马光此序后还附有预会之十二人之姓氏，以年齿长少为序：

开府仪同三司守司徒武宁军节度使致仕韩国公富弼，字彦国，年七十九；

河东节度使开府仪同三司守太尉判河南府兼西京留守司事潞国公文彦博，字宽夫，年七十七；

司封郎中致仕席汝言，字君从，年七十七；

太常少卿致仕王尚恭，字安之，年七十六；

太常少卿致仕赵丙，字南正，年七十五；

秘书监致仕刘几，字伯寿，年七十五；

卫州防御使致仕冯行己，字肃之，年七十五；

太中大夫充天章阁待制提举崇福宫楚建中，字正叔，年七十三；

司农少卿致仕王谨言（一作慎言），字不疑，年七十二；

太中大夫提举崇福宫张问，字昌言，年七十一；

龙图阁直学士通议大夫提举崇福宫张焘，字景元，年七十。

这个名单没有列入司马光本人。因为此会乃是亦步亦趋模仿白居易九老会，白氏九老会参加者九人，其中胡杲年八十九，吉皎八十六，郑据八十四，刘真、卢贞八十二，张浑、白居易七十四，秘书监狄兼谟、河南尹卢贞，年均未满七十，虽与会而不列名。② 司马光此年年六十四，故"用狄监卢尹故事"，未将自己列入名单内。又，王拱辰时任北京留守，诣书潞公，愿与其会。《邵氏闻见录》卷十记载，文彦博"令郑奂自幕后传温公像，又

---

① 《传家集》卷六十八，景印文渊阁《四库全书》本。
② 参见洪迈《客斋四笔》卷八"狄监卢尹"条。按此材料中有两卢贞，同名而又同会，故洪迈已疑其"文字或误"。

至北京传王公像，于是预其会者凡十三人"。

诗酒唱和是耆英会活动的主要内容。《说郛》弓七十五载有《洛中耆英会》一卷，录有与会者所作诗，每人一首；另有文彦博与富弼相互唱和诗各一首。文彦博诗云：

> 九老唐贤形绘事，元丰今胜会昌春。垂肩素发皆时彦，挥尘清淡尽席珍。染翰不停诗思健，飞觞无算酒行频。兰亭雅集夸修禊，洛社英游贵序宾。自愧空疏陪几杖，更容款密奉簪绅。当筵尚齿尤多幸，十二人中第二人。

从此诗不难见出耆英会活动内容之一斑，其他人的诗亦大抵如此。所以，仅从内容来讲，耆英会活动似无太多可观之处，不过反映了这些享高官厚禄的退休老人养尊处优，优哉游哉的生活情趣罢了。值得我们注意的是耆英会的活动形式。

《说郛》所载《洛中耆英会》录有该会之《会约》，共七条：

> 序齿不序官。
> 为具务简素。
> 朝夕食不过五味。
> 菜果脯醢之类各不过三十器。
> 酒巡无算，深浅自斟；主人不劝，客亦不辞；逐巡无下酒时作菜羹不禁。
> 召客共用一简，客注可否于字下，不别作简，或因事分简者，听会日早赴，不待促。
> 违约者每事罚一巨觥。

从此《会约》中可见耆英会活动的若干特点：不讲等级，以年龄长幼为序，而不是以官阶大小为序；摒弃繁文缛节，不注重排场和形式；追求俭素、随意、自然的氛围。以上这些特点显示出一种和官场生活明显不同的民间气息，想必这正是此会组织者刻意追求的效果。参加此会的都是经历了几十年宦海生涯的老人，官场森严分明的等级，奢华豪侈的生活以及刻板繁琐的形式，使他们隐约感到失去了做人的真趣，活得太假、太累，因此在退休之后，希望摆脱官场生活加诸身心的种种束缚，回归自然，任性而为，追求一种较为轻松的生活方式。司马光《和潞公真率会》诗云："洛下衣冠爱惜春，相从小饮任天真。"① 范纯仁《和文太师真率会》诗云："贤者规模众所遵，屏除外饰贵全真。盍簪既屡宜从简，为具虽疏不愧贫。免事献酬修末节，都将诚实奉嘉宾。岂唯同志欣相照，清约犹能化后人。"② 两诗将此种心态可谓描摹无遗。耆英会的结社形式正是这种心态的反映，这也正是将此类诗社活动又称作真率会的原因所在。这种民间气息浓厚的结社形式，使与会者的身心感到由衷的愉悦，故对他们产生了巨大的吸引力，他们乐此不疲，趋之若鹜也就不足为奇了。

据有关材料显示，在耆英会举行前后，此类性质的诗社活动，在洛阳还有过多起，耆英会不过是其中规模最大、影响也最大的一次而已。前引司马光《洛阳耆英会序》中说："宋兴，洛中诸公继而为之者凡再矣，皆图形普明僧舍。"也就是说，在耆英会之前，即已有过两次类似的诗社活动，图形普明僧舍，而非耆英会之妙觉僧舍。王柏《题九老图后》一文所记与司马光相合，并对其中的一次有描述："唐有《洛阳九老图》，传于世久矣。我朝洛之诸公继者凡三，其二图形于普明僧舍，盖乐天之故第也。元丰中，又集于韩富公之第，凡十有一人，图形于妙觉僧舍，时人谓之《洛阳耆英图》。此则普明之本，亦九人：对弈者文潞公、司马温公；观者富郑公；舞者赵公正南，讳丙；回视

---

① 《传家集》卷十一，景印文渊阁《四库全书》本。
② 《范忠宣集》卷四，景印文渊阁《四库全书》本。

持书则王公君贶,讳拱辰也。余则忘其姓名矣。"① 这是耆英会之前的另一次诗社活动,具体时间不详。参加者九人,王柏文中提到的五人,均参加了后来耆英会的活动。

另一次似早在宋仁宗天圣、明道年间。邵伯温《邵氏闻见录》卷八载:"天圣、明道中,钱文僖公自枢密留守西都,谢希深为通判,欧阳永叔为推官,尹师鲁为掌书记,梅圣俞为主簿,皆天下之士,钱相遇之甚厚。一日,会于普明院,白乐天故宅也,有唐九老画像,钱相与希深而下,亦画其旁。"这里说的钱文僖公为钱惟演、谢希深为谢绛、欧阳永叔为欧阳修、尹师鲁为尹洙、梅圣俞为梅尧臣。从邵氏的记载来看,他们并没有组织九老会一类的组织,但其行为乃是追慕白居易九老会之流风余韵则是显而易见的。

又,文彦博有《五老会》诗,题云:"元丰三年九月,范镇内翰、张宗益工部、张问谏议、史炤大卿。"② 此五人中,除文彦博与张问外,其余三人均未参加后来耆英会的活动。此诗末联云:"欢言预有伊川约,好作元丰第四春(原注:为来岁张本)。"可知此五老会在元丰三年、四年均有过活动。

又,文彦博《奉陪伯温中散程、伯康朝议司马、君从大夫席,于所居小园作同甲会》诗云:"四人三百一十二岁,况是同生丙午年。招得梁园同赋客,合成商岭采芝仙。清淡亹亹风生席,素发飘飘雪满肩。此会从来诚未有,洛中应作画图传。"③ 元丰五年(1082)耆英会活动时,文彦博、席汝言均七十七岁,此时他们都已七十八岁,故知这是元丰六年的事。程珦,字伯温,中散大夫;司马旦,字伯康,朝议大夫。此两人均未参加过上年耆英会的活动。

---

① 《鲁斋集》卷十一,景印文渊阁《四库全书》本。
②③ 《潞公文集》卷七,景印文渊阁《四库全书》本。

又，司马光有《真率会》诗，题云："二十六日作真率会。伯康与君从七十八岁，安之七十七岁，正叔七十四岁，不疑七十三岁，叔达七十岁，光六十五岁，合五百一十五岁。口号成诗，用安之前韵。"① 此七人中，除伯康（司马旦）、叔达（不详）两人外，均参加过耆英会，从所记各人年龄来看，该会的举行日期为元丰六年。

又，《宋史》卷三百一十四《范纯仁传》云："丐罢，提举西京留司御史台。时耆贤多在洛，纯仁及司马光，皆好客而家贫，相约为真率会，脱粟一饭，酒数行，洛中以为胜事。"此以范纯仁、司马光两人为首的真率会，在两人文集中均有记录。范纯仁《范忠宣集》卷二《和君实微雨书怀韵》诗云："……邀朋拟白社，取友尽苍髯。馔具虽真率，宾仪去谨严。"君实，即司马光字。司马光《传家集》卷十一《邀子骏、尧夫赏西街诸花》诗云："试问二三真率友，小车篮舁肯重过。"子骏为鲜于侁字，尧夫即范纯仁字。据《宋史·鲜于侁传》，其于神宗元丰末年分司西京御史台。故知此真率会的活动时间当在元丰六七年间。参加过此真率会活动的，似还应有以下诸人：范镇，字景仁，曾任知制诰、翰林学士。神宗朝历端明殿学士。范纯仁《蜀郡范公景仁挽词三首》其二云："伊洛相逢日，忠贤盛集时。游从敦气义，唱和若埙篪。"② 味其诗意，景仁显然参加过纯仁真率会的活动。祖无择，字择之，曾任龙图阁学士，权知开封府，进学士。其所撰《龙学文集》卷四有《聚为九老自咏诗》，其序云："龙学因分司西京御史台，与司马温公九人为真率会，谓之九老。"显然也参加过司马光组织的某一次真率会的活动。

综上所述，在神宗元丰年间的西京洛阳，曾集中了一大批名

---

① 《传家集》卷十一，景印文渊阁《四库全书》本。
② 《范忠宣集》卷四，景印文渊阁《四库全书》本。

宦耆宿，出现了数量可观的一批以耆英会、真率会等名称命名的诗社。这些诗社之间并不是彼此孤立的，它们或有纵向的承继衔接，或有横向的交叉汇合。诗人们频繁地活动于其间，形成了一个颇为壮观的诗社群。宋代文人结社意识的趋强，在这一现象中得到了鲜明的体现。

贺铸彭城诗社

贺铸（1052—1125），字方回，卫州共城人（今河南辉县）人。娶宗女，授右班殿直。哲宗元祐中，通判泗州，又倅太平州。晚退居吴下，筑室于横塘，自号庆湖遗老。其《庆湖遗老诗集》卷二有《读李益诗》、《田园乐》两诗。《读李益诗》序云："甲子夏，与彭城诗社诸君分阅唐诸家诗，采取平生，人赋一章，以姓为韵。君虞，益字也，见从军诗序。"《田园乐》序云："甲子八月，与彭城诗社诸君会南台佛祠，望田亩秋成，农有喜色，诵王摩诘田园乐，因分韵拟之。予得'村'字。"

彭城，即今江苏徐州。据夏承焘《贺方回年谱》①，贺铸于神宗元丰五年（1082）八月到徐州，领宝丰监钱官；至哲宗元祐元年（1086）正月离任，共三年多时间。彭城诗社即其在徐州期间与当地士人的结社。

贺铸《彭城三咏》序云："元丰甲子（1084），予与彭城张仲连谋父、东莱寇昌朝元弼、彭城陈师中传道、临城王适子立、宋城王玒文举，采徐方陈迹分咏之。予得'戏马台'、'斩蛇泽'、'歌风台'三题即赋焉。"②《题张氏白云庄》序云："彭城张谋父居泗州之东山，耕田数百亩，中泽爽垲，列树松竹，结茅其间，榜曰白云庄。甲子九月，置酒招予与寇、陈、王、李四

---

① 见《唐宋词人年谱》，上海古籍出版社，1979。
② 《庆湖遗老诗集》卷一。下文所引诗均录自该集，不另注出。

子。酒酣赋诗,予得'云'字。"《渔歌》序云:"甲子十二月,张谋父、陈传道、王子立,会于彭城东禅佛祠,分渔、樵、农、牧四题以代酒,令予赋《渔歌》。"《三月二十日游南台》序云:"与陈传道、张谋父、王文举乙丑(1085)同赋,互取姓为韵,予得'陈'字。"上引序文中与贺铸频繁唱酬的张仲连、寇昌朝、陈师中、王适、王玨等人,即为彭城诗社之社友。现略考其生平如下。

张仲连,字谋父。隐居不仕。所居名白云庄。贺铸《庆湖遗老诗集》中有《题张氏白云庄》、《和人游白云庄二首》、《招寇元弼兼呈白云庄张隐居》、《留别张白云谋父》等数诗,是贺铸在徐州期间交往频密的友人。

寇昌朝,字元弼。贺铸《怀寄寇元弼》诗序云:"时寇官荆山戍。乙丑九月彭城赋。"诗云:"君投笺库可知非,我饱官粮又愿违。"据此可知寇昌朝曾于元丰八年(1085)秋离开徐州,赴符离之荆山任监钱税一类的小官。

陈师中,字传道。贺铸《送陈传道摄官双沟》诗序云:"乙丑六月,陈发彭城,舣舟汉祠下者累日。予方抱疾,不遑出饯,因赋是诗。"《夏夜怀寄传道》诗序云:"陈摄领双沟戍税局。乙丑彭城作。"是知陈亦于元丰八年中离开彭城赴双沟任监税一类小官,但当年十月前即去职。① 又,贺铸又有《送陈传道之官下邳》诗,略云:"朝来忽叩门,颇惊黄绶新。告我即东下,得官淮泗滨。"据诗序,此诗为"丁卯(1087)九月京居病中赋",故知陈师中赴下邳做官已是在贺铸离开徐州之后的事情了。

王适,字子立。生平失考。

---

① 贺铸《题渊明轩》诗序云:"陈传道茸双沟官舍,濒水之北轩,索名于我,因命曰渊明轩。陈即去职。予高斯人,为赋是诗,寄题轩上。乙丑十月彭城作。"是知陈去职应在贺铸作此诗前。

王玨,字文举。贺铸《送寇元弼、王文举》诗序云:"文举乃元弼女兄之子,而复妻以女。寇之官符离之荆山戍,王亦从行。"可知文举与元弼为姑表、翁婿之关系。又,贺铸作于庚午(1090)九月的《怀寄彭城朋好十首》之十即为文举所作。诗云:"试吏王文举,俄缠风树哀。明年道濉上,为尔一徘徊。"自注云:"始调华亭刑狱掾,以家艰罢。今执丧宋城。"是知文举亦曾为小吏,不过也是在贺铸离开徐州之后。

除了以上五人与贺铸有频繁交往之外,其在徐州期间与当地士人偶有唱和的还有刘士真,字子仲、张天骥,字云龙、董初尝,字希远、王有元,字会之、王遹,字子敏、寇定,字应之等数人。不过这些人与贺铸只是间或有过从,未必是诗社中人。

贺铸于元丰五年(1082)八月到徐州,但结诗社则应是在元丰七年之后。《庆湖遗老诗集》中诗多有纪年,现将有关诗社之作略作排比如下:

《读李益诗》　元丰七年夏

《田园乐》　元丰七年八月

《题张氏白云庄》　元丰七年九月

《部兵之狄丘道中怀寄彭城社友》　元丰七年十二月

《渔歌》　元丰七年十二月

《彭城三咏》　元丰七年

《和人游白云庄二首》　元丰八年正月

《三月二十日游南台》　元丰八年三月

《送陈传道摄官双沟》　元丰八年六月

《送寇元弼、王文举》　元丰八年八月

《招寇元弼兼呈白云庄张隐居》　元丰八年九月

《怀寄寇元弼》　元丰八年九月

《题渊明轩》　元丰八年十月

《留别张白云谋父》　　元祐元年（1086）正月

上引诗作的纪年清晰地显示出该诗社的活动时间乃是从元丰七年夏开始，至元祐元年正月贺铸离开徐州自然结束，前后历时约两年半。

　　上引诗作的纪年还显示出该诗社的活动是相当频繁的。特别是从元丰七年夏至元丰八年三月这段时间里，诗社同人的雅集几乎逐月举行，可以说是该诗社最活跃的时期。从诗社所咏内容来看，则大致有咏史怀古，如《彭城三咏》等；歌唱田园隐逸生活，如《田园乐》、《渔歌》、《题张氏白云庄》、《题渊明轩》等；切磋诗艺，如《读李益诗》等。

　　贺铸在与诗社同人的交游唱酬中，建立起了深厚的友谊。他在离开徐州后多次写诗怀念徐州诗友和诗社的生活。如作于元祐四年（1089）的《再送潘仲宝兼寄彭城交旧》："风雨扁舟幸少留，为君持酒话徐州。白鱼紫蟹秋初美，戏马飞鸣梦屡游。二阮年来知健否？季真老去尽归休。白云庄畔多闲地，不惜横刀直换牛。"作于绍圣二年（1095）的《怀寄寇元弼、王文举十首》其十云："偶得悲秋句，还惊旧社空。中庭步明月，朗咏与西风。"可见彭城诗社的这一段生活在贺铸的思想情感上留下了多么深刻的印记，实在是贺铸生平中一个不可忽视的重要阶段。

邹浩颍川诗社

邹浩（1060—1111），字志完，常州晋陵（今江苏常州）人。神宗元丰五年（1082）进士。调扬州、颍昌府教授。擢右正言。坐谏立刘后，谪新州（今广东新兴县）。徽宗朝，迁吏部侍郎。坐党籍，再谪永州（今湖南零陵县）。大观元年（1107）复直龙图阁，卒。高宗朝，赠宝文阁学士，谥曰忠。有《道乡集》。

《道乡集》卷七《呈同社》①诗云：

> 太史占星久寂寥，高阳烟月但蓬蒿。人才岂是非前日，天意端如待我曹。万古衣冠归指顾，一时天地入风骚。他年南北参商去，知有青编破郁陶。

同卷还有《月下怀同盟》诗，共五首，前三首云：

> 常时二妙过晴窗，丙夜犹同秋月光。不分城闉日多事，天南天北又参商。（自注：仲孺、述之）

> 碧天如水驻冰轮，灿灿裁余一两星。想见墙东病居士，废书捐枕步中庭。（自注：德符）

> 晚云携雨入径山，月到西湖万象闲。公子归来泛家宅，只应诗思落人间。（自注：世美）

其四、五首无注，略。上引两诗题中所云"同社"、"同盟"，显然是指诗社。

---

① 文中所引邹浩诗文均录自《道乡集》（《四库全书》本），不另注出。

此诗社为邹浩任颍昌府学教授时所倡立。时为哲宗元祐初年。① 其《颍川诗集叙》叙此事甚详,兹引于下:

> 故人苏世美佐颍川幕府,既阅岁,余始承乏泮宫,与世美皆江都尉田承君友。承君知其为僚于此也,书来告曰:"韩城吾里也。崔德符、陈叔易天下士也。东南豪英森森,号为儒海,吾尝默求二子比者,殆不与耳目接,子其亲炙之。"叔易方社门著书不外交,德符久之,始幡然命驾。时裴仲孺、胥述之里居旧矣,文行籍籍在人口,亦喜德符为我辈来也,而与盟焉。叔易虽未及致,而并得二士又过望。非公家事挽人,则深衣藜杖,还相宾主,间或浮清漯,款招提,谈经议史,挥古人于千百岁之上,有物感之,情与言会,落于毫楮,先后倡酬,以是弥年,裕如也。世美秩满且行矣,用刘白故事,裒所谓倡酬者与自为之者、与非同盟而尝与同盟倡酬者,共得若干篇,名之曰《颍川集》。《传》不云乎:诗以道志。观春秋时,其君臣朝聘必赋诗,一切用古语,然识者听之,且前判其治乱祸福不缪,况诚动于中而形于外者邪!是集也,可以观二三子志矣。世美嘱余为之序。

颍川,即颍昌(今河南许昌)之旧名。文中所说的具有"同盟"关系者共五人:邹浩、苏世美、崔德符、裴仲孺、胥述之,此五人即应为颍川诗社之成员。前引《月下怀同盟》诗,前三首均注所怀之人的名字,而后二首则无注,可见恰是为了将诗社同人与非诗社之人区别开来。

---

① 据《宋史》本传,邹浩为元丰五年(1082)进士,元祐中(1089年前后)即擢为右正言,其间还任过扬州府学教授。据此推算,其任颍昌府学教授应为元祐初年(1086年前后)。

苏京，字世美，泉州南安人，徙居润州丹阳。哲宗朝宰相苏魏公颂之子。以父任假承务郎。历雄州防御推官、监江宁府税、忠武军节度判官、知丹阳县、签书昭庆军节度判官通判沂州等职，徽宗政和七年（1117）卒。① 宋时忠武军治颍昌，是知苏京入社时其正在忠武军节度判官任上，即邹浩《颍川诗集叙》中所说的"佐颍川幕府"时。邹浩《次韵世美冬夜见怀》云："君家儒学频公侯，岂知孔孟穷于邹。他年事业知未艾，诜诜孙子多清流。红莲上客更超诣，劲节耻与今人俦。自言名宦亦何有，回看家法长包羞。"从诗句中约略可见出苏氏的精神风貌。

崔鹏，字德符，雍丘（今河南杞县）人，徙阳翟（今河南禹县），遂为阳翟人。阳翟在战国时曾为韩国都城，故邹浩《颍川诗集叙》中称其里为韩城。哲宗元祐中第进士，调凤州司户参军、筠州推官。哲宗元符末，上书，入邪等。钦宗靖康初，擢右正言，以疾乞解官，除直龙图阁，提举嵩山崇福宫卒。自号婆娑先生。《宋史》本传谓其"平生为文至多""尤长于诗，清峭雄深，有法度"。宋晁公武《郡斋读书志》亦称其"长于诗，清婉敷腴，有唐人风"。有《婆娑集》三十卷，今不存。其入颍川诗社当在科举入仕之前。

裴仲孺，名不详，仲孺为其字。颍昌人。邹浩《送裴仲孺赴官江西叙》对其生平及思想性格有较详细的描述。略云："仆羁贯执经侍先生丈人，闻其论当时士大夫落落以文行动天下，而集仙裴公与焉。……后数年宦学颍川，一日过僚友苏世美。席未展，有耿然丈夫子趋西阶拜揖已，走席尾坐不动，如石虎，如木鸡，唯鼻间之息栩栩与土偶人异。他日询世美，则曰裴公之子仲孺也。屣履见之。仲孺亦不余鄙，相好也。故虽不得师而得友以自幸。仲孺作尉釜岩中，方且泝长江、绝重湖，背斗去数千里，

---

① 有关苏京家世生平材料，引自陆心源《宋史翼》卷四本传。

与洞庭枫叶争飘摇。昔司马子长、杜子美,皆放浪沅湘,窥九疑,登衡山,以搜抉天地之秘,然后发愤一鸣,声落万古,胥家仰之,几不减六经。仲孺之役亦在南方,又能文,如其行,安知非造命者戏一穷之使,鼓吹于斯文乎!他年崭崭世家,而多士尽倾,有曰小裴君者,必吾仲孺也。……"邹浩另有《送裴仲孺为太和尉》诗,可知其赴官江西,即赴太和(今安徽太和县)作尉。诗中有句云:"况乃青云姿,四十困不遇。有室常罄悬,未免折腰去。"可知其亦为半生困踬怀才不遇者。

胥述之,名不详,述之为其字。颍昌人。邹浩《颐斋记》云:"颍川胥述之既以颐名其斋,属其友晋陵邹某为之记。……述之内翰之孙,都官之子,静重疏通,以世其家。……"今所知述之家世生平材料仅见于此。

除以上四人外,邹浩在颍昌期间尝与之唱和的文士还有:陈恬(字叔易)、鲜于绰(字大受)、鲜于群(字无党)、王实(字仲弓)、乐文仲、胡适道、崔遐绍等数人,但均属所谓"非同盟而尝与同盟倡酬者"。

据《颍川诗集叙》,诗社同人唱和之作曾编为《颍川集》,惜今已不传。但我们从邹浩"万古衣冠归指顾,一时天地入风骚"以及"非公家事挽人,则深衣藜杖,还相宾主,间或浮清渼,款招提,谈经议史,揖古人于千百岁之上,有物感之,情与言会,落于毫楮,先后倡酬,以是弥年,裕如也"等诗文中,仍不难见出当日诗社成员的豪情逸志与诗社活动的生动图景。《道乡集》中还有《与德符、仲孺、述之宿南堂,分得"客"字》、《南堂分韵得"秋"字》、《曾园分韵得"得"字》、《再宿南堂分韵得"星"字》、《上已日招仲孺、述之》、《与仲孺、述之、世美东禅纳凉校韩文,世美以韩公招先去》等诗,应都是诗社活动之作。

徐俯豫章诗社

张元干《苏养直诗帖跋尾六篇》甲卷云："往在豫章，问句法于东湖先生徐师川。是时洪刍驹父、弟炎玉父、苏坚伯固、子庠养直、潘淳子真、吕本中居仁、汪藻彦章、向子諲伯恭，为同社诗酒之乐。予既冠矣，亦获攘臂其间。大观庚寅（1110）、辛卯［按应为徽宗政和元年（1111）］岁也。九人者宰木久已拱矣，独予华发苍颜，羁寓西湖之上。……念向来社中人物之盛，予虽有愧群公，尚幸强健云。"① 这条材料基本道出了此诗社的活动地点、时间，以及主要成员的情况。

徐俯（1075—1141），字师川，洪州分宁（今江西修水县）人，黄庭坚之甥。授通直郎。徽宗崇宁初，入元符上书邪等。高宗绍兴二年（1132），赐进士出身。累官端明殿学士、签书枢密院事，权参知政事。号东湖先生。有《东湖集》，不传。

洪刍，字驹父，南昌（今江西南昌市）人，黄庭坚之甥。哲宗绍圣元年（1094）进士。崇宁中入党籍。钦宗靖康（1126）时为谏议大夫。汴京失守，坐为金人括财，高宗建炎中流沙门岛卒。有《老圃集》。

洪炎，字玉父，洪刍弟。元祐末登第。南渡后，官秘书少监。有《西渡集》。

苏坚，字伯固。生平失考。

---

① 《芦川归来集》卷九。

苏庠（1065—1147），字养直，澧州（今湖南澧县）人。苏坚之子。以病目自号眚翁。后徙居丹阳（今江苏县名）之后湖，更号后湖病民。高宗绍兴间，居庐山，与徐俯同召，不赴。有《后湖集》，今不传。

潘淳，字子真。生平失考。

吕本中（1084—1145），字居仁，寿州（今安徽寿县）人。钦宗靖康初，官祠部员外郎。高宗绍兴六年（1136）赐进士出身。历中书舍人、权直学士院。以忤秦桧，罢职。卒谥文清。学者称东莱先生。有《东莱集》、《紫微词》等。

汪藻（1079—1154），字彦章，饶州德兴（今属江西）人。徽宗崇宁五年（1106）进士。高宗朝，累官中书舍人，兼直学士院；擢给事中，迁兵部侍郎，拜翰林学士。出知外郡。以尝为蔡京客，夺职，居永州，卒。有《浮溪集》。

向子諲（1085—1152），字伯恭，临江（今江西清江）人。哲宗元符初，以恩补官。徽宗政和五年（1115），知咸平县。宣和六年（1124），任淮南东路转运判官。高宗朝，历徽猷阁直学士，知平江府。寻致仕，号所居曰芗林，自号芗林居士。

张元干（1091—1170?），字仲宗，号芦川居士，又号真隐山人，永福（今属福建）人。向子諲之甥。曾为李纲行营属官，官至将作少监。高宗绍兴中，坐以词送胡邦衡，得罪除名。有《芦川归来集》、《芦川词》等。

以上即是豫章诗社主要成员的基本情况。这里需要说明的是，参加过豫章诗社唱和的并不仅限于张元干所开列的这个名单，诗社活动的时间也不止于张文中所说的大观庚寅至政和辛卯这两年。

宋张世南《游宦纪闻》卷三载："龙溪先生汪公藻，……幼年已负文名。作诗云：'一春略无十日晴，处处溪云将雨行。野田春水碧于镜，人影渡傍鸥不惊。桃花嫣然出篱笑，似开未开最有情。茅茨烟暝客衣湿，破梦午鸡啼一声。'此篇一出，便为诗社诸公所称。"按汪藻生于神宗元丰二年（1079），徽宗崇宁五年（1106）进士。这里说他幼年所作诗为诗社诸公所称，最低限度应是举进士之前的事。可见此诗社应早于崇宁五年即已有活动。又，徽宗政和二年（1112），向子諲离开豫章时，该诗社也曾有过唱和活动，向所作《浣溪沙》词即作于此时，其序云："政和壬辰正月，豫章龟潭作。时徐师川、洪驹父、汪彦章携酒来作别。"① 据此可知，此诗社的活动，至少持续到政和二年以后。

  未被张元干提及，但参加过此诗社活动的应该还有以下诸人。

  洪朋，字龟父。洪刍、洪炎之兄，加上洪羽，兄弟四人号称"四洪"。两举进士不第。有《洪龟父集》。其《次韵徐十见招》诗云："徐郎春晚意何如，相见萧然水竹居。近得柏梁七字句，俱来茧纸数行书。赏心不减远公社，到眼全胜正俗庐。首夏清和吾定往，勿令弹铗食无鱼。"② 诗中的远公社，指晋释慧远在庐山与士人刘遗民、雷次宗、宗炳等所结之白莲社，这里应即代指豫章诗社。尾联两句显然是对徐俯召他参加诗社活动的回应。洪朋还有《立秋日诸公过敝庐得"秋"字》诗，有句云："数能文字集，如许岁月遒。"③ 这些诗句都显示出洪朋曾参加过豫章诗社的活动。

  谢逸（？—1113），字无逸，号溪堂先生。临川（今属江西）人。终生隐居，未入仕途。谢逸有《溪堂集》，其中有与诗社诸公唱和诗多首，如《寄洪龟父戏效其体》、《寄洪驹父戏效其体》、《寄徐师川戏效其体》、《怀吕聘君》、《寄洪驹父兼简潘

---

① 见《酒边集》。转引自唐圭璋编《全宋词》第 2 册，中华书局。
②③ 《洪龟父集》卷下，景印文渊阁《四库全书》本。

子真、徐师川》、《以水沉香寄吕居仁戏作六言二首》等。既与诗社诸公生活于一地,彼此关系又如此密切,唱和频仍,参加诗社应是顺理成章之事。

谢薖(?—1115),字幼槃,号竹友居士,谢逸之弟。终生不仕。谢薖有《竹友集》,其中亦有与诗社诸公唱和诗多首,如《读吕居仁诗》、《次洪驹父游明水韵》、《有怀潘子真》等,显然也应是此诗社中人。

李彭,字商老,南康军建昌(今江西永修县)人。有《日涉园集》。向子諲《水调歌头》词曾追述了豫章诗社的一次活动,其序云:"大观庚寅闰八月秋,芗林老、顾子美、汪彦章①、蒲鉴庭,时在诸公幕府间。从游者洪驹父、徐师川、苏伯固父子、李商老兄弟。是夕登临,赋咏乐甚。"②词中亦有句云:"少日南昌幕下,更得洪徐苏李,快意作清游。送日眺西岭,得月上东楼。"此词序中之顾子美、蒲鉴庭因与向子諲、汪藻为幕府同僚之关系,未必是诗社中人;而所谓"从游者"洪刍、徐俯、苏坚、苏庠无一不是诗社中人,这里将李彭与他们并列在一起,可说是李彭参加了诗社的明证。何况李彭《日涉园集》中,也有与徐师川、洪刍、吕本中等人的唱和诗多首,可见他们关系之密切,实非一般交往所能解释。

综上所述,如果用全面的、动态的观点来观察,豫章诗社实际上是一个持续时间较长、参加人员众多的诗社,它的成员并非固定不变,而是经常处在流动变化之中,一些人离开了,一些人又参加进来;某次活动是一些人参加,某次活动又是另一些人参加。张元干所记叙的只是这一诗社在大观四年至政和元年这两年间的部分活动,或者也可说是这一诗社活动最活跃时期的情况,

---

① 《酒边集》"汪"字误刻为"江"。
② 见《酒边集》。转引自唐圭璋编《全宋词》第2册,中华书局。

而不应是它的全部。

考察豫章诗社的活动，有两个特点颇为引人瞩目。首先是诗社成员与黄庭坚的密切关系。诗社成员中不少人都是黄庭坚的亲戚晚辈，如徐俯、三洪都是黄庭坚的外甥、李彭则是黄庭坚舅父李常的从孙，他们在诗歌创作上都直接受过黄庭坚的指点，故较易接受黄庭坚的诗歌创作主张。还有一些人则受过黄庭坚的赏识与品题，如黄庭坚读了谢逸的诗后，大加赞赏，谓："晁、张流也，恨未识之耳。"① 说明他的诗歌创作与黄庭坚的主张也是接近的。

其次，切磋诗艺句法是豫章诗社活动的一个重要内容。像张元干即专门问句法于徐俯，汪藻也曾向徐俯请教"作诗法门当如何入"②。孙觌所作汪藻《墓志铭》记叙了这样一件事："……公在江西，徐俯师川、洪炎、洪刍有能诗声，自负无所屈。一日，师川见公诗于僧壁，叹曰：'此吾辈人也。'率二洪诣舍上。谒既去，公曰：'骚人墨客，撚须琢句，以鸣其不平耳，乌足尚也。'至是数年，卒以大手笔称天下。"③ 徐俯在寺庙壁上见到汪藻诗，立即引起共鸣，他所说的"此吾辈人也"，显然是指在创作上旨趣相近的意思。他立即率二洪去拜访汪藻，其目的显然也是为了交流这方面的心得。这种对诗艺句法有目的地切磋探讨，自然容易形成相似的创作主张和风格。

可见，豫章诗社实乃是一个具有相当自觉意识的文学团体。笔者以为，它的产生与江西诗派的形成之间似有着极为密切的关系，不能不予以注意。这不仅表现在诗社的主要成员如徐俯、洪朋、洪刍、洪炎、李彭、谢逸、谢薖等均列名于吕本中提出的

---

① 见惠洪《冷斋夜话》卷七"谢无逸佳句"条。
② 见曾敏行《独醒杂志》卷四"汪彦章为豫章幕官"条。
③ 见《鸿庆居士集》卷三十四，景印文渊阁《四库全书》本。

《江西诗社宗派图》中,更表现在他们对黄庭坚创作主张的接受,以及通过不断地切磋探讨,从而在创作上形成了相似的风格。随着诗社成员交往的扩大,地位的提高,以及互相标榜鼓吹的风习,这种创作主张与风格的影响也随之扩大,最终形成了在宋代诗坛上蔚为大观的江西诗派。孙觌在《西山老人文集序》中谈到江西诗派形成的情况时说:"元祐中,豫章黄鲁直独以诗鸣。当是时,江右学诗者皆自黄氏。至靖康、建炎间,鲁直之甥徐师川、二洪驹父、玉父皆以诗人进居从官大臣之列,一时学士大夫向慕作为江西宗派,如佛氏传心,推次甲乙,绘而为图。凡挂一名其中,有荣辉焉。"① 这里即肯定了徐俯、洪刍、洪炎等豫章诗社成员在江西诗派形成过程中所起的重要作用。

以往学术界大多认为北宋时所谓江西诗派"并非是一个有组织有纲领的文学群体,而是吕本中根据当时文坛上已经存在的情况和自己对这种情况的认识而代拟的名称。"② 这一认识总体上是不错的。但笔者认为,这一认识似不无可补充之处,即我们应该看到,在江西诗派形成的初期,在江西南昌及附近地区的确活跃着一个虽不能算作组织有序,但成员之间联系相当紧密的文学团体——豫章诗社,他们有着较为一致的文学主张,频繁地开展活动,并创作了大量作品,因而对江西诗派的形成起了十分重要的推动作用。犹如在平静的湖面投进一颗石子,泛起的涟漪从内向外一圈圈地扩大,最终充塞了整个湖面一样,在江西诗派形成的过程中,豫章诗社在某种程度上所起的就是这个石子的作用。

---

① 见《鸿庆居士集》卷三十,景印文渊阁《四库全书》本。
② 见程千帆、吴新雷著《两宋文学史》第5章第3节,上海古籍出版社,1991。

叶梦得许昌诗社

元陆友仁《砚北杂志》卷上云：

> 叶梦得少蕴镇许昌日，通判府事韩瑃公表，少师持国之孙也。与其季父宗质彬叔，皆清修简远，持国之风烈犹在。其伯父丞相庄敏公玉汝之子宗武文若，年八十余致仕，耆老笃厚，历历能论前朝事。王文恪公乐道之子实仲弓，浮沉久不仕，超然不婴世故，慕嵇叔夜、陶渊明为人。曾鲁公之孙诚存之，议论英发，贯穿古今。苏翰林二子迨仲豫、过叔党，文采皆有家法，过为属邑郾城令。岑穰彦休已病，羸然不胜衣，穷今考古，意气不衰。许亢宗干誉，冲澹靖深，无交当世之志。皆会一府。其舅氏晁将之无斁，自金乡来过；说之以道居新郑，杜门不出，遥请入社。时相从于西湖之上，辄终日忘归，酒酣赋诗，唱酬迭作，至屡返不已。一时冠盖人物之盛如此。有《许昌唱和集》。风月胜日，时一展玩于嵁岩之间，虽伯牙之弦已绝，而山阳之笛犹足慰其怀旧之思云。

据此记载可知，叶梦得曾在许昌倡立诗社。叶梦得（1077—1148），字少蕴，苏州吴县人。哲宗绍圣四年（1097）进士，调丹徒尉。累迁翰林学士。以龙图阁直学士知汝州、蔡州，移帅颍昌（许昌）府。高宗朝，除尚书右丞江东安抚使，兼知建康府行宫留守，移知福州。晚退居吴兴卞山，自号石林居士。有

《建康集》、《石林词》等存世。据《宋史》本传,梦得帅颍昌府的时间在徽宗重和元年(1118)至宣和二年(1120)间,此即应为许昌诗社活动的时间。

据《砚北杂志》,除叶梦得外,参加此诗社的还有韩璹、韩宗质、韩宗武、王实、曾诚、苏迨、苏过、岑穰、许亢宗、晁将之、晁说之等十一人。现略考其生平如下。

韩璹(1068—1121),原名瓘,字君表,后改璹,字公表,开封雍丘人,少师韩维(持国)之孙。哲宗绍圣元年(1094),以诗赋奏名礼部,除签书宁海军节度判官厅公事。历保州、宿州、颍昌通判,以朝奉大夫致仕,徽宗宣和三年(1121)卒。晁说之称其诗"圭璧含辉,肆远之士则曰似谢康乐,近则似韦苏州"①。

韩宗质,字彬叔,韩维之子。徽宗朝曾任留司御史。②

韩宗武,字文若,丞相韩缜(玉汝)之子。进士及第。韩宗彦镇瀛洲,辟为河间令。徽宗时任秘书丞,刚直敢谏。历都官员外郎、开封府推官、淮南转运判官,以太中大夫致仕。著有《韩庄敏公遗事》,今不传。《宋史》有传。

王实,字仲弓,观文殿学士王陶(乐道)之子。《砚北杂志》卷上载其生平甚详,略云:"未冠,从司马温公学,温公不以膏粱蓄之,教以名节,授《礼》、《易》二经。""韩少师持国归以女,仲弓又从受诗,祖陶谢韦杜。故其文典雅华丽,华畅而不靡;诗静而深,婉而厉,有一唱三叹之音。""元祐初,梁右丞焘荐于朝,为籍田令。秩荡,苏尚书轼镇中山,辟为属,不行。""崇宁初强起,一守信阳,归即谢事挂冠。里中叶少蕴守许昌,下车即往过之。视其貌盎然,不为崖异,而简远萧散,若

---

① 晁说之:《宋故韩公表墓铭》,《景迂生集》卷二十。
② 见韩元吉《高祖宫师文编序》,《南涧甲乙稿》卷十四。

初未尝与世交者。""善饮酒。所居凤台园,有修竹万余本。道
溉水贯其中,竹木幽茂,不觉在城市间。""靖康之难南渡,死
于鄂之咸宁。遗令不为铭文,而前自志其大略,使纳之圹中。其
旷达无累于世如此。"

曾诚,字存之,泉州晋江人。鲁国公曾公亮子孙、端明殿学
士曾孝宽之子。哲宗元符间曾任秘书监。其子曾怀,孝宗乾道、
淳熙间曾任右丞相。

苏迨,字仲豫,眉州眉山人。苏轼次子。曾任承务郎。

苏过(1071—1123),字叔党,苏轼季子。历监太原府税、
知颍昌府郾城县、通判中山府。善诗书画,时称"小坡"。晚家
于颍昌,"从湖阴营水竹可赏者数亩,则名之曰'小斜川',自
号斜川居士"①。有《斜川集》。《宋史》有传。

岑穰,字彦休。苏过《斜川集》卷六有《祭岑彦休文》,略
云:"蚤陟巍科,驰声天衢,金马玉堂,指日可须。乃请试吏,
遭回阔迁,弦歌两邑,古良大夫。……上党之治,益隆于初。刚
亦不吐,弱焉必扶。期月而归,遂与世疏。幅巾深衣,筑室端
居。……嗟余通家,三世乡间。臭味既同,婚姻与俱。……"
据此可知彦休亦曾科举为官,并与苏过为姻亲。

许亢宗,字干誉。其生平略见于韩元吉《祭许舍人干誉
文》,云其"恬情不竞,强志好修。同官奉常,阅岁两周。……
赞道天步,日近冕旒。既迁郎曹,持节万里。使不失词,语皆称
旨。乃在靖康,秉笔立螭。赠缴既张,鸿鹄高飞。……公隐下
峰,我守雪川。……曾未几日,召对紫宸。……赴官上饶,公无
愠喜。行为两驿,遇疾不起……"②。据此可知,许亢宗在北宋
徽宗宣和、钦宗靖康及南宋高宗朝均曾为官。《宋史·徽宗本

---

① 晁说之:《宋故通直郎眉山苏叔党墓志铭》,《景迂生集》卷二十。
② 《南涧甲乙稿》卷十八,景印文渊阁《四库全书》本。

纪》载，宣和六年"秋七月戊子，遣许亢宗贺金国嗣位"。这与祭文中"持节万里"之说相合。是知亢宗入京做官当在参加诗社之后。

晁将之，字无致。哲宗元祐间曾任学官。①

晁说之（1058—？），字以道，济州巨野人，自号景迂生。神宗元丰五年（1082）进士。苏轼以著述科荐。哲宗元符末，与崔鶠同书邪籍。靖康初，召为著作郎，试中书舍人，兼东宫詹事。建炎初，终徽猷阁待制。有《景迂生集》。

除以上十二人外，参加该诗社的，还应有韩宗武之子。此人高宗绍兴朝曾任运使之职。事见叶梦得《祭韩运使文》："……侃侃大夫，庄敏之孙。盎然慈和，克绍其门。宣和丁亥（按应为己亥之误），从我许下。二十二年，如阅昼夜。持节西来，再见江濆。从游凋零，存者几人？……握手未几，一病莫留……"②考《宋史·韩缜传》，韩缜（庄敏公）唯有宗武一子，这里说"庄敏之孙"云云，显然为宗武之子无疑。可能因其时尚年幼，或未曾入仕，故《砚北杂志》未将其列入十二人之列。

诗社诸人唱和的诗作汇编为《许昌唱和集》。韩维之玄孙、韩璹之侄韩元吉在《书〈许昌唱和集〉后》一文中谈到此集的情况："绍兴甲子岁（1144），某见叶公（梦得）于福唐，首问诗集在亡。抵掌慨叹，且曰：'昔与许昌诸公唱酬甚多，许人类以成编。他日当授子。'其后见公石林，得之以归，又三十余年矣。今年［按据文末所题为淳熙二年（1175）］某叨守建安，苏岘叔子（按苏过之孙）为市舶使者，会于郡斋，相与道乡间人物之伟，因出此集披玩，始议刻之。盖叔子父祖诸诗亦多在也。

---

① 范祖禹《范太史集》卷五十五《手记》，载其时一百九十七人姓字，晁将之名在其列，注云："元祐八年荐学官。"

② 《建康集》卷四，景印文渊阁《四库全书》本。

箕颍隔绝,故家沦落殆尽,典型未远,其交好之美,文采风流之盛,犹可概见于此云。"① 惜此集今已不传。

许昌诗社中人今有文集存世者有三人,即叶梦得《建康集》、《石林词》;苏过《斜川集》;晁说之《景迂生集》。叶梦得的文集,据陈振孙《直斋书录解题》所载共一百卷,今存《建康集》则只有八卷,"乃绍兴八年(1138)再镇建康时所著"②,余皆亡佚不存,故无从见到其帅颍昌时所作诗文,但其《石林词》及苏过《斜川集》、晁说之《景迂生集》中则保留了部分诗社同人唱和之作,使我们可约略窥得此诗社的活动情况。

苏过《斜川集》有《陪郡守游西湖泛舟曲水分韵得"会"字》、《次韵叶守端阳日湖上宴集》、《次韵叶守端午西湖曲水》等诗,可知其均为诗社同人雅集酬唱之作。除了集中唱和之外,诗社同人之间的彼此唱和也是十分频繁的。如《石林词》中的《临江仙·席上次韵韩文若》、《临江仙·晁以道见和答韩文若之句,复答之》二首、《鹧鸪天·十二月二十二日与许干誉赏梅》;《景迂生集》中的《病卧闻韩公表雨中出谒》、《即事谢公表两绝句》;《斜川集》中的《次韵晁无致与叶少蕴重开西湖唱酬之诗》、《次韵和韩君表读渊明诗愧曾存之酒唱酬之什》、《次韵少蕴二首》等。《石林词》今存共一百三首,据词序可确实考知作于诗社的词即有十四首;《斜川集》中此类诗也有十三首之多。由此可见,该诗社的活动是相当活跃的。叶梦得于离开颍昌的次年所作的《醉蓬莱》词,其序云:

辛丑(1121)寓楚州,上巳日有怀许下西湖,作此词寄曾存之、王仲弓、韩公表。"其词云:"问东风何事,断送残红,便拼归去。牢落征途,笑行人羁旅。

---

① 《南涧甲乙稿》卷十六,景印文渊阁《四库全书》本。
② 《四库全书·建康集提要》。

一曲《阳关》,断云残霭,做渭城朝雨。欲寄离愁,绿阴千顷,黄鹂空语。　　遥想湖边,浪摇空翠,弦管风高,乱花飞絮。曲水流觞,有山公行处。翠袖朱阑,故人应也,弄画船烟浦。会写相思,尊前为我,重翻新句。

不难看出,叶梦得对许昌诗社的活动和社友,怀有多么深厚的感情。

李若水诗社

李若水《忠愍集》卷三有《次韵高子文途中见寄》诗，云：
　　人生半在客途中，休著狂踪比断蓬。别后梦烦庄叟蝶，迩来书误子卿鸿。月同千里水云隔，天隔一涯谈笑空。趁取重阳复诗社，要看红叶醉西风。

李若水，本名若冰，钦宗为改今名。字清卿。曲周（今属河北）人。宣和末以上舍登第，调元城尉、平阳府司录。试学官第一，济南教授，除太学博士。靖康元年，擢吏部侍郎。从钦宗如金营，以力争废立，不屈死，年仅三十五。高宗建炎初，赠观文殿学士，谥忠愍。

从前引李诗"趁取重阳复诗社"句可以看出，若水旧曾与高子文在重阳节结诗社唱和。高子文，生平失考。若水《忠愍集》中有与其唱和诗多首。其《次韵高子文秋尽怀归》诗云："把酒送秋去，此怀难具陈。十年江海梦，一几簿书尘。自叹栖栖者，谁怜落落人。渊明归思切，篱菊带霜新。"《次韵高子文村居》诗云："幽人厌城市，结屋近松萝。一笛秋风急，千岩晚照多。竹根邻叟醉，牛背牧儿歌。笑杀青云友，朝绅换短蓑。"从这些诗句可见，高子文乃是作者登第前在家乡时的友人，由此可知此诗社活动之地在作者家乡曲周，诗社活动之时则应为宣和末年。至于此诗社除李、高二人外还有何人参加，由于缺乏材料，今已难以确知了。

欧阳彻诗社

欧阳彻（1091—1127），字德明，抚州崇仁（今属江西）人。高宗建炎元年（1127），徒步赴行在，伏阙上封事，请诛汪伯彦、黄潜善等，与太学生陈东俱死于市，年仅三十七岁。绍兴中，赠秘阁修撰。《宋史》有传。

欧阳彻《飘然先生集》卷四有《朝宗见和复次韵谢之》诗，云：

> 拾得佳篇李贺门，鸾笺重录教诸孙。清于月夕潇湘水，淡似清秋太华云。发药例虽沾剩馥，钩深应寡与去文。何时红树寻诗社，琢句令倾潋滟樽。①

同卷还有《陈钦若时寓盘龙，作诗寄之，因纪吟咏之美》诗，云：

> 凛凛冰霜嚼齿牙，沉沉清夜咏檐花。摩云气逸干星斗，落纸词妍带绮霞。醉扫麝煤奔渴骥，困纡象管引秋蛇。拟寻红树赓诗社，却日挥戈不许斜。

上引两诗均将红树与诗社联系在一起。另外，卷六《游春八咏》其五诗题即谓《狂吟红树》，有句云："爱携佳客懒寻春，残红枝下细论文。"将上述材料综合考察，可知红树当是作者家乡崇仁的一处景观，此处或生有枫树一类的树木，诗社同人常在此举行活动。故此，我们或可将此诗社名之为红树诗社。

---

① 本文所引欧阳彻诗文均出自《飘然先生集》。不另注出。

欧阳彻于高宗建炎元年即被害,据此推算,此诗社的活动应是在北宋末年。

关于此诗社的成员,据欧阳彻诗文考之,大致应有吴朝宗、陈钦若,以及敦仁、德秀、子贤、仲宝、希喆、显道、世弼等人。这些人大概多是与欧阳彻一样的青年布衣之士,事迹多湮没无征,故其生平难以确考。

关于此诗社的活动,欧阳彻在《游春八咏》引中曾有生动描述:

清明日,与二三友乘舆联袂,选胜寻芳蹑磴,卧翠眠红松柏阴中。溪山佳处,即藉草飞觞,藏钩赌酒,美花媚人,好鸟劝饮,融融怡怡,荡荡默默。醒者忽醉,醉者复醒。如邀狂客,泛一叶于鉴湖;似对谪仙,埽寸毫于云梦。狂吟怪石,窃窥靖节之优游;长笑筠林,自得子猷之标致。咀西山之妙剂,疑羽翼之潜生;煮北苑之研膏,觉风流之战胜。典衣换酒,清欢不减于少陵;蜡屐登山,伟迹可夸于灵运。望芙蓉于日下,逸气飘扬;指仙掌于云间,烦襟雪释。于是留情寓景,命意成诗,不觉累成篇什……

从这段文字中,我们不难想见当年诗社士子纵情山水,放浪形骸的生活情趣和逸气飞扬的精神风貌。

然而,以上文字所展现的只是这群青年士子精神风貌的一个侧面。我们切不要误以为他们是不问世事,一味流连山水的隐者,相反,他们是一群关心国事,胸怀抱负,志节高尚的热血青年。欧阳彻即是他们的突出代表。

欧阳彻是南北宋之交的著名爱国志士。《宋史》本传记载了他在国难当头之际,以布衣之身奔走国事,痛斥误国权奸,以至惨遭杀害的事迹:

欧阳彻,……善谈世事,尚气大言,慷慨不少屈,而忧国闵时,出于天性。靖康初,应制条敝政,陈安边御敌十策,州未许发,退而复采朝廷之阙失,政令之乖违,可以为保邦御俗之方,去蠹国残民之贼者十事,复为书,并上闻。已而复论列十事,言:"臣所进三书实为切要,然而触权臣者有之,迕天听者有之,或结怨富贵之门,或遗怒台谏之官,臣非不知,而敢抗言者,愿以身而安天下也。"所上书为三巨轴,厥置卒辞不能举,州将为选力士荷之以行。

会金人大入,要盟城下而去。彻闻,辄语人曰:"我能口伐金人,强于百万之师,愿杀身以安社稷。有如上不见信,请质子女于朝,身使穹庐,御亲王以归。"乡人每笑其狂,止之不可,乃徒步走行在。高宗即位南京,伏阙上封事,极诋用事大臣,遂见杀,……死时年三十七。

欧阳彻能在国家民族生死存亡之际,挺身而出,不避斧钺,大胆建言,痛诋权奸,以至为此献出宝贵的生命,并不是偶然的一时冲动,诗社同人之间平时即以报国为己任,以节操相砥砺是一个重要因素。披阅欧阳彻的有关诗社之作,我们不难发现,此一方面的内容占了相当大的比重。像"恶客不容污我社,摘云要扫笔锋神"(《轩前菊蕊将绽,因书四韵示希喆,约九日聚饮于此》)、"鸡窗俯默谢尘嚣,炙手权门懒折腰。节操刚持忠孝砥,胸襟常以古今浇"(《述怀寄仲宝》)等诗句可谓触目皆是,表现出他们是一群不同流俗,胸怀抱负,追求坚贞节操的志同道合的朋友。《朝宗以诗见赠,叙从游之乐。广其意作古诗谢之,并简敦仁、德秀》一诗,更是把这种同调间的相得之欢与相互砥砺之情揭示得淋漓尽致:

延陵有伟人,遗我锦绣篇。粲粲荡醉眼,的的争春妍。卷阿细考覈,字字皆青钱。知公太瘦生,苦吟希闻

> 仙。丹煅复精炼，落纸人争传。亦常慕坡翁，汗漫如涌泉。有时醉风月，健笔挥云烟。冷饮味古昔，诗活珍盈编。嗟点寓深旨，读之心洒然。公才本瑰玮，那复加雕镌。耻与俗吏偶，杜门宗圣贤。岂意阘茸辈，辱公倒屣延。倾盖顿忘形，披雾呈青天。襟怀未易测，醉中颇逃禅。间亦不自揣，效颦西子前。骅骝超逸足，驽骀乌能先。但欲偷格律，引玉时抛砖。每荷不鄙斥，珠玑贻我偏。樽酒结诗社，卓荦俱樊川。风流王世子，远拍贞曜肩。食齑肠亦苦，志操不少迁。……伟我二三友，才名足联翩。休歌出无车，休咏寒无毡。……风云会遇自有日，骊珠不到终沉渊。公不见，新丰旅人时未偶，鸢肩沽酒浇尘垢。谋猷一旦重朝廷，始信男儿暂奔走。

可见，追慕古贤，砥砺志操，期待报效国家，正是此一诗社成员的共同精神追求，也是一条将他们会聚在一起，结成诗社的精神纽带。通过他们的频繁往来，迭相唱酬，这种精神追求又得到进一步升华和强化。

综上所述，我们发现，产生于北宋末年的红树诗社，与它之前的豫章诗社等诗社相比，发生了明显的变化，即文学功能的渐趋弱化和政治色彩的日益浓厚。诗社活动的内容从较多地集中在对消闲生活的歌咏、诗艺句法的切磋，进而转化为对现实政治的更多关注，这反映了知识分子注视焦点的转移。这种变化显然和时代有关。当社会剧烈动荡，国家、民族面临生存危机的时候，诗社作为知识分子的群体，必然会对此作出反应。它说明诗社并不仅只是文学的团体，它还具有政治的功能。在特定的历史条件下，政治功能的一面往往会凸显出来。在以后的宋元之交，我们同样可以看到这种情况。

许景衡横塘诗社

许景衡（1071—1127），字少伊，温州瑞安（今属浙江）人。元祐九年（1094）进士。宣和六年（1124），召为监察御史，迁殿中侍御史。高宗建炎元年（1127），除御史中丞，迁尚书左丞，罢为资政殿学士，提举洞霄宫。卒谥宗简。

景衡《横塘集》有数诗涉诗社活动。卷五《寄张宰几仲》云：

> 往在横塘诗酒社，而今不忍重寻思。时人狂简无如我，县尹风流更有谁？塞上尘沙长冥寞，江南梅柳正葳蕤。人生闲健须行乐，莫学安仁鬓早衰。

卷四《赵虞仲过仙岩以诗见寄，答之》云：

> 十年归梦在江湖，今日南飞塞雁孤。已觉登临多感慨，固应吟咏转荒芜。近闻仙岭寻先友，亦有诗筒及老夫。还许追随白莲社，横塘今已结茅庐。

从上引两诗来看，景衡早年未中举前，在家乡横塘曾与人结诗社唱和，两诗即为追忆当年社事而作。

又，景衡《横塘集》卷四有《护国寺诗》：

> 未暇远寻庐阜游，只消护国也深幽。种莲慧远谁还往，得酒渊明自献酬。恶句多惭居唱首，高吟长许作遨头。请看十八人同社，尽是人间第一流。
>
> 小诗聊记凤山游，仿佛东林水石幽。已愧高僧与摹刻，更烦诸老数赓酬。簿书底事长遮眼，林壑何人肯转

头。会待从公白莲社，杖藜来往亦风流。

以上两首似作于为官期间，景衡尝与友人仿东晋僧慧远在庐山与士人结莲社故事，结社游览唱和，但具体社事已无可考。

吴云公岁寒社

元徐大焯《烬余录》乙编载:"吴云公雅善诗词,居城东之临顿里,著有《香天雪海集》,传诵一时。靖康国难后,披发佯狂,更号中兴野人。厌弃城市,时往来于吴江李山民家。李即忠愍公讳若水之侄,避寇来吴,就馆吴江,与云公为僚婿,且同为岁寒社友也。山民尝题《洞仙歌》于吴江桥亭云:'飞梁压水,虹影澄清晓。桔里渔村半烟草。今来古往,物是人非,天地里,惟有江山不老。 雨中风帽。四海谁知我。一剑横空几番过。按玉龙、嘶未断,月冷波寒,归去也、林屋洞天无锁。认云屏烟障是吾庐,任满地苍苔,年年不扫。'云公和以《念奴娇》云:'炎精中否,叹人才委靡,都无英物。贼骑长驱三犯阙,谁作长城坚壁。万国奔腾,两宫幽陷,此恨何时雪。草庐三顾,岂无高卧贤杰。 天心眷我神州,我皇神武,踵曾孙发。河岳英灵俱效顺,狂贼会须灰灭。翠羽南巡,叩阍无语,徒有冲冠发。孤忠耿耿,剑锋冷浸秋月。'两词并刊集中。"

同书又载:"顾淡云,别号梦粱词人,著有《梦粱集》。和李山民题吴江桥亭一阕,倚《水调歌头》云:'平生太湖上,短棹几经过。如今重到何事,愁与水云多。拟把匣中长剑,换取扁舟一叶,归去老渔蓑。银艾非吾事,丘壑已蹉跎。 脍新鲈,斟美酒,起悲歌。太平生长,岂谓今日识兵戈。欲泻三江雪浪,净洗胡尘千里,不用挽天河。回首望霄汉,双泪堕清波。'淡云居灵芝坊,亦岁寒社友。"

据上引材料可知，吴云公曾与李山民、顾淡云等结社唱和，并名之为岁寒社。

吴云公等三人生平未见它书记载，故无从考知。《烬余录》谓吴、顾均为苏州人，李山民则寓居吴江，可知此诗社的活动地点即在吴中一带。

《烬余录》谓李山民曾题《洞仙歌》于吴江桥亭，吴、顾二人则分别和以《念奴娇》、《水调歌头》，故三词显然属于诗社唱和之作。然李山民《洞仙歌》词，据叶绍翁《四朝闻见录》卷三记载，为闽士林外所撰，并记其"以巨舟仰书桥梁，水天渺然，旁无来迹"之事；吴云公和《念奴娇》词，据元黄溍《记居士公乐府》① 文，为其六世祖黄中辅所作；顾淡云和词《水调歌头》，据龚明之《中吴纪闻》卷六为无名氏所作。叶绍翁、龚明之活动年代均早于徐大焯，黄溍虽年代稍晚，但云此词见于其家集，似非无稽之谈，故徐大焯所记显然有误。

即以三词本身来看，亦有凿枘不合处。首先，按一般规律，和词应采原调，用原韵，而吴、顾之作与李山民原作调、韵均不同。其次，就三词内容来看，《洞仙歌》主要抒发世事沧桑岁月无情之感，并无明显的现实针对性。《念奴娇》、《水调歌头》两词则显然作于靖康之变后，两词均抒发了强烈的亡国之痛和报国无门的苦闷，和原作的意旨并不一致，故很难将此三词视为作于同时同地的唱和之作。

综上所述，此三词的作者并非李山民、吴云公、顾淡云，将其作为岁寒社的唱和之作，显然出于徐大焯的附会。由于吴云公等三人均没有文集传世，故岁寒社吟唱的内容今天已无法得知了。

另外，除了吴云公等三人外，顾淡云的夫人杜芳洲亦是岁寒

---

① 《金华黄先生文集》卷三，四部丛刊本。

社之成员。其事亦见于《烬余录》乙编:"杜芳洲,昆山南翔人。赘城东顾氏,夫妇工诗。宣和间,结岁寒吟社,与吟梅、沧浪鼎足。著有《联珠吟草》,多闺房倡和之作。建炎庚戌(1130)二月二十三日对缢死,家人急为殓,瘗甫就绪,城陷。遗绝命词三首,仅传结句云:'同骖鸾鹤冲霄去,肯向尘寰再问津。'"据《宋史·高宗本纪》,建炎四年(1130)二月,"金人入平江(即今苏州),纵兵焚掠"。顾淡云、杜芳洲夫妇即自缢于城破之时,可见他们都是颇具民族气节的人物。从此记载也可考知岁寒社活动的大致年代,即从北宋徽宗宣和间至南宋高宗建炎四年之间。

僧云逸吟梅社

元徐大焯《烬余录》乙编载：

  云逸和尚，慧远僧裔，住持旃檀庵三十年。庵介梅、章两家别业。云逸能诗，结吟梅社以延客。社中梅子采南、章子咏华，效流觞曲水故事。广其庵前双鱼放生池，以通五亩别业之双荷花池、桃坞别业之千尺潭。北兵陷城，云逸犹驾瓜皮艇，容与杨柳堤畔。守堞兵散，招之使渡。云逸奋起，令结寨，守两日，忽慨然曰："毋苦众生也。"自投双鱼池死。兵遂溃，然无幸生者。

有关云逸及吟梅社的事迹，可考者仅此。又，《烬余录》乙编载顾淡云、杜芳洲夫妇事迹，谓其"宣和间结岁寒吟社，与吟梅、沧浪鼎足"，是知吟梅社活动之地即在苏州，北宋徽宗宣和间即已有活动。上引材料所云"北兵陷城"，据《宋史·高宗本纪》，建炎四年（1130）二月，"金人入平江（即今苏州），纵兵焚掠"。是知云逸即死于此年，吟梅社的活动至此时为止。

邓深诗社

邓深《大隐居士诗集》卷下有《次韵欧阳天聪》诗,云:
> 今古由来几废兴,人生底事漫劳生。一身休作笼中鸟,万事终归墙角蝥。且与风光闲作主,莫于诗社倦寻盟。相从只么消闲暇,自快人间物外情。

除此诗外,诗集中涉及诗社之作的还有《次韵答社友》、《晚秋怀社中诸子》等诗。

邓深,字资道,湘阴(今属湖南)人。绍兴中举进士。轮对论京西湖南北户及士大夫风俗,高宗嘉纳,提举广西市舶。以亲老求便郡,知衡州。继擢潼川。后以朝散大夫终于家。

邓深《次韵答社友》诗云:
> 小轩名大隐,粗可供趺坐。遮眼时翻书,静愿结香火。似介还似痴,所尚与时左。不践名利途,窃谓志亦果。人生天地间,世路多坎坷。成败端有数,巧力不容佐。昧者迷所之,大似蚁旋磨。君看禽高飞,翼倦千仞堕。大刚者易亡,太锐者易挫。得失相乘除,倚伏两福祸。顾予何所乐,日晏得高卧。岂惟七不堪,万事付懒惰。侪类每见宽,亦不攻其过。美人如敬翁,学问精而夥。松柏生涧壑,霜干久长大。富贵应不免,时有可未可。何须穷妇吟,再三叹寒饿。且冀宽此抱,会当有知我。属和聊写情,暂辍园蔬课。

从此诗的内容可以看出,邓深所结诗社的时间当是在其中举入仕之前,即绍兴初年;诗社活动之地,则是在其家乡湖南湘阴。

此诗社之成员,除了邓深及前引诗题中的欧阳天聪外,从诗集中可确切考知的还有何仲敏,事见《送仲敏东归》诗:"别仅三千里,书才一载通。固应难邂逅,那得许从容。今日君先去,何时我亦东。社中如借问,为道转疏慵。"可知仲敏乃邓深昔时诗社中之友人。惜此二人的生平已无可考。诗集中还有《诸人集予贫乐轩赏花,以"直把春赏酒,都将命乞花"为韵,深得"把"字》一诗,从分韵的情况来看,此诗社的成员当在十人以上。

《晚秋怀社中诸子》一诗当作于作者入仕之后,诗中云:"如今时节从来好,得醉功夫似旧么。傥有征鸿过巫峡,待凭诗句问如何。"早年的结社唱和,使作者与诗社同人建立了深厚的感情,并深深怀念这一段生活。

赵鼎真率会

赵鼎（1085—1147），字元镇，解州闻喜（今山西县名）人。自号得全居士。崇宁五年（1106）进士，累官开封市曹。高宗绍兴初，擢右司谏，历官至尚书左仆射、同中书门下平章事。为秦桧所忌，安置潮州，移吉阳军，卒。孝宗朝，追谥忠简，封丰国公。有《忠正德文集》。

《忠正德文集》卷五有《真率会诸公有诗，辄次其韵》诗，云：

山林与钟鼎，出处无异趣。刍豢等藜藿，同是一厌饫。此心无适莫，外物曾何忤。奚独淡交游，未肯耐纨袴。故寻漫浪人，要作寻常聚。主既不速客，客亦随即赴。倾谈剧悬河，泻酒快流霤。百年人醉醒，万物皆侨寓。云何造请门，日满户外屦。却想耆英游，风流甚寒素。淡然文字欢，一笑腥膻慕，我亦蹭蹬余，早向危机悟。绝意鹓鹭行，幸此松萝附。君诗妙铺写，纵横俱中度。我老学荒废，一词不能措。独于樽酒间，不惜淋漓污。何当赋归欤，去敛头角露。家有应门儿，稍能随指顾。鸡黍林下期，视此犹应屡。有兴即放言，安能限章句。

从此诗中"何当赋归欤，去敛头角露"、"鸡黍林下期，视此犹应屡"等句来看，此诗似作于作者在朝为官之时，故时时流露不愿为官所累，向往民间质朴自由生活的愿望。其时当在绍兴初年，其地则应在临安。

苏庠诗社

苏庠（1065—1147），字养直，澧州（今湖南澧县）人。苏坚（伯固）之子。以病目自号眚翁。后徙居丹阳（今属江苏）之后湖，更号后湖病民。高宗绍兴间不赴征召，悠然湖山以终。有《后湖集》，今不传。

苏庠在北宋徽宗大观、政和间即参加过徐俯等人豫章诗社的活动。南渡后亦曾与人结诗社唱和，事见宋刘宰《漫塘集》卷二十四《书碧岩诗集后》一文，略云：

……本朝南郭先生陈公、后湖先生苏公，近世紫薇舍人蔡公、棘寺亚卿谭公皆以诗显。……后湖辞聘家居，从其游者甚众，如洮湖之陈、烟霏之丁，父子伯仲皆相与游。策杖花朝，扣舷月夕，盖不知几来往。……年来诗社久废，山川寂寞，……前辈风流尽矣。

据刘宰此文，该诗社应为苏庠"辞聘家居"时所结。宋罗大经《鹤林玉露》卷十五曾载有苏庠辞聘之事，云："绍兴间，与徐师川同召。师川赴，养直辞。师川造朝，便道过养直，留饮甚欢。二公平日对弈，徐高于苏。是日养直拈一子，笑视师川曰：'今日须还老夫下此一著。'师川有愧色。"师川，即徐俯字。据《宋史》本传，徐俯于"绍兴二年（1132），赐进士出身，兼侍读"。是知其与苏庠被征召即应在此年或稍前，苏庠在后湖结诗社则应在此年之后。

关于该诗社的成员，刘宰文中提到的有"洮湖之陈，烟霏之丁"。"烟霏之丁"不详,"洮湖之陈"指陈序,家洮湖(在今江苏金坛县,踞苏庠所居丹阳后湖不远)。刘宰文中也提到他的生平,云:"公讳序,字彦育,于洮湖为最知名。初以诗受知于向芗林,芗林以寇莱公家孙女归之。会芗林入觐,高庙问中原故家,怅莱公之无后。芗林以一女漂流,为士人陈某之妻对。高庙恻然,即命官之。……后立朝为敕令所删定官,改秩签书保宁军节度判官听公事而卒。"另外,周紫芝《太仓稊米集》卷六十七《书后湖帖后》一文,也提到陈序与苏庠之关系,谓:"余平生慕苏后湖之为人,恨不拜床下。晚与陈彦育游,见其道后湖酒间风味,笔底波澜,尤使人想见风采。彦育与之周旋莫逆,得此数牛腰,非但惟德其物,其字画咄咄,遂逼老坡。自当宝也。"惜苏庠《后湖集》及陈序著作均未流传下来,故今已无从得知此诗社活动的具体情况。

苏庠隐居后湖期间,过从较多的友人还有周德友。厉鹗《宋诗纪事》卷四十一引《铁网珊瑚》云:"绍兴中,……苏公隐丹徒(按应为丹阳),五召不起。周君德友主县簿,愿从之游,文书往来,委曲如琐。求之古人,未易一二也。"《宋诗纪事》录有苏庠《德友近在咫尺乃不相过,因成一诗》、《德友求蒼卜花栽,戏作小诗代简》两诗,前诗有句云:"喜君不减习主簿,愧我殊非庞德公。"张元干《苏养直诗帖跋尾六篇》亦云所见苏庠翰墨六大轴得之于周德友,① 可见两人交情匪浅。周德友或亦为此诗社之成员。

---

① 张元干:《芦川归来集》卷九,景印文渊阁《四库全书》本。

程俱衢州九老会

程俱《北山集》卷十有《与叔问预约继九老会》诗，云：

> 七老当年四美并，韩温千载接仪型。世间天爵兼人爵，云外台星聚德星。白发簪花看更好，碧山环座眼偏青。相期勉继耆英会，留与衢人作画屏。

程俱，字致道，衢州开化（今属浙江）人。以外祖邓润甫荫入仕。宣和二年（1120），赐上舍出身。高宗朝，擢中书舍人，兼侍讲，罢，提举江州太平观，除徽猷阁待制。

诗题中之叔问为赵子昼，字叔问。大观元年（1107）进士，为宗子第一。授奉承郎，调宪州通判，改知密州。建炎四年（1130），诏以吏部员外郎召，历官礼部、兵部侍郎等职。据程俱所撰叔问《墓志铭》，其卒于绍兴十二年（1142），此前"以旧职提举江州太平观，寓止衢州，凡七年。……得宽闲之地，城南之郊，为池亭林圃，间与交旧游息其间，浩浩然若将终身而不厌者……"[①]据此，该九老会之活动时间，当在以绍兴十二年为下限上溯七年（1136—1142）这一期间内。该九老会之其他成员，已无可考。

---

① 《北山集》卷三十，景印文渊阁《四库全书》本二。

朱翌真率会

朱翌（1097—1167），字新仲，舒州（今安徽潜山县）人。号灊山居士，又号省事老人。政和八年（1118）同上舍出身。南渡后，为秘书少监、中书舍人。绍兴十一年（1141），忤秦桧，责授将作少监，韶州（今广东韶关）安置。二十五年（1155），桧死，北返，充秘阁修撰，知宣州，授敷文阁学士。有《灊山集》、《猗觉寮杂记》。

《灊山集》卷二有《同郭侯、僧仲晚至武溪亭议真率会》诗，云：

> 平远寒林暮霭横，右丞不死毕韦生。八人过处草齐绿，一日去来花笑迎。衲子自知空是色，将军要使酒犹兵。尺书相与盟真率，岭海风流似洛京。

据此诗末句"岭海风流似洛京"一句来看，该真率会的举行地点当在作者贬官之地韶州，时间则在绍兴十一年至二十五年（1141—1155）之间。

又，厉鹗《宋诗纪事》卷三十九引《瀛奎律髓》所载朱翌《示同会》诗，云：

> 无奈春寒老不禁，喜看晴日上窗棂。群花半露乾坤巧，百刻平分昼夜停。柱杖有时挑菜甲，桔槔无复部畦丁。逢春不出何为者，众醉谁知可独醒。

疑此诗即为该真率会的唱和之作。

张扩吴县诗社

张扩《东窗集》卷一有两诗题云:
>《大年、耆年各赋长篇,投名诗社中。顾景蕃及伯初、子温二侄传诵喜甚。子温有诗,因次其韵》①
>《诗社近日稍稍复振,顾子美坚壁既久,伯初以诗致师请于老仆,无语,但乞解严尔》

同集卷四《暮春舟中怀顾景蕃诸友会心堂折花,几至纷纭,因以问之》诗有句云:"坐怀同社二三子,剩有一番酬唱诗。"又,宋龚明之《中吴纪闻》卷六"顾景繁与施宿武子同注苏诗即其人"条云:"鄱阳张紫微彦实扩以诗闻天下,景繁结为一社,与之唱酬。"以上材料清楚表明,张扩曾与顾景蕃等人结社唱和。

张扩,字彦实,号紫微,德兴(今江西县名)人。徽宗崇宁五年(1106)进士。南渡后,历知广德军、著作佐郎、祠部员外郎、礼部员外郎。高宗绍兴十一年(1141),起居舍人。十二年(1142),起居郎,权中书舍人。十三年(1143),提举江州太平观。十七年(1147)卒。有《东窗集》。

顾禧,字景繁,一作景蕃。粤雅堂丛书初集《苏诗补注》卷八附录《苏州府志》载其简略生平,云:"吴郡人。祖沂,知龚州。父彦成,两浙运使。禧不求禄仕,居光福山,闭户诵读,著述甚富。绍兴间,有司以遗逸荐,不起。隐居五十年。筑室邓

---

① 本文所引张扩诗均录自《东窗集》,不另注出。

村，表曰漫庄。尝与吴兴施元之注苏子瞻诗行世。"另外，上引《中吴纪闻》卷六同条亦云其"居光福山。……隐居五十年，享高寿而终。"

关于此诗社活动的时间，张扩《子温县丞侄长篇见赠，并携少卿伯父梅堂所赋绝句相示，翰墨宛然，叹息久之，因次其韵》诗有句云："吾年过半百，世事亦何慕。杖屦相扶携，筋骸日僵仆。"可知结社当在其晚年休官之后，即在绍兴十三年至十七年（1143—1147）间。

关于此诗社活动的地区，由于缺乏直接材料，亦只能由有关材料间接考之。上面所引有关顾景蕃的生平材料均提到他是吴郡人，居光福山，终生隐居不仕。按吴郡，即今苏州市吴县，秦汉时尝为郡治，故称。光福山，在吴县西，上有光福寺。据此可知顾景蕃的主要活动之地即在家乡吴县一带。他既是此诗社的主要成员，那么此诗社的主要活动地区也应是在吴县及附近一带了。另外，《东窗集》卷四有诗题云：《景蕃暂如无锡，不暇相寻于云间，诗来问讯甚殷勤。会予续至江上，遂及邂逅，走笔奉呈》、《别后一日，予游惠山寺，酌泉烹茶而去。时景蕃补葺旧隐，将自德兴奉亲而归，以诗追记之》。① 这里说的无锡及其名胜惠山寺，均距吴县不远，此亦可证此诗社的活动地区应大致不离吴县及附近地区。张扩晚年休官后，很可能即生活在这一地区，此诗社即他与当地士人所结。

关于此诗社之成员，除张扩、顾禧外，据《东窗集》考之，尚应有顾彦成，字子美，曾任两浙运使，顾禧之父②；张子温，

---

① 这里说顾禧"将自德兴奉亲而归"，或其亦为德兴人，后迁居吴县。
② 见龚明之《中吴纪闻》卷六，笔记小说大观本。

曾任县丞；以及张元龄、张大年、张耆年兄弟；① 张伯初等数人。惜此数人之生平行实多湮灭无考。

关于此诗社的活动内容，除了联袂游赏酬唱占了较大比重之外，切磋句法，比赛诗艺亦是主要内容之一。如《诗社近日稍稍复振，而顾子美坚壁既久，伯初以诗致师请于老仆，无语，但乞解严尔》诗：

> 宣城诗不多，警句忆江练。至今一斑在，时许管中见。顾侯②更难窥，机锋捷如电。欲求换骨诀，如仰射空箭。近逃滑稽嘲，不著毛颖传。深藏品题手，举世谢葵扇。我知老成人，别得妙方便。要留一转语，准备奔北殿。后生舌如铦，酬答了忘倦。不须远乞兵，唾手当八面。小人智谋短，敢倚筋力健。请驰班师檄，白罢两河战。

又如《大年、耆年各赋长篇，投名诗社中，顾景蕃及伯初、子温二侄传诵喜甚。子温有诗，因次其韵》：

> 诸君总能诗，字字秉忠信。联章辄惊人，我老终不近。朝来试披读，花雨乱巾衽。独渐草元迂，浪说周易准。至今覆瓿谤，文字愧小谨。昨观两雄篇，词采溢肝肾。高参风雅淳，俯谢边幅窘。谁能报敦役，怒语激先轸。吾军老而怯，望敌倒戈遁。会看两犹子，秋风横雁阵。

从上引两诗中，我们不难看出此诗社的旨趣。

---

① 张扩《东窗集》卷二《顾景蕃访大年任昆仲，留宿细柳轩，夜论诗律，辄及老朽，大年作长篇调，景蕃末章见称过实，且欲尽借拙诗，因次其韵为谢》诗，自注云："大年之兄元龄、其季耆年皆好学，善属文。"

② 侯，原误作"后"，今改。

周紫芝诗社

周紫芝,字少隐,宣城(今属安徽)人。绍兴中登第。绍兴十七年(1147),任右迪功郎敕令所删定官;同年十二月,为枢密院编修官。绍兴二十一年(1151),知兴国军。自号竹坡居士。

紫芝《太仓稊米集》卷三十四有《将赴兴国别同社五君子》诗,云:

> 欲倾杯酒话平生,又解孤舟作晓行。有友五人那忍别,去家三岁若为情。一时但恐无耆旧,四海谁言有弟兄。归路若随清梦到,江南虽远不多程。

紫芝是由枢密院编修官出知兴国军的,故由此可知此诗社为紫芝在馆阁任上所结,其地为临安,其时则在绍兴十七年至二十一年间。

与紫芝同社的五君子为谁,紫芝集中并未明确说出,但从集中可以看出,紫芝在临安时期与王季共、陈相之、庭藻等人来往密切,往来唱和至数十首之多,此数人或即与紫芝同社之人欤?

《太仓稊米集》卷二十六有《诸公约游诸山而雨,分韵得莲字》诗:

> 华省缪通籍,群公接蝉联。坐曹苦无事,笑语相周旋。蛛尘生印窠,雌黄入遗编。赐沐不反舍,环湖走层巅。况乃三神祠,仿佛在云烟。蓐食戒明发,著鞭飞晓鞯。白石望磊磊,跳珠忽溅溅。咫尺不得往,使我意惘

然。谁当却丰隆，旷荡开青天。同升太华顶，共摘玉井
　　莲。斯盟可重寻，慎勿轻弃捐。

此诗显然为一次诗社活动之作。从"华省缪通籍"句来看，此诗社的成员均任职馆阁。日常的案牍工作，不免使他们感到单调、无聊，于是在暇日相约登临览胜，分韵赋诗，精神因此得到了很好的调剂。可见，结社唱和业已成为当时官员业余生活的一个重要内容。"斯盟可重寻，慎勿轻弃捐"，显示出他们对参与这类诗社活动抱有巨大的热情。

　　另外，周紫芝由知兴国军离任后，晚年寓居九江，其间亦曾与人结诗社唱和，事见其《千秋岁》词序："春欲去，二妙老人戏作长短句留之，为社中一笑。"① 二妙老人为作者自指。作者晚年曾建二妙堂，其《南柯子》词序云："二妙堂落成二十余年，而庐阜隐然常在有无间，似不肯为老人出也，作长短句以招之。"②《太仓稊米集》卷首陈天麟序云："……官晚而名不达，自兴国守罢居九江，贫不能归宣城，而江山之胜，盖为晚助云。"可见《千秋岁》词应作于作者晚年寓居九江期间。但词序中所云之诗社之具体情形已难以考知了。

---

①② 见《竹坡词》。

史浩诗社

史浩《鄮峰真隐漫录》卷五有《次韵周祭酒所和馆中雪诗》，共三首，其三云：

> 风急何辞上阁难，且来共住玉京班。一蓑已得诗中画，万叠休传海外山。未放微阳穿日脚，少留清影在窗间。莫嗔爱入西湖社，夫子龙麟正许攀。

同集卷三有《诗社得神字》诗，云：

> 今宵文会友，作句擅清新。始也诗言志，终焉笔有神。既无折角者，宁有面墙人。只待逢真主，艰难七月陈。

史浩（1106—1194），字直翁，明州鄞县（今浙江宁波市）人。绍兴十四年（1144）进士，调绍兴余姚县尉、温州教授，秩满，除太学正，升国子博士。孝宗朝，累擢中书舍人、翰林学士、知制诰，历右丞相，封魏国公，进太师。卒赠会稽郡王，谥文惠。据上引诗意，该诗社之结似在其任国子博士时，时间为绍兴二十年（1150）前后，地点则在临安。

李光昌化真率会

　　李光（1078—1159），字泰发，上虞（今属浙江）人。崇宁五年（1106）进士。知常熟县。钦宗受禅，擢右司谏。高宗绍兴元年，擢吏部侍郎，历官至参知政事。忤秦桧意乞去，改提举洞霄宫。再谪至昌化军。桧死，复朝奉大夫，还至江州卒。谥庄简。

　　《庄简集》卷五有《二月三日作真率会，游载酒堂，呈座客》诗两首，其一云：

　　　　郊外初闻黄栗留，仲春风物渐和柔。杀鸡炊黍成真率，挈榼携旗得胜游。聊欲劝君终日醉，未须悲我十年流。朝来已换轻衫窄，酒尽何妨典破裘。

此诗中"未须悲我十年流"一句与其《水调歌头》词"相望万里，悲我已是十年流"句相合①，《水调歌头》词题云"昌化郡长桥词"，可知该诗亦作于贬居昌化军期间。据《宋史》本传，李光于绍兴十一年（1141）责授建宁军节度副使，滕州安置。十四年移琼州，居琼州八年，移昌化军。据此可大致考知该真率会的活动时期为绍兴二十二年（1152）前后。

---

① 见《庄简词》，四印斋所刻词本。

乐备昆山诗社

范成大《石湖诗集》卷二有《中秋卧病呈同社》诗,诗云:

> 人间佳风月,浩浩满大千。俗子不解受,我乃知其天。以此有尽姿,玩彼无穷妍。受用能几何,北溟一杯然。天公尚龃龉,不肯畀其全。卧病窘诗料,坐贫羞酒钱。琼楼与金阙,想象屋角边。如闻真率社,胜游若登仙。四者自难并,造物届我偏!

范成大(1126—1193),字致能,号石湖居士,吴郡(今江苏苏州)人。绍兴二十四年(1154)进士。孝宗时,累官权吏部尚书,拜参知政事。尝帅蜀,继帅广西,复帅金陵。进资政殿学士。卒谥文穆。成大《石湖诗集》中提及诗社的只此一首,此诗社在何地举行?同社之人谓谁?诗集中并未留下线索。

考宋龚昱辑《昆山杂咏》①,录有马少伊所撰《喜乐功成招范至能入诗社》一诗,诗云:

> 燕国将军善主盟,新封诗将一军惊。范家老子登坛后,鼓出胸中十万兵。

同书还录有范成大的和诗《和马少伊韵》②,云:

> 气压伊吾一剑鸣,风生铜柱百蛮惊。君家自有堂堂阵,我欲周旋恐曳兵。

---

① 见《峭帆楼丛书》。
② 此诗《石湖诗集》未收。

至此问题已然明朗了,范成大所参加的诗社之地在昆山,同社之人则有乐功成与马少伊。

乐备,字功成,一字顺之。祖籍淮海,后徙昆山。洪武《苏州府志》卷三十三、正德《姑苏志》卷五十一均有传,谓其"由进士官至军器监簿","有学行名,能文章,尤长于诗"。马少伊诗中的"燕国将军"即是指他,这是将他比为战国时燕国的大将乐毅。马诗谓其为"主盟",可见他在此诗社中占有重要地位,当是此诗社的组织者。

马先觉,字少伊,号得闲居士,昆山人。绍兴三十年(1160)进士。初主海门簿,调常州教授,迁浙西常平干官。道光《苏州府志》卷一百三有传。少伊有文集名《惭笔》,惜今已不传。

从上引马诗"新封诗将一军惊"之句可以看出,昆山诗社早在范成大参加之前就已经存在了,范成大不过是此诗社的最新成员。那么,在范成大之前,该诗社又有哪些成员、并举行过哪些活动呢?我们从《昆山杂咏》中亦可窥得某些线索。

《昆山杂咏》卷中收有李衡所撰《短项翁》一诗,其序云:"比同功成过希颜昆仲于山中,千里置酒。酒阑剧谈放怀,深探名理,不觉至醉。千里有陶尊,系以筠笼,雅制殊不凡。闻钟子尝以'短项翁'目之,岂取子苍'缩肩短项'之语耶?千里勉令赋诗,归作长篇,以谢厚意,兼呈希颜、功成、观光诸兄。"诗云:

> 我生懒放世无偶,身即嚣尘志林莽。寒饥未免困啼号,束带深惭为升斗。先生闭户傲羲皇,云梦胸中吞八九。抟风暂尔抑雄飞,万事纷纷付卮酒。年来得此短项翁,落落虚怀真胜友。烟蓑称体剪疏筠,老态婆婆固不群。每笑鸱夷托后尘,臭味仍复羞昆仑。何曾为致常持满,来此与尔谈胚浑。异时先生登紫微,定自与尔相追

随。想应赖尔排纷扰,坐觉秋毫泰山小。

次李衡原韵和其诗者有耿镃、钟孝国二人。另外乐备亦有和诗,但与李诗用韵不同,诗题为《比同彦平谒希颜、千里昆仲,千里留醉短项翁,彦平有作。鄙拙者亦不能已,勉强乱道,幸笑览》。诗云:

> 君不见便服边先生,齁齁昼眠贮五经;又不见长头贾都尉,喋喋问字聒人耳。两人挟策烦天机,俱忘其羊乃其理。不如此翁不知书,肩高颐隐形侏儒。胸中无物只嗜酒,酒至辄尽宁留余。有时花帽突客前,清辩倾倒如流泉。不辞伴客竟佳夕,第恐吻燥舌本干。主人从今莫言穷,有此自足当万钟。但令时与圣贤对,勿学鄙士中空空。我昔已自闻其风,向来一笑忻相逢。他时访戴不必见,径须叅户呼此翁。

次乐备原韵,李衡、钟孝国、耿镃等三人亦有和诗。笔者以为,以上所列乐备、李衡、钟孝国、耿镃以及希颜、千里昆仲等六人即应为昆山诗社的最初成员,他们对"短项翁"的反复唱和即是一次诗社活动。笔者的这一判断,也可在《昆山杂咏》中找到佐证。

《昆山杂咏》录有石驹咏盆景诗一首,石驹,字千里,即乐备、李衡所访之人。其诗题为《昆山产怪石,无贫富贵贱悉取置水中,以植芭蕉,然未有识其妙者。余获片石于妇氏,长广才尺许,而峰峦秀整,岩岫崆峣。沃以寒泉,疑若浮云之绝涧,而断岭之横江也。乃取蕉萌六植其上,拥护扶持,今数载矣。根本既固,其末浸蕃。余玩意于此,亦岂徒投耳目之欲而已哉》。诗云:

> 嶷嶷六君子,虚心厌蒸烦。相期谢尘土,容与水石间。粹质怯风霜,不能尝险艰。置之或失所,保护良独难。责人戒求备,德丰则才悭。我独与之友,目击心自

闲。风流追鲍谢,秀爽不可攀。如此君子者,足以激贪
顽。小人类荆棘,屈强污且奸。一旦遇剪薙,不殊草与
菅。视此六君子,岂容无腆颜。

细味此诗题及诗,作者在片石之上不多不少植种六株芭蕉显然有深意寓焉,此六株芭蕉乃明显借喻诗社的六名成员,故有"六君子"之敬称。而"相期谢尘土,容与水石间"、"责人戒求备,德丰则才悭"、"风流追鲍谢,秀爽不可攀"等诗句,则是对诗社同人思想品格情趣追求的赞美。笔者的这一推测,想必不会离事实太远吧。

综上所述,昆山诗社的最初成员应即上述乐备等六人,而马先觉和范成大则是后来陆续加入的。现将李衡等人生平略考如下。

李衡,字彦平,江都(今属江苏)人,避地居昆山。《宋史》卷三百九十有传,谓其"幼善博诵,为文操笔立就"。曾举进士,授吴江主簿,知溧阳县。隆兴二年(1164)召为监察御史,历司封郎中、枢密院检详,出知温、婺、台三州。晚年归居昆山,"结茅别墅,杖屦徜徉,……聚书逾万卷,号曰'乐庵'"。年七十九卒。有《乐庵语录》等著作存世。

耿镃,一名元鼎,字德基,一字时举。生平仕履不详。善属文。宋刊《圣宗名贤五百家播芳大全文粹》收镃文多篇。另外,仲并《浮山集》中有与镃唱酬之诗多首,其《用前韵别寄耿时举二首》有句云"少日声称满中外,几年词采秀东南",对镃可谓推崇备至。

钟孝国,字观光;石希颜,名不详;石驹,字千里,希颜弟。此三人均为昆山人,生平失考。

除了上述八人之外,孔凡礼先生以为项寅宾也是昆山诗社的

成员。① 寅宾字彦周,生平仕履不详。《昆山杂咏》所录其《和郑逢辰元宵韵》诗,有"忆昔先皇赏露台,鳌山半影落蓬莱"之句,可知其行年较早,犹亲历过北宋宣和间之繁盛。范成大尊称他为项丈。《昆山杂咏》录有寅宾《雪》诗,范成大有《次韵项丈雪诗》相和;范成大有《元日奉呈项丈诸生》诗,寅宾则以《和范致能元日》相和。但寅宾除了与范成大相唱酬外,未见其与诗社其他成员有交往,故将他列入诗社成员,根据似欠充分。

关于昆山诗社的活动年代,并未有明确记载,只能据有关材料间接考之。范成大《石湖诗集》,据杨万里序,为成大所自编。此书体例,大致编年为次。诗集卷一《两木》诗,据诗序为壬申(绍兴二十二年,1152)五月作。卷一最后一诗《南徐道中》诗,原注:"以下赴金陵漕试作。"知成大于是年曾赴金陵参加漕试。卷二《九月三日宿胥口始闻雁》诗,原注:"以下归昆山作。"《中秋卧病呈同社》诗即列于此诗之后,可知其作于漕试归来第二年的中秋,即绍兴二十三年(1153)。昆山诗社的活动大致即应在此年及稍前一段时期。

---

① 见《范成大早期事迹考》,《文学遗产》1983 年第 1 期。

张纲诗社

张纲(1083—1166),字彦正,金坛(今属江苏)人。政和四年(1114)以上舍及第,释褐辟雍正。绍兴初,历起居舍人、中书舍人、给事中。秦桧当政,纲卧家十余年绝不与通问。秦桧死,起为吏部侍郎,继擢参知政事。绍兴二十七年(1157)出知婺州,次年致仕。卒谥章简。

张纲《华阳集》卷三十五有《归乡》诗,云:

> 穷巷归来已白头,结茅何必傍休休。好山当户碧云晚,明月满溪寒苇秋。诗社纵添新句法,醉乡难觅旧交游。平生幸自无机械,一棹夷由去狎鸥。

此诗当作于绍兴二十八年(1158)致仕返金坛家乡之后。诗中所谓"诗社"究竟是一般泛言友朋唱和,抑或是确有结社之举呢?从此诗中难以见出端的。

考《华阳集》卷三十六有《次韵李公显》诗,有句云:"老夫晚结交,文会欣有绎。"此处所说的文会,当即为诗社之意。宋人集中此类说法并不乏见。如邹浩于哲宗元祐初年曾与苏世美等人结颍川诗社唱和,其《次韵世美冬夜见怀》诗云:"芜城岁月已波逝,朅来文会消吾忧。"[1] 此处之文会即指诗社。可见,上引张纲诗中所说的诗社,乃是确指无疑。

李公显当是此诗社之成员之一。此人生平已无可考。《华阳集》卷三十九有《念奴娇》词,题为"次韵李公显木樨",可知此人与张纲过从颇密,乃张纲晚年所结之诗友。

---

[1] 邹浩:《道乡集》卷二,景印文渊阁《四库全书》本。

冯时行诗社

厉鹗《宋诗纪事》卷五十二引《成都文类》吕及之《梅林分韵得爱字》诗，其序云：

> 绍兴庚辰（1160）十二月既望，缙云冯时行从诸朋旧，凡十有五人，携酒具，出西梅林。林本王建梅苑，树老，其大可庇一亩，中间风雨剥裂，仆地上，屈盘如龙，孙枝丛生直上，尤怪古者凡三四。酒行，以"旧时爱酒陶彭泽，今作梅花树下僧"为韵，分题赋诗。客既占韵，立者倚树，行者环绕，仰者承苎，俯者拾英，吟态不一，皆可图画。……诸公导以斯游，江流如碧玉，平野秀润，竹坞桑畴，连延弥望。十十五五，篱落鸡犬，比间相亲，不愁不嗟。余散策其间，盖不知向之疲苶厌苦所在也。……又况所与游皆西州名俊惠事者耶。诗成，次第不以长少，以所得韵之后先联成轴。客有十五，韵止十四，吕义父别以诗字为韵。又有首眩诗不成者，缺树之一韵。余过沈犀，樊允南监镇税，语允南补之。诸公又属时行为之序。十五人者：成都杨仲约、施子一、吕周辅、义父、智父、泽父、宇文德济、吕默夫、杜少讷、房仕成、杨舜举、绵竹李无变、潼川于伯永、正法宝印老、缙云冯当可。

此序详细描写了一次诗酒唱和活动。《宋诗纪事》共录此次唱和诗十一首，其中于伯永诗有句云："今代文章橐，缙云主齐盟。"

施子一诗有句云："深寻烟雨村，共作诗酒社。"可见，这即是一次诗社活动。组织者为冯时行，其时为绍兴三十年（1160），其地为四川成都。

现略叙该诗社成员生平如次。

冯时行（？—1163），字当可，巴县（今重庆）人。绍兴中知万州，以斥和议坐废。绍兴末，历守蓬州、黎州、彭州。隆兴元年（1163），提点成都刑狱卒。有《缙云集》。

吕及之，字周辅；杨大光，字仲约；吕凝之，字默夫；吕商隐，字义父；吕宜之，字泽父。以上五人均成都人，仕履未详。

施晋卿，字子一，成都人。绍兴进士。

于格，字伯永，潼川（今四川三台）人。仕履不详。

樊汉广，字允南。沈犀监税。

李流谦，字无变，绵竹（今四川德阳）人。以父荫补将仕郎，授成都府灵泉县尉。秩满，调雅州教授。虞允文帅蜀，置之幕下。寻以荐除诸王宫大小学教授，改奉议郎，通判潼州府事。有《澹斋集》。

张积，生平不详。前引吕及之诗序并未及此人，然《宋诗纪事》所引有其所作诗，题为《冯先生访梅于成都西郊，同游十五人分韵哦诗，而积不与。翊日先生分"僧"字属积作之》，显然也参加了此诗社的活动。

吕氏诗序中还提到的吕智父、杜少讷、房仕成、杨舜举、宇文德济、正法宝印老等人生平已无可考。

王十朋楚东诗社

张孝祥《于湖集》卷七《夜读五公楚东酬唱辄书其后呈龟龄》诗云:

> 同是清都紫府仙,帝教弹压楚山川。星躔错落珠连纬,岳镇岩峣柱倚天。宫羽在县金奏合,骅骝参队宝花鲜。平生我亦诗成癖,却悔来迟不与编。

为张孝祥所激赏,并因自己的诗作未能收入其中而感到万分惋惜的这本诗集,名《楚东酬唱集》,乃是王十朋任饶州(即饶州鄱阳郡,故治即今江西鄱阳县)太守时所结楚东诗社唱和的结集。

王十朋(1112—1171),字龟龄,温州乐清(今属浙江)人。绍兴二十七年(1157)进士第一,除著作郎,签判绍兴府。孝宗朝,累迁侍御史、国子司业,升吏部侍郎,出知饶、夔、湖三州。以龙图阁学士致仕。卒谥文忠。

《楚东酬唱集》今已不传,但从王十朋的《梅溪集》及有关史料里仍可约略考知楚东诗社活动的大致情形。

据《江西通志》,王十朋就任饶州太守的时间是隆兴元年(1163),又据汪应辰所撰王十朋《墓志铭》①,谓其于乾道元年(1165)七月自饶州移知夔州。王十朋在饶州太守任上的这段时间即应为楚东诗社活动的时间。

王十朋在读到上引张孝祥诗后,曾步其原韵,先后和作六诗

---

① 见《梅溪后集》附录。

相酬答，其一为《次韵安国（按张孝祥字安国）读〈楚东酬唱集〉》，诗云：

> 麾把江湖遇列仙，赓酬篇什满鄱川。窦家兄弟联珠日，庐阜峰峦夕照天（原注：鄱阳芝山有五老亭，西望庐阜，晚晴则见。范文正公诗："试凭高阁望，五老夕阳开"）。三郡美名俱赫赫（原注：陈洪州、洪吉州、王兴化），一台遗墨尚鲜鲜（原注：何宪）。紫微妙语题诗后，光艳真能照简编。①

此诗夹注中所提到的陈洪州、洪吉州、王兴化、何宪等四人，加上王十朋，即张孝祥诗题中所谓"五公"，此五人即为楚东诗社之成员。现略述其生平如次：

陈洪州，即陈阜卿，锡山（今江苏无锡）人。时任洪州太守。

洪吉州，即洪迈（1123—1202），字景庐，号容斋，鄱阳人。绍兴十五年（1145）进士。绍兴末曾出使金国。孝宗朝累迁中书舍人，拜翰林学士。以端明殿学士致仕，卒谥文敏。有《容斋五笔》、《夷坚志》等著作存世。时任吉州太守。

王兴化，即王秬，字嘉叟，阳曲（今山西定襄县）人，寓居泉南。《梅溪集》有《嘉叟宗丞得郡，喜成一绝》、《送王嘉叟编修上书荐张和公，请外得洪倅》等诗，后一诗有句云："南昌别驾亦不恶，三王高阁寻宗盟。"是知其曾在朝中任官，后外放任洪州通判。夹注称其为"王兴化"，按兴化，即兴化军，治所在今福建莆田县。王秬或曾任彼处之地方官欤？

何宪，即何麒，字子应，号金华先生，新津（今属四川）人。徽宗大观间宰相张天觉外孙。王十朋《子应和诗再用前韵》诗云："句工冰柱老研磨，赓酬往事思蓬岛［原注：辛巳（绍兴

---

① 《梅溪后集》卷二十六。按本文所引王十朋诗均录自该集，不另注出。

三十一年，1161）春日，馆中赓和最甚]。"是知其曾在朝中任馆职，后调任饶州提点刑狱公事。五人中其去世最早。王十朋《哭何子应》诗注云："何以正月二十二日行部，方议刊《楚东酬唱集》，途中亡"。

此诗社的活动是相当频繁的，《梅溪集》中所载与此四人的唱和之作多达二十余首，如果我们考虑到此诗社的存世时间只有两年左右，这个数字算是相当可观了。此诗社活动的时期正是隆兴和议之后南宋政局相对平稳之际，故其所吟咏的内容大抵不出诗友赠答、切磋诗艺的范畴，并无涉及过多的社会内容。可以看出，这些士大夫们不过是把结社吟诗作为孤寂冷清的宦涯生活的点缀，他们热衷于斯，沉浸其中，主要是为了寻求精神上的慰藉与交流。

值得注意的是此诗社的活动形式。该诗社的五个成员分别在饶州、洪州、吉州三地做官，此三地虽说相距不远，但他们均有公务在身，显然不可能像其他诗社那样经常聚在一起开展活动，故他们采取了诗筒往来的形式。如王十朋《提舶示观〈楚东集〉，用张安国韵。因思鄱阳与唱酬者五人，今六年矣，陈、何二公已物故，余亦离索，为之慨然，复用元韵》诗云："忆昔江东会众仙，诗筒来往走山川（原注：时陈在豫章，何按属郡，诗筒常往来）。"又《陈阜卿书云："闻诗筒甚盛，可使流传江西否？"戏用竹萌韵以寄》诗云："欲遣诗筒寄诗伯，恐嫌白俗孟郊寒。"诗筒是古人用以传书递简的一种物品，用竹子制成，称作邮筒。因文人多用其传递诗稿，故又称诗筒、吟筒。楚东诗社的五个成员均任地方长官，因此利用职务之便派遣使者在三地之间传递诗稿，对他们来讲，是轻而易举的事，自然较多地采用了这种形式。王十朋《次韵何宪修途倦游怀鄱阳唱和之乐》诗云"马上诗成驿使驰，社中犹恨使来迟"，写的正是盼望驿使持诗筒到来的心情。从中我们亦可看到宋代诗社活动的另一侧面。

楚东诗社的成员除了王十朋等五人外,张孝祥在后期也加入了此诗社。王十朋《安国读〈酬唱集〉有"平生我亦诗成癖,却悔来迟不与编"之句。今欲编后集,得佳作数篇,为楚东诗社之光,复用前韵》诗云:

    六逸中无李谪仙(原注:前集恨不得公诗为六),诗筒忽得旧临川(原注:舍人前治临川,乃邻郡也)。枝芳又类燕山桂(原注:何卿往矣,今集又得五人),马立欣瞻刺史天(原注:五人二帅三守)。公似虞臣宜作牧,我惭鼠技滥烹鲜。新诗不减颜公咏,贵若山王定不编。

可见,张孝祥曾参加过该诗社的唱和活动,而王十朋等人对张的加入十分欢迎,并准备将唱和之作编为《楚东酬唱后集》。

张孝祥(1132—1169),字安国,号于湖居士,和州乌江(今属安徽)人。绍兴二十四年(1154)进士,廷试第一。官至显谟阁直学士。为南宗著名主战派人士和豪放词作家。孝祥曾于绍兴三十年(1160)除知抚州(故治即今江西临川县)。孝宗即位,复集英殿修撰,知平江。他参加楚东诗社当即其赴任途中路经鄱阳之时。

张孝祥离开鄱阳时,诗社同人曾为其送行,王十朋有《五月二十五日,饯安国舍人于荐福,洪右史、王宗丞来会,坐间用前韵》诗记其事:

    尊酒相逢半八仙,鬓丝我类杜樊川。江东谓北四方客(原注:张淮西、洪江东、王河北、某浙东),楚尾吴头五月天。莲社滥陪陶公饮,兵厨聊击陆生鲜。待将红药翻阶句,别作鄱阳一集编(原注:张欲尽和楚东唱酬诗,故云)。

孝祥亦作诗相赠答,诗云《龟龄携具同景庐、嘉叟饯别于荐福,即席再用韵赋四客诗》:

　　　　使君领客访金仙，小队旌旗锦一川。我欲采芝非辟
　　　世，公当立极要擎天。诗声政尔容传稿，僧律何尝禁割
　　　鲜。一笑鄱阳逢岁熟，问公钟磬几时编?①
此均为张孝祥参加了楚东诗社唱和活动之明证。

---

① 《于湖集》卷七。

史浩四明尊老会

史浩（1106—1194），字直翁，明州鄞县（今浙江宁波）人。绍兴十五年（1145）进士。孝宗朝，累擢中书舍人，翰林学士、知制诰，历右丞相，封魏国公，进太师。卒赠会稽郡王，谥文惠。有《鄮峰真隐漫录》。

《鄮峰真隐漫录》卷四十七录有《满庭芳》词五首，分别题为"四明尊老会劝乡大夫酒"、"劝乡老众宾酒"、"代乡大夫报劝"、"代乡老众宾报劝"、"代乡老众宾劝乡大夫"。同卷《最高楼》词小序云："乡老十人皆年八十，淳熙丁酉（1177）三月十九日，作庆劝酒。"可见，此尊老会显然是与耆英会、真率会相类似的怡老诗社活动。据《宋史》本传，史浩于隆兴元年（1163）拜尚书右仆射，之后不久，即因事罢职家居，共十三年，至淳熙五年（1178）方复召为右丞相。该尊老会的活动当即在其罢职家居期间。

《鄮峰真隐漫录》卷三十九，还录有《五老会致语》、《六老会致语》各一篇。此五老会、六老会与前述尊老会为同一类型的活动，由参加者的人数不同而名称各异。致语乃是宋时喜庆宴会时，舞乐队表演之前所进的祝颂词，词文一般由文人代拟，用四六文写成，继以诗一章，称为口号。从此也可看出，南宋时的怡老诗社活动形式，较北宋时更为繁复，不仅有诗酒唱和，还有舞乐队助兴。这比之文彦博耆英会所追求的真率、简约的宗旨，似乎已经走样了。

廖行之诗社

廖行之（1137—1189），字天民，其先延平（今福建南平）人，五季时徙于衡州（今湖南衡阳）。淳熙甲辰（1184）登进士第，拜迪功郎，为岳州巴陵县尉。以亲老丐养而归，注授潭州宁乡县主簿，未赴，卒。

廖行之《省斋集》中有数诗涉诗社活动。《和家字韵呈同社诸公》诗云：

> 平生四海鲁东家，貌敬谁能礼有加。试向离歌谈狗曲，何如艳曲唱山茶。广平似铁诗犹好，河内闻箴喜更夸。惟有谪仙堪痛饮，世间佳处乐无涯。

《中秋日简同盟诸公》诗序云："是日诸公约为双桂熏炼之举，不克往。"诗云：

> 风囊啸谷猎尘衫，雨鬣行天驾玉骖。一洗蛮烟浑逐北，全提商令似征南。佳时不负中秋约，双桂能同一夜谈。我亦兰陔奉馨膳，与君欢事喜相参。

《重九后菊未开》诗序云："春初得菊四株，植之于西窗之墙隈，粪土培之，加以灌溉，庶几为重九之观。今度重九且逾旬矣，尚未敷荣，作诗诘之。呈示同社诸友。"（诗略）

以上所引诗及序，清楚地显示廖行之曾与友人结诗社，并在中秋、重阳等节日聚会唱和。据《省斋集》附录田奇所撰《宋故宁乡主簿廖公墓记》，廖行之长期在家乡衡州生活，举进士后仅五年即去世了。举进士后除任过一任巴陵县尉外，其余时间亦是在家乡生活，故此诗社之地几乎可以肯定是在衡州，诗社活动的时间则应在其举进士之前，即淳熙甲辰（1184）以前。

汪大猷四明真率会

汪大猷（1120—1200），字仲嘉，号适斋，明州鄞县（今浙江宁波）人。绍兴十五年（1145）进士。官至吏部侍郎，兼权尚书。其举真率会一事，见于其甥楼钥《适斋约同社往来无事形迹次韵》诗，略云：

> 舅氏年益高，何止七十稀。神明曾未衰，发黄齿如儿。义概同古人，闾里咸归依。度量海深阔，仁爱佛慈悲。居然三达尊，后生愿影随。为作真率集，率以月为期。……凡我同盟人，共当惜此时。①

又，楼钥《士颖弟作真率会次适斋韵》亦有句云："舅甥巾屦频相接，兄弟樽罍喜更同。参座幸容攻愧子，主盟全赖适斋翁。"

楼钥（1137—1213），字大防。隆兴元年（1163）进士。累官中书舍人，给事中。宁宗朝，历翰林学士，同知枢密院事，进参知政事。卒谥宣献。楼钥曾与大猷并居翰苑，人称"舅甥三学士"。② 其所撰大猷《行状》，谓大猷于绍熙二年（1191）致仕回乡，卒于庆元六年（1200）。《行状》云："公既谢事，而钥得奉祠，六年之间，有行必从，有唱必合，徒步往来，殆无虚时，剧谈倾倒，其乐无涯。"以大猷之卒年上推六年，为庆元元年（1195），此一期间，当即为该真率会的活动时间。

---

① 《攻愧集》卷六。以下所引楼钥诗文均出自该集，不另注出。
② 另一甥为陈居仁。见厉鹗《宋诗纪事》卷四十七，上海古籍出版社，1983年排印本。

刘爚尊老会

刘爚，字晦伯，建阳（今属福建）人。受学朱熹、吕祖谦之门，乾道八年（1172）进士。宁宗朝，累迁国子司业，擢权工部尚书，兼太子右庶子。卒赠光禄大夫，谥文简。

刘爚《云庄集》卷一有《壬午春社之明日，讲尊老会于西山之精舍。庞眉皓首，奕奕相照，真吾邦希阔之盛事。辄成口号一首，并呈诸耆寿，且以坚异日恬退之约云》诗：

> 耆年自是国之珍，何间衣冠与隐沦。华发共成千一
> 岁，清樽相对十三人。休谈洛社遗风旧，且颂仙游庆事
> 新。三径未荒宜早退，要将寿栎伴庄椿。

从此诗可以看出，该尊老会乃模仿"洛社遗风"的耆英会一类的怡老诗社。诗社活动时间为"壬午"，即宁宗嘉定十五年（1222）。参加者共十三人，合计年龄一千一百岁，平均近八十岁，其中既有"衣冠"，亦有"隐沦"。据"真吾邦希阔之盛事"之句来看，诗社活动之地当在作者家乡建阳。

潘牥诗社

潘牥（1204—1246），字庭坚，号紫岩，闽县（今福建闽侯县）人。端平二年（1235）进士第三，历浙西茶盐司干官改宣教郎，除太学正，通判潭州。周密《齐东野语》卷四"潘庭坚、王实之"条载其尝结诗社事，略云：

> 庚子、辛丑岁，先君子佐闽漕幕时，方壶山大琮为漕。……同时富沙人紫岩潘牥庭坚，亦以豪侠闻，与实之不相下。……殿试第三人，跌宕不羁，傲侮一世。为福建帅司机宜文字，日醉骑黄犊歌《离骚》于市，人以为仙。尝约同社友剧饮于南雪亭梅花下，皆衣白。既而尽去宽衣，脱帽呼啸。酒酣客散，则衣间各浓墨大书一诗于其上矣，众皆不能堪。居无何，同社复置酒瀑泉亭，行令曰："有能以瀑泉灌顶，而吟不绝口者，众拜之。"庭坚被酒豪甚，竟脱巾鬖髻，裸立流泉之冲，且高唱《濯缨》之章。众因谬为惊叹，罗拜以为不可及，且举诗禅问答以困之，潘气略不慑，应对如流……

据周密此文，该诗社的活动时期当为宋理宗嘉熙四年庚子（1240）至淳祐元年辛丑（1241）间，活动之地则为福建转运司所在地建宁（今福建建瓯县）。其时潘牥任职福建帅司机宜文字。

刘克庄《后村集》卷四十一有《潘庭坚墓志铭》，云庭坚"为文脱去笔墨蹊径，秀拔精妙，结字有颜筋柳骨，小楷尤工。

自其乡交游达于海内之士友,见之皆击节曰,庭坚太白、子瞻后身也"。联系周密文中所述,可见其确为性格豪放豁达之人。庭坚才高气傲,而仕途坎坷,虽以进士第三人及第,但因直言敢谏,屡受排挤,终生官不过通判,心中郁愤不满,故常常借狂放发之。《阳春白雪》外集录有庭坚《满江红》词,云:

  筑室依崖,春风送,一帘山色。沙鸟外,渔樵而已,别无闲客。醉后和友眠犊背,醒来瀹茗寻泉脉。把心情、分付陇头云,溪边石。　身未老,头先白。人不见,山空碧。约钓竿共把,自惭钩直。相蜀吞吴成底事,何如只抱隆中膝。漫长歌,歌罢悄无言,看青壁。

从此词可约略见出庭坚思想性格的另一侧面。

陈著鄞县诗社

陈著（1214—1297），字子微，号本堂，鄞县（今浙江宁波）人。宝祐四年（1256）进士。官著作郎，出知嘉兴府。忤贾似道，改临安通判。入元隐居不仕。

其所著《本堂集》卷五十三有《菊集所檄》文两篇，兹引于下。

一

优以天荒地老，共偷萍世之余生；露白风清，当为菊秋而一醉。脉累年之成例，蹠九日以为期。亦知此时非复畴昔。战戈凛毒，膏草木以皆腥；劫火飞熛，烈山泽而如赭。虽欲少延于佳话，何从更觅于孤芳。谁谓灵石梵家，独似武陵仙洞。青壁丹崖之下，风物依然；苍松翠竹之间，霜根好在。且吾里虽经多事，而我辈尚能自持。儒衣儒冠俨典刑，其犹有乡规乡约矫礼义。其无怼不妨投暇以夷犹，且将与世而酪酊。而况黄有正色，金铃金钱之在前；白无纤瑕，玉盆玉球之布列。杨妃粉红者千叶，顺圣浅紫者大葩。岂在多乎？聊复尔耳。人生能几百岁，调强作于千年；花开便是重阳，香岂衰于一夜。拖筇曳舄，挈榼提壶。奚择乎清圣浊贤，奚分乎彼宾此主。餐夕英如灵均叟心漱楚骚，受寒华如渊明翁眼空晋俗。或围棋而开局面，或弹琴而写古音。气唱则吟洗每恨无钱之句，调高则唱和多情破帽之调。有蒲团可以供醉眠，有桐鱼可以即欢舞。相与乐此，能无从乎。牧之插满头归，谁肯洒落晖之泪；魏公下羞容淡，要同收晚节之香。故兹檄闻，幸以簪盍。丁丑九月日檄。

二

伏以须菊花满插，要酬佳节之难逢；把茱萸细看，曾问明年之谁健。忽焉今日，又是重阳。有前屡岁之成规，用后一日而为醼。其羞俎豆，以从樽罍。时复一中之，庶免明月清风之笑；人生行乐耳，长记丹崖青壁之游。兹檄星驰，如约云集。戊寅九月日檄。

这两篇檄文，显然是陈著为召集社友于重阳节举行诗社活动所发的通知。从"脉累年之成例"、"有前屡岁之成规"等句可见，该诗社的活动曾持续了相当长的一段时间，大约以每年的重阳节为期，定时举行活动。文中所提到的这两次活动，一为端宗景炎二年（1277），一为帝昺祥兴元年（1278），此时元兵已占领临安，南宋王朝实际上已经覆亡，广大汉族知识分子正经历着一场天地翻覆的巨变。和宋末元初的许多遗民诗社一样，该诗社也是以固守文化传统，相互砥砺，甘于恬淡，坚持晚节作为宗旨，像"青壁丹崖之下，风物依然；苍松翠竹之间，霜根好在。且吾里虽经多事，而我辈尚能自持。儒衣儒冠俨典刑，其犹有乡规乡约矫礼义"、"餐夕英如灵均叟心漱楚骚，受寒华如渊明翁眼空晋俗"、"魏公下羞容淡，要同收晚节之香"等句，即生动地表现了这一精神追求。惜此诗社的参加者及活动之具体情形已不可考。

与江湖诗派有关的诗社

江湖诗派是活跃在南宋中后期诗坛上的一个诗歌创作流派,在文学史上曾产生过重要影响。四库本《江湖小集》和《江湖后集》所录该派诗人,总数达一百零九人。近年来张宏生先生根据现存十一种江湖诗集,考知该派诗人共一百三十八人。① 笔者检视现存江湖诗人的有关作品,发现不少诗作涉及诗社活动。现将有关材料叙次如下。

陈造《江湖长翁集》卷十六有《寄真州诗社诸友》诗:

畴昔离亭酒一钟,酒杯不比别愁浓。羡君联璧方保社,付我耦耕亲老农。握手陈雷便胶漆,几时韩孟果云龙。自今笔砚还高阁,可是诗情病后慵。

陈造(1133—1203),字唐卿,高邮(今属江苏)人。淳熙二年(1175)进士。调繁昌尉,寻宰定海,官至淮南西路安抚司参议。"遭宋不竞,事多龃龉,自以为无补于世,置江湖乃宜,遂号江湖长翁。既不竟其用。"②

林希逸《竹溪鬳斋十一稿续集》卷五有《和山中后社韵一首》诗:

君家文曜授翁诗,椿老还如窦有仪。枕膝固应传已久,趋庭岂待问方知。山中香火留吟处,殿下云屏有隔

---

① 张宏生:《江湖诗派研究》,中华书局,1995。
② 《四库全书总目提要》卷一百六十一,中华书局,1965年景印本。

时。愧我衰残谁伴侣,但寻莲社守禅规。

林希逸,字肃翁,福清(今属福建)人。端平二年(1235)进士。历官翰林权直兼崇政殿说书,直秘阁,知兴化军。

高翥《菊涧集》有《清明日招社友》诗:

> 面皮如铁鬓如丝,依旧粗豪似向时。嗜酒更拼三日醉,看花因费一春诗。生前富贵谁能必,身后声名我不知。且趁酴醾对釂醾,共来相与一伸眉。

高翥(1170—1241),字九万,号菊涧,余姚(今属浙江)人。厌举子业,好游历。晚年归隐西湖。

胡仲弓《苇航漫游稿》卷二有《与社友定花朝之约》诗:

> 花朝曾有约,来此定诗盟。隐几江湖梦,闭门风雨情。身名千载共,心事一般清。且尽吟樽乐,徂徕不用赓。

又,《江湖后集》卷十二所录仲弓诗中,亦有两诗涉诗社活动,其一为《和社友游清源洞韵》:

> 涉险何如过虎牢,白云堆里著身高。登临我欲招元亮,谈笑时能接李翱。人境下看犹粟粒,洞天西去有蟠桃。学仙恐是虚无说,且向峰头跨六鳌。

其一为《柬倪梅村》:

> 萧寺相逢喜溢眉,未言心事我先知。半生风月樽中酒,十载江湖社里诗。满眼秋容关客况,背时春色到南枝。翻思旧日长安市,醉拍栏干歌楚辞。

胡仲弓,字希圣,清源(今福建仙游)人。生平仁履不见著录。《四库全书总目》尝据其作品考之,谓其曾举进士,知官会稽,不久罢归,浪迹江湖。入元后不应征聘,穷饿以终。仲弓与江湖诗派领袖刘克庄及《江湖集》的编者陈起关系密切,其《过莆城怀刘后村中书因以奉寄》诗云:"入洛深衣已十春,声名千载有知闻。不须更结耆英社,溧水前头独绘君。"将刘克庄比之北宋元丰年间在洛阳组织耆英会的文彦博,崇敬之情,溢于言表。仲弓《苇航漫游稿》中有与陈起唱酬诗多首。陈起卒后,仲弓曾作《哭芸居》诗哀悼:"锦囊方络绎,忽报殒吟声。泉壤悲千古,江湖少一人。病怀诗眷属,医欠药君臣。脂冷西风急,兴思暗怆神。"从中不难看出两人感情之深笃。

《江湖小集》卷十六徐集孙《竹所吟稿》有两诗涉诗社活动,其一为《寄怀里中社友》:

> 自笑初无作吏能,却因作吏远诗朋。与君交信欠逢雁,知我怀人独是僧。客枕梦残听夜雨,乡心愁绝对秋灯。何时岁老梅花下,石鼎分茶共煮冰。

其一为《寄里中社友》:

> 欠作故人书,侵寻半载余。穷吟虽自各,入梦不相疏。梅蕊通春信,霜风促岁除。待余归故里,鸥约复如初。

徐集孙,字义夫,建安(今福建建瓯县)人。理宗时尝薄宦于浙。

《江湖小集》卷二十三林尚仁《端隐吟稿》有《雪中呈社友》诗:

> 风雨萧萧搅雪飞,一寒如此只贪诗。酒瓢倾尽囊金少,恐被梅花笑不知。

林尚仁,字润叟,号端隐,长乐(今属福建)人。陈必复序其诗,谓"其为诗专以姚合、贾岛为法,而精要深润则过之。……惟忧其诗之不行于世,而贫贱困苦莫之忧也"[①]。

《江湖小集》卷四十四敖陶孙《臞翁诗集》有《谢叶司理、徐知县见贻之什》诗,原注云"二公乞入社"。诗云:

> 书生自是钻简蠹,净业还从竹背来。新诗细字行茂

[①] 《江湖小集》卷三十三《端隐吟稿》附,景印文渊阁《四库全书》本。

密，惊蛇起草盘蛟回。是身政欠虎头画，望山气如还枥
马。翛然君子六千人，不受湘灵清泪洒。竹林定交业已
成，北窗读书吾伊声。金鱼玉带不汝却，社中未厌山
王名。

又，《江湖后集》卷十九敖陶孙《和开元寺省公作》诗后，附有
省公原作，内中亦有句涉诗社：

莫辞委刺去蹁跹，料得先生已醉眠。打彻愁城休强
酒，压低诗社不言贤。琴中有趣嗤陶令，席下无人诮孝
先。想是逢人不肯出，未临法会定流涎。

敖陶孙（1154—1227），字器之，号臞翁，一号体斋，福清（今
福建仙游）人。始为太学生，题诗三元楼吊赵汝愚，为韩侂胄
所捕，亡命江湖。侂胄败，始登庆元五年（1199）进士第。历
海门县簿、漳州教授、广东转运司主管文字，签书平海军节度判
官厅公事。宝庆元年（1125），曾因《江湖集》案受牵连。

《江湖小集》卷四十八王琮《雅林小稿》有《答友人》诗：

秋山曾是共登临，感慨兰亭后视今。炎热不过能炙
手，笑谈未必到知心。前言衮衮风波去，后约寥寥岁月
深。室迩岂应人自远，酒盟诗社要重寻。

王琮，号雅林，括苍（今浙江丽水县）人。嘉熙间为江南安抚
司参议。曾官处州，知清江县。

《江湖小集》卷五十一姚镛《雪蓬稿》有《悼复石壁》诗：

一死虽如蜕，杀身真可哀。僧危能仗义，诗好更多
才。鹤怨兰亭月，云消石壁苔。旧时同社友，寂寞载
书来。

姚镛，字希声，号雪蓬，一号敬庵，剡溪（今浙江剡县）人。
嘉定十年（1217）进士。任吉州判官。以平寇功擢守赣州，后
贬衡阳。景定五年（1264），为黄岩县主学。

《江湖小集》卷五十五薛嵎《云泉诗》有《古淡然老得帖往

长芦，不受，却归松风旧寺，次社中韵》诗：

> 柱杖挑云上半肩，寻幽重到旧栖禅。浮生多故成南北，白发相惊问岁年。房闲松声难辨雨，山连海脉暗通泉。自从勇却长芦请，猿鹤终宵亦稳眠。

薛嵎，字仲止，一字宾日，永嘉（今浙江温州）人。宝祐四年（1256）进士。终长溪县主簿。

《江湖小集》卷七十三薛师石《瓜庐集》有《秋晚寄赵紫芝》诗：

> 数日秋风冷，丘园独自身。闲看篱下菊，忽忆社中人。苦咏肩常瘦，移家债又新。极知君淡泊，十载得相亲。

薛师石（1178—1228），字景石，号瓜庐，永嘉人。

《江湖小集》卷八十三李涛《蒙泉诗稿》有《诗社中有赴补者》诗：

> 有诗千首可成名，万户侯封亦可轻。自是高标凌富贵，肯随馀子逐恩荣。君游璧水甘芳饵，仆为铨衡上玉京。水镜兰坡各求第，诗盟似未十分清。

李涛，字养源，临川（今属江西）人。

《江湖后集》卷十三录黄敏求《题陈赟谷、陈野逸吟稿》诗：

> 谢却梅花吟课少，苦无心事恼陶泓。得君近日诗编读，增我晴窗眼力明。爽似暑风秋九夏，清逾夜月昼三更。后山衣钵尘埃久，赖有双英主夏盟。

黄敏求，字叔敏，修水（今属江西）人。

《江湖后集》卷十四录刘植《文会飞霞观》诗：

> 水满平川月满船，船轻撑入藕花边。移来谢守岩前坐，疑是客成洞里仙。茶灶烟遮松际鹤，丝桐声杂树头蝉。明朝更践弥明约，句拟当年石鼎联。

刘植，字成道，号渔屋，永嘉人。淳熙元年（1174）进士。尝知建安。

《江湖后集》卷十五录邓允端《题社友诗稿》诗：

> 诗里玄机海样深，散于章句敛于心。会时要似庖丁刃，妙处应同靖节琴。韵胜想君言外得，字新令我意边寻。痴人说梦终难信，何日樽前取次吟。

邓允端，字茂初，临江（今江西清江县）人。

《江湖后集》卷十七录张辑《沁园春》词，有序云："予顷游庐山，爱之，归结屋马蹄山中，以庐山书堂为扁。包日庵作记，见称庐山道人，盖援涪翁山谷例。黄叔豹谓予居鄱，不应舍近取远，为更东泽。黄鲁庵诗帖往来，于东泽下加以诗仙二字。近与冯可仙遇于京师，又能节文，号予东仙，自是诗盟遂以为定号。十年之间，习隐事业，略无可记，而江湖之号凡四迁。视人间朝除夕缴者，真可付一笑。"词云：

> 东泽先生，谁说能诗，兴到偶然。但平生心事，落花啼鸟，多年盟好，白石清泉。家近官亭，眼中庐阜，九叠屏开云锦边。出门去，且掀髯大笑，有钓鱼船。
>
> 一丝风里婵娟。爱月在沧波上下天。更丛书观遍，笔床静昼，篷窗睡起，茶灶疏烟。黄鹤来迟，丹砂成未，何日风流葛稚川。人间世，听江湖诗友，号我东仙。

又，《永乐大典》卷一万四千三百八十一寄字韵引《清江渔谱》有张辑《临江仙》词，题"寄西镛黄大闻"，词云：

> 忆昔风流秋社里，几人秋雪襟期。凉风吹散梦参差。寒灯多少恨，长笛不堪吹。　别去化龙潭上水，东来不寄相思。白鸥应笑太忘机。沙头重载酒，休负桂花枝。

张辑，字宗瑞，号东泽，履信之子，鄱阳（今属江西）人。受诗法于姜夔，有《欸乃集》、《东泽绮语债》。

《江湖后集》卷二十三录胡仲参《留别社友》诗：

> 漫浪归来六换秋，又携书剑入皇州。得些湖海元龙气，作个山川司马游。奔走客尘因念脚，勾牵时事上眉头。中朝满目皆知己，还有篇诗遣寄不。

胡仲参，字希道，清源人。仲弓弟。尝举进士不第。有《竹庄小稿》。

吴潜《履斋遗稿》卷二有《望江南》词：

> 家山好，好是夏初时。习习薰风回竹院，疏疏细雨洒荷漪，万绿结成帷。 呼社友，长日共追随。瀹茗空时还酌酒，投壶罢了却围棋，多少得便宜。

吴潜（1196—1262），字毅夫，号履斋，德清（今属浙江）人。嘉定十年（1217）进士第一。淳祐十一年（1251），为参知政事，拜右丞相、兼枢密使，封庆国公，改封许国公。以沈炎论劾，谪化州团练使、循州安置。卒赠少师。

戴复古《石屏诗集》卷六有《赵苇江与东嘉诗社诸君游，一日携吟卷见过，一谢其来》诗：

> 白首无聊老病躯，一心唯觅死头颅。时人误作梅花看，今日枝头雪也无。

又，厉鹗《宋诗纪事》卷六十四曾原一名下注云："原一字子实，号苍山，赣州宁都人，领乡荐。绍定中，与戴石屏结江湖吟社。"戴复古（1167—？），字式之，号石屏，天台（今属浙江）人。绍定五年（1232），曾任教职。以诗游公卿间，声名颇著。寿至八十余。

《江湖小集》卷四十一叶茵《顺适堂吟稿》丁集有《寄社友》诗：

> 近来何事倦于吟，岂是因吟误却身。此道自来多冷淡，郊寒岛瘦少陵贫。

叶茵，字景父，笠泽（今江苏松江）人。仕途失意，寓居姑苏。

以上所叙涉及诗社活动的江湖诗人共计二十人，约占现知江湖诗派诗人总数的七分之一强，它清晰地显示出江湖诗人间结社唱和活动频繁的现象。虽然由于材料的简略，我们还难以确知他们结社活动的具体内容，然而结社这一形式本身对诗艺的切磋，以及诗歌创作主张的趋同，显然起着积极的催化作用。赵汝回的《瓜庐集序》，就谈到薛师石通过组织诗社活动，对永嘉四灵诗风向江湖诗风转变所起的促进作用：

> 晋宋诗称陶谢，唐称韦杜。当其时，人人皆工诗，诗非不甚也，而四人者独首称，岂非侯鲭爽口不若不至之羹，郑声悦耳不若遗音之瑟哉。唐风不竞，派沿江西，此道蚀灭尽矣。永嘉徐照、翁卷、徐玑、赵师秀乃始以开元元和作者自期，冶择泙炼，字字玉响，杂以姚、贾中人，不能辨也。水心先生既啧啧敦赏之，于是四灵之名天下莫不闻。而瓜庐翁薛景石每与聚吟，独主古淡，融狭为广，夷镂为素，神悟意到，自然清空。如秋天迥洁，风过而成声，云出而成文，间谓四灵君为姚贾，吾于陶谢韦杜何如也。……景石名家子，多读书，通八阵八门之变，乃心物外，至忘形骸，筑庐会昌湖西，灌瓜贴树，笃醇击鲜，日为文会，论切闿析，恐不人人陶谢韦杜也。……死后人士无远近争致其诗，其子弟手钞不能给，于是相与刻之。……①

这里所说的"聚吟"、"文会"当即为诗社活动，组织者薛师石大力提倡江湖诗风，并通过结社唱和将其推广之，出现了一大批追随者。可见，诗社活动在江湖诗派形成和壮大过程中，显然起了重要的催化作用。

---

① 《江湖小集》卷七十三《瓜庐集》附，景印文渊阁《四库全书》本。

南宋中后期在临安西湖活动的诸诗社

吴自牧《梦粱录》卷十九"社会"条云:"文士有西湖诗社,此乃行都缙绅之士及四方流寓儒人,寄兴适情,赋咏脍炙人口,流传四方,非其他社集之比。"耐得翁《都城纪胜》云:"文士则有西湖诗社。此社非其他社集之比,乃行都士大夫及寓居诗人,旧多出名士。"

以上两条材料均提到西湖诗社。然而此诗社究竟系何人主盟?参加者谓谁?材料里除了笼统谈到行都士大夫及寓居文士之外,并没有具体提及。考现存宋代文献,则有多处提到此诗社。兹略举数例:

李珏《击梧桐》(枫叶浓于染)题作:"别西湖社友。"①

陈世崇《随隐漫录》卷三云:"景定癸亥(1263),特旨以布衣除东宫掌书,吟社贺诗数十,……西湖吟社,各天一涯,穷达一场春梦。"

周密《采绿吟》(采绿鸳鸯浦)词序云:"甲子(1264)夏,霞翁会吟社诸友逃暑于西湖之环碧。琴尊笔砚,短葛练巾,放舟于荷深柳密间。舞影歌尘,远谢耳目。酒酣,采莲叶,探题赋词。余得塞垣春,翁为翻谱数字,短箫按之,音极谐婉,因易今名云。"②

---

① 《绝妙好词》卷五。
② 《苹洲渔笛谱》卷一,丛书集成本。

汪元量《暗香》(馆娃艳骨)词序云:"西湖社友有千叶红梅,照水可爱。问之自来,乃旧内有此种。枝如柳梢,开花繁艳,兵后流落人间。对花泫然承脸而赋。"① 又,《疏影》(虬枝茜萼)词序亦云:"西湖社友赋红梅,分韵得落字。"② 又,《唐律寄呈父凤山提举》之九有句云:"遥忆武林社中友,下湖箫鼓醉红装。"③

以上所引材料都提到了西湖诗社(西湖吟社),但略加考察即不难发现,其中除了李珏与汪元量所指的是同一个诗社之外,其他材料所说之诗社彼此之间似乎并没有什么联系。这就说明了一个问题,《梦粱录》和《都城纪胜》中所提到的西湖诗社并非仅有一个,在南宋中后期的京城临安,或前后、或同时存在着若干个诗社,它们各自聚集了一批志趣相投的社友,频繁地举行唱和活动。这些诗社并非有意冠名为西湖诗社,只不过因为它们都以西湖作为诗社活动的主要场所,故习惯地以西湖诗社(西湖吟社)相称罢了。下面即根据有关材料,对这些诗社略作考述。

一、杨万里诗社

杨万里《诚斋集》卷十九《朝天集》有《二月二十四,寺丞田丈清叔及学中旧同舍诸友拉予同屈祭酒颜丈几圣、学官褚丈集于卤湖,雨中泛舟,坐上二十人,用"迟日江山丽"四句分韵赋诗,余得"融"字。呈同社》诗:

正月一度游玉壶,二月一度游真珠。是时新霁晓光初,卤湖献状无遗馀。君王予告作寒食,来看孤山海棠社。海棠落尽孤山空,湖上模糊眼中黑。夜来三更湖月

---

①② 《永乐大典》卷二千八百零九梅字韵引《汪元量词》。
③ 《诗渊》第四册引汪元量《水云诗》。

明，群仙下堕嬉珠庭。东坡和靖相先后，李成郭熙在左右。惠崇捧砚大如箕，大年落笔疾于飞。磨墨为云洒为雨，湖波掀舞山倾欹。画作卤湖烟雨障，今晨挂在孤山上。同来诸彦文章公，不数钱起兼吴融。何如玉船一举百分满，一笑千峰烟雨散。

杨万里（1127—1206），字廷秀，号诚斋，吉州吉水（今属江西）人。绍兴二十四年（1154）进士。光宗朝，历秘书监，出为江东转运副使，改知赣州，再召皆辞。卒谥文节。

上引杨诗显然记述了一次诗社诗酒登临唱和活动。此诗收于《朝天集》，按《朝天集》收诗四百首，皆作于淳熙十一年至十四年（1184—1187）间，当时杨万里在朝廷内任东宫侍读，故名《朝天集》。据此可知该诗社活动时期即在此一时期内，活动地点则在临安。诗中所说之卤湖，据诗意，似为西湖附近的一处名胜游览之地。

关于此诗社之成员，除了上引诗题中提到的田清叔、颜几圣、褚丈等二十人外，《朝天集》还有《上巳同沈虞卿、尤延之、王顺伯、林景思游春湖上，随和韵得十绝句，呈之同社》一诗，其中提到的也应为诗社之成员。田清叔、颜几圣、褚丈、沈虞卿、王顺伯等人生平已难以考知，现将尤延之、林景思两人生平略叙如下。

尤袤（1127—1194），字延之，无锡（今属江苏）人。绍兴十八年（1148）进士。历知台州、江西运判、中书门下省检正诸房公事、太常少卿、礼部侍郎、给事中等职，累官至正奉大夫、礼部尚书。卒谥文简。尤袤为南宋中期著名诗人，与杨万里、范成大、陆游齐名，称尤杨范陆，誉为中兴四大诗人。

林宪，字景思，吴兴（今属江苏）人。乾道中特科，监南岳庙。参政贺子忱爱其才，以孙女妻之，因寓居天台。有《雪巢小稿》。景思有诗名，《朝天集》有《林景思寄赠五言，以长句谢之》诗,云:"华亭沈虞卿,惠山尤延之,每见无杂语,只说林景思。试问景思有何好,佳句惊人人绝倒。句句飞从月外来,可差王公荐穹昊。若人乘云驾天风,秋衣剪菊裁芙蓉。暮宿银汉朝蓬宫,我欲从之东海东。……"从此诗中不难想见景思之思想风貌。

《朝天集》中还有与陆游、张镃等人的唱和诗多首,但均未明显提到结社一事。其中有《上巳日予与沈虞卿、尤延之、莫仲谦招陆务观、沈子寿小集张氏北园赏海棠,务观持酒酹花,予走笔赋长句》一诗,诗题中之"张氏北园",即张镃桂隐堂中园林,不知这是不是一次诗社活动?

二、许及之诗社

许及之《涉斋集》有数首诗题涉诗社活动,兹列于下:

《与同社游山园次翁常之韵》 卷一

《感春呈同社》 卷七

《再酬同社》 卷十

《重阳前两日集,转庵同社,而今忽雨,次转庵韵》 卷十

《李若兄菊诗,同社久已嗟赏赓和,属蒙写寄,仍用韵以致予奉祠之喜。予两年从金陵觅菊栽,而一种至今著蕊未开,岂所谓晚节香者耶?次韵奉酬》 卷十二

许及之(?—1209),字深甫,永嘉(今浙江温州)人。隆兴元年(1163)进士,历宗正寺簿,右拾遗。庆元元年(1195),权礼部侍郎。四年(1198),自吏部尚书除同知枢密院事。嘉泰二年(1202),参知政事。三年(1203),除知枢密院事兼参知政事。四年(1204)罢,开禧三年(1207),泉州

居住。

《涉斋集》卷五《再次韵》诗有句云:"转庵夙昔董诗盟,同社歌呼剧欢伯。"同卷《元日简转庵》诗云:"遥想潘夫子,元正免立埠。"可知此诗社之主盟为潘转庵。卷二《再次转庵用梗字韵赋梅》诗云:"不如两忘言,搔首孤山顶。"卷五《同转庵诸人筠斋赏荷花,次转庵韵》诗云:"……同社持觞聊破戒,行令传花非俚画……诗来忽起西湖思,我辈已觉蓬莱隔。忆曾画船作夜游,亲听菱歌和露摘。南高北高只在眼,长桥短桥频泛宅。"可知此诗社的主要活动之地在临安,或至少在临安活动过。如果联系许及之入仕后大部分时间在京中任职,这一估计大致上是不错的。至于该诗社活动的具体起止时间,已难以考知。大体上应是在隆兴元年(1163)至开禧三年(1207)之间。

除了上引诗题中提到的潘转庵、翁常之、李若兄等人为该诗社之成员外,《涉斋集》中提到的尚有数人:卷十《再用韵酬居甫》诗云:"暂肯闻闲人诗社,来篇三复叹南容。"同卷《酬孝若》诗云:"同社唱酬虽数至,扣门剥啄未尝听。"同卷《仲归以结局丁字韵二诗七夕,乃连和四篇,至如数奉酬》之一云:"入社莫言诗殿后,此时孤律梦六丁。"同卷《酬木伯初仍简才叔、常之》诗云:"恍惊社里摘文手,夺得天边织锦梭。"同卷《再酬梅南寿》诗云:"报答一春无好语,更怜同社曲伏容。"以上诗题中提到的居甫、孝若、仲归、木伯初、才叔、梅南等均应为该诗社之社友,故此诗社之成员当在十人以上。惜此数人之生平行实已湮灭无考。

三、张镃诗社

张镃《南湖集》卷四有《园桂初发邀同社小饮》诗,云:
  故故论年赏,新看惜未多。一香参众树,千月下纤娥。今雨胡能阻，秋虫亦复歌。有情毋吝醉，斯世合婆娑。

张镃（1153—1211），字功甫，号约斋，西秦（今陕西省）人，居临安。宋高宗时抗金名将张俊诸孙。隆兴二年（1164），大理司直。淳熙五年（1178），直秘阁通判婺州。庆元元年（1195），司农寺主簿。三年（1197），司农寺丞，与宫观。开禧三年（1207），为司农少卿，坐事追两官送广德军居住。嘉定四年（1211），除名象州编管卒。

周密《武林旧事》卷十载张镃《张约斋赏心乐事》、《约斋桂隐百课》两文，言其卜筑南湖，名其轩曰桂隐，园池声伎服玩之丽，甲于天下。园中亭榭堂宇，名目数十，且排纂一岁中游适之目，为赏心乐事。其中有一组十余间大小的楼阁，四周遍植丹桂。登楼远眺，可以尽见江湖诸山，名之曰"群仙绘幅楼"。上引张诗所述诗社同人诗酒欢会之地当即在此楼。据此亦可推知，张镃桂隐堂之堂馆桥池即为此诗社主要活动之地。

据《约斋桂隐百课》一文，桂隐堂命名于淳熙丁未（1187），至庆元庚申（1200）规模始全。此文则写于嘉泰壬戌（1202）。据此亦可推知，淳熙丁未至嘉泰壬戌前后，即应为该诗社的大致活动时间。张镃于开禧三年（1207），从事追官送广德军居住之后，诗社也就自然消亡了。

张镃交游广泛，与辛弃疾、陆游、杨万里、姜夔等均有唱和往来。事实上，张镃之宅第已成为行都文人聚会的一个中心。戴表元《牡丹燕集诗序》云：

渡江兵休久，名家文人渐渐修还承平馆阁故事。而循王孙张功父使君以好客闻天下。当是时，遇佳风日，花时月夕，功父必开玉照堂置酒乐客。其客庐陵杨廷秀、山阴陆务观、浮梁姜尧章之徒以十数，至辄欢饮浩歌，穷昼夜忘去。明日，醉中唱酬或乐府词累累传都

下,都下人门抄户诵,以为盛事。然或半旬十日不尔,
则诸公嘲讶问故之书至矣。①

这里所说的情况和诗社活动极为相似,上引《园桂初发邀同社小饮》诗,或即为其中一次活动。

四、费士寅等同年会

陈造《江湖长翁集》卷十五有《次韵同年诸公环碧叙同年会》诗,共三首,其三云:

> 聚首论年不计官,寥寥故事复开端。俯容我辈输心语,更遣时流洗眼看。庾亮宾筵无尽兴,昌黎文饮有余欢。舍人妙句还新样,白雪赓酬政自难。

关于此会活动之具体情形,陈造另有《集同年记》一文记之颇详:

> (原序:小宰费公士寅、西掖陈公宗召、左史汤公硕倡之)
>
> 庆元庚申(1200)二月八日,合乙未(1175)岁同年进士饮于西湖环碧之园。其叙以拜,其坐以齿,其主席者三,某官其预招者十二某某。自举觞至扬觯三十刻。所饮既酣,合辞言曰:仕熙代,取科第良幸,而吾主客十六人者官于中外,合而离,越二十六年,离而复合。把杯相属,道国恩,论情素,劝加餐,祝亨嘉,聚首一笑,不其尤幸。况时仲春,风物媚妩,欲雨倏晴,云日葱昽,西湖山水,秀丽甲天下。而环碧之涵虚,又西湖胜处。宜春宜晴宜觞咏,俯仰徙倚,湖光澄凈,盎盎如酿,鸟鱼弄影,窥阚樽俎,风柔无力,落梅泛香,

---

① 《剡源集》卷十。

断续袭人。一时佳胜,为吾徒有,不止古所谓四并者。
政恐后谪仙无此乐,非三钜公笃事契、忘名分,未易得
此,此不容不识。客命某致辞,书者胡有开也。①

同年会乃是科举考试时,同榜登第的考生所结之会社。从本质上讲,它是封建官僚政治的产物。在复杂的官场政治斗争中,官僚们由于各自利益的相关而结成不同的派别、集团,得以在政治斗争中互通声气,党援朋比,使自己立于不败之地。同年会即是政治结盟的形式之一。然而同年会在具体开展活动时,政治色彩并不总是那么鲜明的,更多的时候它是通过流连山水,诗酒唱和来密切同人之间的关系,促进他们的感情交流,因此它在活动形式上往往和诗社活动并无二致,亦可将其视为诗社活动的形式之一。

现将此会参加者之生平略述如下:

费士寅,宁宗嘉泰年间任吏部尚书签书枢密院事。

陈宗召,字景南。淳熙二年(1175)进士,绍熙四年(1193)复中博学宏词科。仕至工部尚书,赠太师。

汤硕,淳熙二年进士,庆元间曾任建宁知府。

陈造(1133—1203),字唐卿,号江湖长翁,高邮(今属江苏)人。淳熙二年进士。调繁昌尉,改平江教授,历浙西参议幕。

胡有开,淳熙二年进士,曾任秘书丞。

五、史达祖、高观国等诗社

史达祖《梅溪词》有《龙吟曲》,题为:"陪节欲行,留别社友"。词云:

---

① 《江湖长翁集》卷二十二,景印文渊阁《四库全书》本。

道人越布单衣,兴高爱学苏门啸。有时也伴,四佳公子,五陵年少。歌里眠香,酒酣喝月,壮怀无挠。楚江南,每为神州未复,阑干静,慵登眺。　今日征夫在道,敢辞劳,风沙短帽。休吟穑穗,休寻乔木,独怜遗老。同社诗囊,小窗针线,断肠秋早。看归来,几许吴霜染鬓,验愁多少。

史达祖,字邦卿,号梅溪,汴(今河南开封)人。生卒年不详。韩侂胄为相,达祖为其堂吏,拟帖拟旨,侍从柬札,俱出其手。韩侂胄伐金失败被诛,达祖受黥刑,死于贬所。关于此词的写作背景,《绝妙好词笺》云:"按梅溪曾陪使臣至金,故有此词。"史达祖一生未入仕籍,他得以陪节使金,必在他为韩侂胄堂吏之时。按韩侂胄于宁宗庆元元年(1195)执政,至开禧二年(1206)北伐,其间每年秋季例行遣使往贺金章宗完颜璟生辰。史达祖陪节使金究竟系其中的哪一年?《四库全书总目·梅溪词提要》认为"必李璧使金之时,侂胄遣之随行觇国"。据此说,史达祖此行应在宁宗开禧元年(1205)。①

　　此词显然为达祖临行前社友送行时的唱和之作。但社友谓谁?词中并没有留下线索。考高观国《竹屋痴语》有《雨中花》词,云:

　　　旆拂西风,客应星汉,行参玉节征鞍。缓带轻裘,争看盛世衣冠。吟倦西湖风月,去看北塞关山。过离宫禾黍,故垒烟尘,有泪应弹。　文章俊伟,颖露囊锥,名动万里呼韩。知素有、平戎手段,小试何难。情寄吴梅香冷,梦随陇雁霜寒。立勋未晚,归来依旧,酒社诗坛。

高观国,字宾王,山阴(今浙江绍兴)人。生平仕履不详。此

---

① 《宋史·宁宗本纪》,中华书局,1977年排印本。

词无题序,据词中"行参玉节征鞍"、"吟倦西湖风月,去看北塞关山"及"归来依旧,酒社诗坛"等语来看,其为在临安送别诗社友人使金之意甚明。但此社友是否即为史达祖呢?

考今存史达祖、高观国词作中有数首唱和之作。如史达祖《东风第一枝》(草脚愁苏)题云:"壬戌(1202)闰腊望,雨中立癸亥(1203)春,与高宾王各赋。"《贺新郎》(西子相思切)题云"湖上高宾王、赵子野同赋";高观国《齐天乐》(晚云知有关山念)题云"中秋夜怀梅溪",《东风第一枝》(玉洁生英)题云"为梅溪寿",同调(烧色回青)题云"壬戌立春日访梅溪,雨中同赋",《八归》(楚峰翠冷)题云:"重阳前二日怀梅溪"等,可见两人原本是交情深笃的朋友。其次,上引《龙吟曲》与《雨中花》两词之唱和关系亦十分明显。如高词之"行参玉节征鞍"句,其"参"字与史达祖之"陪节"身份若合符节;又如"缓带轻裘"句,也是暗示史达祖未着官服,不是有官职的正式使者身份。而"过离宫禾黍,故垒烟尘,有泪应弹"等句,也与史词中的"休吟稷穗,休寻乔木,独怜遗老"等句句意相合。据此可以断定,史词题序中的"社友",即指高观国无疑。

至于此诗社是否还有其他社友,由于缺乏材料,今已难以考知。按常理推断,既然称之为"社",当不应只有两人。上引史达祖《贺新郎》(西子相思切)词题中提到的赵子野,似也应为社友之一。史达祖《梅溪词》中尚有多首词涉及此诗社的活动。如《贺新郎》词题云"六月十五日夜西湖月下",有句云"同住西山下。是天地中间,爱酒能诗之社";《点绛唇》(山月随人)小序云:"六月十四日夜,与社友泛湖过西陵桥,已子夜矣。"可见此诗社的活动是十分频繁的。另外,据上引史、高词的题序显示,此诗社活动于宁宗嘉泰二年(1202)至开禧元年(1205)之间,而实际活动时间当不止此一范围。

六、陈郁、陈世崇诗社

陈郁（？—1275），字仲文，号藏一，临川（今属江西）人。理宗朝，充缉熙殿应制。景定间，充东宫讲堂掌书兼撰述。陈世崇，字伯仁，号随隐，陈郁子。随父入宫禁，仍充东宫讲堂说书，兼两宫撰述，后任皇城司检法。贾似道忌之，遂归于乡。入元不仕，著《随隐漫录》，多述宋季事。隐居以终。

陈郁、陈世崇父子曾于理宗宝祐、景定间结西湖吟社，其事详见陈世崇著《随隐漫录》卷三：

> 先君会天下诗盟于通都，随隐才十二三，诸先生以孺子学诗可教而教以诗。……景定癸亥（1263），特旨以布衣除东宫掌书，吟社贺诗数十，仅记五首。……丙寅（1266）来归江西，名胜又赠诗词。……壬申（1272）秋，留西湖半载，吴松壑大有俊行云……俯仰之间，倏三十稔，吾翁诸老，皆赋玉楼；西湖吟社，各天一涯，穷达一场春梦。

关于该诗社的材料，仅见于此。从此材料可以看出，这是一个历时颇久、规模颇大的诗社。如果以景定癸亥陈世崇除东宫掌书时年龄为二十岁计，其十二三岁时该诗社即已开始活动，其时大致为理宗宝祐乙卯（1255）前后。至度宗咸淳丙寅（1266）陈郁父子离开临安返江西，诗社活动前后延续长达十年以上，这在宋元诗社中是比较少见的。除了陈郁父子之外，上引材料中提到的教诗、贺诗、赠诗者尚有吴石翁、杜汝能、刘彦朝、钱舜选、吕三余、柳桂孙、俞菊窗、黄力叙、张彝、周济川、吴大有等十一人，均应为该诗社之成员。惜此数人之生平泰半已湮没无征了。

七、杨缵、周密等诗社①

关于该诗社活动的最早记载，见之于前引周密《采绿吟》小序。这篇小序透露了该诗社的几个重要信息。其一是诗社成立于"甲子夏"，即宋理宗景定五年（1264）；其二是该诗社的组织者为"霞翁"，即杨缵。周密的其他诗文里也多次提到此人。如《癸辛杂识》后集"记方通律"条云："余向登紫小霞翁之门。"《瑞鹤仙》（翠屏围昼锦）小序云："寄闲结吟台，出花柳半空间，远仰双塔，下瞰六桥，标之曰'湖山绘幅'，霞翁领客落成之。初筵，翁俾余赋词，主客皆赏音。"②《草窗韵语》卷二有诗题云："紫霞翁觞客东园，列烛花外，秋林散影，高堂素壁，皆粲然李成、韦偃寒林画图，发新奇于摇落，前所未有，因作歌纪之。"从这些文字中都不难看出杨缵诗社盟主的地位。

该诗社的活动以宋亡为界，大致可分为前后两个时期。前期的活动有两个显著特点。其一，审音辨律，切磋词艺是该诗社活动的重要内容。杨缵本以精通音律著称。周密《浩然斋雅谈》卷下说他"洞晓律吕，尝自制琴曲二百操，……近世知音无出其右者"。在他的带动下，该诗社的成员对精研琴理、商榷音律都十分热衷。如张炎《词源》卷下谓："近代杨守斋精于琴，故深知音律。……与之游者，周草窗、施梅川、徐雪江、奚秋崖、李商隐，每一聚首，必分题赋曲。但守斋持律甚严，一字不苟作，遂有《作词五要》。"周密《木兰花慢》"西湖十景"词序云："西湖十景尚矣。张成子尝赋《应天长》十阕夸余曰：'是

---

① 本节内容参考了肖鹏《西湖吟社考》（载《词学》第七辑，华东师范大学出版社，1989年）一文，特此说明。
② 《苹洲渔笛谱》卷二，丛书集成本。

古今词家未能道者。'余时年少气锐,谓:'此人间景,余与子皆人间人。子能道,余顾不能道耶?'冥搜六日而词成。成子惊赏敏妙,许放出一头地。异日霞翁见之曰:'语丽矣,如律未协何?'遂相与订正,阅数月而后定。是知词不难作,而难于改;语不难工,而难于协。"① 这些材料显示了诗社同人审音辨律,切磋词艺的生动情景。事实上,该诗社的主要成员如徐理,为当时著名琴律家,施岳、张枢、王沂孙、张炎、徐宇等,均是当时的词乐专家。他们以诗社为核心,频繁往来,师友授受,标榜品题,因而形成了一个以精研词律为共同爱好追求的创作群体,在南宋末年的词坛上产生了显著的影响。周密、张炎、王沂孙等人均成为宋词创作的重要流派——格律派的后劲,应该说和这种诗社的熏陶濡染是分不开的。

特点之二是该诗社严重脱离现实的倾向。检视这一时期的有关诗社之作,不难发现,除了斟研词律之外,大多为放浪山水,寄兴适情之作。今天可考知的该诗社的几次大的活动,如景定五年的西湖之盟,具体情形已见之周密的《采绿吟》序。咸淳三年(1267)七月及次年秋,周密两次大会社友往故乡湖州,其所作《齐天乐》词序记其事云:"丁卯七月既望,余偕同志放舟邀凉于三汇之交,远修太白采石坡仙赤壁数百年故事,游兴甚逸。余尝赋诗三百言以纪清适②,坐客和篇交属,意殊快也。越明年秋,复寻前盟于白荷凉月间。风露浩然,毛发森爽,遂命苍头奴横小笛于舵尾,作悠扬杳缈之声,使人真有乘查飞举想也。举白尽醉,继以浩歌。"③ 咸淳七年(1271)夏,诗社以书舫载客再游湖州,周密《乳燕飞》词序记其事云:"辛未首夏,以书舫载客游苏湾。徙倚危亭,极登览之趣。所谓浮玉山、碧浪湖

---

① ③ 《苹洲渔笛谱》卷一,丛书集成本。
② 诗见《草窗韵语》卷二,密韵楼景宋本。

者,皆横陈于前,特吾几席中一物耳。遥望具区,渺如烟云;洞庭、缥缈诸峰,矗矗献状。盖王右丞、李将军著名画也。松风怒号,暝色四起,使人浩然忘归。慨然怀古,高歌举白,不知身世为何如也。溪山不老,临赏无穷,后之视今,当有契余言者。因大书山楹,以纪来游。"① 以上几则材料,基本上反映了该诗社活动的大致面貌。从这些诗社活动的记录里,读者也许会误以为他们生活在太平盛世,因为从中实在难以找到对国事衰颓的忧虑和对现实的关注,它从一个侧面反映了南宋灭亡前夕文人士大夫脱离现实、醉生梦死的精神状态。

以宋亡为转捩点,该诗社活动的后期与前期相比,发生了明显的变化。亡国的惨痛,将他们从麻木昏睡中惊醒,然而大势已去,无力回天,于是抒发亡国的悲哀,寄托遗民故老眷怀宗邦的民族情绪,就成为这一时期诗社活动的主旋律,它集中表现在《乐府补题》所载的五次吟咏中。

宋亡后不久,该诗社曾在杭州举行过五次活动,② 填词分咏龙涎香、白莲、莼、蝉、蟹五物,前后参加者有周密、李彭老、张炎、王沂孙、王易简、仇远、冯应瑞、唐艺孙、吕同老、陈恕可、唐珏、赵汝钠、李居仁及无名氏等十四人,共赋词三十七首,后人编为《乐府补题》一卷。这些词托物言情,寄慨深远,风格隐晦纡曲,深婉有致,不啻为南宋的灭亡奏响了一曲哀顽凄怨的挽歌,同时也将该诗社的活动推向了高潮。继《乐府补题》五咏之后,我们再也找不到有关该诗社活动的记载,大约在此之后不久,诗社就解散了。

---

① 《苹洲渔笛谱》卷一,丛书集成本。
② 夏承焘《乐府补题考》(附载于《唐宋词人年谱·周草窗年谱》后,上海古籍出版社,1979年)认为,《乐府补题》诸词乃是隐寓至元十五年(1278)番僧杨琏真加发南宋诸帝后陵事,故将写作年代定为至元十六年(1279)。关于发陵年代歧说甚多,至今尚有争议,故不取夏说。

该诗社自景定五年（1264）开始活动，至元初解散，存世的时间长达十余年，这其间究竟有多少人参加过诗社的活动？由于没有任何资料明白记载，现在已难以确知。大致上说，前期与杨瓒、周密交往密切的文人，后期参加了《乐府补题》五咏的词人，均可视为此诗社之成员。下面即根据这一标准，对该诗社的社友情况略作介绍。

杨瓒，字继翁，严陵（今浙江桐庐）人，居钱塘。宁宗杨后兄次山之孙。号守斋，又号紫霞翁。好古博雅，善琴，有《紫霞洞谱》。

张枢，字斗南，一字云窗，号寄闲，西秦（今陕西省）人，居临安。张俊诸孙。

施岳，字仲山，号梅川，吴（今江苏苏州）人。能词，精于律吕。

李彭老，字商隐，号筼房，又号漫翁，淳祐中沿江制置司属官。

周密（1232—1298），字公谨，号草窗，济南人。流寓吴兴（今属江苏），居弁山，自号弁阳老人，又号四水潜夫。曾为义乌令，入元不仕。有《草窗词》、《苹洲渔笛谱》、《齐东野语》、《癸辛杂识》、《志雅堂杂钞》、《浩然斋雅谈》、《武林旧事》、《澄怀录》、《云烟过眼录》各若干卷传于世。

吴文英，字君特，号梦窗，晚号觉翁，四明（今属浙江宁波）人。景定时，尝客荣王邸。有《梦窗甲乙丙丁稿》四卷。其《踏莎行》题云："敬赋草窗绝妙词。"有句云："西湖同结杏花盟，东风休赋丁香恨。"似亦参加过该诗社的活动。

徐宇，字未详，号雪江居士。杨瓒门客。张炎《词源》卷下云："近代杨守斋精于琴，故深知音律。……与之游者，周草窗、施梅川、徐雪江、奚秋崖、李商隐，每一聚首，必分题赋曲。"

奚㴌，字倬然，号秋崖。

毛敏仲，衢州（今属浙江）人。张炎《词源·自序》云："昔在先人侍侧，闻杨守斋、毛敏仲、徐南溪诸公商榷音律。"袁桷《琴述赠黄依然》云："往六十年，钱塘杨司农以雅琴名于时，有客三衢毛敏仲，严陵徐天民在门下，朝夕损益琴理。"①

徐天民，严州人。

徐理（1228—?），号南溪，会稽（今浙江绍兴）人。宝祐四年（1256）进士。袁桷《琴述赠黄依然》云："越有徐理氏，与杨（瓒）同时。有《奥音玉谱》一卷。……晚与杨交，杨极重之。"

薛梦桂，字叔载，号梯飙，永嘉（今浙江温州）人。宝祐元年（1253）进士。尝知福清县。仕至平江通判。

张炎（1248—?），字叔夏，号玉田，又号乐笑翁。高宗时大将张俊五世孙。本西秦人，家临安。宋亡不仕，纵游浙东西，落拓而卒。有《山中白云词》、《词源》、《乐府指迷》。《乐府补题》有其词。其所作《词源》自称得乐律之学于杨瓒。又，其《木兰花慢》词序云："元夕后，春意盎然，颇动游兴，呈雪川吟社诸公。"雪川，指吴兴。此吟社不知是否指周密于咸淳三年、七年在吴兴组织的诗社活动。

王沂孙，字圣与，号碧山，又号中仙、玉笥山人，会稽（今浙江绍兴）人。元至元中，曾任庆元路学正。有《碧山乐府》。与周密唱和颇多。《乐府补题》有其词。

王易简，字理得，号可竹，山阴（今属浙江）人。登进士第，除瑞安簿，不赴，隐居城南。有《山中观史吟》。《乐府补题》有其词。

仇远（1247—?），字仁近，一字仁父，号山村民，钱塘

---

① 《清容居士集》卷四十四，丛书集成本。

（今浙江杭州）人。咸淳间以诗名。元大德九年（1305），尝为溧阳教授，官满代归，优游湖山以终。有《兴观集》、《金渊集》、《无弦琴谱》等。《乐府补题》有其词。

冯应瑞，字祥父，号友竹。《乐府补题》有其词。

唐艺孙，字英发。有《瑶翠山房集》。《乐府补题》有其词。

吕同老，字和甫，济南（今属山东）人。《乐府补题》有其词。

陈恕可（1257—1339），字行之，固始（今属河南）人。以荫补官，咸淳十年（1274）中铨试，授迪功郎泗州虹县主簿。入元曾任西湖书院山长，吴县尹。自号宛委居士。《乐府补题》有其词。

唐珏（1147—?），字玉潜，号菊山，会稽人。至元间，番僧杨琏真加发南宋诸帝后陵，珏尝与林景熙等潜瘗诸陵遗骨，树以冬青。《乐府补题》有其词。

赵汝钠，字真卿，号月洲，宋宗室。《乐府补题》有其词。

李居仁，字师吕，号五松。《乐府补题》有其词。

陈允平，字君衡，一字衡仲，号西麓，四明（今浙江宁波）人。德祐时，授沿海制置司参议官。宋亡后，曾应征至大都。有《西麓诗稿》、《西麓继周》、《日湖渔唱》等。景定癸亥（1263），允平曾与周密同赋西湖十景。又，其词《木兰花慢》题云："和李筼房题张寄闲家圃韵。"似亦曾参加该诗社的活动。

李莱老，字周隐，号秋崖，又号遁翁。莱老与彭老为伯仲，号龟溪二隐。皆与周密友谊深厚。有词录入《绝妙好词》。

八、汪元量、李珏诗社

元初杭州一地诗社活动颇为活跃，卫宗武《为吟友序钱行诗》一文云:"钱塘吟社光价远扬,几使江浙倾动。"① 月泉吟社前六十名作者,其中连文凤属杭清吟社、仙村人属古杭白云社、梁必大属武林九友会、白珽属孤山社、周睐属武林社,② 此均为元初在杭州活动的诗社。但由于材料的缺乏,这些诗社活动的具体情形不甚清楚。事迹稍显的,是汪元量、李珏等所结之诗社。

《永乐大典》卷二千八百零九梅字韵录汪元量《暗香》、《疏影》两词,均为诗社之作。兹移录于下:

暗　　香

　　西湖社友有千叶红梅,照水可爱。问之自来,乃旧内有此种。枝如柳梢,开花繁艳,兵后流落人间。对花泫然承睑而赋。

　　馆娃艳骨。见数枝雪里,争开时节。底事化工,著意阳和暗偷泄。偏把红膏染质,都点缀、枝头如雪。最好是、院落黄昏,压栏照水清绝。　风韵自迥别。谩记省故家,玉手曾折。翠条袅娜,犹学宫妆舞残月。肠断江南倦客,歌未了、琼壶敲缺。更忍见,吹万点、满庭绛雪。

疏　　影

西湖社友赋红梅,分韵得落字

　　虬枝西萼。便轻盈态度,香透帘幕。净洗铅华,浓抹胭脂,风前伴我孤酌。诗翁瘦□□□,断不被、春风熔铄。有陇头、折赠殷勤,又恐暮笳吹落。　寂寞孤山月夜,玉人万里外,空想前约。雁足书沉,马上弦哀,

---

① 《秋声集》卷五,景印文渊阁《四库全书》本。
② 见《月泉吟社诗》,丛书集成本。

不尽寒阴沙漠。昭君滴滴红冰泪,但顾影、未忺梳掠。
等恁时、环佩归来,却慰此兄萧索。

汪元量(1241—?),字大有,号水云,钱塘(今浙江杭州)人。以善琴事谢后、王昭仪。宋亡,随三宫留燕,后为黄冠师南归。有《水云集》、《湖山类稿》等。据上引词序中"旧内"、"兵后"等语可知,此两词当作于元量自大都南归杭州之后,即至元二十六年(1289)。诗社之结,当亦在此年。

《绝妙好词》卷五载李珏《击梧桐》词,题作"别西湖社友"。词云:

枫叶浓于染。秋正老、江上征衫寒浅。又是秦鸿过,霁烟外,写出离愁几点。年来岁去,朝生暮落,人似吴潮展转。怕听阳关曲,奈短笛唤起,天涯情远。双屐行春,扁舟啸晚。忆昔鸥湖莺苑。鹤帐梅花屋,霜月后,记把山扉牢掩。惆怅明朝何处,故人相望,但碧云半敛。定苏堤、重来时候,芳草如剪。

李珏(1219—1307),字元晖,号鹤田,吉水(今属江西)人。曾任秘书省正字、阁门宣赞舍人等职。考汪元量《湖山类稿》卷四有《孤山和李鹤田》、《读李鹤田钱塘百咏》两诗,均作于至元二十六年,① 后诗有句云"南浦亭边话别时,扁舟东下浙江湄",正为送别之意。由是可知李珏词题中的西湖社友,即指元量无疑。至于该诗社是否还有其他社友,现已无从查考了。

---

① 参孔凡礼辑校《增订湖山类稿》卷四"编年",中华书局,1984。

王阮诗社

王阮《义丰集》有两诗涉诗社活动，诗题云：《龙塘久别，乘月再到，奉呈同社》，自注云："在姑苏。"诗云：

> 龙塘畴昔擅云烟，破月重来倍爽然。浮玉北堂三万顷，扁舟西子二千年。青山识面争迎棹，白鹭知心不避船。华发倏倏更何往，一茅终在此桥边。

> 已无功业上凌烟，且泛扁舟逐计然。自喜兹游胜平日，不知今夕是何年。横空蟏蛛聊欹枕，满袖婵娟永共船。同社贤豪多载酒，坐添清兴浩无边。

王阮，字南卿，德安（今属江西省）人。王韶之曾孙。隆兴元年（1163）进士。仕至抚州守。召入奏，韩侂胄欲见之，卒不往，怒，使奉祠归庐山以终。据前引诗题自注，此诗社活动之地当在苏州。至于诗社活动之时与参加之人，已不可考。

杨冠卿诗社

杨冠卿（1138—?），字梦锡，湖北江陵人。尝举进士，知广州，以事罢职。解官后曾寓居京城临安。有《客亭类稿》。

《客亭类稿》卷十三有两诗为诗社之作：

> 休将龟筮向穷通，往事邯郸午枕中。南郭吹竽羞滥食，北山运畚笑愚公。酒边赖有赓酬在，客里还欣臭味同。得句不妨频寄我，从今莫效马牛风。
>
> 《继诗社诸友韵》

> 吟笺写就讯难通，人在千岩紫翠中。谈笑尊罍有余乐，交游气概压群公。忘年许缔金兰好，佳处何妨杖屦同。我欲携琴坐花底，乞君妙曲奏松风。
>
> 《复用前韵且约携琴寻花下之盟》

从这两首诗的内容来看，冠卿所结诗社似是在其晚年弃官之后。但此诗社之具体情形，由于缺乏材料，已不可考。

陈文蔚诗社

陈文蔚《克斋集》卷十六有《贺赵及卿、黄定甫主宾联名登第》诗,云:

> 人杰须知本地灵,鹅峰挺拔湛溪清。新添九桂丛芳茂,旁发一枝花更荣。文社只今传盛事,宦途从此展修程。归耕愧我犹天地,仅有青山一笑迎。

同卷还有《送赵局之官》诗,有句云:"交游文社顿成阔,富贵帝乡今可期。"两诗中所云之文社,即指诗社。

文蔚字才卿,上饶(今属江西省)人。早年师事朱熹。尝举进士。端平二年(1235),都省言其所作《尚书类稿》有益治道,诏补迪功郎。从前引诗意看,似作于早岁未登第前,大约为孝宗淳熙年间,结社之地则在其家乡上饶。诗题中之赵及卿、黄定甫、赵局当为同社之友人,其生平已无可考。

戴栩诗社

戴栩《浣川集》卷一有《夏肯父为先都仓求水心墓志,未得而归,社中诸友皆赋诗送其行》诗,云:

> 文星金石笔,许尔有新铭。宽作春风约,归看宰树青。房留僧闭月,舟渡雁移汀。凭寄梅花酽,先贤必典型。

戴栩,字文子,号浣川,永嘉(今浙江温州)人。嘉定元年(1208)进士,任太学博士,迁秘书郎,出知临江军,不赴。后复起为湖南安抚司参议官。戴栩为叶适弟子,与永嘉四灵之徐照、徐玑、赵紫芝同里。王绰《薛瓜庐墓志铭》云:"永嘉之作唐诗者,首四灵。继灵之后,则有刘咏道、戴文子……陈叔方者作,……风流相沿,用意益笃,永嘉视昔之江西几似矣,岂不盛哉!"[①] 可见其为四灵诗风的追随者。此诗写作年代难以确考,疑其同社之人均属四灵一派。

---

① 见《瓜庐诗》卷末,《南宋群贤小集》本。

汪莘诗社

陆梦发《兰皋集序》云:"曩见冯深居言,旧客海宁之渔亭,枚举吟社,起自竹洲之客汪柳塘以下二十余人,一时雅集,不减山阴。"①

这里记述的是南宋中叶在安徽休宁(即海宁)的一次诗社活动。据此材料,该诗社的主要成员有汪莘。汪莘(1155—?),字叔耕,号柳塘,一号方壶,休宁人。屏居黄山。嘉定中,以布衣应诏,上封事,不果用。材料中所说的竹洲为吴儆(1125—1183),字益恭,号竹洲,休宁人。官至广南西路安抚使。

诗社的另一主要人物是冯去非。去非(1192—?),字可迁,号深居,南康军(今江西星子县)人。淳祐元年(1241)进士。尝干办淮东转运。宝祐四年(1256),召为宗学谕。后罢归,年八十余卒。

据汪、冯两人年龄推测,该诗社活动的年代当在宁宗嘉定间,社事之具体情形已无可考。

---

① 吴锡畴:《兰皋集》卷首,景印文渊阁《四库全书》本。

曹邍豫章诗社

厉鹗《宋诗纪事》卷七十五引《诗林万选》，有曹邍《寄豫章诗社诸君子》，云：

> 向来心事剑能知，曾结仙人汗漫期。南浦看花春载酒，西园刻烛夜吟诗。凄凉风月随残梦，零落江湖似断棋。千里洪崖秋水隔，暮云无处说相思。

曹邍，字择可，号松山。生平仕履不详。《宋诗纪事》谓其尝为贾似道客。据诗题揣测，可能为豫章（今江西南昌）人。北宋大观、政和间，徐俯等曾结豫章诗社唱和，已见前述。曹邍豫章诗社的活动时期当在理宗淳祐至度宗咸淳间。该诗社活动之具体情形及社友情况，已不可考。

苏泂诗社

苏泂《冷然斋诗集》卷五有《闲居复遇重九，悠然兴怀。颇谓此节特宜于贫。盖富贵者不知若是之清美也。因赋唐律呈同社》诗，云：

> 风凄日薄鬓毛新，岁岁年年乐此辰。多少昔贤留赋咏，大都九日称清贫。瓮头无酒心仍醉，篱下看山意愈真。自采黄花供陶谢，迩来嘉兴属何人。

从此诗来看，苏泂显然参加过一个诗社，并在重阳节与诗社同人赋诗唱和。

苏泂，字召叟，山阴（今属浙江）人。苏颂四世孙。少时曾从其祖游宦入蜀，长而落拓走四方。尝以荐得官，而终偃蹇不遇以老。其《送陆游赴修史之命》诗云："弟子重先生，卯角以至斯。文章起婴慕，德行随萧规。"可知其尝从陆游学。从其存诗中可见，他与辛弃疾、刘过、赵师秀、姜夔、葛天民等人均有往来唱和。

苏泂所参加的诗社在何地？同社之人谓谁？由于缺乏材料，已难以考知。

刘黻诗社

刘黻《蒙川遗稿》卷三有《寄社中》诗：

> 暗壁寒螿聚夜愁，孤灯相忆话绸缪。雁来不接西风字，又见黄花老却秋。

刘黻，字声伯，号质翁，乐清（今属福建）人。淳祐初，以试入太学，伏阙上书攻丁大会，送南安军安置。大全败后，召还廷试，又以对策忤贾似道，复为所抑。后由昭庆军节度掌书记除学官，擢御史，累官至吏部尚书。遭母丧解官，遂不复起。会宋亡，二王航海，黻追从入广，至罗浮而卒。谥忠肃。

从上引诗题可见，刘黻曾与人结诗社唱和，但此诗社之具体情况已不可考。

叶汝舟华亭真率会

卫宗武《秋声集》卷三有《月集呼声妓不至,野渡于觞末俾赋诗以纪初集》诗,云:

> 真率盟齐喜有初,崇觞载俎志交孚。共披白帢俱霑醉,独惜红裙不受呼。拟洛耆英宜有咏,班唐九老可成图。从今胜集循环举,岁岁毋令此意孤。

显然,这是一篇类似白居易九老会、文彦博耆英会的怡老诗社的唱和之作。

卫宗武,字淇父,自号九山,华亭(今江苏松江)人。《四库全书总目》谓其淳祐间历官尚书郎,出知常州,罢归,闲居三十余载。至元二十六年(1289)卒。其时宋亡已十年。此诗显然作于宗武罢官家居时期,具体时间已不可考,但从内容来看,作于宋末的可能性为大。

《秋声集》卷三《清明前有远役呈野渡》诗有句云:"月集相期在后旬,料应主席不寒盟。"据此可知该诗社之主盟为野渡。《秋声集》卷五有《叶野渡笔义序》一文,谓"野渡名汝舟,字济川,姓叶氏,野渡其号也"。序文称叶氏"方其发策决科,舒翘官路,将大展素抱著于施用,吾党亦金期之。而摧挫困抑,卒不获信其志业……"从中可略见其生平。

该诗社可值得注意之点有二。一是活动频繁而有规律,大致一月一集,故称"月集"。二是较之白居易九老会、文彦博耆英会等怡老诗社,更具放纵身心之山林之趣。《秋声集》卷一《锦山自杭来，诗呈乡曲，共举月集》诗云：

> ……真率月有集，旧典犹可沿。洛社多尚齿，尚齿则未便。何如仿修禊，少长无拘挛。光风猎猎长，万象皆暄妍。四时有佳致，陵谷纵变迁，山巅或水际，竹下并花前。高吟吐风月，逸气嘘云烟。烦襟可洗除，芳景宜流连。毋徒嗟百罹，一笑觞互传。

白居易九老会、文彦博耆英会均奉行"尚齿不尚官"，即不是以官阶大小排名，而是以年龄长幼排名，表现出一种摆脱官场等级观念的平等意识。该真率会却觉得尚齿亦"未便"，也还是一种束缚，所以主张仿王羲之等人的兰亭修禊，"少长无拘挛"，随心所欲，放浪形骸，在这种不拘形式的活动中，使身心得到极大的放纵和自由。从上引诗句中，我们不难看出这种有意的追求。

王镒遂昌诗社

王镒,字介翁,遂昌(今浙江县名)人。宋末曾官县尉。入元,弃官归隐。有《月洞吟》一卷存世。

关于王镒生平及结诗社一事,见之于其后人、明王养端所作《月洞吟序》,略云:"有介翁镒者,文章尔雅,造履峻洁。仕宋,官县尉。当帝昺播迁,势入夷元,即幡然弃印绶,归隐湖山,与尹绿坡、虞君集、叶柘山诸人结社赋诗。扁所居为月洞,意以孤炯绝尘,颛顸自亢,庶几乎有桃源栗里之致焉……"①

今存王镒《月洞吟》,共辑录其诗七十余首,大多为黍离麦秀之悲音。如:"青松秦世事,黄菊晋人心。尘外烟萝客,相寻入远林"(《山中》)、"山河隔今古,天地老英雄。局败棋难著,愁多酒易中"(《避乱柯岩,绿坡诸公以诗见寄》)、"满目关河怀古恨,如今何处问孙刘"(《金陵感秋》)、"夜月蕉花秦世梦,寒烟草子宋时坟"(《山中述怀柬详议梅涧四弟》)等诗句可以说是触目皆是,其《古杭感事二首》更是长歌当哭,涕泪交飞之作:

国事凋零王气衰,东南豪杰竟何之。云寒废殿排班石,草卧前朝记事碑。沙涨浙江龙去远,天宽北阙凤归迟。可怜不老吴山月,曾照官家宠幸时。

入北銮舆竟不回,衔花辇路长苍苔。九重禁地为僧

---

① 王镒:《月洞吟》卷首,景印文渊阁《四库全书》本。

舍，六代攒陵变劫灰。宋国衣冠春草绿，赵宫珠翠野花
开。虽然兴废俱天数，祸自奸臣误国来。

虽然我们今天已难以分辨《月洞吟》中诗作哪些属诗社之作，但从上引诗句中已不难见出此诗社活动内容之一二了。

明万历辛丑（1601），汤显祖自遂昌知县任辞官返乡后，王养端之后人王叔隆重梓《月洞吟》，求序于汤显祖，汤写下了《王镃月洞诗序》一文，对王镃及其《月洞吟》作了很高评价：

> 予在平昌（按遂昌汉魏时称平昌），见黄兆山人诗文浸淫魏晋人语。而复得其先人宋月洞先生诗，殆宛然出晚唐人手。宋之季犹唐之季也。观黄兆山人序《月洞》云："节操峻洁，孤炯独绝。"如律中"青松秦世事，黄菊晋人心"、"沙涨浙江龙去远，天宽北阙凤归迟"，悲歌当泣，此真如司空表圣弃官居虞乡土官谷尔。绝句如落花依草，绰约茜妍。咏荆卿者，固亦赋《闲情》耶！世之达官贵人，往往不珍惜其祖之手泽，而叔隆重梓斯集，问序于余。月洞先生可谓有诒厥之力矣。①

序中所说的黄兆山人，即王养端。《月洞吟》即为其所刊行。

又，厉鹗《宋诗纪事》谓王镃为括苍（今浙江丽水）人，《四库全书总目》亦采此说，显然有误。汤显祖的序文谓王镃之后人生活在遂昌，故遂昌应为其故里。另外，今人周育德《汤显祖论稿》（文化艺术出版社，1991年）一书附有《平昌又见玉茗花》一文，叙其赴遂昌访汤显祖事迹，曾见到在遂昌文化馆工作的王权先生，乃王镃之后人，文中说王镃为"遂昌湖山人"，应是有根据的。

---

① 徐朔方笺校《汤显祖诗文集》卷五十，上海古籍出版社，1982。

赵必𤩪诗社

赵必𤩪《覆瓿集》卷二有《和同社饯梅》诗，云：

> 花开春意动，花谢春意静。逋仙徐诗魂，梦断孤山境。飘零万斛香，冷落一枝影。玉笛深深悉，月浸阑干冷。吟翁饯梅行，诗句真隽永。持螯醉酒船，呼童涤茶皿。欲调宰相羹，且归状元岭。离骚不知音，激楚鄙鄢郢。唯有广平翁，心肠铁石劲。无花实更奇，此意要人领。桃李儿女曹，眼底纷蛙井。酒醒动微吟，心下快活省。

同集卷一还有《吟社递至诗卷，足十四韵以答之。为梅水村发也》、卷二有《和同社酒边韵》等诗。

赵必𤩪（1245—1294），字玉渊，号秋晓，太宗十世孙，家东莞（今属广东省）。咸淳元年（1265），与父同中进士，授高要县簿、尉、摄四会令。再任文林郎、南康县丞。文天祥开府于惠州，必𤩪伏谒辕门，辟摄惠州军事判官。入元，隐温塘村。

陈纪撰必𤩪《行状》云："代更世易，凄其黍离铜驼之怀，无复仕进意矣。以故官例，授将仕郎象州儒学教授，而公山林之意已坚，遂隐于邑之温塘村。惟以诗酒自娱，仰俯林壑，欣然会心，朋俦二三，更倡迭和，歌笑竟日，将以遗世事而阅馀龄。"[①] 据此可知，必𤩪所结诗社当是在入元之后。

---

① 《覆瓿集》卷六附录，景印文渊阁《四库全书》本。

必璆卒后，友人共二十六人写有祭文和挽诗。翟佐挽诗云："畴昔追随日，团头笑语同。酒船浮大白，荔圃擘轻红。入社惭招亮，忘年肯友戎。向来觞咏地，古木起悲风。"陈纪挽诗云："年头岁尾足追随，畅饮高歌送落晖。赓咏每输弹丸句，谈谐常落箭锋机。渐成瓜葛缘方熟，共看茱萸事已非。数尺茅檐杨柳岸，故应经此尚依依。"① 两诗内容似均涉及诗社活动。据此推测，撰祭文和挽诗的二十六人，当即为必璆同社之友人。他们是：张登辰、梅时举、陈庚、黎献、张宝大、陈师善、李春叟、翟佐、梅庆翁、胡骏升、张孺子、陈继善、姚燃、僧觉真、翟龛、李士龙、陈纪、罗附凤、赵时清、黎善夫、邓元奎、叶持、张震龙、李昌辰、张昭子、黎伯元等。此数人之生平已无可考。

---

① 《覆瓿集》卷六附录，景印文渊阁《四库全书》本。

王英孙越中诗社、山阴诗社

《四库全书》黄庚《月屋漫稿·提要》云:"庚尝客山阴王英孙家,试越中诗社《枕易》,题庚为第一,考官乃李侍郎。"

王英孙,字才翁,号修竹,会稽(今属浙江绍兴)人。少保端明殿学士克谦之子,宋末官将作监簿。入元家居,与遗民野老往还,如唐珏、林景熙、郑朴翁、谢翱等均馆其家,结汐社相唱和。陈著《与王监簿英孙》一文云:"……朋友西来,必道高谊。主盟清风标致,犹昨日也。"① 可见英孙实乃元初浙东遗民中一颇具影响的人物。此越中诗社当即其与遗民和当地士人所结。

黄庚《月屋漫稿》录有《枕易》一诗,诗题下原注:"越中诗社试题都魁。"诗云:

古鼎烟销倦点朱,翛然高卧夜寒初。四檐寂寂半床梦,两鬓萧萧一卷书。日月冥心知代谢,阴阳回首验盈虚。起来万象皆吾有,收拾乾坤在草庐。

从诗题到内容都表现了对世事变幻如梦的无奈,以及归隐田园的思想,这正是元初遗民歌咏的主题之一。

黄庚,字星甫,天台(今属浙江省)人。生卒年不详。《月屋漫稿》集首自序作于泰定丁卯(1327),此时距宋亡[宋帝昺祥兴二年(1279)]已四十八年。《月屋漫稿》中有《除夜即

---

① 陈著:《本堂集》卷七十九,景印文渊阁《四库全书》本。

事》诗,有句云:"明朝年八十,晚景惜榆阴。"故知其至少活了八十岁。若以泰定丁卯前推,则宋亡时已三十二岁。入元后未见有其入仕的记载,故可称之为宋遗民。《月屋漫稿》中,不少诗都表现了遗民思想。如:

> 名门有贞女,始结丝罗盟。嬿婉席未温,良人已远行。远行何时归?妾身不自轻。空帷守寂寞,誓以终此生。虽云受恩浅,耿耿怀至情。

《拟古》之三

> 垂垂大厦颠,一木支无力。精卫悲沧海,铜驼化荆棘。英风傲几砧,滨死犹铁脊。血洒沙场秋,寒日亦为碧。惟留吟啸编,千载光奕奕。

《读文相吟啸稿》

前诗以为夫守节的贞女自拟,表达了忠于故宋不事元蒙的信念;后诗则满怀崇敬之情,讴歌了誓死不降元蒙的民族英雄文天祥。从中不难见出黄庚思想风貌之一斑。

《月屋漫稿》所录《枕易》诗后,附有诗社所聘考官李侍郎应祈的批语,云:

> 诗题莫难于《枕易》,自非作家大手笔讵能模写,盖以其不涉风云雨露、江山花鸟,此其所以为难也。予阅三十余卷,鲜有全篇纯粹,正如披沙拣金,使人㒺㒺。忽见此作,若纷纷盆盎中得古罍洗,把玩不忍释手。此诗起句"倦"字便含睡意。颔联气象优游,殊不费力,曲尽枕易之妙。颈联"冥心回首"四字,极其精到。结句如万马横奔,势不可遏,且有力量。全篇体制合法度,音调谐宫商。三复降叹,此必骚坛老手,望见旗鼓,已知其为大将也。冠冕众作,谁曰不然。

从此评语中可以看出越中诗社活动的若干特点。首先,此诗社活动不像宋代诗社那样采用分韵、次韵、联句等唱和形式,而是规定了一个诗题《枕易》，参加者均作这一题目，这就具有某种比赛的性质；其次，诗社专门聘请了考官，主持评裁，甄选甲乙，并要写出评语；再次，从李应祈评语中"此必骚坛老手，望见旗鼓，已知其为大将也"等语来看，诗卷上并未署作者姓名，而是采用了"糊名"的形式。越中吟社的上述活动特点，与月泉吟社完全一致，都是采用了科举考试的某些形式。这反映出元初遗民诗社活动的一大特点：借诗社活动来模拟科举考试，以此作为对停止科举考试的心理补偿。

  关于参加此诗社的人员，据李应祈批语中"余阅三十余卷"之语可知，应有三十余人，但姓名已大多不可考。唯连文凤《百正集》卷中亦有《枕易》一诗，诗云："身世相忘象外天，青风一枕几千年。有时默默焚香坐，闲看白云心自玄。"可知其也参加了越中吟社的活动。连文凤，字伯正，号应山，三山（今福建省福州市）人。宋咸淳间尝为太学生，德祐前亦尝授官。入元不仕。连文凤还参加了月泉吟社的活动，并被评为第一名。

  又，黄庚《月屋漫稿》还载有《秋色》一诗，诗题原注："山阴诗社中选。"诗云："凭高望不极，望断动愁情。落日凄凉处，西风点染成。丹枫明野驿，白水浸江城。马上人回首，戎戎黯客程。"此山阴诗社或为越中吟社之别名，《秋色》即其另一次诗社活动的诗题。

黄庚武林社

黄庚《月屋漫稿》载有《梅魂》一诗：

> 梦觉罗浮迹已陈，至今想像事如新。相思一夜窗前月，似见三生石上春。的的孤芳冰气魄，疏疏冷蕊雪精神。料应楚些难招至，欲倩花光为写真。

诗题下有原注云"武林试中"。按《月泉吟社诗》（丛书集成初编本）第十九名周暕、第二十七名东必曾名下均注云"武林社"，是知武林社为元初杭州固有之诗社。这里说"武林试中"，当即武林社中选之意。此诗社之组织者已不可考，此节标题作"黄庚武林社"，仅表示其参加过此诗社的活动。

除了黄庚之外，何景福《铁牛翁遗稿》（何梦桂《潜斋集》附）中亦载有《梅魂》一诗，诗云：

> 开落分明梦觉关，玉妃厌世谢尘寰。英精已出冰霜外，标格犹存水石间。淡月写真招不返，香风入骨引初还。数声羌笛知何处，迷却罗浮一片山。

此诗从诗题及诗意来看，均与黄庚之作相似，说明何景福也参加过武林社的活动。景福字介夫，淳安（今浙江县名）人。何梦桂之族孙。元时不仕。《四库全书总目》谓其"诗颇奇伟，气格在梦桂上"。

熊升龙泽山诗社

熊升（1245—1295），字刚申，富州（今江西丰城县）人。宋末尝举科举不第。元世祖至元十八年（1281）行省檄为瑞州西涧书院山长，以亲老不就。至元二十三年（1286），他与陈焕在家乡龙泽山共倡诗社，其事见赵文《熊刚申墓志铭》：

>……尧峰陈先生焕，明经士，公雅敬之。……丙戌（1286），与尧峰倡诗会，岁时会龙泽徐孺子读书处，一会至二百人，衣冠甚盛，觞咏率数日乃罢。……邻郡闻之，争求其韵赓和，愿入社，其风流倾动一时如此。①

关于此诗社的材料，可考者仅见于此。但仅此材料中，已可见出此诗社的几个鲜明特点。

其一，此诗社举行之地，为丰城龙泽山徐孺子读书处。徐孺子即东汉南昌人徐穉，字孺子。家甚贫，然躬耕而食，不应征辟，时称南州高士。在宋元易代之初，熊升等在徐穉曾读书处结诗社，其用意是显而易见的。虽然诗社之作未能保存下来，但不难推测，保持气节，不食元禄应是此诗社吟咏的主调。熊升本人不就瑞州西涧书院山长一事，也证明此一推测应距事实不远。

其二，诗社规模巨大。据上引材料，参加此诗社者多达二百人，这是宋代一般一二十人的诗社所无法比拟的。在元初诗社

---

① 赵文：《青山集》卷六，景印文渊阁《四库全书》本。

中，超过此诗社规模的，还有一个月泉吟社。月泉吟社以《春日田园杂兴》为题，征诗四方，共得诗二千七百三十五卷，在人数上远远超过了熊升龙泽山诗社。但月泉吟社所采之结社形式是以诗投稿，参加者并不聚集于一地，而此诗社则是二百余人齐聚在一处唱和，其规模可称得上是宋元诗社之冠了。这一现象生动地反映出元初停止科举之后，无所适从的知识分子对诗社活动的热衷。

其三，产生了较大影响。元初诗社活动十分活跃，据现今所掌握的材料，可确切考知其活动年代的，有月泉吟社，至元二十三年至二十四年（1286—1287）间；明远诗社，至元三十年（1293）。此诗社举行时间与月泉吟社相同，属元初较早的遗民诗社。从赵文《熊刚申墓志铭》"邻郡闻之，争求其韵赓和，愿入社，其风流倾动一时如此"的记载可知，此诗社产生了较大影响。它对元初诗社活动的空前活跃，显然起到了一定的促进作用。

甘果龙泽山诗社

甘果（1269—1335），字景行，丰城（今江西县名）人。其结诗社一事，见之于揭傒斯《甘景行墓志铭》，云："至元之末，与邑人蔡黼、熊坦等十人结社龙泽山中。"① 惜此诗社之具体情况已湮灭无考。

元初，丰城人熊升等也曾在龙泽山结诗社，据赵文《熊刚申墓志铭》记载，其时为至元二十三年（1286）。此诗社活动之地虽与熊升等人诗社相同，但时间略晚，为至元之末，即至元三十年（1293）前后，故显系两个不同诗社。

揭傒斯《甘景行墓志铭》载其简要生平云："丰城甘君讳果，字景行，早以郡学诸生受业熊先生朋来之门。及长，好为诗。……方是时，国家取士非一途，或以艺，或以赀，或以功，或以法律，其最上者以文章荐可立置馆阁，然皆不好，唯以治田园，躬孝养，奉丧祭，给公上，礼宾客，恤贫乏，暇则读书教子而已。天历、至顺之间，天下大旱蝗，民相食，……君出粟或赈或贷，或为粥以食，日所活以百计，而不受赏。……以至元改元十有二月八日卒，年六十七。"

诗社的另一参与者蔡黼，字思敬，豫章（今江西南昌）人。生平未详。元吴澄《吴文正集》卷十五有《蔡思敬诗序》，云："唐人诗数百年，一集中可观者无几。豫章蔡黼思敬集，七体无

---

① 《揭傒斯全集·文集》卷八，上海古籍出版社，1985。

一体不佳,每体无一篇不佳。若与唐人集并行,此集当为第一。虽然,体凡七,题止七十五,唯约故精,继此约者博,精者不杂,纵横颠倒,自成一家,则为曹、为阮、为陆、为陶、为陈、为李、为杜、为韦,吾何间然。"此序虽赞誉太甚,难逃溢美之讥,然知蔡黼亦善为诗者。

徐元得明远诗社、香林诗社

徐元得（1220—1293），字耕道，上饶（今属江西省）人。宋末历官淮阴县尉，入元家居。

其举诗社一事，见之于戴表元《剡源集》卷十七《徐耕道迁葬碣》，云："闲暇，惟与宗族乡党相倡和，命诗社曰明远，并主邻社香林。社友又为刊《小草六笔》者若干篇。"此为其晚年家居时事，即元世祖至元三十年（1293）前后。此诗社所能考得之材料仅见于此。

关于徐元得之生平，亦仅见于戴表元《徐耕道迁葬碣》一文，略云："岁甲戌乙亥，余客金陵四幕，文武掾佐浮沉去来以千计，徐君耕道在数中，余接之不及稔也。尔后三十年，来上饶，于君为乡，始获知君之家世出处，及诵君词赋。盖上饶之徐自衢徙，而居世黄塘。……曾祖赐，迪功郎；父植，礼部进士；父华甫，自号桔隐翁，世以儒业科级自重。至君从兄忠愍公，遂为壬辰进士第一人，仕终于大司成、冬官二卿。当忠愍公时，四方宦学之士无不愿登其门。君携超颖之质，入则与二季端友龙图、立大侍郎绸理书疏；出则与赵茂实尚书、徐景说秘书辈商略义理。及既不得志场屋而游则与扬州李制置、江州赵安抚之徒讲书筹策。游倦而归，则与蜀郡杨参预、天台叶集贤诸公考问故实。声渐气摩，意喻色授，不劳而成良器。……尝奉檄筑怀远军城，补进勇副尉，升授滁州散祗侯，移淮阴文家峰巡检、淮阴尉。进保重庆，转进义副尉；又剿广益盗湘南，转进武校尉；又五转自承信郎至忠翊,皆身犯矢石得之,非他书生用空言寄功幕府之比。然盘旋曲折,亦不足尽其才。而岁老矣,于是归傍乡井。既而避地于饶德兴之宗儒村。宗儒有王氏,故大家,能以礼馆谷君,学徒为之填委。会李制置弟宰祁门,于德兴邻邑也,复招游祁门,为刊所为诗词,曰《横塘小草》一笔、二笔者若干篇。君平生轻财,有俸馈,即散以周人之急,故晚而益贫。三年,不得已遂归黄塘,课子读书,督奴灌畦,殊不为前时意度。……癸巳夏,感疾。至秋加剧。索纸作书别所尝交往,有'此行遥指柯山'云云数十字,若寓升游洞天之意。书毕而逝。"

孙蕡南园诗社[①]

孙蕡《西庵集》卷八有《琪林夜宿联句一百韵》诗，其序云：

> ……河东（王佐）与余焚香瀹茗，共语畴昔。因思年十八九时，承先人遗泽，得弛负担过从贵游之列，一时闻人相与友善，若洛阳李长史仲修、郁林黄别驾楚金、东平黄通守庸之、武夷王徵士希贡、维扬黄长史希文、古冈蔡广文养晦、番禺赵进士安中，及其弟通判澄、徵士讷、北平蒲架阁子文、三山黄进士原善，皆斯文表表者也，共结诗社南园之曲，豪吟剧饮，更唱迭和……而河东与余为同庚，情好尤笃。欢会未几，殷忧相仍，城沿兵火，朋从散落。河东与余拆袂奔走，邈不相见，凡十余年……

孙蕡（1337—1393），字仲衍，号西庵，顺德（今属广东省）人。早年为广东行省右丞何真幕僚。元末避乱乡间。洪武三年（1370）中进士，授工部织染局使，迁虹县主簿。后召为翰林典籍，与修《洪武正韵》。洪武九年（1376），监祀四川。后出为平原主簿，因事被累系狱，俾筑京师城墙。洪武十五年（1382），起为苏州经历，复坐累戍辽东。洪武二十六年

[①] 本节内容参考了郭绍虞《明代的文人集团》一文，载《照隅室古典文学论集》上编。

(1393),大治蓝玉党,孙蕡因尝为之题画,遂受株连处死。上引诗序,记述了元末孙蕡在广州南园与友人结社唱和的情况。

据该诗序"因思年十八九时"之语可知,南园诗社之活动时期当在至正十四年至十五年(1354—1355)间。孙蕡《西庵集》中还有数诗具体描绘了该诗社活动的情况。如卷一之《南园》诗:"诗社良燕集,南园清夜游。条风振络组,华月照鸣驺。高轩敞茂树,飞甍落远洲。移筵对白水,列烛散林鸠。雅兴殊未央,旨酒咏思柔。玉华星光灿,锦彩云气浮。丽景不可虚,众宾起相酬。长吟间剧饮,楚舞杂齐讴。陵阳杳仙驾,韩众非我俦。聊为徇时序,娱乐忘百忧。"卷三《南园歌赠王给事彦举》云:"昔在越江曲,南园抗风轩。群英结诗社,尽是琪琳仙。群英组络照江水,与余共结沧洲盟。沧洲之盟谁最雄?王郎独有谪仙风。狂歌放浪玉壶缺,剧饮淋漓宫锦红。"于这些诗句的字里行间,犹可想见当年南园风雅之盛。

孙蕡与王佐、赵介、李德、黄哲并称南园五先生,又称南园五子。王佐,即上引诗序中所云之"河东",因其先世本河东(今山西永济蒲州)人,故云。李德,即诗序之李仲修;黄哲,即诗序之黄庸之。但不知何故,诗序中独不列赵介。但赵介《听雨》诗有句云:"南园多酒伴,有约候新晴。"[①] 细味其意,似亦参加过南园诗社的活动。或孙蕡写诗序时偶忘之耶?

现将南园诗社社友生平略述如次:

王佐(1337—?),字彦举,先世河东人,元末随父至岭南,遂占籍南海(今属广东)。元末受广东行省右丞何真聘,掌书记。洪武六年(1373)被荐,征为给事中。后乞返故里,得其善终。有《听雨轩》、《瀛洲》两集,今不传。

赵介(1344—1389),字伯贞,番禺(今广州)人。不乐仕

---

① 转引自陈田《明诗纪事》甲签卷九,上海古籍出版社,1993年排印本。

进,虽屡为有司所荐,均不就。洪武二十二年(1389),因事被诬,逮赴京师。不久事白南还,卒于归舟中。后因子纯贵显,追赠监察御史。有《临清集》,不传。

李德,字仲修,号采真子,番禺人。洪武三年(1370),应荐至京师,授洛阳长史。继迁济南府经历,改西安。自陈愿就教职,授汉阳教谕,改义宁学官,晚年倦游南归,卒于家,有《易庵集》,不传。

黄哲(?—1375),字庸之,番禺人。明初以荐拜翰林待制,入书阁侍太子读书。出为东阿知县,迁东平通判,罢归,寻坐法死。有《雪蓬集》,不传。

黄楚金、王希贡、黄希文、蔡养晦、赵安中、赵澄、赵讷、蒲子文、黄原善等人生平失考。

高启北郭诗社[①]

陈田《明诗纪事》甲签卷八陈则条引张大复《梅花草堂集》云：

> 陈文度少与高启、徐贲、张羽、杨基相倡和，尝赋《紫菊》，同社亟称之，呼陈紫菊。

这里所说的同社，即指北郭诗社。关于此诗社的情况，高启《送唐处敬序》一文有详细记载："余世居吴之北郭，同里之士，有文行而相交善者，曰王君止仲一人而已。十余年，徐君幼文自毗陵，高君士敏自河南、唐君处敬自会稽，余君唐卿自永嘉，张君来仪自浔阳，各以故来居吴，而卜第适皆与余邻，于是北郭之人物遂盛矣。余以无事，朝夕诸君间，或辩理诘义以资其学，或赓歌酬诗以通其志；或鼓琴瑟以宣湮滞之怀，或陈几筵以合宴乐之好，虽遭丧乱之方殷，处隐约之既久，而优游怡愉，莫不自所得也。"[②] 高启在此文中共提到北郭诗社之社友共七人，其实尚不止此数。《明史·王行传》云："初，高启家北郭，与行比邻，徐贲、高逊志、唐肃、宋克、余尧臣、张羽、吕敏、陈则皆卜居相近，号北郭十友，又称十才子。"此北郭十友当即为该诗社之主要成员。

---

① 本节内容参考了郭绍虞《明代的文人集团》一文，载《照隅室古典文学论集》上编。
② 《凫藻集》卷三。

不过，所谓北郭十友，诸家的说法略有差异。高启《春日怀十友诗》所谓十友为：余尧臣、张羽、杨基、王行、吕敏、宋克、徐贲、陈则、僧道衍、王彝，① 与《明史》相比，少了高逊志、唐肃两人，而多出杨基、僧道衍、王彝三人，朱彝尊《徐贲传》②、陈田《明诗纪事》③ 等均采此说。陈衍《石遗室诗话》（卷十八）则又以"高启、杨基、张羽、徐贲、余尧臣、王行、宋克、吕敏、陈则、僧道衍"为北郭十子，与高诗相比，又少了王彝。这种诸家记载相互抵牾的情况说明，所谓北郭十子之说，并非成数，而是概数。即以高启所言，如果将自己包括在内，即有十一人，而合各家所说一共提到的则有十三人之多。举其概数称十子或十友，乃是语言习惯使然，文学史上此类说法并不乏见。另外，所谓十子并非固定不变，他们中大多数人由外乡流寓苏州，聚散离合本是常有之事。一些人离开了，一些人又加入进来，故十人之基本队伍虽无大变，小的变化则在所难免。故后人所记，只是某一特定时期内的情况，而非该诗社全部存续期内的情况。

北郭诗社的活动时间当在元季。上引高适文中"虽遭丧乱之方殷，处隐约之既久"等句已透露出此一消息。张羽《续怀友诗序》亦云："予在吴围城中，作怀友诗二十三首，其后题识者四人，则嘉陵杨君孟载、介丘王君止仲、渤海高君季迪、郯郡徐君幼文也。时余与诸君及永嘉唐卿者游，皆落魄不任事，故得流连诗酒间，若不知有风尘之警者。及兵后移家武林，向所怀廿三人往往而见，而五君者或谪或隐，各相暌异，叹离合之无常，

---

① 《高青丘集》卷三，上海古籍出版社，1985年排印本。
② 见《曝书亭集》卷六十三，四部丛刊本。
③ 见甲签卷八余尧臣条。

感游从之难得,作续怀友诗五首。"① 这里更清楚地说明了该诗社的活动时期是在兵前,即元季动乱之时,而兵后,即明王朝建立之后,社友"或谪或隐,各相睽异",该诗社就基本上没有再举行活动了。

现将北郭诗社社友之生平略叙于下:

高启(1336—1374),字季迪,号青丘子,长洲(今江苏苏州)人。元末尝为张士诚幕僚。洪武二年(1369),应诏与修《元史》,书成,授翰林编修,寻擢户部侍郎。坚辞,放还。后以魏观事坐法死。有《高青丘集》等。

杨基,字孟载,其先蜀嘉州(今四川乐山)人,家于吴。元季曾为张士诚记室。明初起为荥阳知县,被荐为江西行省幕官,以省臣得罪,落职。复起,奉使湖广,授兵部员外郎,迁山西副使,进按察使。被谗夺官,谪输作,卒于工所。有《眉庵集》。

张羽,字来仪,浔阳(今江西九江)人,徙于吴。元末领乡荐,为安定书院山长。洪武初,征至京,应对不称旨,放还。再征授太常司丞,坐事窜岭南,未半道召还。羽自知不免,投龙江死。有《静居集》。

徐贲,字幼文,其先蜀人,徙于吴。张士诚辟为属,已谢去。洪武初用荐奉使晋、冀,还授给事中,改御史,出按广东。改刑部主事,迁广西参议,擢河南左布政使。以事下狱死。有《北郭集》。

王行,字止仲,长洲人。洪武初,有司延为学校师。后馆于凉国公蓝玉家。洪武末,坐蓝玉党死。有《半轩》、《楮园》二集。

余尧臣,字唐卿,永嘉(今浙江温州)人。入吴,为张士

---

① 《静居集》卷一,景印文渊阁《四库全书》本。

诚客。明初谪徙濠梁，旋放还，授新郑丞。有《莱苴集》。

宋克，字仲温，长洲人。元季张士诚欲罗致之，不就。洪武初，出任凤翔府同知。

吕敏，字志学，无锡（今属江苏）人。元季为道士。洪武初，官无锡教谕。有《无碍居士集》。

陈则，字文度，昆山（今属江苏）人。洪武初以秀才举，授应天府治中。擢户部侍郎，谪大同府同知，迁知府。

唐肃，字处敬，越州山阴（今浙江绍兴）人。至正壬寅（1362）举乡试。元末官嘉兴学正。洪武初，用荐召修礼乐书，擢应奉翰林文字，兼国史院编修，以失朝罢归，谪佃濠。有《丹崖集》。

高逊志，字士敏，萧县（今属浙江）人，徙居嘉兴（今属浙江）。洪武初预修《元史》，授翰林院编修，改秦府纪善。引退十五年，复召为试吏部侍郎，旋罢官。建文初，征入翰林，迁太常少卿。靖难后，死永嘉山中。有《啬庵遗稿》。

僧道衍，即姚广孝，幼名天僖，既为僧，名道衍，字斯道。长洲人。洪武中以高僧选侍燕邸。永乐初，为僧录左善世，加太子少师，复姓赐今名。卒赠荣国公，谥恭靖。有《逃虚子集》。

王彝，生平仕履未详。

方时举壶山文会

钱谦益《列朝诗集小传》甲前集"郭处士完"条云：

> 完，字维贞，莆田人。元末隐于壶山，以教授生徒为业，与方时举用晦等十二人结社。完卒，自为圹志。用晦与吴源、王孟宽为营葬，有诗哭之。

这里所说的结社，即指壶山文会。陈田《明诗纪事》甲签卷十五引郑王臣《莆风清籁集》，对该社之情况有更为详细的介绍：

> 闽中有壶山文会，初会九人：宋贵诚、方朴、朱德善、丘伯安、蔡景诚、陈本初、杨元吉、刘晟、陈观。续会者十三人：陈惟鼎、李蕊、郭完、陈必大、吴元善、方炯、郑德孚、黄性初、黄安、陈熙、方坦、叶源中、释清源。月必一会，赋诗弹琴，清谈雅歌以为乐。

该诗社的唱和之作被编为《壶山文会集》，惜今已不传。《明诗纪事》甲签卷十五引方时举《会日怀雪巢、石溪二君卧病》诗，云："年来自觉亲朋少，今日相逢白发多。风雨栖迟一樽酒，令人长忆病维摩。"此诗当为诗社之作，想是诗社约定聚会的日子，雪巢、石溪二君因病未至，作者寄诗以表相念之情。

方时举，初名槐，又名朴，以字行，莆田（今属福建）人。洪武初，官兴化训导。有《方壶集》，不存。

郭完，已见前述。

刘晟，字性存，莆田人。洪武中，以荐官南阳知县。

陈观，字莒峰，莆田人。洪武初，以荐官陕西右参政。有

《辍耕吟稿》,不存。

方炯,字用晦,号杏林布衣。

该诗社成员生平可考者仅此五人。

宋元诗社活动年表

宋太宗至道元年（995）　乙未

　　丞相李昉致仕，退居都下，欲与宋琪、杨徽之、魏丕、李运、朱昂、武允成、张好问、僧赞宁凡九人结九老会，后因事未果。事见王禹偁《小畜集》卷二十《右街僧录通惠大师文集序》。

宋真宗景德三年（1006）　丙午

　　南昭庆寺僧省常与士大夫结西湖白莲社，参加者有向敏中、丁谓等十八人。事见丁谓《西湖结社诗序》（《续藏经》第二编第八套第五册《圆宗文类》卷二十二）、孙何《白莲社记》（《咸淳临安志》卷七十九）。

宋仁宗庆历六年（1046）　丙戌

　　马寻为湖州太守。与郎简、范锐、张维、刘余庆、周守中、吴琰等六老会于吴兴之南园，举六老会，胡瑗为之序。事见周密《齐东野语》卷二十"耆英诸会"条。

　　又，庆历中，徐祐屏居于吴，曾与叶参等结九老会。事见龚明之《中吴纪闻》卷二"徐都官九老会"条。

宋仁宗嘉祐元年（1056）　丙申

　　庆历七年（1147），祁国公杜衍告老，退居睢阳。后十年为嘉祐元年，与王涣、毕世长、朱贯、冯平等为五老会。事见王辟之《渑水燕谈录》卷四、钱明逸《睢阳五老图序》（厉鹗《宋诗纪事》卷八引《事文类聚前集》）。

宋神宗元丰元年（1078）　　戊午

元丰元年至三年，章岵任苏州太守，期间曾与徐师闵、元绛、程师孟、闾丘孝终、王琥、苏湜、方子通等作九老会。事见龚明之《中吴纪闻》卷四"徐朝议"条。

宋神宗元丰三年（1080）　　庚申

文彦博、范镇、张宗益、张问、史炤等五人在洛阳举五老会。事见文彦博《五老会》诗（《潞公文集》卷七）。

宋神宗元丰五年（1082）　　壬戌

文彦博、富弼、席汝言、王尚恭、赵丙、刘几、冯行已、楚建中、王谨言、张问、张焘、司马光等十二人，仿唐白居易九老会故事，置酒赋诗相乐，谓之洛阳耆英会。既而由闽人郑奂图形于妙觉僧舍。王拱辰时任北京留守，诣书潞公，愿预其会。故参加者实为十三人。事见邵伯温《邵氏闻见录》卷十、司马光《洛阳耆英会序》（《传家集》卷六十八）。

宋神宗元丰六年（1083）　　癸亥

文彦博、程珦、司马旦、席汝言等四人举洛阳同甲会，是年四人均七十八岁。事见文彦博《奉陪伯温中散程、伯康朝议司马、君从大夫席，于所居小园作同甲会》诗（《潞公文集》卷七）。

是年前后，司马光、范纯仁与洛阳耆宿尝举真率会，并多次举行活动。事见司马光《真率会》（《传家集》卷十一）、范纯仁《和君实微雨书怀韵》（《范忠宣集》卷二）等诗。

宋神宗元丰七年（1084）　　甲子

贺铸在徐州，领宝丰监钱官，与当地士人张仲连、寇昌朝、陈师中、王适、王玨等结彭城诗社唱和。事见《庆湖遗老诗集》。

宋哲宗元祐元年（1086） 丙寅

邹浩于此年前后任颍昌府学教授，与当地士人苏京、崔鹍、裴仲孺、胥述之等结诗社唱和。事见邹浩《颍川诗集序》（《道乡集》卷二十七）。

宋徽宗大观四年（1110） 庚寅

此年前后，徐俯、洪刍、洪炎、苏坚、苏庠、潘淳、吕本中、汪藻、向子諲、张元干等，在豫章结诗社唱和。事见张元干《苏养直诗帖跋尾六篇》（《芦川归来集》卷九）。

宋徽宗重和元年（1118） 戊戌

叶梦得徽宗重和元年至宣和二年（1120）任许昌太守，其间曾与韩瑨、韩宗质、韩宗武、王实、曾诚、苏迨、苏过、岑穰、许亢宗、晁将之、晁说之等人结社唱和。事见陆友仁《砚北杂志》卷上。

宋钦宗靖康元年（1126） 丙午

李若水《忠愍集》卷三《次韵高子文途中见寄》诗有句云："趁取重阳复诗社，要看红叶醉西风。"知其尝与高子文结诗社唱和。若水以靖康元年擢吏部侍郎，从钦宗赴金营，以力争废止，不屈死。故知其结诗社当在此年之前。

欧阳彻尝与吴朝宗、陈钦若等在江西崇仁结诗社唱和。事见《飘然先生集》。据《宋史》本传，高宗建炎元年（1127），欧阳彻徒步赴行在，伏阙上封事，请诛汪伯彦、黄潜善等，与太学生陈东俱死于市。其结诗社之举，应在靖康元年以前。

北宋诗社年代失考的，还有许景衡横塘诗社，事见《横塘集》。

宋高宗建炎四年（1130） 庚戌

李山民、吴云公、顾淡云、杜芳洲等在苏州结岁寒社。事见徐大焯《烬余录》乙编。《宋史·高宗本纪》载，建炎四年二月，"金人入平江（即今苏州），纵兵焚掠"。据《烬余录》，顾淡云、杜芳洲等即卒于此时，可知该诗社活动当在此年之前。苏州僧云逸结吟梅社，事见徐大焯《烬余录》乙编。云逸亦死于建炎四年金兵掠城时。

高宗绍兴元年（1131）　　辛亥

邓深在湖南湘阴与友人欧阳天聪、何仲敏等结诗社唱和。事见《大隐居士诗集》卷下《次韵欧阳天聪》、《次韵答社友》、《晚秋怀社中诸子》等诗。邓深于绍兴中举进士，结诗社为中举前事，故知该诗社活动年代当为绍兴初年。

赵鼎在临安举真率会。事见《忠正德文集》卷五《真率会诸公有诗，辄次其韵》诗。该会活动时间为绍兴初年，具体时间已不可考。

高宗绍兴二年（1132）　　壬子

苏庠在丹阳与陈序等结诗社。事见刘宰《书碧岩诗集后》（《漫塘集》卷二十四）。绍兴二年，朝廷征召，苏庠辞不赴。诗社之举，当在此年之后。

高宗绍兴六年（1136）　　丙辰

程俱与赵子昼等在衢州结九老会。事见《北山集》卷十《与叔问预约继九老会》诗。程俱所撰子昼《墓志铭》，谓其卒于绍兴十二年（1142），此前"以旧职提举江州太平观，寓止衢州，凡七年"。是知该九老会活动时间，当在以绍兴十二年为下限上溯七年（1136—1142）这一期间内。

高宗绍兴十一年（1141）　　辛酉

朱翌在韶州举真率会。事见《灊山集》卷二《同郭候、僧仲晚至武溪亭议真率会》诗。朱翌因忤秦桧，于绍兴十一年韶州安置，至绍兴二十五年（1155）召还。该真率会活动即在其贬官韶州期间。

高宗绍兴十三年（1143）　　癸亥

张扩与顾景蕃、顾彦成、张子温、张元龄、张大年、张耆年等在吴县结诗社。事见张扩《东窗集》。张扩于绍兴十三年提举江州太平观，绍兴十七年（1147）卒，结诗社当在此一期间。

高宗绍兴十七年（1147）　　丁卯

周紫芝在临安与友人结诗社。事见紫芝《太仓稊米集》。紫芝于绍兴中登第。绍兴十七年任右迪功郎敕令所删定官，同年十二月为枢密院编修官。绍兴二十一年（1151）知兴国军。诗社为其在馆阁任上所结。

高宗绍兴二十年（1150）　　庚午

史浩在临安与友人结诗社。事见史浩《鄮峰真隐漫录》卷五《次韵周祭酒所和馆中雪诗》、《诗社得神字》等诗。该诗社之结似在其任国子博士时，时间为绍兴二十年前后。

高宗绍兴二十二年（1152）　　壬申

李光在昌化举真率会。事见其《二月三日作真率会，游载酒堂，呈座客》（《庄简集》卷五）诗。据《宋史》本传，李光因忤秦桧，于绍兴十一年（1141）责授建宁军节度副使，滕州安置。十四年（1144）移琼州，居琼州八年，移昌化军。据此可大致考知该真率会活动日期为是年前后。

高宗绍兴二十三年（1153）　　癸酉

乐备在昆山结诗社，参加者有马先觉、范成大等人。事见马先觉《喜乐功成招范至能入诗社》（龚昱辑《昆山杂咏》）、范成大《中秋卧病呈同社》（《石湖诗集》卷二）。范诗作于赴漕试归来第二年的中秋。按范成大参加金陵漕试为绍兴二十二年（1152），是知其参加诗社为绍兴二十三年。

高宗绍兴二十八年（1158）　戊寅

张纲在金坛与李公显等结诗社。事见张纲《华阳集》卷三十五《归乡》诗、卷三十六《次韵李公显》诗。张纲于绍兴二十八年致仕，诗社之举，当在其退老返乡之后。

高宗绍兴三十年（1160）　庚辰

冯时行与吕及之、施晋卿、于格、樊汉广、李流谦、张积、吕智父、杜少讷、房仕成、杨舜举、宇文德济、杨大光、吕商隐、吕宜之、吕凝之、僧宝印等十七人在成都结诗社。事见厉鹗《宋诗纪事》卷五十二引《成都文类》吕及之《梅林分韵得"爱"字》诗序。

孝宗隆兴元年（1163）　癸未

王十朋于隆兴元年至乾道元年（1165）任饶州太守期间，与洪州太守陈阜卿、吉州太守洪迈、洪州通判王秬、饶州提点刑狱公事何麒结楚东诗社唱和，并将诗作结集，名《楚东酬唱集》。事见张元干《夜读五公楚东酬唱辄书其后呈龟龄》（《于湖集》卷七）诗、王十朋《次韵安国读楚东酬唱集》（《梅溪后集》卷二十六）诗。

许及之与潘转庵、翁常之、李若兄等人在临安结诗社。事见许及之《涉斋集》。该诗社的活动时间已难以确考。许及之于隆兴元年中进士，以后一直在京中做官，至嘉泰三年（1203），累官知枢密院事兼参知政事。故知其结诗社最早应在隆兴元年之后。

孝宗淳熙四年（1177）　丁酉

史浩在四明举尊老会、五老会、六老会。事见《鄮峰真隐漫录》。

孝宗淳熙十一年（1184）　甲辰

杨万里与田清叔、颜几圣、褚丈、沈虞卿、尤袤、王顺伯、林景思等在临安结诗社。事见万里《二月十四日，寺丞田丈清叔及学中旧同舍诸友拉予同屈祭酒颜丈几圣、学官褚丈集于卤湖，雨中泛舟，坐上二十人，用"迟日江山丽"四句分韵赋诗，余得"融"字。呈同社》、《上已同沈虞卿、尤延之、王顺伯、林景思游春湖上，随和韵得十绝句，呈之同社》两诗。此两诗均收于万里《诚斋集》之《朝天集》。按《朝天集》收诗共四百首，皆作于淳熙十一年至十四年（1184—1187）间，时万里在朝中任东宫侍读，故名。

廖行之在衡州举诗社。事见其《和家字韵呈同社诸公》、《中秋日简同盟诸公》（《省斋集》）等诗。据《省斋集》附录田奇撰《宋故宁乡主簿廖公墓记》，行之于淳熙十一年（1184）举进士。诗社之举，似在其举进士之前。

孝宗淳熙十四年（1187）　丁未

张镃在临安结诗社。事见其《园桂初发邀同社小饮》（《南湖集》卷四）诗。又，周密《武林旧事》卷十载张镃《张约斋赏心乐事》、《约斋桂隐百课》两文，言其卜筑南湖，名其轩曰桂隐，园池声伎服玩之丽，甲于天下。此桂隐堂当即为诗社活动之地。据《约斋桂隐百课》一文，桂隐堂命名于淳熙丁未，诗社活动似应在此年之后。

宁宗庆元元年（1195）　乙卯

汪大猷在四明与楼钥等举真率会。事见楼钥《适斋（大猷号）约同社往来无事形迹次韵》（《攻媿集》卷六）诗。楼钥所撰大猷《行状》，谓大猷于绍熙二年（1191）致仕回乡，卒于庆元六年（1200）。《行状》云："公既谢事，而钥得奉祠，六年之间，有行必从，有唱必合，徒步往来，殆无虚时，剧谈倾倒，其乐无涯。"以大猷之卒年上推六年，为庆元元年，此一期间，即为该真率会的活动时间。

宁宗开禧元年（1205）　乙丑

史达祖、高观国等在临安结诗社。事见史达祖《龙吟曲》(《梅溪词》)、高观国《雨中花》(《竹屋痴语》)。按史达祖《龙吟曲》词题为:"陪节欲行,留别社友。"《四库全书总目》谓:"必李璧使金之时,侂胄遣之随行觇国。"据《宋史·宁宗纪》,此为开禧元年事。可知诗社之结,当在此年前后。

宁宗嘉定十五年（1222）　壬午

刘爚在建阳举尊老会。事见其《壬午春社之明日,讲尊老会于西山之精舍。庞眉皓首,奕奕相照,真吾邦希阔之盛事。辄成口号一首,并呈诸耆寿,且以坚异日恬退之约云》诗(《云庄集》卷一)。

理宗嘉熙四年（1240）　庚子

潘牥在建宁结诗社。事见周密《齐东野语》卷四"潘庭坚、王实之"条。

理宗宝祐三年（1255）　乙卯

陈郁、陈世崇父子在临安结诗社,参加者有吴石翁、杜汝能、刘彦朝、钱舜选、吕三余、柳桂孙、俞菊窗、黄力叙、张彝、周济川、吴大有等人。事见陈世崇《随隐漫录》卷三。据该文,诗社活动时间大致在理宗宝祐三年至度宗咸淳二年（1266）之间。

理宗景定五年（1264）　甲子

杨缵、周密等于临安结诗社。事见周密《采绿吟》词序(《蘋洲渔笛谱》卷一)。该诗社活动始于此年,一直持续到宋亡。先后参加者有张枢、施岳、李彭老、吴文英、徐宇、毛敏仲、徐天民、徐理、薛梦桂、张炎、王沂孙、王易简、仇远、冯应瑞、唐艺孙、吕同老、陈恕可、唐珏、赵汝钠、李居仁、陈允平、李莱老等数人。

端宗景炎二年（1277）　丁丑

陈著在鄞县结诗社。事见其《菊集所檥》(《本堂集》

卷五十三)一文。

除以上所述外,南宋诗社年代失考者尚多,兹胪列于次:

林季仲真率会。事见其《竹轩杂著》卷二《次韵和康文真率之集》诗。

王阮诗社。事见其《龙塘久别,乘月再到,奉呈同社》诗(《义丰集》)。

杨冠卿诗社。事见其《客亭类稿》卷十三《继诗社诸友韵》、《复用前韵且约携琴寻花下之盟》诗。

刘植诗社。事见其《文会飞霞观》诗(《江湖后集》卷十四)。

陈文蔚诗社。事见其《克斋集》卷十六《贺赵及卿、黄定甫主宾联名登第》、《送赵局之官》诗。

陈造真州诗社。事见其《江湖长翁集》卷十六《寄真州诗社诸友》诗。

戴栩诗社。事见其《浣川集》卷一《夏肯父为先都仓求水心墓志,未得而归,社中诸友皆赋诗送其行》诗。

汪莘诗社。事见陆梦发《兰皋集序》(吴锡畴《兰皋集》卷首)。该诗社活动之地为休宁,参加者有冯去非等二十余人。

敖陶孙诗社。事见其《谢叶司理、徐知县见贻之什》诗(《江湖小集》卷四十四《臞翁诗集》)。

薛师石诗社。事见其《秋晚寄赵紫芝》诗(《江湖小集》卷七十三《瓜庐集》)。

林希逸诗社。事见其《和山中后社韵》(《竹溪鬳斋十一稿续集》卷五)。

王琮诗社。事见其《答友人》诗(《江湖小集》卷四十八《雅林小稿》)。

戴复古江湖吟社。事见厉鹗《宋诗纪事》卷六十一"曾原一"注；又见复古《赵苇江与东嘉诗社诸君游，一日携吟卷见过，一谢其来》诗（《石屏诗集》卷六）。

曹邍豫章诗社。事见其《寄豫章诗社诸君子》诗（厉鹗《宋诗纪事》卷七十五引《词林万选》）。

苏泂诗社。事见其《闲居复遇重九，悠然兴怀。颇谓此节特宜于贫。盖富贵者不知若是之清美也。因赋唐律呈同社》诗（《泠然斋诗集》卷五）。

高翥诗社。事见其《清明日招社友》诗（《菊涧集》）。

薛嵎诗社。事见其《古淡然老得帖往长芦，不受，却归松风旧寺，次社中韵》诗（《江湖小集》卷五十五《云泉诗》）。

徐集孙诗社。事见其《寄怀里中社友》、《寄里中社友》两诗（《江湖小集》卷十六《竹所吟稿》）。

姚镛诗社。事见其《悼复石壁》诗（《江湖小集》卷五十一《雪蓬稿》）。

吴潜诗社。事见其《望江南》词（《履斋遗稿》卷二）。

林尚仁诗社。事见其《雪中呈社友》诗（《江湖小集》卷二十三《端隐吟稿》）。

李涛诗社。事见其《诗社中有赴补者》诗（《江湖小集》卷八十三《蒙泉诗稿》）。

黄敏求诗社。事见其《题陈赟谷、陈野逸吟稿》诗（《江湖后集》卷十三）。

邓允端诗社。事见其《题社友诗稿》诗（《江湖后集》卷十五）。

张辑诗社。事见其《沁园春》（东泽先生）词（《江湖后集》卷十七）、《临江仙》（忆昔风流秋社里）词（《永乐大典》卷一万四千三百八十一寄字韵引《清江渔谱》)。

胡仲弓、胡仲参诗社。事见仲弓《与社友定花朝之约》诗(《苇航漫游稿》卷二)、《和社友游清源洞韵》、《柬倪梅村》诗(《江湖后集》卷十二);仲参《留别社友》诗(《江湖后集》卷二十三)。

叶茵诗社。事见其《寄社友》诗(《江湖小集》卷四十一《顺适堂吟稿》丁集)。

刘黼诗社。事见其《寄社中》诗(《蒙川遗稿》卷三)。

叶汝舟、卫宗武华亭真率会。事见宗武《锦山自杭来,诗呈乡曲,并举月集》(《秋声集》卷一)、《月集呼声妓不至,野渡于觞未俾赋诗以纪初集》(《秋声集》卷三)等诗。

元世祖至元十六年(1279)　　己卯

王镒在遂昌结诗社。事见明王养端《月洞吟序》(王镒《月洞吟》卷首),云:"……仕宋,官县尉。当帝昺播迁,势入夷元,即幡然弃印绶,归隐湖山,与尹绿坡、虞君集、叶柘山诸人结社赋诗。扁所居为月洞,意以孤炯绝尘,颠顸自亢,庶几乎有桃源栗里之致焉。"据此可知,该诗社所结,当在元初。

赵必𤩰在东莞结诗社。事见其《吟社递至诗卷,足十四韵以答之。为梅水村发也》(《覆瓿集》卷一)、《和同社钱梅》、《和同社酒边韵》(《覆瓿集》卷三)等诗。陈纪撰必𤩰《行状》云:"代更世易,凄其黍离铜驼之怀,无复仕进意矣……遂隐于邑之温塘村,惟以诗酒自娱。仰俯林壑,欣然会心,朋侪二三,更倡迭和,歌笑竟日,将以遗世事而阅余龄。"(《覆瓿集》卷六附录)据此可知,该诗社之结,当在入元之后。

元世祖至元二十二年（1285）　乙酉

王英孙在山阴结越中吟社。事见黄庚《枕易》诗注（《月屋漫稿》）。《四库全书总目·月屋漫稿提要》云："庚尝客山阴王英孙家，试越中诗社《枕易》，题庚为第一，考官乃李侍郎。"又，陈著《与王监簿英孙》一文云："……朋友西来，必道高谊。主盟清风标致，犹昨日也。"（《本堂集》卷七十九）可知该诗社之主盟为王英孙。该诗社之活动年代未见明确记载。该诗社的另一参加者连文凤（事见《百正集》所载《枕易》诗）曾参加月泉吟社的征诗活动，并列为第一名。月泉吟社活动于至元二十三年（1286），故将越中吟社的活动姑系之本年。

又，黄庚《秋色》（《月屋漫稿》）诗注云："山阴诗社中选。"此山阴诗社似为越中吟社之别名。

武林社。《月泉吟社诗》第十九名周睐、第二十七名东必曾名下均注云"武林社"，黄庚《梅魂》（《月屋漫稿》）注云"武林试中"。知此武林社当为元初活动于杭州的诗社，其年代显然早于月泉吟社，故系之本年。

元世祖至元二十三年（1286）　丙戌

熊升在龙泽山结诗社。事见赵文《熊刚申墓志铭》（《青山集》卷六）。参加者有陈焕等二百余人。

谢翱在会稽等地结汐社。事见方凤《谢君皋羽行状》（《存雅堂遗稿》卷三）、何梦桂《汐社诗集序》（《潜斋集》卷六）。据谢翱《登西台恸哭记》（程敏政《宋遗民录》卷二），其到达越中的时间为至元二十三年，故汐社活动最早始于此年。

吴渭在浦阳结月泉吟社。事见《月泉吟社诗》（《丛书集成》初编）。月泉吟社以至元二十三年十月以《春日田园杂兴》为题征诗四方，至至元二十四年正月收卷，共得二千七百三十五卷。聘谢翱、方凤、吴思齐三人为考官,选出前二百八十名。今存《月泉吟社诗》收录了前六十名的诗作,并附有部分人的摘句。

元世祖至元二十六年（1289） 己丑

汪元量与李珏等在杭州结诗社。事见汪元量《暗香·西湖社友有千叶红梅,照水可爱。问之自来,乃旧内有此种。枝如柳梢,开花繁艳,兵后流落人间。对花泫然承脸而赋》、《疏影·西湖社友赋红梅,分韵得落字》（《永乐大典》卷二千八百零九"梅"字韵）,李珏《击梧桐·别西湖社友》（《绝妙好词》卷五）。据孔凡礼《汪元量事迹纪年》（《增订湖山类稿》附录二）,元量于德祐二年（1276）随谢太后离杭赴大都,于至元二十六年返回钱塘。据上引词序中"旧内"、"兵后"等语可知,诗社之结为其返回杭州之后,故系之本年。

元世祖至元三十年（1293） 癸巳

甘果在龙泽山结诗社。事见揭傒斯《甘景行墓志铭》:"至元之末,与邑人蔡黼、熊坦等十人结社龙泽山中。"（《揭傒斯全集·文集》卷八）

徐元得在上饶结明远诗社、香林诗社。事见戴表元《徐耕道迁葬碣》:"闲暇,惟与宗族乡党相倡和,命诗社曰明远,并主邻社香林。"（《剡源集》卷十七）该诗社具体活动年代不详,大致为其晚年家居时。据戴表元文,元得卒于至元三十年,诗社活动当在此年之前。

元顺帝至正十四年（1354） 甲午

孙蕡在广州结南园诗社。参加者有王佐、赵介、李德、黄哲、黄楚金、王希贡、黄希文、蔡养晦、赵安中、赵澄、赵讷、蒲子文、黄原善等人。事见孙蕡《南园》（《西庵集》卷一）、《南园歌赠王给事彦举》（同集卷三）、《琪林夜宿联句一百韵》(同集卷八)等诗。《琪林夜宿联句一百韵》诗序有"因思年十八、九时"等语,按孙蕡生于元顺帝后至元三年(1337),故知该诗社活动当在本年前后。

元顺帝至正二十七年(1367)　丁未

　　高启在苏州结北郭诗社。参加者有杨基、张羽、徐贲、王行、余尧臣、宋克、吕敏、陈则、唐肃、高逊志、王彝、僧道衍等人。事见高启《送唐处敬序》(《凫藻集》卷三)。高启此序中有"虽遭丧乱之方殷,处隐约之既久"等句,又张羽《续怀友诗序》云:"予在吴围城中,……时余与诸君及永嘉唐卿者游,皆落魄不任事,故得流连诗酒间,若不知有风尘之警者。及兵后移家武林,……而五君者或谪或隐,各相睽异……"(《静庵集》卷一)据此可知,该诗社活动正当元季动乱之时,而"兵后",即明王朝建立之后,社友"或谪或隐,各相睽异",该诗社基本上没有再举行活动。

　　方时举莆田壶山文会。事见郑王臣《莆风清籁集》(陈田《明诗纪事》甲签卷十五引)、钱谦益《列朝诗集小传》甲集"郭处士完"条。该诗社参加者有郭完、刘晟、陈观、宋贵诚等二十余人,唱和之作曾编为《壶山文会集》,惜今已不传。据钱谦益文,该诗社活动于元末,故系于本年。

征引参考书目

沈约撰:《宋书》,中华书局,1977年排印本。
刘昫等撰:《旧唐书》,中华书局,1977年排印本。
脱脱等撰:《宋史》,中华书局,1977年排印本。
陆心源辑撰:《宋史翼》,中华书局,1991年景印本。
陈邦瞻撰:《宋史纪事本末》,中华书局,1977年排印本。
无名氏撰:《大金国志》,景印文渊阁《四库全书》本。
宋濂等撰:《元史》,中华书局,1977年排印本。
柯绍忞撰:《新元史》,《二十五史》本。
屠寄撰:《蒙兀儿史记》,中国书店,1984年景印本。
张廷玉等撰:《明史》,中华书局,1977年排印本。
毕沅编撰:《续资治通鉴》,上海古籍出版社,1987年景印本。
徐乾学编撰:《资治通鉴后编》,景印文渊阁《四库全书》本。
永瑢等撰:《四库全书总目》,中华书局,1965年景印本。
陈振孙撰:《直斋书录解题》,《武英殿聚珍版》本。
晁公武撰:《郡斋读书志》,四部丛刊本。
《全唐诗》,中华书局,1960年排印本。
计有功辑撰:《唐诗纪事》,四部丛刊本。
魏齐贤等辑:《圣宋名贤五百家播芳大全文粹》,景印文渊阁《四库全书》本。
唐圭璋编:《全宋词》,中华书局,1965年排印本。
厉鹗辑撰:《宋诗纪事》,上海古籍出版社,1983年排印本。
陈衍辑撰:《元诗纪事》,上海古籍出版社,1987年排印本。
臧晋叔编:《元曲选》,中华书局,1958年排印本。

陈田辑撰：《明诗纪事》，上海古籍出版社，1993年排印本。
白居易撰：《白居易集》，中华书局，1979年排印本。
刘禹锡撰：《刘宾客文集》，四部备要本。
温庭筠撰：《温飞卿集笺注》，曾益笺注，景印文渊阁《四库全书》本。
柳开撰：《河东集》，景印文渊阁《四库全书》本。
王禹偁撰：《小畜集》，景印文渊阁《四库全书》本。
苏颂撰：《苏魏公集》，景印文渊阁《四库全书》本。
司马光撰：《传家集》，景印文渊阁《四库全书》本。
祖无择撰：《龙学文集》，景印文渊阁《四库全书》本。
范祖禹撰：《范太史集》，景印文渊阁《四库全书》本。
文彦博撰：《潞公文集》，景印文渊阁《四库全书》本。
邵雍撰：《击壤集》，景印文渊阁《四库全书》本。
范纯仁撰：《范忠宣集》，景印文渊阁《四库全书》本。
苏辙撰：《栾城集》，景印文渊阁《四库全书》本。
黄庭坚撰：《豫章黄先生文集》，四部丛刊本。
黄庭坚撰：《山谷内集》，景印文渊阁《四库全书》本。
黄庭坚撰：《山谷外集》，景印文渊阁《四库全书》本。
黄庭坚撰：《山谷别集》，景印文渊阁《四库全书》本。
黄庭坚撰：《山谷外集补》丛书集成本。
陈师道撰：《后山集》，景印文渊阁《四库全书》本。
秦观撰：《淮海集》，景印文渊阁《四库全书》本。
张耒撰：《柯山集》，丛书集成本。
米芾撰：《宝晋英光集》，景印文渊阁《四库全书》本。
晁说之撰：《景迂生集》，景印文渊阁《四库全书》本。
黄裳撰：《演山集》，景印文渊阁《四库全书》本。
苏过撰：《斜川集》，四部备要本。
邹浩撰：《道乡集》，景印文渊阁《四库全书》本。
谢逸撰：《谢幼槃文集》，丛书集成本。
李彭撰：《日涉园集》，景印文渊阁《四库全书》本。
贺铸撰：《庆湖遗老诗集》，景印文渊阁《四库全书》本。

洪朋撰：《洪龟父集》，景印文渊阁《四库全书》本。
向子諲撰：《酒边集》，四部备要本。
李若水撰：《忠愍集》，景印文渊阁《四库全书》本。
许景衡撰：《横塘集》，景印文渊阁《四库全书》本。
葛胜仲撰：《丹阳集》，景印文渊阁《四库全书》本。
李光撰：《庄简集》，景印文渊阁《四库全书》本。
李光撰：《李庄简词》，四印斋所刻词本。
赵鼎撰：《忠正德文集》，景印文渊阁《四库全书》本。
张扩撰：《东窗集》，景印文渊阁《四库全书》本。
曹勋撰：《松隐集》，景印文渊阁《四库全书》本。
叶梦得撰：《建康集》，景印文渊阁《四库全书》本。
叶梦得撰：《石林词》，四部备要本。
程俱撰：《北山集》，景印文渊阁《四库全书》本。
张纲撰：《华阳集》，景印文渊阁《四库全书》本。
王之道撰：《相山集》，景印文渊阁《四库全书》本。
邓肃撰：《栟榈集》，景印文渊阁《四库全书》本。
李流谦撰：《澹斋集》，景印文渊阁《四库全书》本。
韩驹撰：《陵阳集》，景印文渊阁《四库全书》本。
朱翌撰：《灊山集》，景印文渊阁《四库全书》本。
孙觌撰：《鸿庆居士集》，景印文渊阁《四库全书》本。
欧阳彻撰：《欧阳修撰集》，景印文渊阁《四库全书》本。
张元干撰：《芦川归来集》，景印文渊阁《四库全书》本。
吕本中撰：《东莱诗集》，景印文渊阁《四库全书》本。
仲并撰：《浮山集》，景印文渊阁《四库全书》本。
黄公度撰：《知稼翁集》，景印文渊阁《四库全书》本。
张孝祥撰：《于湖居士文集》，上海古籍出版社，1980年排印本。
周紫芝撰：《太仓稊米集》，景印文渊阁《四库全书》本。
周紫芝撰：《竹坡词》，四部备要本。
史浩撰：《鄮峰真隐漫录》，景印文渊阁《四库全书》本。
王十朋撰：《梅溪集》，景印文渊阁《四库全书》本。
楼钥撰：《攻媿集》，景印文渊阁《四库全书》本。

曾丰撰：《缘督集》，景印文渊阁《四库全书》本。
刘爚撰：《云庄集》，景印文渊阁《四库全书》本。
范成大撰：《石湖诗集》，景印文渊阁《四库全书》本。
杨万里撰：《诚斋集》，景印文渊阁《四库全书》本。
张镃撰：《南湖集》，景印文渊阁《四库全书》本。
韩元吉撰：《南涧甲乙稿》，景印文渊阁《四库全书》本。
史达祖撰：《梅溪词》，四部备要本。
高观国撰：《竹屋痴语》，四部备要本。
杨冠卿撰：《客亭类稿》，景印文渊阁《四库全书》本。
戴复古撰：《石屏诗集》，四部丛刊本。
吴潜撰：《履斋遗稿》，景印文渊阁《四库全书》本。
王阮撰：《义丰集》，景印文渊阁《四库全书》本。
许及之撰：《涉斋集》，景印文渊阁《四库全书》本。
陈造撰：《江湖长翁集》，景印文渊阁《四库全书》本。
廖行之撰：《省斋集》，景印文渊阁《四库全书》本。
陈文蔚撰：《克斋集》，景印文渊阁《四库全书》本。
薛师石撰：《瓜庐集》，景印文渊阁《四库全书》本。
真德秀撰：《西山文集》，景印文渊阁《四库全书》本。
戴栩撰：《浣川集》，景印文渊阁《四库全书》本。
徐鹿卿撰：《清正存稿》，景印文渊阁《四库全书》本。
苏泂撰：《冷然斋诗集》，景印文渊阁《四库全书》本。
刘克庄撰：《后村先生大全集》，四部丛刊本。
刘黼撰：《蒙川遗稿》，景印文渊阁《四库全书》本。
邓深撰：《大隐居士诗集》，景印文渊阁《四库全书》本。
刘宰撰：《漫塘文集》，景印文渊阁《四库全书》本。
周密撰：《苹洲渔笛谱》，丛书集成本。
周密撰：《草窗韵语》，密韵楼景宋本。
陈著撰：《本堂集》，景印文渊阁《四库全书》本。
林希逸撰：《竹溪鬳斋十一稿续集》，景印文渊阁《四库全书》本。
王柏撰：《鲁斋集》，景印文渊阁《四库全书》本。
胡仲弓撰：《苇航漫游稿》，景印文渊阁《四库全书》本。

吴锡畴撰：《兰皋集》，景印文渊阁《四库全书》本。
薛嵎撰：《云泉诗》，景印文渊阁《四库全书》本。
赵必璩撰：《覆瓿集》，景印文渊阁《四库全书》本。
卫宗武撰：《秋声集》，景印文渊阁《四库全书》本。
汪元量撰：《增订湖山类稿》，孔凡礼辑校，中华书局，1984 年排印本。
谢翱撰：《晞发集》，景印文渊阁《四库全书》本。
连文凤撰：《百正集》，知不足斋丛书本。
何梦桂撰：《潜斋集》，景印文渊阁《四库全书》本。
林景熙撰：《霁山集》，知不足斋丛书本。
王镃撰：《月洞吟》，景印文渊阁《四库全书》本。
方凤撰：《存雅堂遗稿》，续金华丛书本。
方回撰：《桐江集》，委宛别藏本。
方回撰：《桐江续集》，景印文渊阁《四库全书》本。
高翥撰：《菊涧小集》，两宋名贤小集本。
陈起辑：《江湖小集》，景印文渊阁《四库全书》本。
陈起辑：《江湖后集》，景印文渊阁《四库全书》本。
周密辑：《绝妙好词笺》，查为仁、厉鹗笺，景印文渊阁《四库全书》本。
黄庚撰：《月屋漫稿》，景印文渊阁《四库全书》本。
戴表元撰：《郯源集》，丛书集成本。
陆文圭撰：《墙东类稿》，景印文渊阁《四库全书》本。
赵文撰：《青山集》，景印文渊阁《四库全书》本。
袁桷撰：《清容居士集》，丛书集成本。
白珽撰：《湛渊集》，景印文渊阁《四库全书》本。
张之翰撰：《西岩集》，景印文渊阁《四库全书》本。
吴莱撰：《渊颖吴先生集》，四部丛刊本。
吴澄撰：《吴文正集》，景印文渊阁《四库全书》本。
张伯淳撰：《养蒙文集》，景印文渊阁《四库全书》本。
许谦撰：《白云集》，丛书集成本。
黄溍撰：《金华黄先生文集》，四部丛刊本。

柳贯撰：《柳待制集》，四部丛刊本。
宋褧撰：《燕石集》，景印文渊阁《四库全书》本。
杨维桢撰：《东维子集》，四部丛刊本。
宋濂撰：《宋文宪公全集》，四部备要本。
胡助撰：《纯白斋类稿》，丛书集成本。
何景福撰：《铁牛翁遗稿》，何梦桂《潜斋集》附，景印文渊阁《四库全书》本。
揭傒斯撰：《揭傒斯全集》，上海古籍出版社，1985年排印本。
高启撰：《高青丘集》，上海古籍出版社，1985年排印本。
孙蕡撰：《西庵集》，景印文渊阁《四库全书》本。
张羽撰：《静居集》，景印文渊阁《四库全书》本。
汤显祖撰：《汤显祖诗文集》，徐朔方笺校，上海古籍出版社，1982年排印本。
朱彝尊撰：《曝书亭集》，四部丛刊本。
全祖望撰：《鲒埼亭集外编》，四部丛刊本。
陈恕可辑：《乐府补题》，知不足斋丛书本。
释慧皎撰：《高僧传》，汤用彤校注，中华书局，1992年排印本。
钟嗣成撰：《录鬼簿》，中国古典戏曲论著集成本。
无名氏撰：《录鬼簿续编》，中国古典戏曲论著集成本。
钱谦益撰：《列朝诗集小传》，上海古籍出版社，1983年排印本。
冯金伯辑：《词苑萃编》，词话丛编本。
龚昱辑：《昆山杂咏》，峭帆楼丛书本。
惠洪撰：《冷斋夜话》，笔记小说大观本。
曾敏行撰：《独醒杂志》，笔记小说大观本。
周煇撰：《清波杂志》，笔记小说大观本。
赵升撰：《朝野类要》，笔记小说大观本。
邵伯温撰：《邵氏闻见录》，中华书局，1983年排印本。
洪迈撰：《容斋随笔》，笔记小说大观本。
龚明之撰：《中吴纪闻》，笔记小说大观本。
陶宗仪等编：《说郛三种》，上海古籍出版社，1988年排印本。
叶梦得撰：《石林燕语》，笔记小说大观本。

陶宗仪撰：《南村辍耕录》，丛书集成本。
叶绍翁撰：《四朝闻见录》，景印文渊阁《四库全书》本。
罗大经撰：《鹤林玉露》，笔记小说大观本。
陈世崇撰：《随隐漫录》，笔记小说大观本。
周密撰：《浩然斋雅谈》，景印文渊阁《四库全书》本。
周密撰：《齐东野语》，景印文渊阁《四库全书》本。
周密撰：《武林旧事》，西湖书社，1981年排印本。
周密撰：《癸辛杂识》，景印文渊阁《四库全书》本。
张世南撰：《游宦纪闻》，笔记小说大观本。
张炎撰：《词源》，词话丛编本。
吕本中撰：《东莱吕紫微师友杂志》，丛书集成本。
吴自牧撰：《梦粱录》，浙江人民出版社，1984年排印本。
王辟之撰：《渑水燕谈录》，景印文渊阁《四库全书》本。
徐大焯撰：《烬余录》，中国野史集成本。
耐得翁撰：《都城纪胜》，景印文渊阁《四库全书》本。
孔齐撰：《至正直记》，粤雅堂丛书本。
陆友仁撰：《砚北杂志》，笔记小说大观本。
郑元祐撰：《遂昌杂录》，笔记小说大观本。
白珽撰：《湛渊静语》，知不足斋丛书本。
吴渭辑：《月泉吟社诗》，丛书集成本。
应廷育撰：《金华先民传》，续金华丛书本。
宋濂撰：《浦阳人物记》，知不足斋丛书本。
王崇炳撰：《金华征献略》，率祖堂丛书本。
郑柏撰：《金华贤达传》，续金华丛书本。
程敏政辑撰：《宋遗民录》，知不足斋丛书本。
李东阳撰：《怀麓堂诗话》，历代诗话续编本。
万斯同辑撰：《宋季忠义录》，四明丛书本。
王士禛撰：《池北偶谈》，笔记小说大观本。
沈嘉辙等撰：《南宋杂事诗》，江苏古籍出版社，1987年排印本。
罗元焕撰：《粤台征雅录》，丛书集成本。
吴翌凤撰：《逊志堂杂钞》，中华书局，1994年排印本。

西吴悔堂老人撰：《越中杂识》，浙江人民出版社，1983年排印本。
嵇曾筠等修：《浙江通志》，景印文渊阁《四库全书》本。
李亨特等修：《绍兴府志》，乾隆五十七年刻本。
萧良榦修：《绍兴府志》，万历十五年刻本。
潜说友撰：《咸淳临安志》，景印文渊阁《四库全书》本。
吴宽等修：《正德姑苏志》，天一阁藏明代方志选刊续编本。
谢旻等修：《江西通志》，景印文渊阁《四库全书》本。
郑沄修：《杭州府志》，清刊本。
唐若瀛修：《余姚志》，乾隆四十三年刻本。
郝玉麟等修：《福建通志》，景印文渊阁《四库全书》本。
王懋德等修：《金华府志》，万历六年刻本。
释际祥撰：《净慈寺志》，武林掌故丛编本。
程千帆等撰：《两宋文学史》，上海古籍出版社，1991年排印本。
夏承焘撰：《唐宋词人年谱》，上海古籍出版社，1979年排印本。
张宏生撰：《江湖诗派研究》，中华书局，1995年排印本。
朱子彦等撰：《朋党政治研究》，华东师范大学出版社，1992年排印本。
何冠环撰：《宋初朋党与太平兴国三年进士》，中华书局，1994年排印本。
孙楷第撰：《元曲家考略》，上海古籍出版社，1981年排印本。
郭绍虞撰：《照隅室古典文学论集》，上海古籍出版社，1983年排印本。
金诤撰：《科举制度与中国文化》，上海人民出版社，1990年排印本。
莫砺锋撰：《江西诗派研究》，齐鲁书社，1986年排印本。
徐儒宗撰：《元初的遗民诗社——月泉吟社》，《文学遗产》1986年第6期。
孔凡礼撰：《范成大早期事迹考》，《文学遗产》1983年第1期。
肖鹏撰：《西湖吟社考》，《词学》第七辑。
刘学忠撰：《古代诗社初考》，《阜阳师院学报》（社科版）1989年第3、4期。
王兆鹏撰：《宋南渡词人的诗社唱和》，《湖北大学学报》（哲社版）

1992 年第 2 期。

　　王水照撰：《北宋洛阳文人集团与地域环境的关系》，《文学遗产》1994 年第 3 期。

后　记

　　这部书稿收录的是我近年来研究宋元诗社这一课题的有关成果，分为上编《宋元诗社研究》、下编《宋元诗社丛考》两部分。上编的部分内容曾以论文形式发表在《文史》、《文学遗产》、《文献》、《学术研究》、《中山大学学报》等刊物上，收入本书时有所删改和补充。由于内容的需要，各篇专论之间个别论述会有所交叉，这是首先要向读者说明的。

　　当拙稿即将付梓之际，笔者的心情是十分复杂的。中国有句老话叫"敝帚自珍"，几年来的辛勤耕耘总算有了收获，对于"做学问"的人来说，还有什么比这更值得高兴的事呢？另一方面，我又深知自己资质驽钝，才疏学浅，忝列于"做学问"的队伍里，实有滥竽充数之嫌。尽管已经尽了最大努力，但书中错误与疏漏之处肯定不少，因此又惴惴不安。好在拙稿虽然出版，但本人对此课题的研究并未打算中止。我恳切地希望各位师长方家时贤不吝赐教，以便使笔者今后对这一课题的研究能更加全面深入。

　　当我撰写这篇后记的时候，恰好是我最敬爱的老师王起（季思）先生辞世百日忌辰，先生蔼蔼长者的音容风范此刻又浮现在眼前。自1978年9月起，我一直从先生问学，先生关心爱护学生，提携奖掖后学的品格精神给我留下极深刻的印象。先生晚年最得意的诗句是"薪火相传光不绝，长留双眼看春星"。每年春节，先生都要自撰一副春联，贴于住处大门两侧，引得不少行人驻足观赏、抄录，这已成为康乐园中的一处文化景观。今年春节，先生已缠绵病榻多时，讲话十分费力，口齿也不太清楚了，但仍一字一顿地口授春联："桃李满园笑对及门弟子，图书盈架弘扬祖国声华"，对学生弟子的鼓励期许之情溢于言表。先生晚年双目几近失明，不得不中止了他所酷爱的学术研究。此时，先生最感快慰的事，莫过于听到学生弟子们学术上有所长进的消息了。然而，像我这样驽钝的学生，却实在拿不出像样的成果来告慰先生，心中常常为此自责和愧疚。当这本小书付梓之际，先生已乘鹤仙去，未能让他老人家生前见到此书的出版，乃是弟子莫大的憾事。我愿将这本小书化作一瓣心香，奉祭于先生灵前，以报先生培养大恩之万一。

这里我还要特别提到我的导师黄天骥教授。是他最早鼓励我从事这一课题的研究，并在研究过程中给予了细致深入的指导，在这本小书中同样融铸着天骥师的大量心血。我愿借此机会，向天骥师表示发自肺腑的谢忱！

最后，我还想借此机会，向所有关心我、帮助我的师友，给予我巨大支持的家人，以及襄助本书出版的广东中华文化王季思学术基金·黄天骥学术基金、出版本书的广东高等教育出版社表示深切的谢意！

欧阳光
1996年7月16日于中山大学

资助项目：国家重点研发计划"粮食丰产增效科技创新"重点专项"粮食主产区主要气象灾变过程及其减灾保产调控关键技术"(2017YFD0300400)、中国气象局西南区域重大科研业务项目"四川主要农作物生产对气候变化的响应研究"(2014-08)、高原与盆地暴雨旱涝灾害四川省重点实验室科技发展基金项目"四川省农业气象指标体系研究及应用"(省重实验室 2018-重点-05)、四川省科技厅应用基础研究项目"旺苍县农业气候资源与农业生产技术关联系统开发应用"(2018JY0341)、四川省财政创新能力提升工程"旱地油菜—玉米两熟模式精简高效节水及机械化栽培关键技术研究"、公益性科研(农业)专项"西南丘陵旱地主要粮油农作节水节肥节药综合技术集成与示范"

气候变化对四川农业的影响研究

陈　超

庞艳梅　金　垚　张玉芳　等◎著

陈东东　刘　佳　代　涛

China Meteorological Press

内 容 简 介

本书系统分析了在四川主要粮食作物全生育期,气候变化对粮食产量的影响,气象灾害变化对粮食生产的影响,未来气候情景下主要粮食作物的气候生产潜力,提出了主要粮食作物适应气候变化的对策措施。本书可为四川制定合理的农业应对气候变化的措施、改善农业生产管理方式提供理论支撑,为气候变化背景下实现四川主要粮食作物的稳产高产、农业持续发展、农民增收等提供科学指导。

图书在版编目(CIP)数据

气候变化对四川农业的影响研究/陈超等著. ---北京:气象出版社,2019.5
　ISBN 978-7-5029-7047-5

Ⅰ.①气… Ⅱ.①陈… Ⅲ.①农业气象-气候变化-影响-农业发展-研究-四川 Ⅳ.①F327.71

中国版本图书馆 CIP 数据核字(2019)第 194175 号

Qihou Bianhua Dui Sichuan Nongye de Yingxiang Yanjiu
气候变化对四川农业的影响研究

出版发行:气象出版社	
地　　址:北京市海淀区中关村南大街 46 号	邮政编码:100081
电　　话:010-68407112(总编室)　010-68408042(发行部)	
网　　址:http://www.qxcbs.com	E-mail:qxcbs@cma.gov.cn
责任编辑:郭健华	终　审:吴晓鹏
责任校对:王丽梅	责任技编:赵相宁
封面设计:楠竹文化	
印　　刷:北京建宏印刷有限公司	
开　　本:787 mm×1092 mm　1/16	印　张:9.5
字　　数:256 千字	
版　　次:2019 年 5 月第 1 版	印　次:2019 年 5 月第 1 次印刷
定　　价:80.00 元	

本书如存在文字不清、漏印以及缺页、倒页、脱页等,请与本社发行部联系调换。

写作人员

陈　超
庞艳梅　金　垚　张玉芳
陈东东　刘　佳　代　涛
（以下按姓名拼音排序）
陈志龙　郭　斌　郭晓艺　赖　江　李　卓
栗晓玮　廖　邕　刘　佳　刘琰琰　毛　虎
彭安林　王　翔　王赛西　伍明帅　熊吉平
徐富贤　游　泳　周　斌　周家德